좁은 문

다시 그대, 이길에서

금동경 지음

좁은 문 다시 그대, 이길에서

제1장

새로운 계절

오래전 여름의 기억은 햇살보다 따뜻하고, 바람보다 부드럽다. 애니는 지금도 그 시절의 풍경을 마음속에 고이 간직하고 있었다. 지게를 진 아버지의 뒷모습, 우물가에서 찬물로 수박을 식히던 어머니의 손길, 그리고 그 옆에서 조심스레 수박 한 조각을 들고 있던, 말수가 적고 눈이 깊던 소년, 에디.

그들은 같은 시골 마을, 지리산 자락 아래 조그마한 들판이 펼쳐진 고장에서 자랐다. 여름이면 매미 소리와 함께 자라고, 겨울이면 함박눈 속에서 언 발을 비비며 자랐다. 애니는 그 시절이 좋았다. 가난했지만 사람들 사이에 온기가 있었다.

그러다 애니의 가족은 도시로 떠났다. 산업화의 파도가 이 작은 마을에도 닿았고, 아버지의 일자리를 따라 부득이 옮겨간 것이다. 에디와의 작별은 조용했다. 말없이 눈을 맞추고, 서로의 손에 무엇 하나 건네지 못한 채 멀어졌다. 어른들은 바빴고, 아이들은 서툴렀다.

시간은 어느덧 반세기를 넘었다. 애니는 두 자녀를 키우고, 회계사무소에서 과장으로 일하고 있다. 늘 숫자와 증빙서류에 둘러싸인 삶이지만, 문득문득 떠오르는 것은 고향의 풀 내음, 그리고 에디였다.

어느 주일 아침, 애니는 교회 찬양대의 일원으로 예배에 참석했다. 교회 입구에서 낯익은 실루엣이 보였다. 흰 머리가 제법 드러난 짙은 회색의 남자

정장, 그리고 조심스럽고도 단정한 발걸음. 애니는 숨이 잠시 멎는 듯한 감각을 느꼈다.

“에디…?”

그의 이름을 입 밖에 내지는 않았지만, 마음속에선 이미 수십 번도 더 불렀다. 에디 역시 애니를 알아보았는지, 찬송가가 끝난 뒤 조용히 다가와 고개를 숙이며 인사했다.

“오래간만입니다. 애니 씨 맞지요?”

세월이 흐르고 세상이 바뀌었지만, 그들의 말투에는 묘한 온기가 배어 있었다. 둘은 조심스럽게 몇 마디 안부를 나누었다. 배우자에 대한 이야기는 서로 꺼내지 않았다. 어쩌면 그 이야기를 하지 않는 것이, 지금 이 순간의 평화를 지키는 유일한 방법이었을지도 모른다.

그날 이후, 애니는 에디를 종종 교회에서 마주치게 됐다. 에디는 지역 산업단지 내 중소기업에서 일한다고 했다. 회사는 작지만 꽤 안정적이고, 그는 조용히, 책임감 있게 업무를 수행하는 듯 보였다.

애니의 마음에는 오래된 샘이 다시금 솟기 시작했다. 그것은 사랑이라기보다는, 너무 오래 시간 묻혀 있던 기억들이 한 겹 한 겹 피어나는 느낌이었다. 에디는 그녀에게도 비슷한 감정을 갖고 있었지만, 서로는 그저 ‘그랬을 수도 있는’ 표정을 지으며 주일 아침 인사를 나눌 뿐이었다.

그들의 이야기엔 아직 어떤 시작도 없었지만, 이미 무언가 흐르고 있었다. 말없이 웃어주는 눈빛, 따뜻하게 건네는 인사, 같은 찬송가를 부르며 함께 들여다보는 가사 속의 의미.

그 고요한 물빛 속에, 두 사람의 새로운 계절이 서서히 번져가고 있었다.

제2장

반쯤 남겨진 문장들

비가 갠 아침, 예배당 유리창엔 아직 작은 물방울들이 매달려 있었다. 애니는 문가에서 우산을 접으며 잠깐 숨을 고르고, 익숙한 자리에 앉았다. 나무 벤치가 내는 미세한 삐걱거림, 오래된 찬송가 종이의 마른 냄새, 멀리서 피아노를 맞추는 소리—그 모든 것이 오래된 사진처럼 마음 안에 정물로 놓였다.

'오늘은, 그 사람도 올까.'

생각이 거기까지 가자마자 애니는 무의식적으로 고개를 떨구었다. 스스로도 뜻하지 않게 마음이 먼저 달려간 느낌이었다. 조심스레 손가락으로 찬송가 겉표지를 쓸었다. 표지 모서리의 닳은 부분이 유난히 매끄러웠다.

문득, 뒤에서 낮은 기침 소리. 애니는 고개를 돌리며 거의 반사적으로 눈을 들어 그를 보았다. 에디. 양복의 색만 바뀌었을 뿐, 그가 풍기는 공기의 결은 늘 같았다. 조용하고 가지런한 침착함. 그러나 눈매와 미소 사이에 끼어 있는, 설명하기 어려운 그늘.

예배가 끝나고 사람들은 파도처럼 한 번에 흘러 나갔다. 마당은 금세 낮은 목소리와 웃음으로 물결쳤다. 애니는 나가기 전에 잠깐 도서관 쪽으로 방향을 틀었다. 반납대에 쌓인 시집들을 정리하려던 참에, 복도 모퉁이에서 에디가 나타났다. 서로의 동선은 어쩐지 자연스레 한 점으로 모였다.

"오늘 말씀… 유난히 조용했죠."

애니가 먼저 말을 건넸다.

"조용한데 오래 남네요." 에디가 웃었다. "아마, 이런 계절이라서."

말 끝이 부드럽게 내려앉았다. 그 짧은 문장 사이로 가을 냄새가 스며드는 듯했다. 도서관 창으로 햇빛이 길게 들어와 바닥을 두 겹으로 나눴다. 빛과 그림자 사이에 둘은 반걸음씩 서 있었다. 애니는 서가에 시집을 꽂으며 물었다.

"요즘… 일은 어떠세요?"

"버겁진 않은데, 마음이 자주 멈칫해요."

그가 웃으며 덧붙였다. "아마 나이를, 먹는 중이라 그런가 봐요."

애니는 대답 대신 눈을 내려 책등을 고르게 맞췄다. 마음의 어디선가 '멈칫'이라는 단어가 오래 반향했다. 마당으로 나오자 가을이 한층 가까웠다. 느티나무 잎사귀가 햇빛을 받아 투명해 보였다.

교인들이 떠난 뒤의 마당은 넓고 비어 보였지만 이상하게 가득 차 있었다. 누군가의 웃음, 누군가의 기도, 누군가의 눈물—보이지 않는 잔향들이 타일 사이로 스며드는 듯했다.

"커피, 괜찮으시죠?"

에니가 물었고, 애니는 별다른 망설임 없이 고개를 끄덕였다. 작은 골목 끝 카페까지는 걸어서 오 분이었다. 그 사이, 둘은 특별한 말을 하지 않았다. 가끔은 침묵이 말을 대신했다.

창가 두 자리. 유리 밖으로 은행잎이 몇 장 내려앉았다. 컵에 입을 대는 사이사이, 그들의 눈빛은 몇 번이고 가볍게 부딪히고 물러났다.

"유럽에선, 가을이 길었어요."

에디의 말에 애니는 천천히 눈을 들었다.

"길었다는 건… 기다림이 많았다는 뜻일까요?"

그는 잠시 생각하다가 고개를 끄덕였다.

"기다림, 맞네요. 해가 느리게 기울고, 말들도 오래 숙성되는 계절."

애니는 그 말을 마음속 노트에 옮겨 적듯 천천히 되뇌었다. '말들이 오래 숙성되는 계절.' 그 말은 그녀의 최근 몇 해와 언젠가의 젊은 날 사이에 다리를 놓아 주었다.

돌아오는 길, 애니는 버스 창에 머리를 기대고 오래된 기억을 불러냈다.

여름의 끝자락, 고향의 개울. 다리 난간에 팔꿈치를 괴고 물수제비를 뜨던 소년과 소녀. 햇빛은 물 위에서 잘게 부서졌고, 그 빛이 두 사람의 눈동자에도 반사되어 반짝였다.

그때 소녀가 말했다. "멀리 가면, 다시 돌아올까?"

소년은 대답하지 않았다. 대신 물수제비가 다섯 번을 넘게 튀었다. 대답 대신 남긴 작은 약속처럼.

버스가 커브를 돌 때, 애니의 시선도 현재로 돌아왔다. 그녀는 창문에 희미하게 비치는 자신의 얼굴을 보았다. 세월의 결이 고르고 잔잔했다. 그리고 문득, 속으로 짧게 중얼거렸다.

“돌아온다는 건, 어쩌면 서로의 마음에 남아 있는 광선을 따라 걷는 일인지도.”

며칠 뒤, 평일 저녁. 비가 가볍게 흩뿌렸다.

애니는 퇴근길에 교회 도서관 불을 확인하러 들렀다가, 창틀에 놓인 누군가의 명함 크기 메모를 발견했다. 단정한 필체로 적혀 있었다.

“이 시, 애니 씨가 좋아하실 것 같아서요.

— 가을은 오래된 말을 가장 먼저 기억한다.”

짧은 문장이지만, 애니는 한동안 메모를 내려놓지 못했다.

그날 밤, 책상에 앉아 연필로 조용히 답장을 써 놓았다.

“가을은 오래된 말을 기억하고, 나는 오래된 침묵을 기억하네요.”

다음날 아침, 도서관 문지방 위에 그녀의 메모가 얌전히 놓였다. 누가 먼저인지, 누가 다음인지 알 수 없을 만큼 조심스러운 편지의 왕복. 대화는 줄었지만 의미는 더해졌다. 말들이 과장되지 않아서, 오히려 오래 남았다.

도시는 매일 톤을 바꾸었다. 국화 화분의 노란색이 진해지고, 골목 세탁소 앞 고양이가 해를 좇아 낮잠 자는 자리도 조금씩 이동했다.

애니는 그런 변화를 보는 일이 좋았다. 작은 변화들이 하루를 견고하게 붙들어 주기 때문이었다.

그날 오후, 에디와 마주친 건 우연이었다. 도서관 옆 좁은 복도, 그가 들고 있는 건 얇은 시집 한 권이었다.

"이 책… 마지막 장이 좋더라고요."

그는 표지를 펼쳐 한 줄을 가리켰다.

'우리의 말끝이 고요로 사라질 때, 마음의 가장자리에서 작은 새가 운다.'

애니는 미소를 지었다.

"마음의 가장자리… 요즘 그 가장자리가 자주 들려요."

"저도요."

그들의 눈빛이 짧게 겹치고, 곧 명랑하게 풀어졌다. 어색하지도, 가볍지도 않은 균형. 그 균형이 애니에게 안도감을 주었다.

어느 토요일, 동네 축제가 열렸다. 시장 골목은 연등과 천 가랜드로 화사했다. 애니의 아들 민수가 카페 앞에서 작은 드립 바를 열었고, 사람들이 줄을 섰다. 에디는 그 줄 끝에 조용히 섰다. 차례가 와서 종이컵을 받으며 말했다.

"가을 블렌드, 이름이 좋네요."

민수가 웃었다. "향도 이름만큼 좋습니다. 가볍게 시작해서, 뒤가 길어요."

"마치 이 계절처럼." 에디가 답했다.

애니는 멀리서 그 장면을 보았다. 사람들 틈에서, 작은 대화가 초를 태우듯 은은하게 빛났다. 그녀는 가슴 속 어딘가가 따뜻해지는 것을 느꼈다. '사람의 선함은 생각보다 가까운 곳에 있다.' 오래전 누군가의 말이 떠올랐다. 그 말은 지금 이 골목의 빛과 향기 속에서 사실처럼 느껴졌다.

축제가 끝나갈 무렵, 비가 살짝 내렸다 그쳤다. 젖은 도로 위로 가로등이 길게 늘어졌다.

애니와 에디는 같은 방향으로 걸었다. 발걸음이 별말 없이 속도를 맞췄다.

"비 냄새… 좋아하세요?"

애니가 물었다.

"네. 어릴 때부터요. 땅이 휴식하는 냄새 같아서."

애니는 그 말에 조용히 미소 지었다. "휴식하는 냄새. 좋은 말이네요."

그들은 말의 뒤를 서둘러 채우지 않았다. 말의 여백을 서로에게 내주었다. 여백은 의외로 따뜻했다. 가을은 느리게 진도를 나갔다. 주중 한 번, 주말 한 번—두 사람은 우연과 필연 사이 어딘가에서 계속 마주쳤다.

어느 날은 도서관 문 앞에서, 어느 날은 시장 골목 끝에서, 또 다른 날은 강가 벤치에서. 마주침은 짧았고, 대화는 길지 않았지만, 각 장면의 빛과 공기, 온기가 애니의 마음 속에 한 페이지씩 포개졌다.

그녀는 밤마다 그 페이지들을 어루만졌다. 과장되지 않은 하루의 온기—그것이 자신을 어디로 이끌지 아직 알 수 없었지만, 적어도 지금은 나쁜 방향은 아니라는 확신이 들었다.

초겨울의 문턱이 보이던 날, 교회에 작은 봉사 일정이 잡혔다. 김장 나눔. 애니는 앞치마를 두르고 배추를 다듬었고, 에디는 양념통 옆에서 비닐장갑을 끼고 도왔다. 김칫국물의 붉은 빛이 장갑에 번지며 작은 웃음을 유발했다.

"유럽에선… 김장 날이 없겠죠?"

"대신 와인 담그는 날이 있죠."

"와인은, 오래 두고 마시잖아요."

"김치도요."

둘은 동시에 웃었다. 오래 두고, 천천히 맛이 드는 것들에 대한 공감이 둘 사이에 빠르게 번졌다. 사람 냄새가 바람을 타고, 수고의 땀이 웃음으로 증발했다.

봉사를 마치고 돌아오는 길, 애니는 손등에 남은 고춧가루 자국을 바라보다가 문득 생각했다.

'우리에게 필요한 건 큰 말이 아니라, 오래 두고 맛이 드는 시간일지도.'

그 생각은 그녀의 마음 한복판에 조용히 내려앉았다. '빨리'가 아니라 '오래'라는 단어가, 요즘의 그녀에게 꼭 맞는 옷처럼 느껴졌다.

며칠 뒤, 에디에게서 한 통의 문자가 왔다.

"그날, 고마웠습니다. 오래 두고 생각나는 저녁이었어요."

애니는 바로 답장을 쓰지 않았다. 책상 앞에 앉아, 한 번 읽고 다시 접어 마음에 넣었다. 그리고 밤이 한참 지나서야 짧게 보냈다.

"저도요. 오래 두고."

점은 두 개뿐이었지만, 그 안에 담긴 온도는 충분했다.

교회에 작은 소문이 일기 시작한 건 그 즈음이었다. 누군가는 비 오는 날

두 사람이 찻집에 함께 있더라는 얘기를 했고, 누군가는 축제 때 나란히 걷는 걸 보았다고 했다. 애니는 소문이 지나갈 때, 마음의 문고리를 살짝 걸었다. 방어가 아니라, 정리였다. '서두르지 않는다.' 그녀가 자신에게 내린 약속이었다.

에디도 비슷한 표정을 지녔다. 누가 묻지 않아도, 그는 조심스럽게 말끝을 고르고, 웃음의 길이를 조절했다. 둘은 서로의 속도에 예의를 다했다.

어느 늦은 오후, 강가 벤치. 바람은 차갑지 않게 서늘했다.

"가끔은…" 에디가 조심스레 말을 꺼냈다. "가끔은, 우리가 너무 천천히 걷는 건 아닐까 하는 생각도 들어요."

애니는 잠시 물결을 바라보다가 고개를 저었다.

"천천히가 아니면, 아마… 못 걷겠죠."

둘은 그것이 정답이라는 듯 오래 침묵했다. 물결이 잔잔하게, 그러나 거짓 없이 움직였다.

밤, 애니의 창가. 유리창에 도시의 불빛이 작게 찍혔다.

그녀는 오래 묵혀 둔 상자를 꺼내 옛 엽서 몇 장을 펼쳤다. 고향의 풍경, 미완의 안부, 반쯤 남겨진 문장들. 어느 구석에 '돌아올까?'라는 오래된 물음표가 있었다. 애니는 그 물음표를 손끝으로 천천히 문질렀다. 물음표의 잉크는 희미해졌지만, 모양은 남아 있었다.

'돌아온다'는 건 장소가 아니라 사람의 온도에 닿는 일. 애니는 천천히 엽서를 모아 상자를 닫았다. 그리고 작은 메모를 하나 더 붙였다.

'서두르지 않는다. 오래 둔다. 오래 기억한다.'

다음 주일, 예배당 앞마당. 바람이 한층 차가워졌다.

에디가 먼저 손을 들어 인사했다. 애니도 손을 들었다. 그 작은 제스처는 과장되지 않았지만, 누가 보아도 따뜻했다. 서로의 자리에서 할 수 있는 만큼, 그만큼만.

"저녁, 국화 보러 가실래요?"

에디가 조심스럽게 물었다.

애니는 잠깐 고개를 기울였다가, 미소 지었다.

"국화는 오래가죠. 향도 깊고."

둘은 약속을 정하지 않았다. 그저 '오늘' 정도만 공유했다. 충분했다. 오늘을 함께 걷는 일이 내일을 요구하지 않는 것—그것이 둘에게 맞는 속도였다. 해가 지고, 국화밭의 향이 어둠 속에서 더 또렷해졌다. 꽃잎 사이를 흐르는 바람에 작은 목소리들이 실려 오는 듯했다.

에디가 낮게 말했다. "감사합니다."

"무엇을요?"

"오늘, 이 속도."

애니는 그 말을 오래 듣고 난 뒤에야 대답했다.

"저도요. 오늘, 이 속도로."

둘은 말없이 걸었다. 발끝에 부서지는 잔소리가 아니라, 오래 남는 향을 듣는 사람들처럼.

집으로 돌아온 애니는 창문을 조금 열어 두었다. 밤공기가 방 안으로 들어왔다. 그녀는 스위치를 끄고 어둠 속에 서 있었다.

어둠은 더 많은 걸 보게 해 주었다. 오늘의 장면들이, 말들의 여백이, 웃음의 길이가, 한 장 한 장 사진처럼 떠올랐다가 스며들었다.

잠들기 전, 애니는 짧게 기도했다.

'서두르지 않게 해 주세요. 오래 남게 해 주세요. 말보다 삶이 먼저 말하게 해 주세요.'

바람이 커튼을 살짝 흔들었다. 그 흔들림은 대답처럼 느껴졌다.

제3장

저마다의 시간 속에서

아침의 공기는 유난히 차가웠다. 여름의 끝자락을 지나며, 습기를 머금은 바람 속에서도 낯선 서늘함이 느껴졌다. 애니는 출근길 버스 창가에 앉아, 창문 너머로 스쳐 가는 풍경을 바라보았다. 가로수 잎사귀의 가장자리가 어느새 누렇게 바래 있었고, 오래된 교회 종탑 위로는 구름이 천천히 풀려나가고 있었다. 계절은 늘 자신만의 속도로, 사람의 마음과는 상관없이 흐른다.

애니의 삶도 그러했다. 회계사무소의 분주한 일과는 하루도 어김없이 돌아왔고, 결산과 보고서, 숫자와 장부는 그녀의 시간을 촘촘히 메워주었다. 그러나 일터를 나서는 순간부터, 그녀를 둘러싼 공기는 전혀 다른 빛깔이었다. 집으로 향하는 저녁 골목, 불빛이 하나 둘 켜지는 상점들, 그 속에서 고요히 걸어가는 자신의 그림자를 볼 때마다, 애니는 어쩐지 더욱 고독해졌다.

"이제 아이들도 다 컸지… 나는 여전히 여기에 묶여 있고."

딸은 학교에서 학생들을 가르치느라 늦게 들어왔고, 아들은 카페 운영에 바빠 가족 모임조차 자주 챙기지 못했다. 애니는 그것을 원망하지 않았다. 오히려 자녀들이 제 몫을 다해 살아가는 모습이 자랑스러웠다. 하지만 마음 한편에 공허한 틈은 늘 남아 있었다.

거울 앞에 서면, 오랜 세월이 그녀의 얼굴에 새겨놓은 주름들이 무겁게 다가왔다. 그러나 동시에, 그 세월 속에서 꺼내볼 수 있는 기억들은 은근한 따뜻함으로 번져왔다. 고향의 냇물 소리, 어린 시절 들판을 달리던 발걸음, 그리고 그 속에 어렴풋이 스며 있던 한 소년의 얼굴.

그 무렵, 에디는 새로운 직장에서 적응하느라 바빴다. 산업단지에 자리한 작은 기업의 사무실은 늘 긴장감이 감돌았다. 그는 오랫동안 유럽의 넓은 하늘과 거리에서 살아왔기에, 이 작은 도시는 어딘지 답답하게 느껴졌다. 그러나 동시에, 고향에서 가까운 거리라는 사실이 주는 안정감이 있었다.

저녁이면 그는 공장 인근의 작은 공원을 천천히 걸었다. 낯선 풍경 속에서도 들려오는 풀벌레 소리는 오래전 기억을 불러왔다. 고향의 언덕, 여름밤의 별빛, 그리고 강가에서 함께 웃던 아이들의 목소리. 그 아이들 중에는 분명히, 애니도 있었다.

에디는 요즘 자주 스스로에게 물었다. "지금 내가 걷고 있는 이 길은 어디로 이어질까. 아직 내게도 누군가의 시간을 함께 나눌 자리가 남아 있을까."

그들의 발걸음은 여전히 교회에서 이어졌다. 일요일 예배가 끝난 후, 교회 마당에는 다양한 시간들이 교차했다. 아이들은 뛰어다니며 웃음을 흩뿌렸고, 노인들은 나무 그늘 아래 앉아 지난날의 이야기를 주고받았다. 젊은 부부들은 손을 잡은 채 아이를 돌보며, 장래의 계획을 이야기했다.

그 사이에서 애니와 에디는 조심스레 서로를 향해 짧은 인사를 나누곤 했다. 깊은 이야기는 하지 않았지만, 눈길이 스치고 미소가 오가는 그 순간만으로도 묘한 울림이 있었다.

애니의 자녀들은 각자의 삶 속에서 성숙해져 있었다. 아들은 카페를 운영하면서 늘 새로운 메뉴를 고민했고, 손님들과의 대화를 통해 세상과 소통했다. 그는 때때로 어머니에게 책을 권하곤 했다. "엄마, 이 책 읽어보세요.

숫자만 보는 것보다 마음이 조금은 편해질 거예요."

딸은 학교에서 아이들과 씨름하며 교사의 보람과 고단함을 동시에 느끼고 있었다. 그녀는 아이들 속에서, 그리고 아이들이 품은 꿈 속에서 자신도 모르게 희망을 발견했다. 그런 딸의 모습은 애니에게 늘 위안이 되었다.

반면 에디의 자녀들은 전혀 다른 풍경 속에 있었다. 유럽에서 나고 자란 두 딸은 세계를 더 넓게 보았고, 자유롭게 살아가기를 원했다. 큰딸은 안정적인 직장과 관계를 지향했지만, 작은딸은 모험을 택했다. 새로운 나라, 새로운 도시, 낯선 도전. 그녀의 선택은 아버지인 에디를 자주 불안하게 했지만, 동시에 자랑스럽게도 했다.

어느 주말 오후, 교회 마당에서 우연히 두 가족의 자녀들이 서로를 소개받는 장면이 있었다. 짧은 인사였지만, 서로의 삶의 결이 얼마나 다른지를 금세 알 수 있었다.

"한국은 요즘 출판계가 참 활발하다던데요?"

애니의 아들이 건넨 말에, 에디의 큰딸은 미소 지으며 대답했다.

"맞아요. 저도 출장차 서울에 들렀을 때 몇 권 샀어요. 유럽에서는 번역이 늦게 나오니까, 한국에서 먼저 접할 수 있다는 게 부럽기도 하더군요."

짧은 대화였지만, 그 안에는 각자의 삶에서 길어 올린 진지함이 담겨 있었다. 애니는 멀리서 그 장면을 바라보며, 세월이 두 사람을 이렇게 연결하고 있음을 새삼 느꼈다.

그날 저녁, 애니는 홀로 집으로 돌아오는 길에 오래도록 생각에 잠겼다. 자녀들이 서로를 알아가며 나누는 대화가 자신에게도 어떤 길을 열어주는 듯한 예감이 들었기 때문이다.

"나는 여전히 멀리서 바라보는 사람일 뿐일까."

그녀의 마음속에 떠오른 질문은 쉽사리 사라지지 않았다.

한편 에디 역시 비슷한 순간을 경험했다. 아이들과 함께한 저녁 식사 자리에서 그는 불현듯 애니의 얼굴을 떠올렸다. 같은 공간에서, 같은 세대를 키워낸 부모로서 마주한 공감이 그를 더 깊은 생각으로 이끌었다.

이렇듯 두 사람의 삶은 서로의 궤도를 스치며, 그러나 아직은 조심스레 거리를 두고 있었다. 교회의 계단 위에서, 마당의 소음 속에서, 그리고 저마다의 집으로 돌아가는 길에서 두 사람의 눈길은 은근히 닮아갔다.

세상은 여전히 분주하고, 계절은 가을로 기울어가고 있었지만, 그들의 내면은 서서히 변화를 예고하고 있었다.

가을빛이 점점 짙어 가던 어느 저녁, 애니는 퇴근길에 교회 근처를 지나며 잠시 발걸음을 멈췄다. 붉게 물든 하늘과 교회 종탑 위로 흩어지는 빛이 마음을 붙들었다. 마치 그 빛이 자신의 내면을 향해 조용히 질문을 던지는 듯했다.

"나는 지금 어디쯤 서 있는 걸까. 내 삶의 계절은 또 어디로 향하는 길까."

그녀는 대답을 알 수 없었지만, 적어도 오늘 하루의 무게를 잠시 내려놓고 싶은 마음은 분명했다.

그 시각, 에디는 자신의 집 책상 앞에 앉아 있었다. 오래선 유립에서 쓰던 만년필을 꺼내다 말고, 그는 창가에 기대어 하늘을 바라보았다.

“내가 돌아온 건, 단지 회사를 위해서였을까. 아니면, 어떤 인연이 다시 불러낸 걸까.”

그의 눈가에는 희미한 주름이 있었지만, 그 주름 속에는 지나온 세월이 남긴 회한과 새로운 기대가 함께 자리하고 있었다.

며칠 뒤, 교회 앞마당에서 애니와 에디는 우연히 다시 마주쳤다. 아이들은 이미 서로를 조금씩 알아가며 대화를 나누고 있었고, 두 사람은 멀찍이 서서 그 모습을 지켜보았다.

“젊은 세대는 참 빨라요. 금세 친해지고, 금세 마음을 열죠.”

에디가 조심스레 말을 꺼냈다.

애니는 미소를 지으며 대답했다.

“그게 부럽기도 하고, 또 한편으론 다행스럽기도 하네요. 우리에겐 쉽지 않은 일이니까요.”

짧은 대화였지만, 그 안에는 알 수 없는 울림이 있었다. 오래전부터 알고 있었던 듯한, 그러나 이제야 비로소 꺼낼 수 있는 마음의 조각들.

밤이 깊어 갈수록, 두 사람은 서로의 삶을 돌아보았다. 애니는 여전히 아이들의 뒷모습에서 희망을 찾았고, 에디는 홀로 남은 집의 적막함 속에서 과거와 미래를 동시에 떠올렸다.

그들은 여전히 뚜렷한 고백을 나누지 않았지만, 서로의 침묵 속에서 이미 많은 이야기가 흐르고 있었다.

가을바람이 불어오는 길목에서, 두 사람은 알 수 없는 새로운 계절을 예감했다. 그 계절은 아직 오지 않았지만, 어쩌면 이미 그들 마음속에서 시작되고 있는지도 모른다.

제4장

손으로 쓴 편지

비가 내리던 주일 오후였다. 교회에서 돌아오는 길목, 애니는 들고 있던 우산을 기울여 나뭇잎에 고인 물방울을 흘려보내며 천천히 걸었다. 교회에서 에디를 마주쳤지만, 둘 다 특별한 말을 나누지 않았다. 하지만 짧은 눈인사 속에, 무언가 오래된 감정이 젖어 있는 듯했다.

그날의 설교는 '회복'에 대한 말씀이었다. 상한 마음이 다시 살아나는 것, 고장 난 관계가 다시 엮이는 것, 잊힌 소망이 다시 불타오르는 것. 애니는 한 문장 한 문장을 곱씹으며 자신의 삶을 되짚었다. 이혼은 하지 않았지만, 오랫동안 남편과 따로 살아온 세월. 그 공백 속에 무기력과 후회가 뒤섞였고, 이제는 애정보다는 죄책감만 남아 있었다.

"애니 집사님, 조심해서 들어가세요."

청년부 권사 한 명이 뒤에서 인사를 건네고 지나갔다. 애니는 미소 지으며 고개를 끄덕였다. 하지만 마음 한 켠은 이미 과거로 향해 있었다. 고향 마을의 연둣빛 들판, 그리고 그곳을 누비던 에디의 웃음소리…

에디 역시 예배를 마치고 곧장 집으로 돌아가지 않았다. 근처의 작은 찻집에 들러 창가 자리에 앉았다. 빗소리가 유리창을 두드리는 가운데, 그는 호주머니에서 오래된 편지를 꺼냈다. 그것은 프랑스 주재원 시절, 둘째 딸에게 보내려다 결국 보내지 못한 편지였다. 그리고 오늘 아침, 애니에게 쓰고 싶은 말을 적으려다 미처 마무리하지 못한 또 하나의 편지를 가방에 넣어뒀다.

"그녀에게 편지를 쓴다는 게 참 우습지. 요즘 누가 손으로 편지를 써."

그는 혼잣말을 하며 웃었지만, 그 편지는 그냥 종이가 아니었다. 그에게 있어 감정의 지도였고, 망설임의 증거였다.

애니의 집은 지난 봄에 새로 건축된 신개념 연립주택 단지였다. 딸은 주중엔 학교 근무로 집에 없었고, 아들은 요즘 강릉에서 2호점을 준비하느라 바빴다. 텅 빈 집에 들어서면 오히려 마음이 편해졌다. 애니는 젖은 우산을 털고 현관에 세운 후, 거실 탁자 위에 펼쳐 둔 독서노트를 꺼냈다.

그녀는 요즘 도스토옙스키의 『죄와 벌』을 다시 읽고 있었다. 세상과의 화해가 어떻게 가능할까, 사람은 과거를 용서받을 수 있을까. 그런 질문들이 문장 사이사이에 박혀 있었다.

그날 밤, 애니는 결국 침대 머리맡에 있는 스탠드를 켜고 조심스럽게 편지를 썼다. 주소를 적지는 않았다. 받을 사람조차 정하지 못한 편지였다. 하지만 문장은 마치 자신의 마음을 훑듯이 흘러나왔다.

"그 시절, 우리가 말하지 못했던 것들이 너무 많았어요. 나는 여전히 그 여름 냄새를 기억하고 있어요. 당신의 웃음소리, 그리고 돌아서던 뒷모습까지. 다시 그 시절로 돌아간다면, 나는…"

며칠 뒤, 교회에서는 추석을 앞두고 노인 대상 봉사활동을 준비하고 있었다. 애니는 자원봉사 명단에 이름을 올렸고, 뜻밖에도 에디 역시 같은 조에 배정되었다. 둘은 어색하게 인사를 나누고 함께 도시락을 나르며 마을의 요양원을 돌았다.

어느 방에서는 혼자 벽을 바라보던 할머니가 애니의 손을 붙잡고 물었다.

"우리 딸이… 언제 온대?"

그 말에 애니는 아무 대답도 하지 못했다. 대신 손을 꼭 잡아주며 속으로 중얼거렸다.

'나도… 누군가의 딸이었지.'

에디는 그 장면을 뒤에서 지켜보고 있었다. 그녀의 눈동자에 맺힌 눈물, 말없이 잡고 있는 손. 그 순간, 그는 편지보다 먼저 마음을 내보여야겠다고 생각했다.

"애니 씨. 잠깐… 괜찮다면, 산책하실래요?"

봉사가 끝난 뒤, 에디가 조심스럽게 말을 건넸다. 애니는 살짝 놀란 눈치였지만, 고개를 끄덕였다. 두 사람은 교회 뒤편 산책길로 향했다. 길가엔 벌써 코스모스가 피기 시작했고, 바람은 서늘한 계절의 예고처럼 느껴졌다.

"난 요즘… 글을 써요. 사실, 당신한테 하고 싶은 말을 쓰다가…"

에디는 말을 멈췄다. 그리고 웃었다.

"참, 아직도 이런 게 통할지 모르겠지만…"

그는 가방에서 작은 편지봉투를 꺼냈다.

"이걸 꼭 읽어 달라는 건 아니 예요. 그냥, 내 마음을 보여주고 싶었어요."

애니는 그 편지를 받아들였다. 그리고 둘은 말없이 한동안 걷기만 했다.

말은 없었지만, 마음이 가까워진다는 느낌은 확실했다.

마치 오래도록 기다려온 계절이, 조용히 찾아온 것처럼.

그날 밤, 애니는 그 편지를 조심스럽게 열었다. 에디의 필체는 단정했고, 문장에는 지난 시간에 대한 후회와 고마움이 담겨 있었다. 특히 마지막 문장이 그녀를 울게 만들었다.

"당신이 내 삶에서 다시 나타난 건, 어쩌면 두 번째 기회일지도 모르겠어요. 이번엔, 망설이지 않으려 합니다."

그녀는 가만히 편지를 접고 다시 봉투에 넣었다. 그리고 책상 서랍에서 자신이 며칠 전 썼던, 아직 보내지 않은 편지를 꺼냈다. 두 편지는 서로를 향하고 있었다. 서로 다른 종이 위의 고백이, 같은 계절을 향해 가고 있었다.

며칠 뒤, 교회 수련회가 있었다. 중부지방 작은 수양관에서의 이틀 일정. 애니와 에디는 같은 소그룹에 편성되었고, 이번엔 이전보다 자연스럽게 웃으며 대화할 수 있었다.

저녁 예배가 끝난 뒤, 조용히 마당에 나와 앉은 두 사람.

"그때 왜 아무 말도 안 했어요?" 애니가 물었다.

"어느 때?"

"고향에서 마지막으로 봤던 그날요. 서울 올라가기 전."

에디는 깊은 숨을 쉬었다.

"내가 그땐, 당신한테 짐이 될까 봐 겁이 났어요. 당신이 너무 단단해 보였거든요. 근데, 알고 보니… 나도 당신이 필요했던 거더라고요."

애니는 조용히 고개를 숙였다. 그리고 말했다.

"우리, 조금씩 이야기 나눠요. 천천히. 부담 없이."

에디는 미소 지으며 고개를 끄덕였다.

"좋아요. 천천히. 이 길을, 같이 걸어요."

제5장

속삭이는 계절의 바람

서울 강남의 어느 카페. 카페 내부에는 은은한 재즈가 흐르고 있었고, 창밖으로는 초가을 햇살이 드리우고 있었다. 그 카페의 대표는 애니의 아들, 민수였다. 민수는 가볍게 앞치마를 고쳐 매고, 새로 개발한 음료를 직원들에게 설명하고 있었다.

"이건 우리가 최근에 파리에서 영감을 얻은 '시트러스 라벤더 라떼'야. 시그니처로 밀어보려고 해."

그 순간, 유리문이 열리며 낯익은 얼굴이 들어섰다. 민수는 화들짝 놀랐다.

"어? 혹시… 수빈 씨?"

"어머, 민수 씨?"

프랑스에서 컨설팅 회사를 다니고 있는 애니의 둘째 딸, 수빈이었다. 두 사람은 대학 시절 같은 동아리였고, 잠시 썸처럼 스쳐간 인연이 있었다.

"서울엔 어쩐 일이에요?" 민수가 먼저 말을 걸었다.

"아버지 뵈러 잠깐 들어왔어요. 주말에 수련회 있다고 해서요. 근데… 여기 진짜 멋지다. 직접 운영해요?"

"네. 작년부터. 이 근처에 2호점도 준비 중이에요."

"그럼… 오늘 커피 한 잔, 부탁해도 되죠?"

두 사람의 대화는 어색하지 않았다. 오래된 친구를 만난 듯, 아니 어쩌면 오랜만에 감정이 다시 끓기 시작한 듯한 공기였다.

같은 시각, 애니는 교회 식당에서 봉사 중이었다. 그날따라 손님이 많아 손이 모자랐고, 함께 일하던 자매가 중얼거렸다.

"요즘 젊은 사람들은 다 바빠서 이런 데 안 와요. 자식 있는 게 뭔 소용인지…"

그 말에 애니는 잠시 말이 없었다. 사실 그녀도 요즘 민수를 자주 보지 못했다. 가끔 전화는 하지만, 바쁜 목소리 너머로 아들의 마음을 다 헤아릴 수는 없었다.

그러던 중, 에디가 식당 안으로 들어섰다. 손에 들고 있는 건 택배 상자.

"이거, 프랑스에서 수빈이가 보낸 거예요. 교회 아동부 선물이라고..."

애니는 놀란 듯 고개를 들었다.

"수빈 씨가요?"

"네. 이번 주엔 서울에 와 있어요. 민수 씨 가게에서 잠깐 봤다고 하더라고요."

순간, 애니의 얼굴에 복잡한 감정이 스쳤다. 놀람, 반가움, 그리고 어디선가 스멀스멀 올라오는 불안감.

민수와 수빈은 그날 이후 두어 번 더 만났다. 낮에는 한강을 걷기도 하고, 밤에는 늦은 시간까지 카페에 앉아 이야기를 나누기도 했다.

"그때, 너 프랑스로 떠날 때 인사도 못 했잖아."

“응, 나도 그게 늘 마음에 걸렸어.”

“근데 지금 보니까, 잘 지낸 것 같아서… 다행이다.”

“사실… 그땐 너한테 말 못했지만, 나 많이 힘들었어. 엄마랑 아빠 문제도 있었고… 내 자리는 어딘지 모르겠고…”

민수는 말없이 그녀를 바라보았다.

“나도 그래. 집에선 엄마랑 따로 살다시피 하고… 아버진 요양병원에 오래 계시고… 우리 모두 어딘가에서 조금씩 외로운가 봐.”

말없이 이어지는 침묵 속에서, 그들의 감정은 서서히 서로를 향해 걸어가고 있었다.

교회에서는 가을 찬양제가 다가오고 있었다. 애니는 행사 준비 위원으로, 에디는 무대 음향 담당으로 함께 참여하고 있었다. 그러던 중, 에디는 애니에게 조심스레 말을 꺼냈다.

“우리 아이들… 요즘 자주 만나는 것 같아요.”

“저도 들었어요. 민수가 그러더라고요.”

“괜찮을까요?”

애니는 대답 대신 살짝 웃었다.

“이제 아이들이 알아서 결정할 나이예요. 우리보다는 용감하겠죠.”

수빈이 다시 프랑스로 돌아가기 전날, 민수는 그녀를 반포 한강공원으로 데려갔다. 초가을 바람에 갈대가 흔들렸고, 수평선 너머로 노을이 번지고 있었다.

"이제 가면... 또 몇 년은 못 보는 건가요?"

"아마 그럴지도. 하지만... 난 그게 싫어졌어."

수빈은 갑자기 돌처럼 굳은 얼굴로 말했다.

"민수 씨. 나... 여기 다시 돌아오고 싶어졌어. 그냥, 그때 놓쳤던 거 다시 잡아보고 싶어."

민수는 대답하지 않았다. 대신 그녀의 손을 살며시 잡았다.

"그러면... 이번엔 내가 기다릴게요."

몇 주 후, 수빈은 다시 한국에 돌아왔다. 프랑스 본사에 사직서를 낸 뒤, 한국 지사로 이직을 결정한 것이다. 애니와 에디는 서로 얼굴을 마주보며 미소 지었다.

"당신 딸이 우리 아들이랑 연이 있나 봐요."

"아니요, 우리 아들이 당신 딸 복을 만난 거죠."

이젠 둘 사이에 웃음이 자연스러웠다.

어느 주일 오후, 네 사람은 함께 교회 마당 벤치에 앉아 있었다. 자녀들은 활짝 웃고 있었고, 두 어른은 조용히 그 모습을 바라보고 있었다.

"우리가 이렇게 마주앉는 날이 올 줄은 몰랐어요." 애니가 말했다.

"전 사실, 언젠가는 올 거라 믿었어요." 에디가 응수했다.

“그게 바로 믿음이겠죠. 용서하고, 받아들이고, 다시 걸어가는 것.”

햇살이 천천히 기울며 잔디 위에 길게 그림자를 드리웠다. 어느새 가을이 깊어 가고 있었고, 두 가족은 새로운 계절로 함께 나아가고 있었다.

제6장

초가을의 향기

바람 끝이 달라졌다.해가 여전히 뜨겁게 빛나고 있지만, 그 뜨거움 속에 묘하게 서늘한 숨결이 스며 있다.애니는 출근길에 잠시 발을 멈췄다. 가로수 잎 끝이 한 올씩 연둣빛을 벗고 옅은 황금빛을 입기 시작한 것을 보았기 때문이다.

“아, 가을이 온다…”그녀의 입술 사이로 작은 한숨 같은 말이 흘렀다. 누군가에게 들리라고 한 것도, 그 말을 붙잡아두고 싶었던 것도 아니었다. 다만 스스로를 향해, 잊고 지내던 계절의 문턱을 확인하는 듯한 속삭임이었다.

초가을의 냄새는 이상하다.유년 시절 논두렁길에서 맡던 벼 익는 냄새와, 젊은 날 낯선 도시의 새벽 공기 속에서 느꼈던 먼지 섞인 서늘함이 동시에 스며 있다.그 사이에는 설명할 수 없는 공백 같은 것이 있어, 애니는 늘 그 틈새에서 오래 서성였다.

바람이 불어왔다.아직은 여름의 향이 더 짙지만, 그 속에 실린 가을의 첫 조각이 그녀의 볼을 스치고 지나갔다.애니는 가방 끈을 고쳐 쥐며 혼잣말처럼 중얼거렸다.

“내 마음도 저 바람 같았으면…덥지도 차갑지도 않게, 그저 스며드는 정도로만.”

그녀는 문득, 이 계절이 에디에게는 어떤 기억을 불러올지 궁금해졌다. 그리고 곧, 그런 생각을 하고 있는 자신이 부끄럽게 느껴졌다.

초가을의 햇살은 여전히 부드럽고, 그 부드러움 속에서 애니는 알 수 없는 그리움의 냄새를 맡았다.

애니가 가로수 길을 걸어 사거리 쪽으로 향하던 그 시각, 에디는 회사 근처의 작은 공원 벤치에 앉아 있었다. 출근 전, 커피를 들고 잠시 바람을 맞는 것은 그가 유럽에서부터 지켜온 작은 습관이었다.

그의 눈에도 계절의 변화를 알리는 신호가 들어왔다. 멀리 보이는 은행나무 가지 끝이 희미하게 물들어 있었고, 바람이 불 때마다 작은 잎들이 가볍게 뒤집혔다.그 속에서 그는 한 사람을 떠올렸다. 어제 교회 앞에서 스치듯 인사를 나눈 애니였다.

그녀의 목소리는 유난히 차분했지만, 그 차분함 속에 무언가 오래 담아둔 온기가 숨어 있는 듯했다. 그것이 에디를 조심스럽게 흔들었다. 그는 자신도 모르게 커피잔을 가만히 굴려가며 중얼거렸다.

"그 사람도… 이 바람을 느끼고 있을까."

마침 사거리 쪽에서 애니가 걸어오는 모습이 눈에 들어왔다.그녀는 고개를 살짝 들고 바람을 맞으며 걸었고, 표정은 어쩐지 조금 멀리 있는 무언가를 향해 있는 듯 보였다.

에디는 자리에서 일어나, 마치 우연인 것처럼 그녀가 지나갈 길목으로 걸어갔다. 서로의 시선이 몇 걸음 앞에서 맞닿았다.그 짧은 순간, 바람이 또 한 번 불어 두 사람 사이를 스쳐 지나갔다.

"아침 공기가… 조금 달라졌죠?"

에디가 먼저 말을 건넸다.

애니는 살짝 미소 지었다.

"네, 가을이 오려나 봐요. 바람 속에 다른 냄새가 나네요."

잠시, 그들은 나란히 걷기 시작했다.이야기는 날씨와 계절의 색에 머물렀지만, 그 속에는 묘한 기류가 흘렀다.서로의 발걸음이 미묘하게 속도를 맞추었고, 잠깐 스치는 손등의 온도가 마음을 불편하게도, 또 편안하게도 했다.

멀리 신호등이 파란 불로 바뀌자, 두 사람은 건널목을 건넜다. 그 순간, 에디는 한 가지를 깨달았다.그녀와 함께 걷는 이 계절의 시작이, 자신에게는 오래 잊고 있던 '기다림'의 감각을 되살려주고 있다는 것을.

그날 이후, 애니와 에디는 마치 암묵적인 약속처럼 한 주에 한두 번은 우연한 '길 위의 마주침'을 이어갔다.교회 앞, 시청 근처 카페, 그리고 가끔은 공원 산책로… 장소는 제각각이었지만, 언제나 계절이 그들의 배경이 되어주었다.

초가을의 바람은 아직 여름의 온기를 품고 있었으나, 그 온기 속에는 알 수 없는 서늘함이 섞여 있었다.애니는 그 서늘함을 좋아했다. 마음 한편에서 묵혀온 감정들이 바람 속에서 조금씩 풀려나가는 듯했기 때문이다.

그날 오후, 교회 도서관 봉사 일정이 끝난 애니는 근처 카페로 향했다. 문을 열자, 진한 원두 향이 공기를 채웠고, 창가 쪽에서 책을 넘기는 에디의 모습이 눈에 들어왔다.그는 그녀를 보자 살짝 자리에서 몸을 일으켰다.

"또 뵙네요.""그러게요, 요즘 참 자주 마주치네요."

애니는 그 앞에 앉으며 창밖을 바라봤다.은행나무 잎이 햇빛에 반짝이며 흔들렸다.두 사람은 따뜻한 커피를 마시며 서로의 근황을 나눴다. 그 대화는 겉으로 보기엔 일상의 조각 같았지만, 말과 말 사이에는 묘한 울림이 있었다.

에디는 문득, 유럽 시절의 이야기를 꺼냈다.

“파리에서는 9월이 참 좋았어요. 공기가… 달라요. 거리의 빛도 그렇고.”

애니는 그 이야기를 들으며 상상 속으로 걸음을 옮겼다.

“저는 가본 적은 없지만, 상상만 해도 좋네요. 거리마다 다른 빛과 향기가 있을 것 같아요.”

그 순간, 에디는 그녀가 자신의 이야기에 귀 기울이며 눈빛이 깊어지는 것을 느꼈다.그 눈빛은 단순한 호기심만이 아니라, 그 사람의 삶 속으로 조금 더 가까이 다가가고 싶은 마음 같았다.

며칠 뒤, 애니는 아침 일찍 교회 앞 화단에 물을 주다 문득 하늘을 올려다봤다.하늘은 한층 높아졌고, 햇살은 부드러워졌다.그때, 뒤에서 들려오는 발자국 소리에 돌아보니 에디였다.

“일찍 나오셨네요.” “네, 아침 공기가 좋아서요.”

그들은 잠시 같은 화단 앞에 서서 꽃을 바라봤다.바람이 불어 가을꽃들이 고개를 흔들었다.그 순간, 애니의 마음속에 오래 묵혀둔 질문이 스쳤지만, 그녀는 꺼내지 않았다.그 질문은—에디의 지난 세월과 그의 현재에 관한 것이었다.

가을이 깊어질수록, 두 사람의 걸음은 조금씩 더 자주 같은 방향으로 향했다.하지만 그들의 대화는 여전히 선을 지켰다.그 선은 누가 먼저 그어둔 것인지 알 수 없었지만, 서로를 지키는 울타리처럼 느껴졌다.

가을비가 하루 종일 내린 뒤의 저녁, 작은 도시의 공기는 한층 차분해져 있었다. 길가 가로등 아래로 빗방울이 여전히 매달려 있었고, 그 빛이 도로 위에 금빛 물결처럼 번졌다.

애니는 퇴근 후 우산을 들고 천천히 걸었다. 그날따라 집으로 바로 가고 싶지 않았다. 빗속에 스며 있는 가을 냄새가, 어쩐지 오래된 기억을 꺼내놓을 것 같았기 때문이다.

그때, 앞에서 한 사람이 서 있었다. 우산 없이, 그저 빗속에 서서 고개를 들고 하늘을 바라보던 에디였다.그의 어깨와 머리카락이 비에 젖어 있었다.

"왜 우산도 없이…"

애니가 다가가며 말을 건넸다.에디는 천천히 고개를 돌리며 웃었다.

"가끔은, 이렇게 비를 맞고 싶을 때가 있잖아요."

애니는 잠시 망설이다가, 우산을 그의 쪽으로 기울였다. 우산 속 공간이 갑자기 좁아졌지만, 그만큼 가까워진 숨결이 느껴졌다. 빗소리와 함께, 둘 사이의 침묵이 묘하게 포근하게 번졌다.

그들은 말없이 골목 끝까지 걸었다.작은 찻집 앞에 이르자, 에디가 문을 열어 주었다.안으로 들어서자, 따뜻한 공기와 은은한 계피 향이 맞아주었다.

주문한 차가 나올 때까지, 두 사람은 창밖으로 내리는 비를 바라봤다. 애니는 컵을 감싼 손끝에 전해지는 온기를 느끼며, 마음 한구석에서 알 수 없는 안도감을 맛보았다. 에디 역시 무언가를 말하려다, 그저 미소만 지었다.

그 미소에는—감사, 조심스러움, 그리고 앞으로의 시간을 조금 더 함께하고 싶은 마음—이 모두 담겨 있었다.

밤이 깊어 지자, 비는 잦아들고 가을밤 특유의 선선한 바람이 불었다. 찻집 문을 나서며, 에디가 조용히 말했다.

"애니 씨, 가끔은… 그냥 이렇게 걷는 것도 좋네요."

애니는 그 말에 대답 대신 눈을 들어 밤하늘을 바라봤다. 그 하늘엔 구름 사이로 별 하나가 반짝였다.

그 순간, 그녀는 마음속으로만 조용히 읊조렸다.

'이 길 끝이 어디든, 오늘처럼 만 걸을 수 있다면…'

제7장

물결이 번지는 자리에서

밤이 되면 집은 더 넓어진다. 아니, 정확히 말하면 고요가 더 넓어지는 것에 가깝다. 애니는 잠들기 전, 늘 방문을 반쯤 열어 둔다. 오래전 어느 시점부터 닫힌 문은 갑작스러운 어둠처럼 느껴졌고, 잠에서 깨어나 문을 열어야만 호흡이 쉬워지는 밤들이 있었다. 남편이 집을 떠난 이후, 두려움과 공포는 닫힘이라는 형태로 다가왔다. 그래서 애니는 밤마다 문을 열어 두는 쪽을 택했다. 열어 둔 틈 사이로, 집의 다른 방에 아직 사람이 남아 있는 듯한 착각이 흘러 들어왔다.

책상 위 스피커에선 라흐마니노프의 파가니니 주제에 의한 랩소디가 잔잔히 이어졌다. 곡의 중반, 테마가 부드럽게 열린다. 애니는 늘 그 구간에서 숨을 고르곤 했다.

"여기까지 왔구나."

그녀의 가장 깊은 공포는 실은 외로움이었다. 그러나 그 외로움을 인정한 날들 덕분에, 그녀는 살아남았다. 문을 열어두듯, 마음도 조금씩 열어두는 법을 배웠다.

새로 딴 사회복지사 자격증과 오래전에 취득해둔 공인중개사 자격증이 파일철 사이로 반짝였다. 고단한 시절에 그녀는 미래의 어둠을 견디기 위해 작은 불빛을 여러 개 켜 두는 방식을 선택했다. 어떤 불빛은 전문가의 이름이 되었고, 어떤 불빛은 단지 자신에게 건네는 약속이 되었다.

파일철 옆에는 클라라 슈만의 피아노 곡이 적힌 악보 사본과, 언젠가 친구들과 다녀온 바닷가 사진이 겹쳐 놓여 있다. 사진 속 그녀는 모처럼 문장 대신 웃음을 입고 있었다. 여행과 맛집을 함께 찾아다니던 서너 명의 친구들—멀리까지 가지 않아도, 그들과 함께면 늘 멀리 다녀온 기분이었다.

책장은 가볍게 포개진 종이의 바다였다. 표지 가장자리가 닳은 에세이, 결줄이 촘촘한 고전 소설, 접힌 귀퉁이의 시집. 애니는 읽은 문장을 오래 지닌다. 마음이 힘들 때면 기억 속에서 소환하는 구절들이 있었다. "오늘의 마음을 지켜라. 그것이 내일의 언어가 된다." 같은 문장들.

아침 공기에서 솟구치는 초가을의 냄새는 애니를 어김없이 멈춰 세운다.

출근길 골목에서 올려다본 하늘은 여름의 푸름을 반쯤 내려놓은 색이었다. 낙엽은 아직 본격적으로 떨어질 시간이 아니었지만, 가지 끝의 미세한 변색이 먼저 계절을 알렸다.

그녀는 생각했다.

"나는 내 삶의 어디쯤 와 있을까."

그 질문을 스스로에게 자주 던져보았지만, 정답을 서두르지 않기로 한 것도 오래였다. 오랫동안 녹서가 가르쳐 준 것은, 답이 아니라 태도였다. 천천히 읽고, 천천히 이해하고, 천천히 기다리는 법.

주일 예배가 끝난 뒤의 교회 마당엔 늘 잔잔한 파문이 있었다. 사람들의 발소리, 가벼운 인사, 아이들의 웃음. 애니는 그 소리의 가장자리에서 숨 고르는 법을 배웠다.

그날도 그랬다. 느티나무 그늘에 서서 그녀는 누군가를 떠올리는 일이 습관이 되어간 자신을 보았다. 그 누군가는 에디였다.

에디는 늘 배려의 속도로 움직였다. 먼저 다가오지 않지만 멀어지지도 않는, 하나의 온기. 서예를 좋아하고 묵향을 사랑한다고 했던 그의 말이 떠오르면, 애니는 이유 없이 마음이 잔잔해졌다. 먹빛이 종이 위에 스미듯, 그의 말투도 과장 없이 스며드는 방식이었다.

주중 어느 날, 애니는 퇴근길에 작은 카페에 들렀다. 스피커에서 흐르는 곡은 클라라 슈만의 피아노 작품이었다. 카페 주인이 클래식을 좋아하는 걸 알고 이후론 종종 들렀다.

차창을 통해 보이던 낮게 눕는 햇빛의 습관이 카페 유리창에도 비슷하게 남아 있었다. 그 빛의 기울기를 따라 마음은 서서히 풀렸다.

컵을 들어 올리려는 순간, 문이 열리고 에디가 들어왔다. 그는 누군가를 찾는 표정을 짓지 않았지만, 오래된 책을 펼치듯 카운터와 창가를 차례로 훑었다. 우연이 겹치면 필연처럼 보이는 법.

짧은 인사.

"오늘은⋯ 음악이 좋네요."

"네. 제가 좋아하는 곡이에요."

대화는 거기까지였지만, 음악은 둘 사이의 대화를 대신했다. 라흐마니노프의 느린 아다지오가 이어졌고, 그것은 _말하지 못한 말들의 감정선을 울렸다.

그날 밤, 애니는 문을 반쯤 열어둔 채 침대에 앉았다.

책을 펴려다가, 문득 읽지 않기로 했다. 음악도 끄지 않았다. 방 어디선가 기어오는 적막의 털결을 천천히 어루만지는 편을 택했다.

"나, 잘 살고 있는 걸까."

그녀는 자주 스스로에게 묻는다. 숫자로 정리되는 일의 세계에서, 정리되지 않는 감정의 세계를 동시에 견디는 일이 쉽지 않다는 걸 알기 때문이다.

아이들은 잘 자랐다. 그것으로 충분하다고 스스로를 다독이는 밤들이 있었다. 그러나 오늘 같은 밤엔, 아이들이 없는 거실의 너른 허공이 그녀의 어깨를 살짝 움켜쥐곤 했다.

그럴 때마다 애니는 작은 등불을 켰다. 서랍에서 한 권의 시집을 꺼내거나, 좋아하는 곡의 3악장만 반복해 듣는 식으로. "너를 덮는 음, 너를 세우는 말." 그녀가 자신에게 건네는 비밀의 주문이었다.

며칠 뒤 주말, 교회 봉사 끝에 마당을 지나던 애니는 교육관 창가에서 에디가 붓을 드는 모습을 보았다. 주중 서예 소모임 봉사를 돕는 듯했다.

먹을 갈아 종이에 붓을 올리는 순간, 공기 전체가 잠깐 정지했다가 다시 움직이는 듯했다. 스며들이 번지는 먹빛이 하나의 획이 되고, 그 획들이 말의 뼈대를 만들었다.

애니는 그 광경을 멀리서 바라보았다.

"저 사람의 말은, 이런 방식으로 만들어졌구나."

과장되지 않고, 소리내지 않지만 단단한 말. 배려하는 사람의 문장.

어느 금요일 저녁, 오래된 친구들과의 소규모 모임이 있었다. 다들 딱히 멀리 갈 형편은 못 되어서, 대신 새로운 맛집을 찾는 쪽으로 전통이 굳었다.

식탁 위로 수다가 켜졌다. 친구들은 대체로 애니가 지나치게 단단해 보이는 걸 염려했다.

"가끔은 너도 열어둬. 문 말고, 마음을."

"나, 열어두고 있어."

"그건… 문이잖아."

함께 웃었다. 그러나 웃음이 가라앉은 뒤에도, 한 친구의 말이 오래 남았다.

"너는 외로움을 대치는 법을 잘 배우긴 했어. 그런데 가끔은, 외로움을 그냥 외로움이라 부르는 것도 도움이 돼."

그날 밤, 돌아오는 길에 애니는 오래 걸었다. 외로움이라는 단어와 감사라는 단어가, 서로의 가장자리를 스치며 번지는 소리를 들었다.

초가을 끝머리의 일요일, 비가 내렸다 그쳤다. 가로등 불빛이 젖은 보도에 반짝반짝 흔들렸다.

애니가 마당을 가로지르는데, 에디가 느티나무 그늘에서 우산을 접었다.

말 대신 짧은 고개인사.

"바람이… 달라졌네요." 애니가 먼저.

"네. 가을이 제대로 오네요."

둘은 마당 끝까지 함께 걸었다. 종탑에서 느린 종소리가 내려왔다. 말은 금방 사라졌지만, 둘 사이의 온도는 물결처럼 퍼져 오래 남았다.

그 순간, 애니는 어렴풋이 깨달았다.

"우리가 말하지 않는 사이에도, 무언가가 잔잔히 움직인다."

또렷한 이름을 붙일 수 없고, 붙이려 하지도 않는 움직임. 그것은 문을 닫지 않고 잠드는 밤처럼, 조심스럽고도 필요한 일이었다.

하루 종일 서늘한 바람이 불던 날, 애니는 늦은 저녁 집으로 돌아오는 길에 문득 하늘을 올려다보았다. 구름 사이로 달빛이 흘러내리고 있었다. 그 빛은 고향 시절, 어린 소녀였던 자신이 호숫가 벤치에 앉아 보던 빛과 크게 다르지 않았다.

"시간은 흘러도, 달빛은 늘 그대로네."

그녀의 눈동자에 맺힌 반짝임은, 아직 사라지지 않은 설렘과 두려움이 동시에 섞인 빛이었다.

에디는 주중 저녁, 애니에게 짧은 메시지를 보냈다.

"책을 정리하다 오래된 원고를 발견했습니다. 내일 교회 끝나고 드릴게요. 혹시 시간이 괜찮으시면."

그의 말투에는 늘 그렇듯 신중함과 배려가 담겨 있었다. 직접적인 표현은 없었지만, 애니는 그 글 속에서 그의 마음의 결을 읽을 수 있었다.

다음 날, 낡은 공책 한 권이 그녀의 손에 전해졌다. 표지엔 옅은 먹향이 배어 있었고, 페이지마다 젊은 날의 시구들이 흩어져 있었다.

"이건…"

"그저 젊은 날의 흔적입니다. 어쩌면 지금은 부끄러운 글들이죠."

그러나 애니는 느꼈다. 글자마다 묻어 있는 그의 감수성이 아직도 살아있음을.

주일 저녁 예배가 끝나고, 교회 마당의 나무 잎들이 바람에 흔들렸다. 사람들은 삼삼오오 모여 담소를 나눴다. 애니와 에디도 자연스레 같은 자리에 서게 되었다. 그 순간, 한 지인이 웃으며 말했다.

"두 분은 참 잘 어울리세요."

순간 공기가 얼어붙는 듯했지만, 에디는 태연히 웃었다.

"저희는 고향 친구랍니다. 오래된."

애니는 웃음을 지었지만, 가슴 한켠이 은근히 떨렸다. 그 말은 사실이었지만, 동시에 단순한 사실만은 아니었다.

아이들 또한 어렴풋이 감지하고 있었다. 애니의 아들은 어느 날 말없이 어머니를 바라보다가 조용히 말했다.

"엄마, 요즘 표정이… 예전보다 훨씬 밝아 보여요."

그 말에 애니는 아무 대답을 하지 못했다. 단지 웃어 보였을 뿐. 그러나 그 미소 속에는, 아이에게조차 숨길 수 없는 감정의 무늬가 서려 있었다.

짧은 가을비가 내리던 어느 날 저녁, 애니와 에디는 우연히 같은 지하 카페에 들어섰다.

"여기서 뵐 줄은 몰랐네요."

"저도요. 빗소리에 이끌려 들어왔습니다."

창가에 앉아 따뜻한 차를 마시며, 둘은 한동안 말이 없었다. 그러나 그 침묵은 불편하지 않았다. 오히려 빗방울이 유리창을 타고 흘러내리는 소리가 그들의 대화 대신 마음을 이어주고 있었다.

에디는 불현듯 낮은 목소리로 말했다.

"사람의 마음에도 물결이 번지는 순간이 있죠. 작은 돌멩이 하나가 떨어지면, 그 잔물결이 멀리까지 퍼져 나가는 것처럼."

애니는 눈을 내리깔며, 자신도 모르게 대답했다.

"…네, 저도 그걸 요즘 자주 느껴요."

그날 밤 집으로 돌아온 애니는 방문을 닫지 않고 침대에 누웠다. 어둠 속에서 귓가에 맴도는 건 빗소리가 아니라, 그의 낮은 목소리였다.

"물결이 번지는 순간."

그 말은 단순한 은유 같았지만, 애니에겐 하나의 선언처럼 들렸다.

그녀는 가슴에 손을 얹고 천천히 숨을 내쉬었다.

"나는 아직 살아있고, 누군가를 느끼고 있구나."

애니와 에디의 관계는 여전히 이름 붙일 수 없지만, 서로의 마음에 확실한 물결을 남겼다. 그 물결은 앞으로 다가올 시간 속에서 더 넓게, 더 깊게 퍼져 나갈 것이다.

제8장

사랑의 찬가

아침 공기에는 한결 선선함이 묻어 있었다. 창문을 열면 맑은 하늘이 드러나고, 햇살은 여전히 따사롭지만 바람은 가볍게 살갗을 스치며 계절이 서서히 기울고 있음을 알렸다. 애니는 창가에 서서 한동안 그 바람에 몸을 맡겼다. 계절이 바뀔 때마다 그녀의 마음도 함께 흔들리곤 했다. 문득, 세월이 흐르며 자신이 얼마나 단단해졌는지, 혹은 여전히 연약한지 알 수 없을 때가 많았다.

밤마다 문을 열어놓고는 잠들지 못하던 지난 시간들이 떠올랐다. 혼자라는 사실이 얼마나 큰 공허와 두려움으로 다가왔는지, 그 기억은 아직도 마음 깊은 곳에서 가시처럼 남아 있었다. 하지만 그 두려움 속에서도 애니는 버텼다. 자녀들을 위해, 자신을 위해. 그리고 버티는 동안, 독서와 음악은 늘 그녀의 곁에 있었다. 라흐마니노프의 선율은 고단한 하루의 끝에서 그녀를 감싸 주었고, 클라라 슈만의 곡은 여인으로서의 애니의 마음을 은밀히 어루만졌다.

책장에는 빼곡히 꽂힌 책들이, 그녀가 살아온 세월의 작은 증거처럼 놓여 있었다. 소설, 시집, 철학서, 심리학 서적, 그리고 자격증 시험 준비서들까지. 애니는 책 속에서 삶의 이면을 배우고, 때로는 위로를 얻었다. 그녀의 집 거실에는 늘 클래식 음악이 흐르고 있었고, 작은 식탁 위에는 친구들과 함께 나누었던 여행지 기념품이 놓여 있었다.

"그래도 감사하지..."

애니는 혼잣말을 하며 미소를 지었다. 부족한 것투성이 같지만, 오늘도 숨쉬고 있다는 사실 하나만으로도 감사할 이유가 충분했다.

반면, 같은 도시의 다른 쪽에서는 에디가 새벽녘 글을 쓰고 있었다. 오래전 문학도의 꿈을 품었던 습관이 여전히 남아 있었다. 검은 먹향이 방 안에 은은히 번지고, 그의 붓끝은 천천히 한자 한자를 눌러갔다. 글씨는 곧 그의 마음이었다.

에디는 음악을 틀었다. 이번에는 모차르트가 아니라, 옛날 유럽 주재원 시절 좋아하던 샹송을 흘려보냈다. 음악 속에서 그는 잠시 과거로 돌아갔다. 파리의 거리, 소박한 카페, 그리고 그곳에서 혼자 차를 마시며 적어 내려가던 시. 지금은 신실한 크리스천으로서 성경을 가까이하지만, 그때의 글쓰기는 여전히 그의 내면에 살아 있었다.

방 안의 불빛은 한 줌 남은 별빛처럼 희미하게 떨리고 있었다.

문을 닫지 못한 채 열어둔 밤, 고요는 오히려 더 큰 파도처럼 밀려와 애니의 가슴을 두드렸다.

"닫으면 세상에서 버려진 듯 외롭고, 열어 두면 외로움이 더 깊이 스며들고..."

그녀는 속으로 낮게 읊조렸다.

자존심이라는 단단한 갑옷을 두르고 하루하루를 건너왔지만, 그 갑옷 안쪽은 오래된 균열로 울리고 있었다. 낮에는 혼자서도 잘한다는 얼굴로, 꿋꿋하게. 그러나 어둠은 언제나 그녀를 배신하지 않고 찾아왔다.

오늘, 에디의 목소리가 아직 귓가에 남아 있었다.

“당신은 혼자가 아니야.”

단순한 문장 하나가, 마치 낯선 항구에서 불쑥 들어온 등불처럼 그녀의 마음을 흔들었다.

“왜 지금 와서… 왜 내 가슴 속에 잊어버린 떨림을 흔들어 놓는 거지?”

애니는 베개를 끌어안으며 눈을 감았다.

젊은 날, 도서관의 긴 나무 책상 위에서 책장을 넘기던 손끝이 떠올랐다.

활자 속에서 꿈꾸던 인물들—굴하지 않고, 의연하게 살아가는 여자들. 그녀도 그렇게 살고 싶었고, 꽤 오랫동안은 그렇게 살아왔다. 하지만, 책 속 주인공들조차 알려주지 못한 진실이 있었다. 강인함은 언제나 고독을 데리고 온다는 것.

그녀는 깊은 숨을 내쉬며 스스로에게 속삭였다.

“나는 버텨왔어. 누구에게도 기댄 적 없지. 그런데… 왜 그의 말이 내 마음을 적시는 거야?”

어두운 방 안에 클래식 음악의 잔향이 스며들 듯, 애니의 내면에도 알 수 없는 선율이 흘렀다. 라흐마니노프의 느린 아다지오처럼, 고요 속에 숨어든 불안과 위로가 뒤섞여 울리고 있었다.

그녀는 문득 깨달았다.

혼자가 아니다라는 말은 동정이 아니었다. 그것은 오래 전 잊어버린, 그러나 늘 갈망하던 언어였다.

삶의 끝자락에 다시 불 켜진 등불, 어쩌면 앞으로의 길 위에서 그녀를 이끌어줄 희미한 별빛 같은 것.

애니는 문득 오래된 여행 사진을 꺼내 보았다. 함께 웃고 떠들던 친구들, 강가에서 찍은 사진, 이탈리아의 작은 골목에서 마주친 수제 가게. 그 모든 기억이 지금의 자신을 지탱하는 힘이 되어 주었다.

"그래, 아직은 늦지 않았어."

그녀는 속으로 다짐했다. 삶이 그녀에게 남겨준 것이 오직 고독만은 아니었다. 친구들과의 추억, 책에서 얻은 지혜, 그리고 아직 끝나지 않은 희망이 있었다.

에디는 오늘따라 유난히 글이 잘 써지지 않았다. 종이에 몇 줄을 적다가는 다시 고개를 저었다. 그는 붓을 내려놓고, 대신 낡은 노트를 꺼냈다. 대학 시절, 초현실주의에 심취하여 써내려간 시와 단편들이 빼곡히 담긴 노트였다.

읽다 보면 부끄럽기도 하고, 또 어떤 부분에서는 지금의 자신보다 훨씬 더 진실했던 모습이 보였다. 신앙을 갖기 전, 그는 세상과 치열하게 싸우고, 문학 속에서 길을 찾으려 했었다. 지금은 말씀을 통해 더 깊은 평안을 누리지만, 문득문득 그 시절의 격정이 그리워지기도 했다.

그는 라디오를 틀었다. 마침 사이먼 앤 가펑클의 노래가 흘러나왔다.

"Hello darkness, my old friend..."

가사는 마치 오래된 친구처럼 다가왔다. 어쩌면 그는 여전히 과거와 대화하고 있는지도 몰랐다.

이 도시의 같은 하늘 아래, 애니는 책을 읽고 있었고, 에디는 음악을 들으며 과거를 되새기고 있었다. 두 사람은 서로 다른 공간에 있었지만, 묘하게도 같은 정서를 공유하고 있었다.

애니는 라흐마니노프의 선율 속에서 과거의 자신과 대화하고 있었고, 에디는 사이먼 앤 가펑클의 노래를 통해 자신의 청춘과 마주하고 있었다.

둘의 마음은 아직 만나지 않았지만, 이미 같은 계절과 같은 감정의 흐름 속에서 교차하고 있었다.

에디 역시 혼잣말처럼 중얼거렸다.

"사람의 인연이란, 참 묘한 거지..."

교회에서 우연히 다시 마주친 순간부터, 그는 마음 한 구석이 흔들리기 시작했다. 자신도 모르게 애니의 표정, 말투, 심지어 걸음걸이까지 눈길이 갔다. 하지만 그는 속으로 다짐했다.

"함부로 다가서선 안 되지. 우리는 이제 다른 길을 걸어온 사람들이니까."

애니의 집에서는 클라라 슈만의 곡이 흐르고 있었고, 에디의 이어폰에서는 샹송이 잔잔히 흘러나오고 있었다. 두 사람의 음악은 서로 달랐지만, 어쩐지 같은 외로움을 노래하고 있는 듯했다.

마치 평행선을 달리던 두 개의 선율이, 보이지 않는 어딘가에서 서서히 겹쳐지는 듯한 순간이었다.

애니는 거실 창문을 활짝 열었다. 초가을의 공기는 무언가 다르다. 한낮의 햇볕은 여전히 따갑지만, 바람 속에는 더 이상 여름의 축축한 기운이 남아 있지 않았다. 대신 마른 풀 내음, 먼 들판에서 흘러온 볏짚 냄새, 그리고 어디선가 피어오르는 군밤 굽는 냄새가 섞여 있었다.

그녀는 순간 어린 시절을 떠올렸다. 고향의 들판에서 해가 저물 때, 어머니가 저녁밥을 짓던 연기 냄새와, 멀리서 들려오던 메뚜기 소리가 겹쳐졌다. 마음 한쪽이 아릿하게 시렸다.

"나는 왜 늘 이 시간만 되면 마음이 흔들릴까..."

애니는 자신에게 말을 건네듯 속삭였다. 책을 읽어도, 음악을 들어도, 가끔은 채워지지 않는 공허가 찾아왔다. 그것은 단순한 외로움이라기보다, 삶이 흘러가는 자리에서 놓쳐온 무언가에 대한 아쉬움 같았다.

그녀는 성실히 살아왔다. 남편이 집을 떠난 후에도 무너지지 않았다. 아이들을 위해 여러 자격증을 따고, 밤마다 공부하며, 생활을 꾸려왔다. 그리고 지금, 자녀들은 훌륭히 성장했고 안정된 삶을 살아가고 있다. 하지만 정작 본인의 마음 한편에는 비워진 공간이 여전히 남아 있었다.

그 시각, 에디는 자신의 서재에 앉아 오래된 수첩을 꺼냈다.

거기에는 젊은 시절 그가 썼던 시들이 빼곡히 적혀 있었다. 초현실주의에 빠져 있던 시절, 낯설고 실험적인 언어들 속에도 한 가지 일관된 주제가 있었다. 그리움이었다.

그는 손가락으로 오래된 글씨를 따라가며 미소를 지었다.

"그땐 모든 게 가능할 것 같았지..."

지금 그는 신실한 신앙인으로 살아가고 있었지만, 글쓰기를 멈춘 적은 없었다. 단지 표현의 방식이 달라졌을 뿐이었다. 시와 산문 대신, 이제는 성경 묵상과 일기 속에 삶의 이야기를 남기고 있었다.

애니와 에디는 서로 다른 공간에서 각자의 시간을 보내고 있었지만, 그들의 마음은 알 수 없는 방식으로 교차하고 있었다. 애니는 클라라 슈만의 선율 속에서 흔들리고 있었고, 에디는 오래된 시 속에서 과거를 더듬고 있었다.

만약 누군가가 그 순간 두 사람의 창문을 동시에 열어, 바람을 이어 주었다면, 어쩌면 그들은 서로의 숨결을 느꼈을지도 모른다.

주일. 그는 찬송을 부르며 오랜 세월 잊고 지냈던 고향의 하늘을 떠올렸다. 그리고 그 속에서, 지금 곁에 앉아 있는 애니의 존재가 은근히 마음에 스며들고 있음을 느꼈다.

예배가 끝나고, 성도들이 삼삼오오 모여 교제를 나누는 시간. 애니와 에디의 시선이 잠시 마주쳤다.

아무 말도 하지 않았지만, 그 순간은 오래 남았다.

애니는 시선을 피하며 미소를 지었다. 그리고 마음속으로 말했다.

"괜찮아, 그냥 이 정도면 충분해..."

하지만 동시에 알 수 없는 떨림이 그녀의 가슴을 두드리고 있었다.

집으로 돌아오는 길, 애니는 차 안에서 습관처럼 클라라 슈만의 곡을 틀었다. 맑고 서정적인 선율이 흐르자, 그녀는 창밖에 스치는 가로수들을 바라보았다. 바람은 가을을 향해 한 걸음씩 나아가고 있었다.

에디 역시 혼자 차를 몰고 돌아가며, 오래된 샹송을 들었다. 에디 삐아프의 '사랑의 찬가'였다. 그는 운전대를 잡은 손에 힘을 주며, 스스로에게 속삭였다.

"이제는 조심해야 해. 나도, 그녀도."

그러나 그의 마음속에는 이미 작은 파문이 일어나고 있었다.

애니는 책을 읽으며 하루를 마무리했고, 에디는 짧은 기도를 드리며 잠자리에 들었다. 서로 다른 공간, 다른 방식이었지만, 그들의 하루는 묘하게 닮아 있었다.

그들은 아직 서로에게 아무 말도 하지 않았지만, 계절처럼 조금씩 다가오는 변화를 느끼고 있었다.

호숫가 카페는 오후의 햇살이 길게 기울며 창문을 황금빛으로 물들이고 있었다. 애니와 에디는 마주 앉아 있었지만, 어느 순간부터 대화는 끊기고 커피잔에 담긴 김만이 무심히 흘러나오고 있었다. 애니의 손가락이 컵 가장자리를 천천히 돌며 부드럽게 흔들릴 때, 에디가 낮은 목소리로 입을 열었다.

"애니, 난 가끔 당신을 보면… 오래전 내 젊은 날의 글 속에서 만났던 인물들을 떠올려요. 가끔은 너무 생생해서, 현실인지 환상인지 분간이 안 될 때도 있어요."

그의 목소리는 담담했지만, 눈빛 속에는 숨길 수 없는 애틋함이 번지고 있었다. 애니는 순간 당황하듯 시선을 창밖으로 돌렸다. 바람이 나뭇잎 사이를 스치며 가볍게 흔들고 있었다. 그러나 그녀의 목소리는 차갑게 다가왔다.

"그런 말, 쉽게 하는 거 아니에요. 사람 마음은… 시 속의 비유처럼 가볍게 다뤄지는 게 아니에요."

에디의 표정이 잠시 굳었다. 하지만 그는 곧 억눌린 듯한 웃음을 지어 보였다.

"난 가볍게 말한 게 아니에요. 오히려 너무 오래 묻어둔 말이라, 오늘은 꺼내지 않으면 안 될 것 같았어요."

잠시 정적이 흘렀다. 카페 안의 다른 손님들의 웃음소리가 은근히 들려왔지만, 두 사람 사이의 공기는 묵직하게 가라앉아 있었다. 애니는 차분한 목소리로 다시 말했다.

"에디, 당신이 어떤 진심을 말하고 있는 건지는 알아요. 하지만… 난 늘 혼자 견뎌야 했던 시간이 많았어요. 내 마음을 내보이는 게 얼마나 두려운 일인지, 당신은 모를 거예요."

에디는 잠시 시선을 숙였다가, 다시 그녀를 바라보았다. 그 눈빛에는 상처와 이해가 동시에 머물러 있었다.

"맞아요. 난 모를 수도 있어요. 하지만 당신이 혼자가 아니라고, 그걸 알려주고 싶었을 뿐이에요."

밖으로 나왔을 때는 가을빛이 더 깊어져 있었다. 길가의 은행잎이 노랗게 물들어 바람에 흩날리며 발밑을 채우고 있었다. 두 사람은 나란히 걷고 있었지만, 발걸음 사이에는 묘한 긴장이 남아 있었다.

에디가 먼저 입을 열었다.

"오늘 내 말이 당신을 힘들게 했다면 미안해요."

애니는 대답하지 않았다. 대신 발걸음을 멈추고, 하늘을 올려다보았다. 은은한 석양빛이 구름에 번져 있었다. 그녀는 천천히 숨을 내쉬었다.

"…힘들진 않았어요. 다만, 내가 아직 받아들일 준비가 안 된 것뿐이에요."

그 순간, 에디는 미소를 지었다. 억지스러운 것이 아닌, 그저 이해하겠다는 듯한 따뜻한 웃음이었다.

"그 말이면 충분해요. 난 기다릴 수 있으니까."

그날 밤, 애니는 집에 돌아와 침대에 몸을 누였다. 불을 끄고 방문을 닫으려다, 평소처럼 두려움이 엄습해오는 순간이었다. 그러나 오늘은 조금 달랐다. 에디가 했던 말들이 귓가에 맴돌고 있었기 때문이다. 혼자가 아니라고, 알려주고 싶었다.

그 말이 파도처럼 가슴 속에서 밀려왔다. 애니는 베개를 끌어안은 채, 조용히 눈을 감았다.

반면 에디는 서재 책상 앞에 앉아 있었다. 펜을 들고, 작은 수첩에 몇 줄의 시를 적어 내려갔다.

'바람이 스친 자리마다

이름 모를 외로움이 흔들리네

그러나 그 곁에 내가 서 있다면

그 길은 더 이상 공허하지 않으리'

에디는 펜을 내려놓고, 창문 너머 가을밤의 공기를 들이켰다. 가을은 어쩐지 사람의 마음을 흔드는 계절이었다. 오늘의 대화가 남긴 긴장도, 어쩌면 새로운 시작을 위한 한 장면일지 모른다고 생각하며, 그는 조용히 눈을 감았다.

제9장

카이로스

가을 저녁의 공기는 한결 부드러웠다. 바람이 불어올 때마다 노랗게 물든 은행잎이 가볍게 흔들렸고, 길가의 가로수 밑에는 이미 누렇게 떨어진 잎들이 바람을 따라 소곤거렸다. 애니는 퇴근길에 무심히 그 길을 걸으며 교회 종탑을 올려다보았다. 아직 종소리는 울리지 않았지만, 그녀의 귀에는 오래전부터 익숙했던 음률이 들려오는 듯했다. 그녀는 무심히 한숨을 내쉬었다.

“오늘은, 그냥 돌아갈까… 아니면 들어갈까…”

스스로에게 묻는 질문은 매번 같았지만, 대답은 그날의 마음에 따라 달라졌다.

에디 역시 같은 시간, 다른 골목에서 교회를 향하고 있었다. 낯설게만 다가오던 귀국 후의 일상 속에서 유일하게 따뜻한 숨결을 전해주는 것은 교회였다. 하지만 교회에 발을 들이는 순간, 그는 늘 긴장과 두려움을 동시에 느꼈다. 그곳에서 마주치는 사람들, 그리고 무엇보다 애니 때문이었다.

애니는 교회 앞 계단에 잠시 멈추어 섰다. 계단 위로 스며드는 저녁빛은 마치 그녀의 흔들리는 마음을 비추는 듯했다.“나는 지금 어디쯤 와 있는 걸까.”결혼 생활은 오래전부터 균열이 깊어졌고, 남편은 여전히 멀리 떨어져 있었다. 사실상 별거에 가까운 세월, 그러나 명목상으로는 여전히 아내라는 자리를 지켜야 하는 현실.

아이들은 각자의 삶을 꾸려가느라 엄마의 외로움을 들여다보지 못한다. 회사에서는 과장의 무게가 그녀의 어깨를 누른다. 늘 맡은 자리에서 충실히 일하지만, 가끔은 모든 것이 공허하게 느껴졌다.

그리고… 에디.그녀는 차마 입 밖으로 그의 이름을 내뱉을 수 없었지만, 마음속 깊은 곳에서 오래전부터 자리해 온 그 이름은 그녀를 흔들고 있었다.

교회 옆 작은 공원에 앉아 있던 에디는 노을이 붉게 물드는 하늘을 바라보았다. 유럽에서의 시간은 언제나 낯설었지만, 또 자유롭기도 했다. 그러나 귀국 후의 삶은 또 다른 방식으로 그를 옥죄었다.

첫 아내와의 사별, 재혼, 그리고 실패한 사업으로 인해 선택했던 위장이혼이라는 복잡한 상황 속에서 이제는 위장이 아닌 실제가 되어버린 늦한 현실에 대해 그는 늘 자신의 자리를 되묻고 있었다. 교회에 와서도, 예배의 순간에도, 늘 한 사람의 시선만을 찾았다. 애니.

그녀와 눈이 마주치는 순간, 그는 오래된 시간의 무게가 녹아 내리는 듯한 해방감을 느꼈다. 그러나 동시에, 다시는 건드려서는 안 될 금단의 감정이 깨어나는 두려움도 엄습했다.

저녁 예배가 시작되자, 교회 안은 따뜻한 찬송가 소리로 가득 찼다. 아이들이 앞자리에서 맑은 목소리로 노래를 부르고, 노인들은 뒤에서 조용히 화음을 맞췄다. 애니는 성가대 자리에 앉아 있었고, 에디는 본당 뒤쪽에서 조용히 자리를 지켰다.

목사의 설교는 "하나님의 때"에 대한 이야기였다. "우리는 늘 성급합니다. 그러나 주님은 가장 선한 때를 아십니다. 기다림은 고통이지만, 그 기다림 속에서 우리는 믿음을 배웁니다."

애니의 눈가가 흔들렸다. 마치 자기 이야기를 듣는 듯했다.

'나는 얼마나 기다려야 할까. 아니, 이 기다림 끝에 무엇이 있을까…'

예배가 끝나고 교인들이 삼삼오오 나가던 순간, 애니와 에디의 시선이 복도에서 마주쳤다. 짧은 순간, 아무 말이 오가지 않았지만, 두 사람의 눈빛은 이미 오래된 기억과 현재의 감정을 교차시키고 있었다.

에디가 먼저 입술을 떼었다.

"오늘, 말씀… 참 깊고 울림을 주는 말씀이네요."

애니는 짧게 미소 지었지만, 그 미소에는 수많은 감정이 얽혀 있었다.

"네, 기다림이라는 게… 늘 어렵죠."

둘은 잠시 침묵했다. 마치 무언가를 더 말하고 싶었지만, 다른 이들의 시선이 그들의 입술을 막았다.

며칠 후, 애니의 아들이 집에 올 거라고 얘기했다. 카페 경영하느라 바빠 좀처럼 보기 힘든데 이번에는 주말에 와서 넉넉하게 시간을 보냈다. 아들은 교회에 잠시 얼굴을 내밀었다. 마침 에디의 딸도 같은 예배에 참석하게 되었고, 두 젊은이는 자연스럽게 인사를 나눴다.

애니와 에디는 멀리서 그 장면을 바라보았다. 두 사람 모두 말은 하지 않았지만, 마음속으로는 복잡한 감정이 밀려왔다. 자녀들을 통해 새로운 인연이 이어질 수도 있다는 기대와 동시에, 혹여라도 모든 것이 드러날까 두려운 불안감이 교차했다.

교회 안에서는 작은 소문이 돌기 시작했다.

"에디 형제, 요즘 자주 오는 것 같지 않아요?"

"글쎄요, 누구 때문일까요?"

작은 속삭임들이 이어졌다. 애니는 그 말들이 결국 자신에게도 흘러 들어온다는 것을 직감했다.

그날 밤, 애니는 홀로 창가에 앉아 빗소리를 들었다. 차가운 가을비가 유리창을 두드렸고, 그녀의 마음도 같은 박자로 흔들렸다.

어느 저녁, 애니와 에디는 우연처럼, 그러나 운명처럼 교회 옆 벤치에서 마주 앉았다. 긴 침묵 끝에 에디가 먼저 말을 꺼냈다.

"가끔은, 우리… 참 잔인한 자리에 서 있는 것 같아요."

애니는 눈을 피하지 않았다.

"네, 하지만… 어쩌면 이것도, 주어진 길일지도 몰라요."

그 말은 고백이 아니었지만, 고백보다 더 깊은 울림을 남겼다.

두사람의 마음은 더욱 흔들리고 있었다. 교회라는 울타리 안에서, 자녀들의 삶과 얽히며, 공동체의 시선 속에서, 애니와 에디는 새로운 갈림길 앞에서 있었다. 노을빛이 저물어가는 길목에서, 두 사람은 각자의 발걸음을 놀리며 속으로 다짐했다.

"이 길의 끝에서, 나는 무엇을 만나게 될까."

제10장

무지개

토요일 오전, 햇살이 창틀 위로 사선으로 쏟아졌다.

애니는 커튼을 반쯤 젖히고 창밖을 보았다. 시장 쪽에서 들려오는 왁자한 소리, 골목 구석 택배 기사님의 경쾌한 휘파람, 에스프레소 머신이 내는 짧은 증기 소리까지, 도시가 부드럽게 기지개를 켜는 소리들이었다.

"오늘은, 가볍게."

애니는 스스로에게 말했다. 오늘만큼은 책을 덮고, 클래식 라디오로 상큼한 모차르트를 틀어놓고, 발걸음에 바람을 태워보기로 했다.

시장 골목은 이미 열기가 올라 있었다. 가을 배추를 산처럼 쌓아 둔 채 상인들이 농담을 주고받고, 어묵 국물 냄새가 가게 앞을 오래 떠나지 못했다. 애니가 단골 반건조 생선을 집어 드는 순간, 뒤에서 친근한 목소리가 들려왔다.

"그거, 구워 먹으면 바삭함이 오래가요."

에디였다. 평소보다 캐주얼한 니트에, 조금은 쑥스러운 미소.

"네—알아요. 제가 생선 구울 때는 불 조절이 꽤 섬세한 편이라서요."

애니의 말끝에 장난기가 살짝 묻었다. 둘은 자연스럽게 시장을 같이 걷기 시작했다. 좌판 사이로 분주히 오가는 사람들, 수레바퀴가 내는 둔탁한 리듬,

과일 칼이 내는 반짝이는 소리까지.

“시장은 늘 음악 같네요.”

“저는 첫 소절만 들으면 곧 제목을 맞추는 편이에요.”

“그럼 지금은요?”

“오늘은… ‘가벼운 행진곡’ 같아요.”

둘은 이유 없이 웃었다.

애니의 아들 민수가 있는 카페에 들렀다. 민수는 새로운 디저트를 내놓으며 자랑을 멈추지 않았다.

“이건 가나슈 비율을 바꾼 거고요, 이건 로즈마리—”

“설명은 손님한테 하고, 엄마한테는 많이 얹어줘.”

애니의 농담에 카운터 너머로 웃음이 번졌다. 에디가 눈썹을 들어 올리며 덧붙였다.

“전 설명 듣고 먹는 걸 좋아합니다. 문학도 체질이라서요.”

민수가 피식 웃더니, 접시에 케이크를 한 조각 더 얹었다.

“그럼 설명 두 배, 케이크도 두 배.”

작은 농담이 작은 웃음을 낳고, 카페 안 공기가 한결 밝아졌다.

점심을 간단히 해결한 뒤, 둘은 교회 앞 느티나무 벤치에 잠깐 앉았다.

“계획 없이 걷는 게, 저는 참 좋더라고요.”

“저도요. 예전엔 계획이 없으면 불안했는데… 요즘은 계획이 없어서 가능한 발견이 있다는 걸 알겠어요.”

바람이 가지 끝 잎사귀를 살짝 기울였다. 그 미세한 흔들림이 말의 여백을 채웠다.

에디가 가방에서 작은 수첩을 꺼내더니, 깜짝 놀란 듯 덮었다.

“아, 오늘은 안 쓰죠. 계획 없는 날이니까.”

“그럼요. 오늘은 말 대신 공기.”

두 사람은 말 대신 공기를 천천히 마셨다.

다음 날, 교회 소그룹 피크닉이 있었다. 강가 잔디밭, 자리 깔기 좋은 날씨. 에디는 자진해서 ‘샌드위치 담당’을 했고, 애니는 ‘과일과 디저트’를 맡았다. 문제는 에디의 소스였다. 그는 뮤지컬에서 본 레시피를 떠올리며 바질을 조금, 올리브를 조금, 마요네즈를 듬뿍—그리고… 설탕을 한 스푼 넣었다.

“왜요? 달달하면 더—”

한 입 베어 문 청년부가 눈을 둥그렇게 떴다.

“형, 이건… 새로운 맛의 개척인데요?”

“독특하단 뜻이죠?”

“음… 독특하고… 강렬하고… 잊기 어려운…”

피크닉 매트에 폭소가 터졌다. 에디는 고개를 긁적였고, 애니는 휴지로 소스를 살짝 닦아 주며 다독였다.

"넣을 수도 있죠. 다만 다음엔 설탕 대신 레몬."

"메모하겠습니다. '레–몬'."

그날의 샌드위치는 전설이 되었다. 다음 모임 이름은 자연스레 '샌드위치의 날'. 오후, 애니의 딸과 에디의 큰딸이 따로 앉아 수다꽃을 피웠다. 교실의 아이들 이야기, 유럽의 사무실 문화, 책 추천이 이어졌다.

"한국에서 먼저 읽는 신간 리스트, 공유할게요."

"좋아요. 대신 유럽에서 요즘 뜨는 저자 리스트는 제가."

두 사람의 대화는 자연스럽게 '다음 번엔 서로의 추천 책 바꾸어 읽기'로 이어졌다. 애니는 멀찍이서 그 모습을 보며 부드럽게 웃었다. 다른 나라의 물길과 이 도시의 물길이 합류하는 지점 같네.

피크닉을 마무리하고, 소그룹은 강변 산책로를 느리게 걸었다. 갈대가 바람에 파도처럼 너울거리는 풍경. 에디가 낮게 흥얼거렸다. 샹송인지 뮤지컬 넘버인지, 정확히 알 수 없었 지만 어디선가 들어본 선율.

"노래, 좋아하세요?"

애니의 물음에 에디가 웃었다.

"네. 글 다음으로, 아니 때로는 글보다 먼저 나오는 게 음악이라서."

"전… 음악 다음이 책이에요."

둘은 그 말이 묘하게 맞아떨어지는 걸 느꼈다.

음악과 책—둘 사이 어딘가에서 우리는 만나는구나.

지역 가을 페스티벌 날, 카페 팀이 작은 부스를 냈다. 드립 커피와 수제 쿠키, 그리고 책 교환 코너.

"돗자리, 의자는 제가!" 에디가 호기롭게 나섰다가, 의자에 달린 플라스틱 버튼이 사정없이 튀어나와 손가락을 꼬집었다.

"앗!"

주변에서 동시에 "괜찮으세요?"라는 소리가 터져 나왔고, 애니가 쿨하게 밴드를 붙였다.

"이건 인증샷 거리네요."

민수가 웃으며 사진을 찍어 단체방에 올리자, 메시지 창이 'ㅋㅋㅋ'로 가득 찼다. 에디는 얼굴을 붉히면서도, 어쩐지 기분이 좋았다. 이렇게 웃을 수 있는 실수라면, 나쁘지 않지.

페스티벌 막바지, 아이들이 작은 선물을 주고받았다. 애니의 자녀들은 최근 베스트셀러와 오래 사랑받는 고전 몇 권에 짧은 메모를 끼워 넣었다.

"이 문장, 당신에게도 작은 빛이 되길."

에디의 두 딸은 스카프와 작은 향수를 건넸다.

"우리에겐 이런 게 인사예요. 몸에 남는 향과 몸에 닿는 온기."

서로 다른 문화가 대화를 통해 자연스럽게 '우리의 방식'으로 재구성되는 순간이었다.

해가 기울었다. 붉은 기가 물에 번지고, 잔파도는 노을을 몰고 천천히 흘렀다.

애니와 에디는 말수가 줄었다. 대신 함께 보는 풍경이 말을 대신했다.

"오늘, 잘 웃었네요."

에디가 먼저 말했다.

"네. 가을을 이렇게 소란스럽게 보낸 건 오랜만이에요."

마지막 햇살이 사라지자, 바람이 살짝 더 차가워졌다. 두 사람은 동시에 팔을 문질렀다. 그리고 동시에 웃었다. 아직, 우리가 같은 속도로 걷고 있구나.

집에 돌아오자, 애니는 작은 엽서를 꺼냈다. 페스티벌 부스에서 산, 빈티지 느낌의 카드.

오늘의 웃음이 오래 남습니다. 덕분입니다.

필체는 단정했다. 보내지는 않을 카드. 그녀 자신을 향한 안부 같은 것.

창밖으로 바람이 창틀을 두드렸다. 애니는 오디오를 켜고, 모차르트를 선택했다.

"오늘은 가볍게."

그녀는 스탠드를 끄지 않은 채 잠들었다.

에디는 수첩을 펴고 몇 줄을 더했다.

거창한 감정은 없다. 다만 함께 걷는 보폭의 길이, 바람이 가볍게 흔들던 갈대의 각도, 웃음이 터지는 타이밍… 그런 것들이 오래 남는다.

그는 펜을 내려놓고 기도했다.

"지혜를 주세요. 제 감정이 앞서지 않게, 그러나 뒤로 숨어버리지 않게."

밤 공기가 차가웠지만, 마음은 오히려 따뜻했다.

다음 주 중, 애니의 단짝 친구들이 단체방에 초대를 띄웠다.

"가을 산책—핫도그 먹기—책 한 줄 낭독!"

애니는 '참석'을 눌렀다. 에디에게도 조심스레 물었다.

"혹시… 강변 책 낭독, 같이 하실래요?"

에디는 이모티콘 하나로 답했다. 든든한 고개끄덕임

문장 하나가 약속이 되는 밤이었다.

강변 낭독회에서, 우연히 책 취향 얘기가 '번역'으로 점프했다.

"원문이 최고죠."

"전 번역의 아름다움이 좋아요."

토론은 잠깐 뜨거워졌고, 금세 웃음으로 식었다.

"결론: 둘 다 읽자."

애니는 그 결론이 마음에 들었다. 극단 대신 균형, 단정 대신 여지.

저녁, 모두 각자 하나씩 가져온 음식을 펼쳤다. 에디는 지난번 샌드위치 사태를 교훈 삼아, 정석대로 레몬과 딜을 써서 연어 샌드위치를 준비했다.

"오, 오늘은 정말 상큼해요!"

칭찬 세례. 에디가 두 손을 번쩍 들었다.

"설탕은, 과감히 포기했습니다."

애니는 웃으며 엄지손가락을 들어 보였다. 이 가벼운 승리가 오늘을 오래 빛나게 했다. 피크닉에서 찍은 사진들이 단체방에 올라오기 시작했다. 에디가 샌드위치를 들고 머쓱하게 웃는 장면, 애니가 케이크를 들고 깔깔대는 모습, 아이들이 강가에서 장난을 치다 젖은 발을 들고 뛰어오는 순간까지.

"와, 엄마. 이렇게 웃으신 적 언제 있었어요?"

민수의 장난 섞인 메시지에, 애니는 살짝 얼굴이 붉어졌다.

"사진이란 게… 순간만 보여주는 거지."

그러면서도, 사진을 몇 번이고 다시 보았다. 웃음이 오래 남는 듯, 사진은 밤늦도록 그녀의 휴대폰에 빛을 내주었다. 다음 주일, 예배 후 친교 시간. 애니와 에디가 우연히 같은 테이블에 앉았다. 그런데 한 성도가 다가와 말을 건넸다.

"두 분, 참 잘 어울리세요. 같이 뭘 준비하시나 봐요?"

애니는 순간 얼어붙었다. 에디는 무심히 웃으며 "샌드위치 팀이었죠" 하고 답했지만, 애니는 이미 속으로 복잡해졌다.

'사람들이 이상하게 볼까? 나 혼자 괜한 오해를 사는 건 아닐까?'

그녀는 괜스레 컵에 남은 커피를 돌리며 시선을 피했다.

에디는 그 미묘한 긴장을 눈치채고, 조심스럽게 웃음을 던졌다.

"걱정 마세요. 전, 의도하지 않으면 말하지 않습니다."

애니는 고개를 들었고, 잠시 두 눈이 마주쳤다. 말보다 긴 눈빛이 지나갔다.

애니의 단짝 친구들이 모임을 제안했다.

"가을 끝나기 전에, 우리 다 같이 포천 쪽 계곡이라도 갈까? 요즘 단풍 예술이래."

애니는 망설였다. 친구들은 눈치를 챘다.

"에디 씨도 같이 오면 되잖아. 어차피 교회 식구인데 뭐."

애니는 장난스레 손사래를 쳤다.

"그분까지? 아니, 그건 좀…"

하지만 속으로는 알 수 없는 설렘이 스며들었다. '같이 간다면, 풍경이 달라 보이겠지.'

교회 아이들이 준비한 작은 연극 공연 날, 에디가 사회를 맡았다.

"오늘 저는… 음, 연극에 문외한입니다. 하지만 오늘만큼은 저도 연극인입니다!"

아이들이 "와—!" 하고 환호하자, 그는 무대 위에서 우스꽝스러운 표정을 지으며 아이들을 웃겼다. 애니는 객석에서 그 장면을 보며 놀랐다. 평소 점잖던 그가 이렇게 아이들과 어울릴 줄이야.

'겉으로만 아는 게 다가 아니었네.'

그녀의 마음에 작은 균열이 생겼다. 차가운 긴장이 부드럽게 녹아내리는 듯했다. 하루는 예배 후, 두 사람이 같은 방향으로 걷게 되었다. 저녁 공기는 싸늘했고, 가로등 불빛이 차분히 내려앉았다.

에디가 먼저 말을 꺼냈다.

"애니 씨, 있잖아요. 저는 가끔… 사람들이 다 떠난 길 위에 혼자 남아 있어도, 그게 꼭 외로운 건 아니더라고요."

애니는 천천히 고개를 끄덕였다.

"네. 외로움이 꼭 결핍만은 아니니까요. 때론 내 안을 채우는 시간이 되니까."

그들은 그 말이 서로를 향한 고백 같으면서도, 동시에 자기 고백이기도 한다는 걸 알았다. 하지만 더 말하지 않았다.

바람이 불었고, 그 바람이 두 사람 사이의 거리를 어쩐지 부드럽게 좁혔다. 그날 저녁, 애니의 딸과 에디의 큰딸이 메시지를 나눴다.

"우리 다음 주에 바닷가 갈래요?"

"좋아요. 부모님들도 같이 오면 재밌겠다."

그 대화는 곧장 부모들에게도 흘러갔다.

"바닷가? 갑자기?"

애니가 놀라자, 딸은 태연히 말했다.

"가을 바다도 보고 싶고… 사실은 두 분이랑 같이 가면 더 재미있을 것 같아서."

에디의 큰딸도 장난스레 덧붙였다.

"맞아요. 같이 가면 덜 심심하잖아요?"

애니와 에디는 서로를 바라보았다. 말은 없었지만, 둘 다 가볍게 웃었다.

'이제 아이들이 우리를 이끄네.'

가을 바다는 여름의 떠들썩함을 모두 지워낸 듯 고요했다.

자동차 창밖으로 스치는 갈대밭은 은빛 물결처럼 흔들렸고, 푸른 하늘 아래 깔린 흰 구름은 여행의 설렘을 더했다.

애니의 딸이 차 안에서 웃으며 말했다.

"엄마, 이런 여행 진짜 오랜만이죠?"

애니는 미소 지었지만, 속으로는 자녀들이 마련한 자리라는 사실에 묘한 감사와 긴장이 뒤섞였다. 에디는 앞차에서 음악을 틀고 있었다. 창문 너머로 흘러나오는 곡은 모차르트의 클라리넷 협주곡.

애니는 순간, 마음이 덜컥 내려앉았다.

'어쩌면… 음악조차도 대화의 언어일 수 있겠구나.'

바닷가에 도착하자, 아이들이 먼저 모래밭을 향해 달려갔다. 파도는 잔잔했고, 차가운 바람이 얼굴을 스쳤다.

에디가 말없이 신발을 벗고 바닷물에 발을 담갔다.

"가을 바다… 차갑지 않으세요?"

애니가 묻자, 에디는 고개를 끄덕였다.

"차갑죠. 하지만 이 차기움이 오히려 위로가 되더라고요. 열기를 식혀 주니까."

애니는 파도에 젖은 모래를 바라보다가, 조용히 속삭였다.

"전… 오히려 이 차가움이 두려울 때가 있어요. 혼자라는 걸 실감하게 되니까."

에디는 잠시 멈췄다가, 부드럽게 대꾸했다.

"혼자라는 건… 결국 누구나의 몫이겠죠. 하지만, 그 길에서 우연히 누군가 옆에 서 있다면, 그건 선물 아닐까요?"

애니는 바닷바람에 머리카락이 흩날리는 걸 애써 고쳐 잡으며, 답 대신 바다를 바라보았다. 아이들은 모래성을 쌓다가 물을 튀기며 깔깔 웃었다.

"엄마, 아빠! 같이 하실래요?"

에디의 딸이 손짓하자, 두 사람은 순간 시선을 교환했다.

"우린 구경만 할게."

애니가 손사래를 쳤다. 그러나 아이들은 물러서지 않았다. 결국 애니와 에디는 무릎까지 바닷물에 젖으며 아이들과 섞였다. 차가운 물방울이 튀고, 웃음소리가 퍼졌다.

애니는 오랜만에 아이처럼 웃는 자신의 모습을 발견했다.

'나도 이렇게 소리 내 웃을 수 있구나…'

에디는 그 웃음을 바라보다, 자신도 모르게 카메라를 꺼내 셔터를 눌렀다.

바닷가를 걷다 보니 저녁노을이 번져왔다. 붉게 물든 하늘 아래, 파도는 유리조각처럼 반짝였다.

애니와 에디는 잠시 아이들에게서 떨어져 걷게 되었다.

"오늘… 즐거우셨어요?" 에디가 물었다.

애니는 천천히 고개를 끄덕였다.

"네. 사실, 이렇게 웃은 게 얼마만인지 모르겠어요."

그 순간, 에디의 표정은 잠시 진지해졌다.

"그 웃음… 앞으로 자주 보고 싶습니다."

말은 짧았지만, 깊게 울렸다.

애니는 놀란 듯 고개를 돌렸으나, 곧 다시 바다를 바라보며 중얼거렸다.

"…가을 바다가, 오늘따라 참 따뜻하네요."

숙소 근처 작은 포구. 어부들의 등이 깜빡이며 바다 위에 흔들렸다. 아이들은 방에서 떠들썩했지만, 애니와 에디는 바깥 벤치에 앉아 있었다. 차가운 바람이 불었고, 두 사람 사이에는 말없이 따뜻한 차 한 잔이 오갔다.

에디가 잔을 건네며 말했다.

"사람이란, 꼭 무슨 거창한 말보다… 옆에 있어주는 게 더 큰 위로일 때가 있죠."

애니는 그 말을 곱씹었다.

'옆에 있어주는 것… 그게 지금 내게 가장 필요했던 거구나.'

멀리서 파도가 부서지는 소리가 들렸다. 바다는 마치, 오래된 시를 읊조리는 것 같았다.

여행 마지막 날, 하늘은 갑자기 먹구름으로 가득 찼다.

바닷가를 걷던 일행은 급히 숙소 근처 작은 정자 안으로 뛰어들어갔다.

아이들은 비에 젖어 깔깔 웃었고, 애니는 젖은 옷을 정리하며 당황한 듯 허둥거렸다.

에디가 우산을 펴 들며 애니에게 건넸다.

"괜찮으세요? 혹시 감기 걸리실라."

그의 손길이 잠시 애니의 어깨에 닿았을 때, 애니는 순간 심장이 덜컥 내려앉는 듯했다.

'이렇게 가까이 있는 게… 이렇게 따뜻한 게, 왜 이리 낯설지?'

비가 잦아들고, 바다 위로 무지개가 떠올랐다. 아이들이 환호하며 사진을 찍는 동안, 애니와 에디는 나란히 서서 무지개를 바라보았다.

"무지개를 볼 때마다, 약속이라는 단어가 떠오릅니다."

에디가 조용히 말했다.

애니는 고개를 끄덕였다.

"약속이라… 전 사실, 누군가와 약속을 지켜본 게 참 오래된 것 같아요."

에디가 잠시 머뭇거리다, 조금 더 낮은 목소리로 덧붙였다.

"혹시라도… 지금부터라도 누군가와 약속을 다시 시작할 수 있다면… 애니 씨, 당신은…?"

애니는 대답하지 않았다. 대신 깊은 숨을 들이마시며 바다를 바라보았다.

'왜 지금, 내 마음이 흔들리는 걸까. 아니… 이미 오래전부터 흔들리고 있었던 건지도.'

저녁 무렵, 아이들이 두 사람을 불렀다. 애니의 아들이 작은 책을, 에디의 딸이 작은 스카프와 향수를 건네며 서로의 마음을 나누었다.

"고마워요. 이렇게 멋진 선물을 주다니."

아이들의 웃음 속에는 어른들이 하지 못한 말들이 담겨 있었다.

에디는 그 장면을 지켜보며 속으로 생각했다.

'어쩌면 아이들이 우리보다 더 솔직하고, 더 용기 있는 걸지도 몰라.'

여행의 마지막 아침, 바다는 다시 잔잔했다.

일행은 차에 오르기 전 잠시 해변에 섰다.

에디가 조심스레 말했다.

"이번 여행… 저한테는 오래 기억될 겁니다."

애니는 시선을 피하지 않고 받아주었다.

"저도요. 잊기 힘든 시간이었어요."

그 말 한마디가, 두 사람 사이에 보이지 않는 다리를 놓았다.

아직 확실한 고백도, 미래에 대한 언약도 없었다.

하지만 그 날 바다 위를 스쳐간 바람처럼, 서로의 마음이 닿았다는 작은 확신이 남았다.

제11장

고요는 침묵이 아니다

출근길 아침 공기엔 한 겹 더 얇은 냉기가 깔려 있었다. 산업단지 초입의 회색 건물들이 정직하게 늘어서 있는 풍경을 지나며, 에디는 와이퍼를 한 번 더 작동시켰다. 밤사이 얹힌 물방울이 유리 밖으로 밀려나가며 길을 열었다.

회사 주차장에서 내린 에디는 습관처럼 가방을 앞으로 메고, 한 손으로는 작은 만년필 펜슬케이스를 꼭 쥐었다. '오늘은 단정하게, 필요 이상 말하지 말 것.' 마음속 결심을 몇 번 곱씹는다. 그러나 입실과 동시에 맞닥뜨리는 보고서와 일정표, 그리고 동료들의 목소리는 그의 다짐을 금세 현실의 톤으로 바꿔놓았다.

그의 자리엔 지난주 출장을 다녀온 과장이 놓고 간 회의록과 샘플 견적서가 늘어져 있었다. 에디는 줄을 치고 옆에 작은 메모를 덧댔다. '지금의 숫자는 사정(事情)이 아니라 표정(表情)이다.' 문득 떠오른 문장을 적고 나니 스스로 어색하게 미소가 났다. 그는 가볍게 혀를 찼다. "시를 줄이고 숫자를 읽어야지."

점심 이후 잠깐의 공백, 누구의 눈치도 채지 못할 7분 남짓한 시간. 에디는 서랍을 열어 작은 벼루와 접이식 붓을 꺼냈다. 물을 두어 방울 떨구고 먹을 갈았다. 소리 없이 곱게 갈라지는 먹물이 벼루의 깊은 곳으로 모여들었다.

한 획, 둘. 그는 '고요(寂)'라는 글자를 천천히 썼다. 끝획을 올리며 손끝이 멈출 때, 가슴 안쪽의 미세한 떨림도 함께 숨을 고른다.

하나님, 제 감정이 앞서더라도, 사람을 다치게 하지 않게 해 주십시오. 뒤로 너무 숨지도 않게 하시고요.

짧은 기도. 붓끝에 남은 먹을 휴지에 다 내어놓듯 닦아냈다. 그 몇 분이 그 날의 나머지 시간을 규정하곤 했다.

작은 회의가 끝나고 모두가 자리를 뜨자, 에디는 모니터 화면을 잠시 꺼두었다. 문득 바다의 마지막 날, 갑작스레 쏟아진 소나기와 정자 안으로 뛰어들던 장면이 떠올랐다. 애니의 어깨에 살짝 우산살이 닿던 그 순간. 이렇게 가까이 있는 게… 이렇게 따뜻한 게, 왜 이리 낯설지? 그녀의 눈빛이, 아주 잠깐 흔들리던 그 결.

그는 고개를 저었다. "여긴 사무실, 지금은 월요일." 키보드를 다시 눌렀다. 숫자는 그에게 늘 도구였고, 때로는 구원이었다. 지나치게 말해 버린 감정의 잔해를 숫자는 차분하게 정리해주곤 했다.

그럼에도 숫자 사이사이로 물결이 번졌다. 문득 문득. 라흐마니노프의 테마처럼 다가오는 어떤 반복. 그는 그 반복을 '유혹'이 아니라 '사실'이라 명명했다. 사실은 숨는다고 사라지지 않는다—그게 에디의 살아온 방식이었다.

퇴근길, 그는 회사에서 조금 떨어진 작은 공원에 들렀다. 늘 같은 벤치, 늘 같은 자리에 앉되, 일부러 등받이의 '모서리'에 기댔다. 중심이 아닌 모서리에 앉으면 생각이 덜 풀어진다. 그는 그 불편함을 좋아했다. 너무 편안한 자세에서는 문장이 늘어지니까. 가로등이 하나둘 켜지는 시각, 그는 휴대폰 메모장에 적었다.

사람에게 가장 위험한 것은, 정직함이 아니라 정직함을 핑계로 한 무례다. 나는 어디에 서 있는가.

그녀의 침묵은 거절인가, 아니면 조심스런 여지인가. 자신에게 묻되, 답은 서둘러 쓰지 않았다. 종종, 답은 다음 날의 빛에 새겨진다.

주일, 예배당. 찬양대의 화음 속에 앉아 있으면 에디는 늘 마음이 고요해졌다. '사람의 목소리가 쌓여 무언가가 되는 일'은 언제 보아도 신비였다.

예배가 끝나고 마당으로 나가자, 아이들이 지난 연극영상 링크를 돌려 보며 깔깔댔다. 누군가 그에게 "사회 정말 잘 보셨어요. 표정도, 속도도!" 하고 박수를 쳤다. 그는 민망하게 고개를 숙였다.

"아이들이 잘해 준 거죠."

멀리, 느티나무 그늘 아래에서 애니가 다른 성도와 서 있었다. 눈이 마주쳤을 때, 둘은 동시에 짧게 웃었다. 그 짧음이 오히려 길었다. _여기 있다_라는 신호. 더 말하지 않아도 알 수 있는, 작은 등불.

공동식사 자리에서 한 장로가 농처럼 말을 던졌다.

"두 분, 바닷가 사진 잘 봤어요. 보기 좋더구만."

에디는 담담하게, 그러나 낭비 없이 웃었다.

"아이들이 주도해서 간 것뿐입니다. 덕분에 저도 젊어졌습니다."

말끝은 가볍게 놓았으나 마음 한편이 살짝 철렁했다. 그는 누군가를 곤란하게 만드는 종류의 관심을 싫어했다. 특히 애니가 그 관심의 중심에 서는 일은 원치 않았다. 내 감정이 누군가의 믿음을 흔들게 해선 안 된다.

그는 그날 밤 기도제목을 하나 더 적었다. 말의 속도, 마음의 질서.

월요일 저녁, 퇴근 후 조정경기장 강변을 따라 걸었다. 불빛이 물 위에 흩어져 길처럼 이어졌다. 그는 오래전 유럽의 어느 다리 위에서 혼잣말처럼 읊조리던 구절을 떠올렸다.

'마음은 늘 그 자체로 계절이어서

한낮의 열을 단단히 가두었다가

해 떨어진 뒤 문득 바람이 되곤 한다.'

그는 웃으며 고개를 저었다. "시를 줄이라니까." 그러나 시는 줄어들지 않았다. 줄지 않는 것을 억지로 줄이는 대신, 그는 자리를 바꾸기로 했다. 문장 속에서가 아니라, 행동의 자리에서 '적절함'을 찾아야 한다고.

수요일 저녁, 교회 중보기도 모임. 에디가 사무실에서 늦게 도착했을 때, 애니는 이미 찬송가를 정리하고 있었다. 그때였다. 애니가 갑자기 손등으로 이마를 짚더니, 숨을 길게 내쉬었다.

"괜찮으세요?"

"조금 어지럽네요… 오늘 일이 좀 많아서."

그는 주저하지 않았다. "차로 모셔다 드릴게요. 택시 부를까요?"

"아니요, 괜찮"

말은 반사였고, 발은 이미 뒤로 흔들리고 있었다. 그는 짧게 고개를 숙였다.

“저를 믿어주세요. 오늘만.”

잠시 망설이던 애니가 고개를 끄덕였다. 에디는 늘 그랬다.

한 발 물러서는 것이 배려일 때가 많았지만, 가끔은 한 발 다가서는 것이 더 큰 배려라는 것을 그는 알고 있었다. 차 안은 조용했다. 라디오에서는 현악 사중주가 낮게 흐르고, 와이퍼가 리듬을 맞췄다. 신호에 멈춰섰을 때, 그는 말을 꺼냈다.

“그때 바다에서, 무지개를 보며 약속 얘기 했었죠.”

애니는 창밖을 보며 고개를 끄덕였다.

“그 약속이 거창한 게 아닐 수도 있겠다 싶었습니다. 이를테면—몸이 좋지 않을 땐 ‘괜찮다’고 하지 말기. 이 정도.”

그는 미소 지었다.

“오늘 제가 지키고 싶은 약속이었습니다.”

애니는 한 박자 늦게 웃었다. 그 늦음이 좋았다. 반사적인 웃음이 아니어서. 집 앞에 도착했을 때, 비는 그쳤다. 가로등 아래 젖은 보도가 금빛으로 번졌다.

“정말… 고맙습니다.”

“천만에요. 다음엔 제가 샌드위치 말고 죽을 끓여 드릴게요. 레몬 대신 생강으로.”

둘은 동시에 웃었다. 톤이 닮아 있었다. 헤어지기 직전, 에디가 조심스럽게 덧붙였다.

"저는… 당신의 속도를 존중하겠습니다. 그게 빠르든, 느리든. 다만, 제가 멈추고 있다는 오해는 말아 주세요. 저는—걸어가고 있습니다."

그는 더 말을 보태지 않았다. '고백은 길수록 가벼워진다. 짧아야 무게를 가진다.' 문장 하나를 남기고, 그는 먼저 고개를 숙여 인사했다.

집에 돌아온 에디는 코트를 걸고 난 뒤 잠시 거실에 서 있었다. 불을 켠 방은 낯익고도 낯설었다. 그는 서재로 들어가 수첩을 폈다. 오늘의 문장을 남기는 일은 그에게 거의 의식에 가까웠다.

사람의 마음에 문이 두 개일 때, 안쪽 문은 흔히 제일 천천히 열린다. 바깥 문을 흔들지 말자. 바람을 보태자. 그리고, 아주 짧은 기도를 덧붙였다. 주님, 제 말보다 제 침묵이 사람을 더 살리게 하소서. 그러나 필요한 때에는, 제 말이 칼이 아니라 등불이 되게 하소서.

목요일 아침 회의. 공급선 조정안이 결론을 보지 못해 팀장이 목소리를 높였다. 에디는 차분하게 가설과 대안을 순서대로 제시했다. 숫자, 리스크, 시간을 하나의 선으로 잇는 방식. 회의가 끝나자 팀장이 그를 붙잡았다.

"사람들 앞에서 이 정도로만 말하세요. 그는 느끼는 대로 말해 버리는 성향이 있어서."

에디는 웃었다. "저도 노력 중입니다."

그러나 그의 마음 한편에서는 딱딱한 조언이 다른 문장으로 번역되고 있었다. '진실을 덜어내라는 말'이 아니라 '더 좋은 진실을 말하는 법을 배우라'는 뜻으로.

점심시간, 이어폰을 귀에 꽂았다. 모차르트 대신 샹송을 들으려다, 손가락이 멈췄다. 라흐마니노프 18변주. '그녀의 음악'이 어느새 '그의 낮'에도 스며들어 있었다. 피아노가 테마를 뒤집어 들려줄 때, 그는 메모장에 적었다.

사람이 사랑받았다는 사실을 안다는 것은, 누군가를 사랑할 수 있다는 용기를 갖는 일이다. 용기는 잘못을 두려워하지 않는 태도가 아니라, 잘못했을 때 먼저 사과할 준비가 된 상태다. 그는 가볍게 웃었다. '고백을 줄이라' 했는데, 메모가 고백으로 흘러든다. 다시, 붓의 자리로 돌아갈 시간.

저녁 무렵, 잠깐의 여유. 그는 휴대폰을 열었다가 닫았다. 말을 건넬 수 있을 때와 말을 삼가야 할 때가 분명히 있음을 그는 안다.

결국 아주 짧은 문자를 보냈다.

"잘 쉬세요."

그 한 줄이면 충분했다. 그는 보낸 메시지를 다시 읽었다. 덧붙이지 않아서 더 많은 것을 말하는 문장. 간혹 그게 최선이었다.

금요일, 오후 네 시가 넘어가자 창밖의 빛이 갑자기 기울었다. 에디는 서류를 정리하고 마지막 보고서를 보냈다. 퇴근 버튼을 누르기 전, 그는 작은 약속을 마음에 새겼다. 내일은 누군가의 자리에서 말하는 사람이 아니라, 옆에 서 있는 사람이 되자. 그는 차에 올라타 라디오 채널을 바꾸었다. 샹송의 가벼운 리듬이 흐르고, 이어서 사회자가 다음 곡을 소개했다.

"라흐마니노프, 파가니니 주제에 의한 랩소디—여러분의 밤이 고요하길."

에디는 웃으며 고개를 끄덕였다.

고요. 오늘 내가 쓴 글자.

차는 느리게, 그러나 분명한 방향으로 움직였다.

그날 밤, 잠들기 전 마지막 페이지. 에디는 수첩 맨 아래에 작은 여백을 남겼다. 여백은 그가 애써 비워 두는 자리였다. 내일의 가능성을 적어둘 수 있도록. 그는 여백 위에 아주 작게 썼다.

“나는 서두르지 않겠습니다. 그러나 물러서지도 않겠습니다.”

그리고 펜을 덮으며 속으로 하나 더 고백했다.

“애니, 당신의 속도를 사랑합니다. 그것이 느림이라면, 나는 그 느림의 걸음에 맞추어 당신의 옆을 걷겠습니다.”

불을 끄자, 창밖 가을바람이 얇은 커튼을 살짝 흔들었다. 그 흔들림이 그의 마음과 닮아 있었다. 그러나 이상하게, 흔들리는 것의 한가운데서 그는 더욱 단단해지고 있었다.

토요일 아침, 창문을 두드리는 가을 햇살이 방 안을 가볍게 적셨다. 막 커피를 내리려던 순간, 휴대폰이 울렸다. 모르는 번호. 그는 잠시 머뭇거리다 받았다.

“에디 형님 맞으시죠? 지난번 청년부 체육대회 때 심판 봐주신…”

익숙지 않은 청년의 목소리. 부탁은 단순했다. 오후에 교회 체육관에서 장비 정리를 도와달라는 것. 순간 그는 망설였다. 개인적으로는 한강변을 걸으며 글을 쓰고 싶었지만, 이도록 직접 부탁하는 청년의 어조에 쉽게 거절할 수 없었다.

"알았네. 몇 시까지 가면 되나?"

체육관에서 일을 마치고 나오니, 마당 한켠에서 애니가 다른 권사들과 분주히 얘기하고 있었다. 흰 티셔츠 위에 걸친 얇은 카디건, 머리카락에 빛이 살짝 감돌았다. 그는 가볍게 손을 들어 보였으나, 애니는 그저 고개만 끄덕이고 이내 시선을 돌렸다. 잠시 후, 그가 다가가 말을 걸었다.

"혹시… 방금 제 인사 못 보셨죠?"

애니는 잠시 그를 보았다. 표정이 단호했다.

"아니요, 봤어요. 근데 사람들이 있어서…"

말끝을 흐리며 가방을 고쳐 멨다.

그 짧은 대화에, 의외의 긴장감이 돌았다. 에디는 마음속이 서늘해졌다. 그는 억지 웃음을 지으며 고개를 끄덕였다.

"네, 그럴 수도 있겠죠. 오해했다면 미안합니다."

그러나 속에서는 오래 묵힌 먹물이 번지듯, 어두운 감정이 번져갔다. 내가 그녀를 곤란하게 하고 있는 걸까? 집에 돌아온 에디는 책장을 뒤졌다. 손에 잡힌 건 오래 전 읽었던 클라라 슈만의 편지집. 책갈피 사이엔 그가 대학 시절 적어둔 메모가 끼워져 있었다.

"사랑은 무대 위의 박수가 아니라, 무대 뒤에서 건네는 물 한 잔에 있다."

그 문장을 보며 그는 깊게 숨을 내쉬었다. 라흐마니노프의 협주곡을 틀어놓고 소파에 몸을 기대자, 피아노와 현이 서로 부딪히며 풀어내는 긴장과 화해가 그의 내면을 닮아 있었다. 그는 속으로 기도했다. 하나님, 제가 말보다 행동으로 사랑을 배우게 해 주세요. 제 감정이 앞서지 않게, 그러나 멀어지지도 않게 하소서. 주일, 예배가 끝나고 마당에 사람들이 모여 담소를 나누고 있었다.

"에디 집사님, 지난번 바닷가 사진 잘 봤어요. 참 보기 좋더라고요."

누군가 웃으며 건넨 말에, 주변의 몇몇 시선이 모였다.

에디는 차분히 웃으며 대답했다. "아이들이 주도해서 간 자리였죠. 덕분에 저도 새삼 젊어진 기분이었습니다."

그러나 그 순간 애니가 약간 굳은 표정을 짓는 것이 눈에 들어왔다. 그녀의 눈빛 속에는 불편함과 조심스러움이 교차하고 있었다.

그는 즉시 대화를 다른 방향으로 돌렸다. 농담을 던지고, 분위기를 가볍게 했다. 하지만 그의 마음속에는 작은 가시가 박힌 듯했다. 내가 나만의 감정에 치우쳐 그녀를 위험에 노출시키고 있는 건 아닐까?

예배 후, 애니가 주차장 쪽으로 향할 때 에디는 조심스럽게 다가섰다.

"오늘은… 제 말 한마디가 불편하게 했던 것 같네요. 미안합니다."

애니는 잠시 그를 보았다. 눈빛이 조금 풀렸다.

"에니 씨, 전 그냥… 누가 이상하게 볼까 봐 걱정될 뿐이에요. 저도 제 체면이 있잖아요."

그는 고개를 끄덕였다.

"알아요. 그래서 제가 더 조심해야죠. 하지만, 제가 드리고 싶은 건 오해가 아니라 진심뿐이라는 것만은… 알아주셨으면 합니다."

애니의 입술이 살짝 떨리더니, 결국 부드럽게 웃었다.

"네, 그건 알아요."

그 짧은 대답은 화해의 첫 걸음이었다.

집에 돌아온 에디는 불을 끄고 책상 앞에 앉았다. 창밖엔 가을바람이 커튼을 흔들었다.

그는 작은 종이에 글자를 써내려갔다.

"고요(寂). 그러나 고요는 침묵이 아니다.고요는, 더 큰 울림을 준비하는 자리다."

쓰고 난 뒤, 그는 두 손을 모았다.

주님, 제가 그녀를 더 이상 무겁게 하지 않게 하소서.

그러나 제가 그녀 곁에서 흔들림 없는 증인이 되게 하소서.

잠시 후, 눈을 감았다. 어두운 방 안, 그러나 마음속엔 작은 등불이 켜져 있었다.

그 등불은 불완전하고 미약했지만, 그럼에도 분명히 빛이었다.

제12장

기대의 빛

아침 햇살은 오늘도 창틀을 넘어 조용히 애니의 방으로 들어왔다. 사선으로 기울어진 빛은 커튼 레이스의 문양을 바닥에 찍어 놓았다. 커피 잔에서 피어 오르는 김은 아주 얇아서, 그녀가 숨을 조금 세게 쉬면 금세 흩어질 듯 가늘었다.

애니는 늘 그랬듯, 커튼을 반쯤 젖히고 창가에 서 있었다. 가을의 공기는 흰 종이의 가장자리처럼 깨끗했다. 오래 전, 아이들이 아직 어렸을 무렵 아침마다 식탁에 앉아 교복 셔츠 단추를 제대로 잠갔는지 확인하던 자신의 손길이 떠올랐다. 늘 바쁘고, 늘 서둘렀던 시간이었지만 내심 떨림도 함께 있었다. 혹시라도 자신이 놓치는 게 있지 않을까, 두려워하곤 했던 순간이었다.

그날의 손등과 같은 빛이 오늘은 이상하게 그녀의 방 안에 머물러 있는 듯했다. 조금 늙었지만 부끄럽지 않은 손. 수없이 무언가를 붙잡았다가 또 놓아주던 손. 그 손이 쥔 커피 잔의 온도가 애니의 내면을 천천히 데우고 있었다.

"오늘은 평범하게, 조금 난호하게."

애니는 입속으로 천천히 중얼거렸다. 자기 자신을 향한 작은 주문이었다. 그녀는 종종 이 주문이 효과가 있는지 의심하면서도, 말하지 않는 것보다 말하는 쪽을 택했다. 침묵은 그녀를 부풀리고, 작은 공포를 크게 만드는 습관이 있었기 때문이다.

오디오의 버튼을 눌렀다. 익숙한 피아노 협주곡이 흘렀다. 그것은 언제나 그녀의 침묵을 감싸 안았다. 누군가 “괜찮아”라고 말해 주지 않아도, 음과 음 사이의 틈이 그렇게 말해 주는 듯했다. 괜찮다고, 여기까지 잘 왔다고.

애니는 자주 “혼자서도 잘해요”라는 말을 속으로 머금곤 했다. 자존심이라면 자존심일 수 있었지만, 그것은 단순한 허세나 껍질만은 아니었다. 혼자서도 잘해야만 했던 순간들이 그녀를 단단하게 만들었고, 그 단단함 덕분에 아이들이 제 자리에서 어른으로 자라날 수 있었다.

퇴근 후 집에 돌아오면 애니는 가장 먼저 신발을 가지런히 놓고, 가방을 제자리에 두고, 손을 씻고, 물을 끓였다. 규칙은 그녀를 지켜주는 버팀목이었다. 어느 날 밤, 불쑥 찾아오는 공포가 마음을 흔들어도, 규칙은 다시 그녀를 자리에 앉혀 주었다.

그러나 밤이 깊어지면 방문을 닫지 못하고 잠자리에 들었다. 문을 닫는 순간, 그녀의 호흡이 방 안에 갇히는 듯한 답답함이 몰려왔기 때문이다. 그래서 애니는 항상 문을 반쯤 열어 두었다. 방과 다른 방이, 또 다른 방과 거실이, 거실과 누군가 머물다 간 소파가, 그리고 부엌의 컵과 접시들이 느슨하게 연결되어 있다는 착각. 그 연결의 착각이 그녀를 구해 주기도 했다.

가끔 애니는 생각했다. 자신이 하루를 잘 견뎌낸 이유는 강해서가 아니라, 무너지지 않기 위해 애써온 시간들 덕분이라고. 그 시간들의 흔적이 그녀의 표정에 얇은 막처럼 깔려 있을 터였다. 그래서일까. 어떤 이들은 그녀를 두고 “든든하다”고 말하곤 했다. 그 말을 들을 때마다 애니는 실은 약간 울컥했다. 든든함은 자신의 선택이었지만, 동시에 외로움의 다른 이름이기도 했으니까.

그의 얼굴을 떠올릴 때면, 애니는 언제나 먼저 '조심'을 떠올렸다. 조심은 그녀의 또 다른 이름과도 같았다. 몸을 낮추고, 말을 다듬고, 시선을 정리하고, 마음을 접는 일. 그가 자신을 곤란하게 만들지 않도록, 또 자신이 스스로를 곤란하게 만들지 않도록 애니는 늘 신중했다.

그러나 그 조심이 과해져 때때로 경직이 되었다. 애니는 그 줄을 자주 넘나들었다. 그날 교회 마당에서 장난 반인 한마디에 그녀의 표정은 굳어 버렸다. 그는 곧 눈치를 챘다. 곤란하게 하려는 마음은 아니었을 텐데, 애니는 먼저 스스로를 꾸짖었다. "왜 이렇게 예민하게 구니?" 하고.

에디는 늘 담담했다. 먼저 웃어 주고, 먼저 물러나고, 먼저 기다려 주었다. 그러나 정작 중요한 순간에는 한 발 다가왔다. "저를 믿어 주세요. 오늘만." 차 안에서 했던 그의 말은 애니의 기억 속에 날카롭게 되살아났다. 그 말을 들으며 잠시 눈을 감았던 순간이.

믿음이라는 단어는 애니에게 평생 숙제였다. 누군가를 믿는 일보다, 누군가에게 믿음을 주는 일이 더 쉬웠던 그녀였다. 그래서 늘 주는 쪽에 서 있었다. 그런데 그는 어느 날 그 자리를 바꾸어 놓았다. "오늘만, 내가 당신을 데려다 주겠다." 그날 밤, 애니는 오랜만에 문을 조금 덜 열어 놓고 잠들었다. 누군가의 바깥이, 그녀의 안쪽까지 들어와 앉아 준 날이었다.

저녁에는 오랜 친구들 셋과 약속이 있었다. 늘 가던 국수집이었다. 녹에 턱 걸리듯 까끌까끌한 국수를 후루룩 넘기며, 그들은 일상의 자잘한 이야기들을 풀어놓았다. 남편 이야기, 아이 이야기, 직장 이야기, 몸의 이야기—40대 끝자락과 50대의 초입, 아니 중반쯤을 넘긴 이들에게 그런 대화는 각자의 연대기이자 기록이었다.

"너, 요즘 표정이 좀 달라."

한 친구가 젓가락을 내려놓으며 말했다.

"좋다는 뜻이야."

또 다른 친구가 거들었다.

"아냐, 달라진 건 맞아. 근데 이 사람은 그걸 좋다고 인정하지 않을 걸?"

세 번째 친구의 농담이 이어졌다.

애니는 웃으며 받아쳤다. "너희, 오지랖 대단하다."

"우리는 원래 네 오지랖들이잖아."

친구들의 답에 모두 웃음이 터졌다. 웃음이 쏟아져 나오는 순간, 애니는 새삼 깨달았다. 자신이 스스로를 지키지 못할 때도, 이들이 그녀의 이름을 불러 주며 삶을 붙들어 주었다는 사실을. 자리의 말미에 한 친구가 조심스레 물었다.

"혹시… 마음이 흔들려?"

"흔들리다니?" 애니가 되묻자, 친구는 잠시 머뭇거리다 이어 말했다.

"그냥… 바람처럼. 바람은 나쁜 게 아니잖아."

애니는 대답 대신 물컵을 들었다. 물 표면이 아주 얇게 떨리고 있었다.

"바람 불면 물은 흔들리지."

"그리고 잔잔해지지."

친구는 단정하듯 말했다. 그 말투가 이상하게 고마웠다.

국수집을 나와 골목을 걸을 때, 늦가을의 공기는 젖은 낙엽 냄새를 품고 있었다. 약한 비라도 다녀간 듯 거리는 눅눅했다. 구두 굽 끝이 젖은 보도에 '탁' 소리를 남길 때마다, 애니는 발을 편안하게 내려놓는 법을 연습했다. 자신의 발이 몸을 데려가는 길 위에서, 그녀가 너무 단단하게만 굴어 왔음을 요즘 들어 자주 깨닫곤 했다.

주일, 예배당의 공기는 늘 같았지만 애니는 매번 다르게 느꼈다. 찬송가의 첫 소절을 입에 올릴 때면, 순간 자신의 몸의 무게가 사라지는 듯했다. 목소리가 모이면 사람은 가벼워졌다. 목소리를 합하는 일은 누구의 편에 서는 것이 아니라, 누구의 곁에 서는 일이었기 때문이다.

예배가 끝나고 마당으로 나서면 시선들이 분분하게 떠다녔다. 대개는 따뜻한 시선, 가끔은 궁금한 시선, 드물게는 무례한 시선. 그것은 애니에게 향하는 시선이라기보다, 그녀와 그 사이의 거리를 재는 시선 같았다.

"사진 잘 봤어요."

어느 권사님의 짧은 인사에 애니는 으레 그렇듯 웃으며 답했다.

"아, 아이들이 만든 자리였죠."

말은 가볍게 흘려보냈지만, 가슴 속에서는 파문이 번졌다. 애니는 순간 자신을 설명해야만 하는가 하는 질문을 삼켰다.

그는 멀찍한 곳에서 그녀를 보며 아주 짧게 고개를 숙였다. 애니는 그 짧은 순간을 천천히 넘겼다. 과장하지 않고도 서로 알아볼 수 있는 표정. 때로는 그것만으로 충분했다.

점심을 간단히 해결한 뒤, 애니는 오래된 서점에 들렀다. 습기와 종이 냄새가 섞인 향은 그녀에게 작은 성당과도 같은 곳이었다. 클라라 슈만의 편지집이 눈에 들어왔다. 표지는 손때로 보드랍게 닳아 있었다.

책을 펼치자, 반듯한 필체의 문장이 눈을 찔렀다.

“내가 오늘도 피아노 앞에 앉는다.”

그 문장 하나로 애니는 하루를 버텨 낸 날이 많았다. 그녀에게는 피아노는 없었지만, 대신 숫자와 문장과 종이와 펜이 있었다. 앉는 일이 곧 살아내는 일이었던 시절, 애니는 그렇게 자리를 지켰다.

서가를 돌던 중 초현실주의 시선집이 눈에 들어왔다. 잠깐 집어 들었다가 다시 꽂았다. 그것은 그의 젊은 날 취향이었다. 굳이 알지 않아도 괜찮지만, 아는 편이 좋을 때도 있었다. 어떤 이는 취향으로 말하고, 어떤 이는 침묵으로 말한다. 그는 두 가지 모두로 말하는 사람이었다.

서점 옆 골목의 카페에 들어간 애니는 자리에 앉았다. 창밖으로 능선 같은 구름이 흘렀고, 잔에 담긴 홍차 향은 천천히 기울었다. 그녀는 책을 펴고 문장을 씹듯 읽었다. 아삭한 문장들이 속으로 들어와 잠시 빈 곳을 메워 주었다. 그러다 문득, 애니의 내면에서 누군가의 목소리가 솟구쳤다.

“당신은 혼자가 아니에요.”

그 말의 온도에 그녀는 자꾸만 젖었다. 그 말만큼 자신을 흔들었던 문장이 또 있었을까. 어쩌면 애니는 오래전부터 그 말을 기다려 왔는지도 몰랐다.

휴대폰이 작게 진동했다. 화면에는 단 한 줄의 문자가 떴다.

“잘 쉬세요.”에디로 부터였다.

짧아서 오히려 길게 남는 말이었다. 애니는 대답하지 않았다. 대신 잔을 들어 홍차를 한 모금 더 마셨다. 오늘 자신을 세우는 방법은—과장하지 않고, 스스로를 움직이는 것. 그에게 고맙다고 말하지 않아도, 자신의 표정이 전해 줄 것이라 믿었다. 가끔은 말보다 얼굴이 정직했다.

집에 돌아온 애니는 창가에 앉았다. 해가 기우는 빛이 커튼 위에 길게 손을 얹었다. 그녀는 라흐마니노프를 아주 작게 틀었다. 피아노가 낮은 음에서 지면을 디딜 때, 그녀의 심장도 함께 낮게 박동했다. 애니는 일기장을 펴고 짧게 적었다.

“나는 오늘도 앉는다.

걷는 일보다 앉는 일이 더 어렵게 느껴지는 날에도.

문을 반쯤 열어 둔 밤처럼, 마음도 반쯤 열어 둔다.

닫지 못해 열린 것이 아니라, 닫지 않기로 열린 것이다.’

그 아래, 아주 작은 글씨로 기도를 덧붙였다.

‘주님, 제 마음을 숨김없이 들여다보시니, 이 길을 잘 걸어가게 도와주소서.

누구의 소문이 아니라, 제 양심의 조용한 빛을 따라 걷게 하소서.

누군가의 속도가 빠르거나 느리다 해서 오만하지 않게 하시고,

제가 사랑하는 사람의 느림을 사랑하게 하소서.”

방 안의 공기는 조금 따뜻해졌다. 유리창 너머로 바람이 지나가며 아주 얇은 흔들림을 남겼다. 그날 밤도 애니는 아마 문을 반쯤 열어 둘 터였다. 하지만 그 열린 틈 사이로, 예전과는 조금 다른 것이 들어올 듯했다.

두려움만이 아니라, 아주 작고 은은한—기대의 빛이었다.

사무실의 아침 공기는 늘 서늘했다. 오래된 책상 위에 서류가 겹겹이 쌓여 있었고, 애니는 여느 때처럼 결재 도장을 찍고, 숫자를 맞추고, 보고서를 정리했다. 일은 반복이었으나 그 반복이 그녀의 삶의 구조를 지탱해 주고 있었다.

그러나 문득, 컴퓨터 화면에 비친 자신의 얼굴이 낯설게 다가왔다. 여전히 같은 자리에만 머물러 있는 것은 아닐까 하는 생각이 스쳤다. 자격증을 따내며 미래를 대비했던 날들, 홀로 아이들을 키우며 울음을 삼키고 불안을 감췄던 시간들. 그것들이 지금의 애니를 지탱했지만, 때때로 그녀를 돌처럼 굳게 만들기도 했다. 그때 한 후배가 다가와 말했다.

"과장님, 요즘 더 편안해 보이세요."

애니는 웃어 넘겼지만, 그 말은 오랫동안 마음에 남았다. 어쩌면 자신도 모르게 조금은 누군가 덕분에 달라지고 있는지도 몰랐다.

퇴근길, 교회 근처 골목에서 애니는 그와 마주쳤다. 우연처럼, 그러나 필연처럼. 그의 손에는 얇은 책 한 권이 들려 있었다. 제목은 알아보지 못했지만, 오래된 표지가 그의 손과 묘하게 잘 어울렸다.

"오늘은 혼자예요?"

그가 물었다.

애니는 대답 대신 웃으며 고개를 끄덕였다. 짧은 순간이었지만, 그 웃음 안에는 설명할 수 없는 수많은 결이 담겨 있었다.

"조심히 들어가세요."

그가 그렇게 말할 때, 바람이 불어 목소리를 조금 흔들었다. 그러나 애니는 그 흔들림 속에서 오히려 단단한 온기를 느꼈다.

짧은 인사 후 각자의 길로 걸음을 옮겼지만, 그의 뒷모습은 한동안 애니의 시야에서 사라지지 않았다. 발걸음은 집으로 향했지만, 마음은 오래도록 그 골목에 머물러 있었다.

며칠 뒤, 가까운 친구와 단둘이 카페에 앉았다. 창밖의 가로수 잎은 서서히 갈색으로 물들고 있었다.

"너, 뭐가 있어."

친구는 커피잔을 내려놓으며 애니를 똑바로 바라보았다.

"무슨 소리야?"

애니가 웃으며 넘기려 했지만, 친구는 진지했다.

"눈빛이 달라졌어. 예전엔 늘 방어막을 세운 듯했는데, 요즘은… 조금 열려 있어. 그게 나쁘다는 뜻은 아니야."

애니는 잠시 말을 잃었다. 사실, 그녀 안에서 작은 파문이 일고 있다는 걸 부정할 수 없었다. 그러나 여전히 그 파문을 이름 붙이지 못한 채 남겨 두고 싶었다.

"그냥… 가을이라 그런가 봐."

애니는 농담처럼 웃어 넘겼다. 그러나 친구의 눈길은 그녀의 말 너머를 꿰뚫는 듯했다. 누군가가 자신의 내면의 파문을 알아봐 준다는 사실은 애니를 조금 더 인간답게 만들었다.

그날 저녁, 집에 돌아온 애니는 음악을 틀었다. 이번에는 클라라 슈만의 곡을 골랐다. 여성의 손끝에서 흘러나온 선율은 그녀의 삶의 무게를 고스란히 받아 주는 듯했다.

애니는 속으로 속삭였다.

자신은 여전히 혼자였다. 그러나 완전히 혼자는 아니었다.

그 문장은 스스로를 달래는 주문 같았다. 누군가를 향한 기대와 스스로를 지키려는 단단함이 공존하는 자리. 바로 그 자리에 애니는 앉아 있었다.

잠시 후, 휴대폰에 불이 켜졌다. 또 짧은 메시지.

"오늘도 평안하시길."

그 단순한 문장이 하루의 긴장을 풀어 주었다. 애니는 여전히 대답하지 않았다. 그러나 그녀의 고요한 미소가 언젠가 그에게 닿기를 바랐다.

밤이 깊어졌다. 창가에 앉은 애니의 곁에서 바람이 얇은 커튼을 흔들었다. 그녀는 문득, 자신의 인생의 창도 늘 이렇게 반쯤 열려 있었음을 깨달았다. 닫을 수도, 활짝 열 수도 없는 사이. 그 틈새로 두려움도 들어왔고, 외로움도 들어왔지만, 동시에 빛도, 위로도 들어왔던 것이다.

애니는 조용히 기도했다.

'주님, 제 마음의 파문을 두려워하지 않게 하소서.

흔들림이 결국 잔잔해지는 바다임을 믿게 하소서.

사랑이 두려움보다 크다는 사실을,

제 삶으로 배우게 하소서.'

창밖의 가을빛은 서서히 검푸른 어둠에 잠겨 갔지만, 그녀의 마음은 오히려 조금 더 밝아졌다. 내일이 오면 또 어떤 이야기가 펼쳐질지 알 수 없었다. 그러나 오늘 밤만큼은, 애니는 외롭지 않았다.

물결은 번지고, 번진 자리에 새로운 빛이 스며들고 있었다.

제13장

회상의 정원에서

교회 마당이 어스름 저녁빛에 잠기자, 하나둘 성도들이 각자의 차편으로 흩어져 나가기 시작했다. 아이들 웃음소리와 청년들의 장난기 어린 대화가 멀어져 가고, 남은 사람들은 손을 흔들며 인사를 나누고 있었다. 애니는 잠시 뒤돌아본다. 이미 절반가량은 자리를 떠난 듯 보였고, 함께 올 때 나눠 탔던 차편의 사람들도 먼저 돌아가 버린 상황이었다. 어쩔 수 없이 에디의 차에 오르게 되었다는 사실이, 그녀의 마음을 알 수 없는 파동처럼 일렁이게 했다.

차문을 닫는 순간, 고요가 찾아왔다. 시동 소리가 낮게 울리고, 차창 밖으로는 행사 후 정리하는 사람들의 모습이 점점 작아졌다. 애니는 시선을 창가에 두고 있었지만, 은근히 옆자리에 앉은 에디의 존재가 크게 다가왔다.

"행사, 잘 마무리된 것 같네요."

에디가 운전대를 잡은 채 말한다. 담담한 목소리였지만 어딘가 따뜻한 결이 묻어 있었다.

"네, 무사히 끝났죠. 아이들도 즐거워했고… 모두 수고 많았죠."

애니는 짧게 답하며 미소를 지었지만, 마음은 그리 간단치 않았다. 오랜만에 느껴보는 이 어색한 단둘의 시간. 마치 의도된 듯, 그러나 우연히 마련된 자리. 차는 교외의 도로를 따라 흘러가고 있었다. 가로등 불빛이 간헐적으로 차창 안을 비췄다가 사라지고, 어둠 속에서는 벌써 가을의 서늘한 냄새가

풍겨왔다. 애니는 마음속에서 혼잣말을 한다.

왜 하필 지금, 왜 하필 이 길에서, 단둘일까. 나는 늘 혼자여도 괜찮다고, 혼자여도 흔들리지 않는다고 다짐했는데…

차 안은 길게 이어지는 정적에 잠겼다. 그러나 그 침묵은 불편하기보다는 오히려 묘한 음악처럼 가슴 속에 번져갔다. 에디는 무언가 말을 꺼낼 듯하다가도 삼켰다. 그는 차창 너머의 풍경을 바라보며 천천히 속으로 읊조렸다.

주님, 이 마음을 어떻게 다루어야 합니까. 오래 품어온 이 감정을, 그냥 흘려보내야 합니까. 아니면…

한참을 달리던 에디의 차가 국도를 벗어나 작은 샛길로 접어들었다. 어둠이 내리기 시작한 길가에는 가을 풀벌레 소리가 차창 사이로 스며들었다. 애니는 익숙한 듯 창밖을 바라보다가, 불현듯 기억 속의 장면을 떠올렸다.

“저쪽 길로 조금만 가면, 작은 카페가 있어요.”

그녀가 조심스레 입을 열었다.

“예전에 몇 번 갔었는데… 정원이 참 예뻤거든요. 혹시 괜찮으시면…”

에디는 살짝 고개를 끄덕였다.

“좋죠. 오늘 같은 날, 그런 곳에서 잠시 쉬어가는 것도 의미 있겠네요.”

차는 곧 오래된 벽돌 담장 앞에 멈춰 섰다. 담장 너머로 은은한 조명이 깔려 있었고, 낮게 깔린 재즈 선율이 바람결에 흘러나왔다. 두 사람은 나란히 차에서 내려, 낙엽이 흩날리는 자갈길을 따라 걸었다. 카페는 마치 오래된 유럽의 시골집을 닮아 있었다. 하얀 석조 벽면에 담쟁이가 드리워져 있었고, 작은 등불이 정원 구석구석을 부드럽게 밝히고 있었다. 정원에는 이미 가을의 그림자가 내려앉아 있었으나, 곳곳에 피어 있는 작은 꽃과 정갈히 놓인 벤치들이 운치를 더했다. 정원 입구에서 애니는 잠시 발걸음을 멈췄다.

"여기예요. 제가 힘들던 시절, 마음을 달래러 종종 오곤 했죠. 그때마다 이 정원이 위로가 되어 주었어요."

에디는 그녀의 말에 잠시 눈길을 돌리며 느릿하게 숨을 내쉬었다.

"그 시절을 다 알지는 못하지만… 이렇게라도 함께 서 있을 수 있어 감사하네요."

둘은 나란히 정원 한쪽 벤치에 앉았다. 은빛 달빛이 머리 위로 번져 내려와, 두 사람의 그림자가 길게 늘어졌다. 한동안 아무 말 없이 정원을 바라보다, 애니는 천천히 입을 열었다.

"가끔은 이런 고요 속에서 제 마음을 들여다보게 돼요. 아무리 강한 척을 해도… 결국은 혼자라는 사실이 너무 크게 다가와서요."

에디는 그 말을 조용히 듣고 있었다. 그의 마음은 마치 오래 전부터 준비된 듯, 그녀의 고백을 받아 안고 있었다. 그러나 그는 쉽게 대답하지 않았다. 대신 두 손을 무릎 위에 가지런히 놓고, 정원의 바람에 스치는 나뭇잎 소리를 함께 들었다. 그 고요가, 두 사람을 조금씩 묶어내고 있었다.

애니와 에디는 잠시 벤치에 앉아 있다가, 정원의 다른 구석으로 이끌리듯 걸음을 옮겼다. 자갈길은 달빛에 은빛으로 반짝였고, 작은 연못 위에는 가로등 불빛이 어른거리며 흔들렸다. 발걸음이 고요히 이어질수록, 두 사람의 마음은 점점 깊은 곳으로 내려앉는 듯했다. 애니는 잠시 발을 멈추고 연못 위로 드리운 달빛을 바라보았다.

"이곳에 오면, 제 안에 숨어 있던 이야기들이 저절로 떠오르곤 해요. 꼭 오래 묵은 책의 페이지를 한 장씩 넘기는 기분이에요."

그녀의 목소리는 서늘한 가을 공기에 실려 더욱 투명하게 들렸다. 그 말은 단순한 감상이 아니었다. 오랜 시간 가슴 깊숙이 쌓아 두었던 무언가가, 오늘 밤 조금씩 흘러나오는 듯했다. 에디는 그녀의 옆모습을 조용히 바라보았다. 굳이 말로 위로하지 않아도, 그는 애니가 건네는 침묵과 고백을 있는 그대로 받아들이고 싶었다. 그는 마음속으로 생각했다.

'그녀는 늘 강인하게 살아왔지만, 그 강인함이 곧 외로움의 다른 얼굴일지도 몰라. 지금 이렇게 작은 숨결을 나누는 것만으로도, 그녀는 분명 위로 받고 있는 게 아닐까.'

정원을 천천히 걷는 동안 애니의 내면 독백은 길게 이어졌다.

'나는 왜 늘 이토록 단단한 척을 해야 할까. 누구도 모르게, 밤마다 두려움 속에 문을 열어 둔 채 잠드는 나인데… 아이들을 다 키워낸 지금도, 여전히 외로움은 낯선 손님처럼 찾아온다. 하지만 그럴수록 나는 강한 얼굴을 하고 싶었다. 그래야만 버틸 수 있었으니까. 그런데, 이렇게 조용히 내 옆을 걸어 주는 사람이 있다는 것만으로도… 왠지 오래 묶어 둔 매듭이 느슨해지는 것 같다.' 바람에 흔들린 꽃향기가 잠시 스쳤다. 애니는 무의식중에 발걸음을 멈추고, 그 향기를 들이마셨다. 그리고 눈을 감았다.

"향기가 참… 따뜻하네요. 누군가의 손길 같아요."

에디는 잠시 망설이다가 부드럽게 대답했다.

“그 향기를 느끼는 순간, 마음이 편안해지죠. 아마 그게… 함께 걷는 이유일 거예요.”

그 순간, 두 사람 사이에 흐르던 긴장과 거리감이 조금씩 녹아내리고 있었다. 애니는 대답 대신 작은 미소를 지었고, 에디는 그 미소를 오래 기억하듯 눈에 담았다. 정원의 끝자락에 다다랐을 때, 바람은 더 깊어졌고, 고요는 한층 짙어졌다. 그 고요 속에서 애니의 내면은 다시 울려 퍼졌다.

‘오늘 이 밤이, 혹은 이 시간이… 나를 다시 살게 하는 순간일지도 모른다. 잊고 있던 나의 또 다른 얼굴을, 이제야 조금씩 마주할 용기가 생기는 것 같다.’

정원의 산책이 끝나갈 무렵, 밤은 깊어 있었지만 두 사람은 그 시간을 더 붙잡고 싶었다. 벤치에 다시 앉아 조용히 차 한 잔을 나누며, 잠시 동안 말없이 별빛을 바라보았다. 말이 필요 없을 만큼, 이미 서로의 침묵은 많은 이야기를 대신하고 있었다.

애니는 손에 머그잔을 감싸쥐며 속으로 생각했다.

‘이 시간이 왜 이렇게 아까운 걸까. 집에 돌아가면 다시 혼자가 될 텐데… 오늘은 조금 더 머물고 싶다. 하지만 내색할 수는 없지. 나는 언제나 강한 척을 해야 하니까.’

에디 역시 같은 순간, 다른 방식으로 마음을 붙잡고 있었다.

‘하나님이 허락하신 이 짧은 시간이 어쩌면 내 삶에 오래 기억될 순간일지도 모른다. 나는 더 바라지 않으리. 하지만 이렇게 함께 걷고, 웃고, 침묵하는 것만으로도 내 마음은 이미 충분히 채워졌다.’

잠시 후, 두 사람은 자리에서 일어나 조심스럽게 차로 향했다. 카페 앞길의 은은한 가로등 불빛이 길을 이끌었다. 차 안은 고요했지만, 그 고요 속에는 낮은 음악처럼 따뜻한 울림이 흘렀다.

100.3 MHZ에 맞춰진 라디오 버튼을 누르자 흘러나온 곡은 라흐마니노프의 피아노 협주곡이었다. 애니는 순간 눈을 크게 떴다가, 고개를 돌려 창밖을 바라보며 작게 웃었다.

"참 신기하네요. 제가 좋아하는 곡이 이렇게…"

에디는 부드럽게 미소 지으며 대꾸했다.

"하나님이 우리에게 주시는 작은 배려일지도 모르죠. 우연 같지만, 어쩌면 필요한 순간에 들려오는 선물일 거예요."

그 말에 애니의 눈빛이 잠시 흔들렸다. 그녀의 마음속 깊은 곳에서, 잊고 있던 기도의 기억과 감사의 감정이 솟아오르듯 번져갔다.

차창 너머로 바람이 스치고, 도로의 불빛이 길게 이어졌다. 돌아가는 길은 짧았지만, 그 길 위에서 두 사람은 각자의 내면에 오래 새겨질 순간을 품고 있었다.

애니는 마지막으로 작은 목소리로 속삭이듯 말했다.

"오늘… 고맙습니다."

에디는 대답 대신, 차분하게 고개를 끄덕였다. 그의 손끝은 잠시 핸들을 더 꽉 쥐었고, 눈빛은 한층 부드럽게 빛났다.

제14장

얽히는 발걸음들

교회 야외 행사에서의 밤이 지나고, 다시 일상으로 돌아온 애니는 오래된 책장 앞에 앉아 있었다. 손끝에 닿는 책의 질감이 왠지 더 낯설게 느껴졌다. 며칠 전, 에디와 함께 들렀던 카페의 정원이 아직도 마음속에서 서성이며, 차 안에서 울리던 비발디의 사계의 잔향이 귓가에서 여운처럼 번졌다.

"별일 아니었어. 그냥… 돌아오는 길의 작은 휴식이었을 뿐."

스스로에게 그렇게 말하며 애써 일상의 안도감을 되찾으려 했지만, 애니의 내면에는 분명히 변곡점 같은 감정이 하나 자리 잡고 있었다. 그녀는 책을 펼쳐도 글자가 제대로 눈에 들어오지 않았다. 오래도록 혼자 견뎌온 생활 속에, 누군가와 공유한 단 몇 시간의 온기가 유난히 크게 다가왔기 때문이었다. 자존심 강한 그녀는 그것을 인정하기가 싫었고, 오히려 더 의연해지고 싶었다. 그러나 자정 무렵, 불 꺼진 방 안의 침묵 속에서는 그 온기를 부정할 길이 없었다. 에디 역시 교회 사무실의 늦은 불빛 속에서 펜을 들고 있었다.

그는 늘 그렇듯이 짧은 글을 쓰며 감정을 정리하곤 했다. 책상 위에는 오래전부터 써내려간 공책이 쌓여 있었고, 그날 밤의 글은 이렇게 시작되었다.

"오늘도 나는 그 시간을 기억한다.

차창 너머로 스치는 불빛보다, 옆자리에 흐르던 침묵이 더 환했다.

말하지 않아도 전해지는 마음이 있음을,

오늘 다시 알았다."

그는 글을 쓰다 멈추고, 눈을 감았다. 오랫동안 하나님 앞에서 감정을 절제하고 정직하게 살려 했지만, 애니와의 시간이 주는 떨림은 결코 무시할 수 없는 현실이었다. 그러나 그는 그 감정을 죄책감이나 욕망으로만 보지 않았다. 오히려 그것을 통해 사람이 사람을 통해 어떻게 치유될 수 있는가를 묵상했다.

며칠 후, 교회에서는 새로운 봉사 프로젝트가 시작되었다. 교회 주변의 독거노인들에게 도시락을 전달하고, 마을 청소를 돕는 일이었다. 자연스럽게 애니와 에디도 함께 참여하게 되었다.

주일 예배가 끝나자, 자원자들이 모였다. 애니는 늘 그렇듯 분주히 앞치마를 두르고 도시락 포장에 집중했다. 손이 빠른 그녀는 봉사팀에서도 중심이 되었다. 에디는 차에 도시락을 싣고 배달을 맡았다.

"애니 집사님, 이쪽 박스는 제 차에 싣겠습니다."

에디가 다가와 상자를 들어 올리자, 애니는 순간적으로 그와 눈을 마주쳤다. 짧은 순간이었지만, 두 사람 모두 그날 밤 이후 피하려던 감정이 스쳐 지나감을 느꼈다. 봉사가 끝난 후, 교회 마당에서는 몇몇 성도들이 모여 앉아 이야기를 나누고 있었다. 애니와 에디도 같은 자리에 있었고, 대화는 자연스레 각자의 자녀들로 옮겨갔다.

"우리 아이가 요즘 출판 쪽에서 일해요. 베스트셀러가 나오면 꼭 챙겨 보더라구요."

애니가 슬쩍 웃으며 말했다.

"아, 저희 애도 책을 좋아합니다. 다만 외국 생활이 길어서인지, 늘 번역본보다는 원서를 고집하더군요."

에디가 대꾸했다.

그 자리에 있던 몇몇 성도들이 "아이들끼리도 한번 모여서 대화하면 좋겠네요."라고 중재하듯 말을 보탰다. 그 순간, 서로의 자녀들이 자연스럽게 연결되는 그림이 그려졌다. 애니는 속으로 이렇게 생각했다.

아이들 세대는 우리보다 더 솔직하겠지. 더 자유롭게 말하고, 더 용기 있게 다가가고… 그들의 발걸음이 우리를 어디로 데려갈까.

이윽고, 에디의 마음속에도 작은 떨림이 번졌다.

하나님, 제가 걸음을 멈출 때, 아이들이 우리의 길을 대신 열어가게 하시렵니까?

그는 문득, 자신의 인생이 또다시 새로운 방향으로 얽히려 한다는 것을 느꼈다. 하지만 이번에는 두려움보다 은혜라는 단어가 더 크게 다가왔다.

며칠 뒤, 교회에서 제안했던 대로 양쪽 가정의 자녀들이 함께 모이는 자리가 마련되었다. 장소는 도심 외곽의 작은 북카페였다. 낡은 벽돌 건물 안에는 책 냄새와 원두 향이 뒤섞여 있었고, 창가에는 따사한 햇살이 가만히 내려앉아 있었다. 애니의 두 자녀는 단정하면서도 편안한 옷차림으로 들어섰다. 큰아이의 손에는 최근 서점가에서 화제가 된 베스트셀러 몇 권이 들려 있었고, 작은아이의 가방에는 정성스레 포장한 작은 선물 상자가 있었다. 그들은 어머니가 늘 말하던 대로, 외국 생활이 길었던 에디의 자녀들에게 한국에서의 문화를 조금이라도 나누고 싶어 했다.

잠시 후, 카페 문이 열리며 에디의 자녀들이 들어왔다. 그들의 표정에는 약간의 긴장과 설렘이 함께 얽혀 있었다. 오랜 해외 생활 탓에 한국어 억양이 어딘가 낯설었지만, 첫인사 속에는 분명한 따뜻함이 담겨 있었다.

"이 책, 최근에 한국에서 많이 읽히는 작품이에요. 아버지와도 이야기를 나누곤 했는데, 혹시 관심 있을까 해서…"

애니의 큰아이가 책을 건네며 어색하게 미소 지었다.

에디의 장녀는 잠시 놀란 듯 책을 받아 들여 표지를 쓰다듬었다.

"고마워요. 사실 저는 늘 영어 원서로만 읽었는데, 한국어로 된 문학 작품을 이렇게 선물 받으니 새삼 특별하게 느껴져요."

말은 조금 서툴렀지만, 그 안에 담긴 진심은 누구에게나 전해질 만큼 투명했다.

이후 대화는 자연스레 각자의 삶으로 옮겨갔다. 에디의 자녀들은 유학생활의 고충과, 문화 차이 속에서 경험했던 소외감을 이야기했다.

"처음엔 언어보다도 마음을 나눌 사람이 없다는 게 더 힘들었어요. 늘 혼자라는 생각에 갇힐 때가 많았죠."

애니의 자녀들은 고개를 끄덕이며 자신들의 경험을 겹쳐 보았다.

"우리는 외국에 나가 본 적은 없지만, 사실 한국에서도 같은 또래들 사이에서 외로울 때가 많아요. SNS에선 다들 화려해 보이지만, 실제로는 그렇지 않거든요."

말은 다르지만, 결국 세대와 공간을 넘어선 공통된 고독의 경험이 그들을 하나로 묶었다. 카페 안쪽의 시간은 그렇게 흐르고 있었다. 창밖에서는 낙엽이 바람에 흩날렸고, 유리창에 비친 햇살은 서서히 노을빛으로 바뀌어 갔다. 아이들 사이에는 점점 더 편안한 웃음이 오가고, 언어의 벽은 조용히 무너지고 있었다. 멀찍이 지켜보던 애니와 에디는 서로 눈길을 나누지 않았지만, 마음속으로는 같은 깨달음을 하고 있었다.

우리의 걸음이 멈춰도, 아이들은 저렇게 새로운 발걸음을 내딛는구나.

그러나 그 깨달음 속에는 미묘한 떨림도 함께 있었다. 아이들의 다정한 모습은 곧, 애니와 에디 자신이 잃어버린 청춘의 한 조각을 떠올리게 했기 때문이다.

그날 밤, 애니는 집으로 돌아와 창문을 열어 두었다. 가을바람이 커튼 사이로 스며들었고, 그녀는 오랫동안 창밖을 바라보았다. 혼자가 아니라는 감각, 그것이 오늘따라 낯설게 마음을 흔들었다. 에디 역시 늦은 밤, 책상 앞에서 다시 펜을 들었다. 오늘 본 장면을 어떻게든 남기고 싶었다.

"아이들의 웃음 속에서 나는 오래된 미래를 본다.

어쩌면 우리의 길은 멈추어도,

그들의 길은 얽히며 새로운 물결을 만들 것이다."

며칠 뒤, 아이들은 다시 만났다. 이번에는 도심에서 조금 벗어난 한적한 산책로였다. 한쪽에는 개울물이 졸졸 흐르고, 다른 쪽에는 코스모스가 흐드러지게 피어 있었다. 애니의 작은아이가 먼저 가볍게 농담을 던졌다.

"한국 가을은 언제나 이렇게 빨리 오는 것 같지 않아요? 여름이 끝나자마자 금방 바람이 달라지는 것 같아요."

에디의 아들은 웃으며 대꾸했다.

"맞아요. 외국에선 계절의 경계가 느슨한데, 한국은 확실히 순간적으로 바뀌는 것 같아요. 그래서 더 극적으로 다가와요."

대화는 자연스럽게 취미와 관심사로 옮겨갔다. 애니의 큰아이는 자신이 좋아하는 책 이야기를 꺼냈고, 에디의 딸은 그 책을 외국에서 번역본으로 접해본 경험을 나누었다. 서로의 시선이 마주치며, 어색한 웃음이 조금씩 편안한 미소로 바뀌어 갔다. 길가의 작은 벤치에 앉아 있던 그들은, 손에 든 음료 캔을 번갈아 가리키며 소소한 이야기를 이어갔다.

"한국 음료수는 신기하네. 맛이 다양해."

"그럼 다음에 편의점 탐방 한번 같이 해요. 한국 편의점은 웬만한 작은 여행지보다도 재미있거든요."

순간 아이들 사이에서 가벼운 웃음소리가 퍼졌고, 그 소리는 산책로를 따라 잔잔히 번져 나갔다. 멀리서 그 모습을 지켜보던 애니와 에디는 각자 다른 생각에 잠겨 있었다.애니는 마음 깊은 곳에서 오래된 질문과 맞닥뜨리고 있었다. 내가 아이들을 위해서라고만 생각했던 많은 것들, 그 속에는 사실 내 외로움이 숨어 있었던 건 아닐까?

하지만 지금 아이들이 누군가와 자연스럽게 웃고 있는 모습을 보니, 그 모든 길이 무의미하지 않았음을 조금은 알 것 같았다. 에디는 조금 달랐다. 그는 아이들을 보며 문득 자신의 청춘 시절을 떠올렸다. 책과 음악에 탐닉하며, 세상과 어긋나도 상관없다던 시절. 그러나 지금은 아이들의 대화 속에 그때와는 다른 무게의 울림이 있었다.

나의 시간은 이미 저만치 흘러가 버렸지만, 아이들의 시간은 이제 막 물결을 만들고 있구나. 산책을 마친 뒤, 그들은 근처 작은 카페에 들렀다. 정원에 놓인 테이블에는 가을빛이 부드럽게 내려앉아 있었다. 아이들은 다시 책 이야기를 나누고, 좋아하는 음악을 서로 추천했다. 에디의 아들이 휴대폰을 꺼내 팝송을 들려주자, 애니의 자녀들은 한국의 클래식 콘서트 이야기를 꺼냈다. 시간은 그렇게 흐르고, 두 세대는 조금씩 서로의 삶을 꿰매어 갔다.

저녁 무렵, 함께한 시간은 자연스럽게 끝났다. 헤어지기 전, 아이들은 아쉬운 듯 전화번호와 SNS 아이디를 교환했다.

"다음에 또 보자. 책 얘기 이어가야지."

"응, 그리고 편의점 탐방 약속 잊지 마!"

가벼운 약속이지만, 그 속에는 분명 새로운 인연의 씨앗이 심겨 있었다.

그 모습을 바라보며 애니와 에디는 묘한 안도감을 느꼈다. 그러나 그 안도감은 동시에 자신들의 마음속 깊은 곳을 흔드는 파문이기도 했다. 아이들의 웃음이 아름답게 번지는 순간, 두 사람은 서로의 시선을 피하며 마음속에 묻어둔 질문을 삼켜야 했다.

우리는 과연 어디까지 함께 걸어갈 수 있을까…?

가을 햇살이 교회 마당을 기울이며 번져갔다. 예배가 끝난 후 성도들은 삼삼오오 모여 대화를 나누었고, 그 틈새에서 아이들의 웃음소리와 함께 이야기가 흘러나왔다.

"애니 집 애들하고 에디 집 애들이 요즘 자주 어울린다지?"

"그러게요, 지난번엔 산책도 같이 하고… 참 보기 좋아요."

처음엔 그저 따뜻한 미소로 흘려보낼 말들이었다. 하지만 작은 공동체의 대화는 늘 그렇듯, 누군가의 호기심을 타고 조금씩 무게를 더했다.

"혹시… 애니 집사랑 에디 집사님, 두 분도 자주 뵙는 모양이던데요?"

짧은 말 한마디가 바람결처럼 퍼져나가며, 두 사람의 이름은 은근한 호기심의 대상이 되었다. 아이들은 그 사실을 모른 채, 여전히 서로의 이야기를 이어가고 있었다. 에디의 딸은 애니의 자녀에게 최근에 읽은 책 한 권을 선물하며 말했다.

"외국에서 읽을 땐 너무 서툴게 번역된 느낌이었는데, 원서가 이렇다니 새롭네요. 고마워요."

애니의 자녀는 쑥스러운 듯 웃으며 작은 향수병을 건넸다.

"이건 우리가 준비한 선물이에요. 한국 향기를 가져가셨으면 해서요."

그 작은 교환은 단순한 선물이 아니라, 서로의 세계를 나누는 다리였다.

멀찍이서 그 모습을 보고 있던 애니는 복잡한 심정을 감출 수 없었다. 아이들은 참 자연스럽구나. 그런데 나는 왜 이렇게 마음이 무겁게만 느껴질까. 사람들 시선 때문일까, 아니면 내 안의 두려움 때문일까…

에디 또한 같은 순간을 다르게 받아들이고 있었다. 그는 애니의 곁으로 다가와 낮은 목소리로 말을 건넸다.

"아이들이… 참 잘 어울리네요. 보는 것만으로도 마음이 놓여요."

애니는 미소를 지었지만, 그 안에는 긴장이 배어 있었다.

"그러게요. 그런데… 우리가 더 조심해야 하지 않을까요? 괜히 다른 분들 오해라도 하실까 봐요."

에디는 잠시 말을 멈췄다. 그리고 천천히 고개를 끄덕였다.

"맞아요. 하지만… 저는 아이들이 이렇게 웃는 걸 지켜보는 게, 요즘 제일 큰 위로예요. 그게 잘못된 건 아니겠지요."

두 사람의 대화는 길지 않았지만, 그 안에는 말하지 못한 수많은 감정이 스며 있었다. 애니의 마음은 늘 그렇듯 자존심과 두려움 사이에서 흔들렸고, 에디는 자신의 감정을 숨기지 못한 채 단순한 한마디에 담으려 애썼다. 멀어져 가는 아이들의 뒷모습이 저녁빛 속으로 물들어갔다.

그 순간, 애니는 문득 마음속으로 짧게 읊조렸다.

이 길 끝에는 과연 무엇이 기다리고 있을까…

제15장

서정의 정원에서

차가운 저녁 바람이 언덕길을 스치고 있었다. 교회 야외 행사에서 돌아오는 길, 성도들이 하나둘 다른 차편으로 흩어져 떠나간 뒤, 애니는 뜻밖에도 에디와 같은 차를 타게 되었다. 처음엔 어색한 침묵이 차 안에 흘렀다. 창문 너머로 지나가는 풍경들이 마치 오래된 기억처럼 스쳐갔고, 두 사람은 굳이 말을 하지 않아도 되는 듯 묵묵히 각자의 생각에 잠겨 있었다.

FM라디오의 볼륨을 조금 올렸다. 슈베르트의 곡이 흐르고 있었다. 차창 밖 석양의 붉은 빛과 어우러져, 그 선율은 차 안에 잔잔히 깔린 긴장을 조금씩 풀어주었다. 애니는 음악을 듣는 순간, 문득 예전 혼자 긴긴 밤을 지새우던 기억이 떠올랐다. 방문을 닫고는 차마 잠들지 못해 책을 끌어안고 있던 밤들, 클래식 선율만이 유일하게 그녀를 지켜주던 순간들.

"저기…" 에디가 조심스럽게 입을 열었다.

"혹시, 괜찮으시다면… 돌아가는 길에 잠시 들러볼 만한 곳이 있는데요. 예전에 우연히 알게 된 카페입니다. 정원이 꽤 운치 있어요."

애니는 잠시 그의 얼굴을 바라보다가, 가볍게 고개를 끄덕였다. 그 눈빛에는 오래된 경계심과 동시에 알 수 없는 기대가 섞여 있었다. 차는 언덕길을 돌아 작은 카페에 다다랐다. 붉은 벽돌 담장 너머로 작은 등불들이 하나 둘 켜져 있었고, 정원에는 이름 모를 꽃들이 가을빛을 머금은 채 흔들리고 있었다.

멀리서 들려오는 물소리와 바람에 흔들리는 잎새 소리가 어우러져, 마치 시간을 잠시 멈춰놓은 듯했다. 애니와 에디는 함께 차에서 내려 천천히 정원을 걸었다. 가을의 첫 냄새가 스며드는 저녁 공기 속에서, 두 사람의 발걸음은 차분히 하나의 리듬을 이루었다. 정원길은 작은 돌로 고르게 다져져 있었고, 양옆으로는 국화와 가을 장미가 은은한 향기를 풍기며 서 있었다.

해가 완전히 지고 난 뒤에도, 곳곳에 켜진 노란 등불이 길을 따라 따뜻한 그림자를 드리웠다. 애니는 발걸음을 멈추고, 살짝 고개를 들어 하늘을 바라보았다. 아직 완전히 어둠이 내려앉지 않은 초저녁의 하늘에는 옅은 파란빛이 남아 있었고, 그 위로 초승달이 걸려 있었다.

"여기… 참 조용하네요."

그녀의 목소리는 바람에 섞여 흘러나오듯 낮았다.

"네. 처음엔 우연히 혼자 찾았는데… 마음이 번잡할 때면 가끔 오게 됩니다."

에디가 대답했다. 그의 목소리에는 자신도 모르게 배어든 사색의 결이 있었다. 잠시 걷다가, 애니가 입술을 열었다.

"사실… 저도 혼자 있을 때 이런 공간을 그리곤 했어요. 집에 있으면 오히려 더 외로워질 때가 많았거든요."

그녀는 말끝을 흐리며 눈길을 돌렸지만, 그 한마디에는 긴 세월 동안 꾹 눌러온 고독이 묻어 있었다. 에디는 잠시 멈춰 서서 그녀를 바라보았다.

"저도 비슷합니다. 혼자가 익숙해지긴 했는데… 가끔은 그 익숙함이, 꼭 짐처럼 느껴질 때가 있어요. 그럴 땐 글을 쓰곤 했습니다. 종이에라도 마음을 남기면, 덜 무거워지니까요."

애니는 고개를 끄덕이며 미소 지었다.

"역시… 문학도셨군요. 그러고 보면, 저도 책이 아니면 버티지 못했을지도 몰라요. 책 속의 세계가 아니었으면, 제 시간을 어떻게 견뎠을지…"

두 사람의 대화는 조심스럽게, 그러나 조금씩 깊어졌다. 꽃길을 걷는 발걸음 사이로, 억눌렸던 마음들이 은근하게 풀려나오는 듯했다.

정원의 끝자락에는 작은 벤치가 놓여 있었다. 거기 앉으니 저 멀리 바람결에 흔들리는 갈대밭이 보였다. 그 순간 애니는 문득, 오래전 남편이 떠나고 난 후 혼자 아이들을 키워내던 지난날이 떠올랐다. 자격증 공부에 매달리며, 하루하루를 버티듯 살아내던 시간들. 하지만 지금 이렇게 누군가와 정원을 바라보고 있다는 사실이, 이상하리만치 낯설고 따뜻했다.

에디가 조용히 덧붙였다.

"애니 씨, 저는 늘 글로 감정을 흘려보냈습니다. 하지만 오늘은 글이 아니라… 이렇게 직접 말하고 싶네요. 제게는, 이런 시간이 참 귀합니다."

애니는 대답하지 않았다. 다만 눈길을 정원 너머 달빛에 두고, 가만히 숨을 고르듯 앉아 있었다. 그러나 그녀의 가슴 속에서는 오래된 벽이 조금씩 금이 가는 듯한 울림이 일어나고 있었다. 바람이 살짝 불어와 국화꽃잎 몇 장이 애니의 무릎 위에 흘러내렸다. 그녀는 그것을 조용히 집어 손가락 사이에 끼워보았다. 꽃잎은 가볍고, 금세 바람에 실려 흩어질 운명이었다. 마치 자신의 지난 세월처럼, 잠시 빛나도 오래 머무르지 못하는 것들 같았다.

"나는 늘 강해 보이려 했지. 혼자서도 잘한다고, 괜찮다고. 그러나 밤이 오면… 문을 닫아도, 불을 켜두어도, 찾아오는 건 결국 그놈의 외로움이었다.”

애니의 속삭임은 누구에게도 들리지 않았지만, 그녀 자신에게는 오래 묵은 고백처럼 무겁게 내려앉았다. 남편이 떠나고 난 뒤의 날들. 아이들이 어린 시절, 아픈 기색이라도 보이면 자신이 무너져서는 안 된다고 이를 악물었다. 집 안 구석구석을 채운 건, 아이들의 웃음소리와 자신이 켜둔 클래식 음악 뿐이었다. 클라라 슈만의 곡을 들으며 스스로를 다독였지만, 그 선율조차 가끔은 마음을 더 아프게 했다.

“나는 왜 늘 혼자여야 했을까. 남들처럼 기대어 울 수도 없고, 약해 보일 수도 없고… 그렇게 지내다 보니, 이제는 내 안에서도 내가 굳어버린 건 아닐까.”

그러나 바로 옆에 앉아 있는 에디의 존재가, 그 굳은 틈을 흔들고 있었다. 그는 언제나 담백하게, 감정을 숨기지 않고 드러냈다. 애니와는 정반대의 방식이었다. 그래서일까. 오히려 그녀는 그의 솔직함 속에서 묘한 안도감을 느끼곤 했다. 그녀는 잠시 에디를 흘끗 바라보았다. 등불 빛이 그의 얼굴선을 부드럽게 비추고 있었다. 그는 조용히 손가락으로 벤치 옆 나무의 이파리를 만지작거리며, 무언가 말을 고르고 있는 듯했다.

애니는 속으로 중얼거렸다.

“에디 씨, 당신은 나를 얼마나 아는 걸까. 내가 얼마나 고집스럽게 내 외로움을 숨겨왔는지… 또 그 외로움이 지금 얼마나 흔들리고 있는지…”

정원 위로 달빛이 한층 더 밝아졌다. 그 빛 아래에서, 애니의 내면은 마치 오래 닫아둔 창문이 조금씩 열리는 듯했다.

에디는 오랫동안 입술을 다물고 있었다. 애니가 무언가를 속으로 삼키는 듯한 눈빛을 하고 있음을 그는 알고 있었다. 그녀의 침묵은 그에게 낯설지 않았다. 애니는 언제나 말 대신 눈빛으로 많은 것을 전해왔으니까.

그는 잠시 하늘을 올려다보았다. 가을로 넘어가는 달빛이 맑고 차분했다. 그 달빛을 가만히 바라보다가, 에디는 마침내 부드럽게 입을 열었다.

"애니 씨… 우리가 이렇게 둘만 앉아 있는 게, 참 오랜만인 것 같네요."

그의 목소리는 특별히 무겁지도, 가볍지도 않았다. 그러나 그 속에는 묘한 울림이 담겨 있었다. 애니는 잠시 그를 바라보다가, 억지 미소를 지으며 고개를 끄덕였다.

"그러게요. 어쩌다 보니… 이렇게 되었네요."

에디는 손에 들고 있던 찻잔을 내려놓으며 말을 이었다.

"이 정원… 참 조용하죠? 저는 이런 곳에 오면 늘 제 안의 무언가가 들려오는 것 같아요. 바람 소리, 잎새 흔들림, 그리고…"

그는 잠시 말을 멈추었다가, 애니의 얼굴을 바라보며 덧붙였다.

"…그리고 곁에 있는 사람의 마음까지."

그 말에 애니는 순간 가슴이 쿵 내려앉는 듯했다. 마치 오래 닫아둔 비밀이 들킨 것처럼. 그러나 그녀는 평정심을 유지하려는 듯 눈길을 피하며 짧게 내답했다.

"에디 씨는 여전히… 참 솔직하시네요."

에디는 조용히 웃었다.

"그게 제 장점일까요, 아니면 단점일까요?"

짧은 웃음 뒤로 두 사람 사이에 잠시 정적이 흘렀다. 하지만 그 정적은 결코 불편하지 않았다. 오히려 달빛과 국화 향기, 잔잔한 음악처럼 두 사람을 감싸 안았다. 에디는 손끝으로 벤치 옆 나무줄기를 쓸며 조심스레 속마음을 내비쳤다.

"저는… 애니 씨가 혼자 감당해온 많은 것들을 다 알 수는 없지만, 느낄 수는 있어요. 그게… 늘 제 마음을 아프게 하기도 하고, 또 존경스럽게 하기도 합니다."

애니는 차마 대답을 하지 못했다. 그러나 마음 깊은 곳에서, 얼어붙은 얼음이 미세하게 갈라지는 소리를 들은 듯했다. 에디는 잠시 망설였다. 입술이 열릴 듯 말 듯, 그의 가슴속에서 오랫동안 눌러두었던 말들이 서성였다. 그러나 그것은 단순한 고백이라기보다, 함께 걸어온 세월과 지금의 간격을 아우르는 어떤 고요한 토로에 가까웠다.

"애니 씨."

그가 낮게 부르자, 애니는 놀라듯 고개를 들었다.

"저는 가끔 생각합니다. 우리가 다른 길을 걸어왔지만… 여전히 같은 하늘 아래 있었다는 걸. 그래서일까요, 이렇게 다시 만나면, 잃었던 시간을 조금은 되찾을 수 있을 것 같다는 생각이 듭니다."

그의 말은 결코 과장되지 않았다. 담담했지만, 그 담담함이 오히려 그녀의 마음을 파고들었다. 애니는 애써 미소를 지었다.

"에디 씨… 삶이란 게, 늘 그렇게 후회와 미련을 안고 가는 것 같아요.

저도 그래요. 하지만… 지금은 그냥 이렇게, 오늘 밤 이 순간이 고마울 따름이에요."

에디는 조용히 고개를 끄덕였다.

"맞습니다. 저도 그래요. 그저… 이렇게 함께 있다는 사실이."

두 사람 사이에는 다시 침묵이 흘렀다. 그러나 그 침묵은 전과 달랐다. 이제는 서로의 말 없는 고백이 오히려 선명하게 울리고 있었다. 정원 끝에 매달린 작은 종이 바람에 흔들려 맑은 소리를 냈다. 마치 그 소리가 두 사람의 대화를 마무리해 주는 듯했다. 애니는 손에 들린 스카프를 정리하며 천천히 일어섰다.

"이제… 돌아가야 할 시간이네요."

에디도 따라 일어섰다. 잠시 그녀를 바라보다가, 아주 짧고 진지하게 덧붙였다.

"오늘, 제 마음에 오래 남을 겁니다."

애니는 대답 대신 고개를 숙이며 걸음을 옮겼다. 그러나 그녀의 발걸음은 가볍지 않았다. 오히려 마음속에서 오래 울려 퍼지는 파문처럼 무겁고 깊었다. 그렇게 두 사람은 정원을 나섰다. 그러나 정원의 바람과 달빛, 그리고 그날의 대화는 두 사람의 내면 어딘가에 조용히 내려앉아, 앞으로 이어질 시간들을 서서히 흔들어 놓고 있었다.

제16장

가을빛 속의 울림

가을은 어느새 색을 바꿔 달력보다 먼저 마음속으로 스며들었다. 아침 창가에 걸린 빛은 한 톤 낮아졌고, 바람은 더 멀리서 오는 듯했다. 교회 마당의 느티나무는 반쯤 물이 올라, 잎마다 다른 노란색으로 서서히 서로를 닮아가고 있었다. 애니는 출근길, 늘 지나치던 작은 공원 앞에서 발을 잠깐 멈추었다. 벤치에 앉으면 늦을 것을 알면서도, 그 벤치에 앉아본다면 오늘 하루가 덜 흔들릴 것만 같았다. 대신 그녀는 벤치 대신 숨을 골랐다. 가늘게 들이쉬고 길게 내쉬며, 머릿속에서 떠나지 않는 한 장면을 마치 책갈피처럼 다시 꽂아 넣었다. 정원, 달빛, 그리고 말 대신 오랫동안 머물던 침묵.

그 침묵의 질감이, 이상하게도 위로에 가까웠다. 자존심의 단단함을 조금 느슨하게 해주는 종류의 고요. 그녀는 스스로에게 속삭였다.

“오늘은 흔들려도 괜찮아. 흔들리는 게 곧 쓰러지는 건 아니니까.”

사무실의 공기는 언제나처럼 칼날처럼 정돈되어 있었다. 키보드 타건음, 복사기 돌아가는 소리, 커피 머신의 짧은 숨소리. 애니는 숫자와 규정 사이에서 하루를 놓치지 않고 정리하는 사람이었다. 그러나 셀의 합을 맞추는 일보다 더 어려운 건, 마음 한 귀퉁이에 남은 잔향을 ‘잠시 접어두는 법’이었다.

점심 무렵, 그녀는 문득 창밖으로 시선을 돌렸다. 본능처럼 라흐마니노프의 한 구절이 떠올랐고, 곧 자신이 피아노 앞에 앉아 있는 듯한 착각에 미소가 번졌다.

나는 앉아 있구나. 어제의 정원에서 오늘의 책상 앞까지, 여전히 앉아 있다. 앉아 있음으로 버텨온 날들 속에서, 그녀는 다시 한 줄의 문장을 속으로 적었다. 오늘도 나는 조금 느리게 흔들리기로 한다.

한편, 에디의 오전은 낯선 전화 몇 통과 짧은 보고서로 시작되었다. 숫자와 일정은 언제나 그를 현실로 붙들어두었지만, 오늘의 그의 마음은 현실과 조금 떨어진 자리에서 천천히 돌아왔다. 책상 구석에 놓인 얇은 노트를 펼치자, 어젯밤 적어둔 문장이 첫 페이지처럼 다시 그를 맞았다.

"차창 너머의 불빛보다, 옆자리에 흐르던 침묵이 더 환했다."

그는 펜촉을 벼루 위에 가만히 댔다. 먹을 갈지는 않았지만, 마음속에서는 이미 먹빛이 번져 나가는 중이었다.

주님, 오늘은 말의 숫자를 줄이고, 숨의 길이를 늘리게 하소서.

짧은 기도를 접고 고개를 들 때, 창밖의 하늘은 어제와 다르지 않았지만 그의 눈빛은 어제보다 한 톤 부드러웠다.

오후, 창고 점검이 있어 산업단지 가장자리까지 나갔다 돌아오는 길이었다. 에디는 일부러 대로를 피했다. 느리게 흐르는 하천 옆 길, 키 작은 버드나무가 바람에 몸을 굽히는 모습이 어쩐지 오늘의 속도와 잘 어울렸다. 라디오를 켰다가 곧 껐다. 음악이 없어도 오늘은 충분했다.

그는 마음속에서 문장을 주워들었다. 사람은 때때로 서로의 옆모습으로 위로받는다. 정면의 말보다 옆모습의 침묵이 더 많은 것을 말해줄 때가 있다. 정원 벤치에서 그녀가 한동안 바라보던 달빛의 방향, 그녀의 시선이 닿던 잔디 끝, 손에 올려놓고 가만히 비비던 국화꽃잎. 그는 그 디테일들을 잃고 싶지 않았다. 잃지 않기 위해, 오늘은 아무것도 덧붙이지 않기로 했다.

그 시각, 애니는 회계팀 후배의 질문에 차분히 답해주고 있었다. 설명을 마치고 물 한 모금을 삼키자, 잔의 표면에 작은 물방울이 맺혀 있었다. 그 둥근 방울에 창문 격자가 뒤집혀 비쳤다. 기묘하게 아름다웠다.

뒤집힌 풍경이 더 선명할 때가 있다. 그녀는 자신을 다잡듯 미소 지었다. 그리고 휴대폰 화면을 켰다. 새 메시지는 없었다. 없어서 다행이었다. 없어서, 이상하게 고마웠다. 그녀는 답이 필요 없는 안부를 떠올렸다.

“잘 쉬세요.”

그 한 줄이 어제 밤을 지나 오늘 오전까지, 그리고 지금까지도 그녀의 마음 한 켠을 환히 밝혀주고 있었다.

해가 기울 무렵, 하늘은 살구빛으로 물들었다. 퇴근길의 도로는 붉은 신호와 브레이크등의 연쇄로 길게 이어졌고, 사람들은 각자의 집으로, 각자의 저녁으로 돌아가고 있었다. 애니는 차창에 뺨을 대지 않으려 애썼다. 유리에 닿는 순간, 마음이 너무 가까워질 것만 같았기 때문이다. 대신 라디오의 볼륨을 아주 작게 올려, 화음 사이로 숨을 고르는 법을 배웠다.

오늘은 여기까지. 내일은 내일의 속도로.

그녀는 자기에게 다시 한 번 작은 약속을 걸었다.

밤, 에디는 서재 불을 낮게 줄였다. 책장에서 얇은 시집 한 권을 꺼내든 뒤, 첫 페이지를 넘기지 않고 표지만 오래 바라보았다. 시인은 문장을 썼고, 에디는 어젯밤 말하지 않은 말을 떠올렸다. 말하지 않음으로 더 분명해지는 것들이 있었다.

그는 노트 맨 아래에 아주 작게 적었다.

"우리는 아직 아무 말도 하지 않았다.

그래서 기도할 수 있다."

창밖으로 바람이 다녀갔다. 커튼 자락이 한 번 크게 숨을 쉬더니, 다시 고요해졌다. 가을은 그렇게, 말과 침묵의 사이를 지나 사람들의 방을 돌아다니고 있었다. 어제의 정원에서 받아 든 등불 하나가, 각자의 방 안에 작게 켜져 있는 밤이었다. 토요일 오후, 교회 마당은 이례적으로 소란스러웠다. 아이들과 청년들이 분주히 오가며 다음 주 '작은 음악회' 준비를 돕고 있었다. 피아노 운반, 의자 배치, 음향 점검… 하나하나 사소하지만 모두가 땀방울을 흘려야 완성되는 일이었다. 애니의 큰아들 민호는 기타를 메고 무대 한쪽에서 음을 맞추고 있었다. 작은 소리로 흘러나오는 선율은 서툴렀지만, 그 서툶음조차 따뜻했다. 그 모습을 지켜보던 에디의 딸 수진이 다가와 말을 건넸다.

"혹시, 곡 정하셨어요?"

민호가 고개를 들어 미소 지었다.

"아직 고민 중이에요. 그런데… 누군가랑 같이 해도 괜찮을 것 같은데."

그 짧은 대화 속에 묘한 기류가 흘렀다. 두 사람은 서로의 악기를 바라보다가, 동시에 고개를 끄덕였다. 마치 오래 전부터 정해져 있던 약속처럼 자연스러운 동의였다.

멀리서 그 모습을 본 애니는 잠시 눈길을 거두지 못했다. 어쩐지 낯설고도 익숙했다. 저 나이의 나도 누군가와 눈빛만으로 약속을 했던가?

그녀는 가슴 어딘가가 서늘하게 떨리는 걸 느꼈다. 하지만 곧 미소로 감췄다. 자존심처럼 늘 그녀를 지켜주던 가면. 그러나 그 안에서는 뜨겁게 요동치는 무언가가 있었다. 에디 역시 그 광경을 스쳐 보았다. 두 젊은 얼굴이 서로를 바라보는 짧은 순간이, 그의 마음을 고요히 흔들었다.

세월은 참 빠르다. 우리는 말하지 못한 채 지나간 시간을 품고 있는데, 아이들은 주저 없이 눈을 마주친다. 그는 깊게 숨을 내쉬었다. 마치 그 숨결이, 지난날 자신이 놓쳐온 용기들을 대신해주는 듯했다. 저녁 예배 후, 목사님은 단상에서 다가오는 교회 소풍과 음악회를 알렸다.

"다음 주에는 우리 모두 야외로 나가 함께 찬양하며 교제할 예정입니다. 또 토요일 저녁에는 작은 음악회가 열리니, 누구든 참여를 원하시면 손들어 주세요."

민호와 수진은 동시에 손을 들었다. 주변에서 환호와 웃음이 터졌다. 애니와 에디는 서로를 흘끗 바라봤다. 그 시선은 오래 머물지 않았지만, 충분히 많은 것을 전해주었다. 애니는 속으로 중얼거렸다.

아이들은 서로를 향해 걷고 있다. 나는 여전히 멈춰 서 있지만, 어쩌면 그 길 끝에서 나 역시 다시 걸음을 떼야 할지도 모른다. 에디는 서재에 돌아와 오늘 장면을 조용히 적어 두었다.

"세월은 강물처럼 흘러가고, 그 물결 위에 우리와 아이들이 함께 서 있다. 우리는 서로 다른 다리에서 같은 강을 바라보고 있다."

햇살이 따사롭게 내려앉은 가을 아침, 교회 성도들이 하나둘씩 야외 행사 장소에 모여들었다. 청명한 하늘 아래 펼쳐진 들판은 황금빛 억새와 코스모스가 흔들리며 맞이해주었다. 웃음소리, 아이들의 재잘거림, 음식 냄새가 뒤섞이며 소풍의 흥겨운 분위기를 채워갔다.

애니는 준비해온 김밥과 과일을 펼쳐놓으며 다른 자매들과 함께 분주히 움직였다. 바람이 살짝 불어와 머리카락을 흩날렸지만, 그는 오랜만에 편안한 얼굴로 웃고 있었다. 에디는 남자 성도들과 함께 그늘막을 설치하고, 아이들이 놀 수 있는 작은 공간을 만들어주었다. 땀이 이마에 맺혔지만, 그는 오히려 그 땀방울 속에서 젊은 날의 활기를 느꼈다.

점심 무렵, 모두가 한자리에 모여 찬송을 불렀다. 기타 소리가 울려 퍼지고, 아이들의 목소리가 밝게 공기를 흔들었다. 그 순간, 애니는 불현듯 눈시울이 뜨거워졌다. 왜일까. 단순한 찬양인데, 내 안 깊은 곳을 두드리는 것 같다.

그녀의 시선이 무심코 옆을 스쳤다. 에디가 두 손을 모은 채 눈을 감고 찬송을 따라부르고 있었다. 그의 목소리는 크지 않았지만, 울림이 있었다. 그 울림은 마치 오래전부터 그녀의 마음 깊은 곳에 준비되어 있던 빈 자리를 찾아 들어오는 듯했다.

식사 후, 자유시간이 주어졌다. 아이들은 공을 차고, 어른들은 담소를 나누며 삼삼오오 흩어졌다. 애니는 잠시 혼자 계곡 쪽으로 발걸음을 옮겼다. 물소리가 은은하게 들려오는 그곳에서, 그녀는 어린 시절 소풍의 기억을 떠올렸다. 그때도 이렇게 바람이 불고, 풀 내음이 진하게 났었지. 뒤따라온 발걸음 소리에 그녀는 고개를 돌렸다. 에디였다.

"여기 계셨군요. 시끄러운 데보다는 이런 곳이 더 좋지 않으세요?"

그의 말은 가볍게 던져졌지만, 어쩐지 깊은 배려가 담겨 있었다. 애니는 대답 대신 고개를 끄덕였다. 두 사람은 말없이 계곡을 바라보았다. 바람이 나뭇잎 사이를 스치며 잔잔한 음악처럼 흘렀다. 에디가 조용히 말을 이었다.

"세월이 참 빠릅니다. 아이들은 저렇게 금방 자라서 자기들끼리 세상을 만들어 가고, 우리는 그 곁에서 지켜보는 거지요."

애니는 한참을 침묵하다가, 천천히 대답했다.

"그래도… 지켜보는 게 행복일 수도 있겠죠. 그걸 느낄 수 있는 오늘 같은 날이 있으니까요."

그 대화는 짧았지만, 서로의 마음을 잇는 다리와 같았다. 화려한 고백도, 눈부신 장면도 없었지만, 가을빛 속에서의 그 고요한 순간은 오히려 더 깊고 은밀한 의미로 남았다. 해가 서쪽으로 기울며 들판은 금빛으로 물들었다. 바람은 낮보다 한결 서늘해졌고, 성도들은 하나둘씩 정리하며 귀가 채비를 시작했다. 아이들은 아직 더 놀고 싶다는 듯 아쉬운 표정을 지었지만, 어른들의 손길에 이끌려 차로 향했다. 애니는 준비한 용기를 차곡차곡 정리하며 주변을 살폈다. 이미 일부 가족들은 먼저 떠나고 없었다. 에디는 남은 짐을 차량에 싣는 일을 도우며 부드러운 미소를 지었다.

"애니 자매님, 같이 돌아가실래요? 제 차에 자리가 있는데."

그의 말은 자연스러웠지만, 어딘지 모르게 특별한 울림이 있었다. 애니는 순간 머뭇거렸다. 혼자 돌아갈 수 있었지만, 이상하게도 오늘은 그러고 싶지 않았다.

"…그럴까요. 폐 끼치지 않는다면."

"폐라니요, 오히려 제가 기쁩니다."

그렇게 둘은 같은 차에 올랐다. 차창 너머로 가을 들녘이 흘러갔고, 차 안에는 잠시 고요가 감돌았다. 라디오에서는 은은한 클래식 선율이 흘러나왔다. 애니는 그 음악이 라흐마니노프의 곡임을 단번에 알아차렸다. 그가 무심코 흘린 취향이 자신과 닮아 있다는 사실이 이상하게 따뜻하게 다가왔다.

잠시 후, 에디가 차를 멈추었다.

"여기, 예전에 가보셨다고 하셨던 카페… 기억나세요?"

언덕 위에 자리한 작은 카페가 노을빛 속에 서 있었다. 야외 정원에는 국화와 코스모스가 가득 피어 있었고, 낡았지만 운치 있는 벤치들이 그림처럼 놓여 있었다.

"아직도 있네요…" 애니의 목소리에 놀람과 설렘이 섞였다.

"한번 들러보실까요? 오늘 하루를 마무리하기엔 딱 좋을 것 같은데요."

카페 안은 잔잔한 조명이 켜져 있었고, 창가 자리에서는 석양이 천천히 가라앉는 풍경이 한눈에 들어왔다. 두 사람은 차를 주문한 뒤, 야외 정원으로 발걸음을 옮겼다. 바람에 흔들리는 꽃들 사이를 걸으며, 그들은 아무 말도 하지 않았다. 하지만 그 침묵은 불편하지 않았다. 오히려 서로의 마음을 조용히 확인하는 순간처럼 느껴졌다. 애니는 속으로 자신에게 말했다.

이 순간을 어떻게 기억하게 될까. 어쩌면 오랜 세월 후에도 오늘의 하늘빛과 바람을 떠올릴지도 몰라. 에디는 그 옆에서 같은 생각을 하고 있었다.

이 시간이 오래 남아주면 좋겠다. 말하지 않아도 전해지는 것이 분명히 있다. 정원의 꽃들이 저녁 바람에 살짝 고개를 떨구며 흔들렸다. 은은한 조명이 하나둘 켜지자, 마치 별빛이 내려앉은 듯한 풍경이 펼쳐졌다. 두 사람은 오래된 나무 벤치에 나란히 앉았다. 에디가 먼저 입을 열었다.

“오늘 같은 날은 참… 감사하네요. 별것 아닌 하루였는데도, 오래 기억에 남을 것 같습니다.”

애니는 잔잔히 웃으며 대답했다.

“네, 저도 그래요. 사실 이런 시간을 가질 줄은 생각도 못 했어요. 그냥… 가을이 오고 있구나, 하는 정도였는데.”

잠시 두 사람은 말없이 잔을 들어 따뜻한 차를 마셨다. 차향이 가슴 깊이 번져들었다. 바람은 이제 조금 차가웠지만, 옆에 있는 이의 기척은 그 차가움을 무색하게 했다.

애니의 마음속에 오래 묻어둔 말이 문득 스쳤다.

나, 혼자라서 참 외로웠는데… 지금은 그 고요가 조금 다르게 느껴져.

에디 역시 비슷한 생각을 하고 있었다.

애써 꾸미지 않아도 좋다. 그냥 이렇게 있는 것만으로도 충분하구나.

그날 저녁, 그들은 특별히 많은 이야기를 나눈 것은 아니었다. 오히려 오래된 나무, 바람, 그리고 조용한 하늘이 그들의 말 대신 함께해 주었다.

차로 돌아오는 길, 두 사람은 여전히 담담한 침묵 속에 있었다. 하지만 그 침묵은 하루의 피곤함 때문이 아니었다. 마음속 깊은 울림이 서로에게 전해지고 있었기 때문이다.

에디는 차창 너머로 스치는 불빛을 바라보다가 조용히 말했다.

"다음에 기회가 된다면… 또 이곳에 오면 좋겠습니다."

애니는 대답 대신 고개를 끄덕였다. 그 짧은 동의의 몸짓에, 오늘 하루의 모든 감정이 응축되어 있었다. 밤은 깊어가고, 두 사람은 각자의 집으로 돌아갔다. 그러나 그날의 정원, 바람, 그리고 침묵 속의 울림은 오래도록 서로의 마음을 맴돌았다.

제17장

흐려지는 경계

밤은 유난히 고요했다. 창가에 걸린 얇은 커튼이 바람에 조금씩 흔들릴 때마다, 달빛은 방 안의 그림자를 길게도 짧게도 그려내며 애니의 마음을 비추었다. 낮 동안의 모든 소음이 가라앉은 시각, 그녀는 홀로 침대에 앉아 눈을 감았다. 그러나 쉽게 잠에 들 수 없었다.

행사에서 돌아오는 길, 에디와 나란히 앉아 오던 차 안의 풍경이 아직도 선명했다. 스쳐 지나가던 가로수의 그림자, 라디오에서 흘러나오던 잔잔한 음악, 그리고 무엇보다도 옆자리에 있던 에디의 존재감이 그녀의 가슴속에 묘하게 남아 있었다. 애니는 스스로를 다그쳤다.

"이게 뭐라고 이렇게 흔들리니… 너답지 않잖아. 혼자서도 잘해왔잖아. 늘 혼자였잖아."

그녀의 속삭임은 자신을 붙드는 사슬처럼 느껴졌다. 그러나 부정하려 할수록, 그날의 감각은 더 뚜렷해졌다. 운치 있는 카페의 정원에서 불어오던 바람, 촉촉한 흙냄새와 꽃향기에 섞여 있던 대화의 잔향, 그 순간의 고요함과 따스함이 여전히 그녀를 감싸고 있었다.

책장 한켠에는 그녀가 수집한 수많은 책들이 가지런히 놓여 있었다. 평생을 의지하며 살아온 활자들, 고독 속의 동무 같았던 글자들. 그러나 오늘만큼은 그 책들이 전혀 위로가 되지 않았다. 글자들은 눈에 들어오지 않았고,

마음은 자꾸만 오늘의 기억을 불러냈다. 그녀는 문득 생각했다.

“내가 외로움을 모른 척하며 살아온 건, 결국 이렇게 누군가 곁에 있는 순간의 무게를 두려워해서였을까.”

에디 역시 그날 밤, 홀로 책상 앞에 앉아 있었다. 묵향이 은은하게 배어 있는 서재, 조용히 놓인 서예 붓과 종이, 그리고 한켠에 켜둔 작은 조명이 그의 얼굴을 부드럽게 감쌌다. 그는 흰 종이 위에 몇 줄의 글을 적었다.

“꽃은 피어날 자리를 찾지 않는다.

바람이 불어와 그 자리를 열어줄 뿐이다.

오늘 내 마음이 흔들린 것은,

바람이 스쳐갔기 때문일까,

아니면 오래 묻어둔 뿌리가 움트기 시작한 것일까.”

붓 끝이 종이에 스칠 때마다, 그의 마음속에 담아두었던 말들이 잔잔히 흘러나왔다. 그는 기도하듯 속삭였다.

“주님, 이 감정이 제 욕망이 아니라, 제게 주신 위로이기를 바랍니다.”

그러나 동시에 그는 알고 있었다. 애니와의 시간이 자신을 이렇게 뒤흔들고 있다는 것을. 평생의 경험과 이성으로도 제어되지 않는 감정의 물결 앞에서, 그는 놀랍도록 솔직해지고 싶었다.

교회 공동체는 여느 때와 다름없이 분주했다. 주일 아침, 성가대 연습을 위해 모여든 이들의 노랫소리가 예배당을 가득 메웠다. 애니는 자리에서 조용히 찬송가를 펼쳤지만, 가사보다도 그녀의 귀에는 옆자리에 앉아 있던 자매들의 속삭임이 들려왔다.

"지난번 야외행사 때 말이야, 에디 집사님 차에 애니 집사님이랑 같이 타고 왔다더라구."

"아, 그래? 뭐 그냥 사정이 있어서 그랬겠지."

"그렇겠지… 그런데 요즘 두 분 다 얼굴이 환해 보이긴 해."

작은 웃음소리가 곁을 스쳤다. 애니는 고개를 숙인 채 아무 말도 하지 않았다. 그러나 심장이 불필요하게 빨리 뛰고 있음을 느꼈다.

그 순간, 그녀는 다시금 다짐했다.

"흔들리면 안 돼. 더 조심해야 해. 내가 감당할 수 없는 파문을 만들면 안 되지."

하지만 애니의 눈동자에 스친 불빛은 이미 숨길 수 없는 빛을 담고 있었다. 주일예배가 끝난 후, 교회 마당은 여느 때처럼 분주했다. 아이들은 잔디밭을 뛰어다니고, 어른들은 삼삼오오 모여 대화를 나누었다. 작은 커피향이 공기를 가득 채우며, 사람들의 웃음소리와 뒤섞여 흘렀다.

애니는 예배당 출입문 앞에서 봉사팀과 함께 성도들을 맞으며 인사를 하고 있었다. 그녀의 얼굴은 늘 그렇듯 단정하고 밝았지만, 눈길이 스치듯 지나간 사람들 중에는 지난 야외행사 이후로 그녀를 은근히 바라보는 이들도 있었다.

"애니 집사님, 오늘은 좀 피곤해 보이네요."

누군가 건넨 말에 그녀는 짧게 웃으며 대답했다.

"괜찮아요, 요즘은 다들 바쁘잖아요."

그러나 그녀의 마음은 잔잔한 연못 위로 떨어지는 돌멩이처럼, 계속해서 작은 파문을 그리고 있었다. 한편, 멀리서 그 모습을 바라보던 에디는 스스로의 시선을 다잡으려 애썼다. 그는 마음속으로 기도했다.

"주님, 제가 이 시선을 바르게 붙들 수 있도록 도와주소서. 이 마음이 시험이 되지 않고, 오히려 저를 정직하게 만나는 길이 되게 하소서."

그는 알았다. 자신이 느끼는 감정이 단순한 호감이나 순간적인 동요가 아니라, 오랜 시간 외로움 속에서 깨어난 진실된 울림이라는 것을. 그러나 동시에, 교회라는 울타리와 공동체의 눈길 속에서 그 감정을 표현하는 일이 얼마나 큰 무게를 갖는지도 알고 있었다. 며칠 후, 애니의 자녀들과 에디의 자녀들이 함께 만나는 시간이 있었다. 작은 카페의 둥근 테이블에 둘러앉은 젊은이들의 대화는 활기찼다.

"요즘 한국에서는 이 책이 인기예요. 혹시 외국에선 구하기 어려울 수도 있을 것 같아서…"

애니의 딸이 베스트셀러 몇 권을 꺼내며 에디의 아들에게 건넸다.

"와, 고마워요. 저희도 귀국할 때 작은 선물을 준비했어요. 마음에 들었으면 좋겠네요."

젊은이들의 웃음소리와 선물 교환은 자연스레 애니와 에디의 마음을 부드럽게 했다. 아이들 사이에서 싹트는 우정은 두 사람에게 묘한 안도감을 주었다. 마치 세상이 아직 서로를 허락하지 않는 듯 보이더라도, 다음 세대는 더 자연스럽게 경계를 넘어 소통하는 것처럼 보였다. 밤이 깊어갈 무렵, 애니는 일기장 앞에 앉아 펜을 들었다. 그녀의 글씨는 단정했지만, 문장마다 깊은 숨결이 묻어났다.

"나는 여전히 외로움을 부정하지 못한다.

그러나 오늘의 나눔 속에서, 아이들의 웃음 속에서,

희미하게 열리는 문 하나를 보았다.

그것은 사랑이라 불러도 되는 것일까,

아니면 오랜 기다림이 빚어낸 위로일까.

나는 아직 답을 알지 못한다."

그녀는 펜을 내려놓고 긴 숨을 내쉬었다. 방 안 가득 번진 고요 속에서, 달빛이 창가를 타고 들어와 그녀의 얼굴을 은은히 비추었다.

에디 역시 멀리 떨어진 집에서 일기를 쓰고 있었다. 그는 성경책을 옆에 두고, 그날 느낀 감정을 간단히 적어내려갔다.

"하나님, 저는 지금 제 마음을 감추지 않고 싶습니다.

그러나 이 마음이 상처가 되지 않기를 바랍니다.

저는 기다릴 줄 아는 사람이 되겠습니다.

기다림 속에서도 진실을 잃지 않게 하소서."

그는 글을 마치고 창밖을 바라보았다. 어두운 하늘에 작은 별빛 하나가 반짝였다. 그 빛은 작지만 분명했고, 멀리 있어도 존재를 드러냈다. 그것은 마치 지금의 애니와 에디, 서로에게 쉽게 닿을 수 없는 거리 속에서도 확실히 반짝이는 마음 같았다.

제18장

임직의 날, 신부가 되다

주말의 공기는 묘하게 사람의 마음을 정제하는 듯했다. 햇볕은 여전히 따스했지만, 바람은 벌써 차갑게 갈라져 나뭇잎 사이를 비집고 지나갔다. 교회 마당에 서 있는 애니는 그 바람을 맞으며, 마음속에 자리한 또 다른 시선의 바람을 견디고 있었다. 요즘 들어 성도들의 시선이 예민하게 느껴졌다. 그녀가 일부러 아니라고 생각하려 해도, 누군가의 속삭임이 귀에 밟히는 듯했다.

"에디 집사님하고 애니 집사님… 가까운 것 같아."

누구도 대놓고 말하지 않았지만, 풍문은 대개 눈빛을 타고 전해졌다. 애니는 그 눈빛들을 외면하기 위해 일부러 더 분주하게 움직였다. 주일 예배 후, 친교실에 모인 성도들 사이에서 에디가 다가오려는 순간에도 애니는 곧장 다른 대화 속으로 몸을 돌렸다.

"아, 권사 임직 준비 때문에 이번 주 모임 자료를 다시 봐야겠네요."

그녀의 목소리는 차분했으나, 속으로는 가느다란 떨림이 있었다. 마치 자신을 속이는 거짓 연극을 하는 배우처럼. 행사 준비는 생각보다 무거웠다. 교회 창립 13주년, 그리고 권사 임직식. 목사는 이번 행사를 교회의 또 다른 도약이라 강조했고, 준비위원회는 분주히 돌아갔다. 애니는 여섯 명의 권사 임직 대상자 중 대표로 선출되었다. 회계사무소에서 쌓고 닦은 꼼꼼함이 교회 안에서도 드러나 있었고, 그래서 대부분의 실무가 그녀 손에 맡겨졌다.

밤마다 그녀는 교회 문서와 일정표를 챙기며 늦도록 집필등을 켜 두었다. 자녀들은 이미 각자의 삶을 살고 있었기에, 집안은 고요했으나 고요함은 곧 외로움이기도 했다. 그러나 이번만큼은 외로움이 아니라 사명으로 채워졌다. "내가 권사라니… 감히." 그녀는 속으로 중얼거리며, 다시 신앙의 첫날들을 떠올렸다. 처음 은혜를 받았을 때, 눈물로 성경을 붙잡던 그 뜨거움. 이제 그것을 회복해야 한다는 다짐이 그녀의 심장을 조여왔다.

그러나 내면의 다짐과 달리, 애니의 감정은 언제나 한 갈래 더 흘러가곤 했다. 문득 밤늦은 준비 자리에서, 에디의 이름이 적힌 담당자 명단이 눈에 들어왔다. 행사 당일 차량 배치와 안내를 맡은 에디. 그 이름은 단순한 글씨였지만, 애니의 눈에는 물결처럼 번져왔다.

"아니야. 나는 이제 달라져야 해. 임직의 반지를 받는다는 건 주님과의 서약이야."

애니는 이를 악물고 다시 서류를 들여다봤다. 그러나 종이 위에 빽빽히 적힌 글자들이 희미하게 흔들렸다. 임직 준비 모임에서, 애니는 대표답게 동료 임직자들을 챙겼다.

"이번 주는 기도회를 집중적으로 준비합시다. 그리고 각자 맡은 부분들 점검해 주세요."

그녀는 단호하면서도 따뜻하게 말했고, 사람들은 고개를 끄덕였다.

그 모습을 멀리서 바라보던 에디는 묘한 뿌듯함과 아쉬움을 동시에 느꼈다. 가까이 다가가 "수고 많으시네요" 한마디 건네고 싶었지만, 애니가 의도적으로 거리를 두고 있음을 누구보다 잘 알고 있었다. 그래서 그는 다만 멀찍이 서서, 그녀의 움직임을 지켜보는 것으로 마음을 대신했다.

애니의 일기장 한 구석에는 이런 글귀가 적혀 있었다.

"나는 주님 앞에 다시 세워져야 한다. 권사라는 이름이 무겁다.

하지만 왜일까… 준비로 가득 찬 하루 속에서도, 내 마음 가장 깊은 자리는 여전히 흔들리고 있다.

주여, 제 마음을 붙잡아 주소서."

교회당 안은 꽃향기로 가득했다. 새벽부터 봉사자들이 준비한 백합과 국화, 그리고 하얀 장미가 제단을 감싸고 있었다. 창립 13주년을 맞아 교회는 특별히 정성을 다해 예배당을 꾸몄다. 흰색과 금빛이 어우러진 강단 장식은 마치 결혼식을 연상케 했다.

애니는 한복을 곱게 차려 입고 다른 다섯 명의 권사 임직자들과 함께 맨 앞자리에 앉아 있었다. 눈앞에 놓인 강단이 평소보다 높게만 느껴졌다. 수많은 성도들의 시선이 자신에게 꽂히는 듯했지만, 애니는 시선을 떨구며 묵묵히 기도문을 되뇌었다.

"주여, 오늘 제가 새로이 맺는 이 서약을 붙드소서. 흔들리는 마음이 아니라, 오직 주님의 길을 따르는 발걸음을 허락하소서."

목사의 설교는 뜨거웠다.

"오늘은 주님과 여러분이 새로운 언약을 맺는 날입니다. 권사라는 직분은 단순한 직책이 아닙니다. 교회를 섬기고, 성도를 돌보고, 목자의 손길을 돕는 자리입니다. 여러분은 오늘부터, 예수 그리스도와 결혼하는 것입니다."

예배당은 숨소리조차 조심스러울 만큼 고요해졌다. 목사의 목소리가 울려 퍼질 때마다, 애니의 가슴은 더 세게 뛰었다. '예수님과 결혼한다…' 이 말은 단순한 비유가 아니었다. 그날, 그녀의 삶의 방향을 송두리째 바꾸는 서약처럼 다가왔다. 잠시 후, 임직 대상자들에게 작은 상자가 전해졌다. 안에는 금빛이 은은하게 도는 반지가 들어 있었다. 목사는 권사들에게 그 반지를 손에 끼우며 선언했다.

"이제부터 여러분은 주님의 신부입니다. 교회와 성도들을 향한 사랑으로, 주님 앞에 평생 충실하십시오."

애니의 손가락에 반지가 끼워지는 순간, 눈가가 뜨거워졌다. 눈물이 쏟아질 것 같아 애써 고개를 들지 못했다. 그러나 옆에서 울먹이며 함께 서약하는 동료 권사들의 모습이 시야에 들어왔다. 그때야 비로소 그녀는 자신이 거대한 무대의 한 부분이라는 사실을 깊이 느꼈다. 에디는 예배당 뒤편에 앉아 있었다. 안내 봉사로 분주히 움직이다가도, 어느 순간 애니가 반지를 받는 장면이 눈에 들어왔다. 그의 가슴에도 알 수 없는 울림이 파도처럼 일렁였다. 축하와 경건, 그리고 설명할 수 없는 아련함이 한꺼번에 몰려왔다.

"주님과 결혼한다…" 목사의 말이 그의 귓가에도 남았다.

그는 곧 스스로에게 속삭였다.

"그렇지. 애니는 이제 더 주님의 사람으로 살아가야 하지. 내가 바랄 건… 그녀가 흔들리지 않고 잘 걸어가도록 기도해 주는 것뿐이다."

임직식이 끝난 후, 교회 앞마당에서 축하의 박수와 꽃다발이 이어졌다. 애니는 여느 때보다 환하게 웃으며 사람들을 맞이했다. 축하 인파 속에 섞인 에디의 모습이 눈에 들어왔지만, 그녀는 일부러 눈길을 오래 머물지 않았다. 그러나 잠시 후, 사람들 사이에서 에디가 건네는 작은 종이봉투가 손에 닿았다.

"임직 축하드립니다. 아무것도 아니니 부담 갖지 마세요."

그는 짧게만 말하고, 다른 성도들의 축하 인사 속으로 섞여 들어갔다.

애니는 집에 돌아와 봉투를 열었다. 그 안에는 고급스러운 케이스와 함께, 루이 카토즈 브랜드의 스카프가 들어 있었다. 정원 문양이 섬세하게 새겨진, 'Jardin de Marie'. 애니의 눈가에 다시금 눈물이 맺혔다.

'주님과의 언약을 맺은 오늘, 왜 이 선물이 이렇게 가슴을 흔드는 걸까…'

그녀는 스카프를 목에 살짝 감아 보았다. 따스하면서도 낯설고, 경건하면서도 아찔한 감정이 동시에 스며들었다. 임직식이 끝난 후, 애니는 달라져 있었다. 교회 안에서 그녀를 바라보는 시선은 존중과 기대가 섞여 있었고, 그녀 자신도 이전과는 다른 책임감을 어깨에 짊어진 듯한 무게를 느꼈다.

회계사무소에서 늘 꼼꼼하고 치밀하게 일을 처리하던 습관은 교회에서도 빛을 발했다. 행사 준비, 회계 점검, 기도 모임 주관까지 — 애니는 누구보다 성실히 임무를 수행했다.

"권사란 이름, 함부로 붙잡고 있을 수는 없지. 이제는 더 단단히, 더 정직하게 걸어야 해."

스스로 다짐하는 순간이 잦아졌다. 그러나 그 다짐의 저변에는, 여전히 흔들리는 감정의 그림자가 자리 잡고 있었다.

임직 후 첫 주일, 예배를 마친 성도들이 삼삼오오 교제하는 사이, 애니는 다른 권사들과 함께 성도들을 챙기고 목사 내외를 도왔다. 그 바쁜 와중에도, 강단 옆에 서 있던 에디와 눈길이 마주쳤다. 그는 가볍게 고개를 끄덕이며 미소 지었다. 축하와 격려가 담긴 그 짧은 시선은 누구도 눈치채지 못했지만, 애니의 가슴은 순간적으로 요동쳤다. 그녀는 서둘러 다른 권사들과 이야기를 나누며 그 감정을 덮었다.

'아니야, 이제는 다르다. 나는 권사야. 주님의 신부로 서약한 사람이야…'

그렇게 스스로 다독였지만, 그날 밤 집에 돌아와 잠자리에 들자 다시금 스카프가 떠올랐다. 목에 감았던 순간의 따스함, 그리고 눈을 피하던 에디의 눈빛이 겹쳐졌다.

며칠 후, 교회 행사 준비 모임이 있었다. 애니는 대표 권사로서 각 부서와 일정을 조율하느라 분주했다. 밤늦게까지 교회 사무실 불빛이 꺼지지 않았다. 그때 문을 두드리는 소리가 들렸다. 에디였다.

"애니 권사님, 아직 계셨군요. 늦었는데… 고생 많으십니다."

애니는 일부러 평정을 가장하며 서류를 정리했다.

"아직 마무리할 게 좀 있어서요. 곧 끝나요."

"도와드릴까요?"

"아니에요, 괜찮습니다."

짧은 대화였지만, 애니는 이상하게 숨이 막히는 듯했다. 에디의 목소리 속에는 단순한 친절을 넘어선, 더 깊은 배려와 애정이 묻어 있는 것처럼 느껴졌기 때문이다.

집으로 돌아오는 길, 애니는 차 안에서 자기 자신과 싸우듯 속삭였다.

"나는 권사야… 주님 앞에 서약했잖아. 그런데 왜 자꾸 마음이 흔들릴까.

왜 저 사람의 한마디에 내 모든 각오가 무너질 것 같지…"

차창 밖 가로등 불빛이 스쳐 지나가며 그녀의 얼굴을 비추었다. 마치 빛과 그림자가 번갈아 교차하듯, 애니의 마음도 신앙과 감정 사이에서 쉼 없이 흔들리고 있었다.

제19장

흔들리는 불빛, 다가오는 그림자

주중 심방 일정표가 아침 빛처럼 책상 위에 펼쳐졌다. 애니는 작은 필체로 이름 옆에 메모를 덧붙였다. “무릎 통증 심화”, “남편 장기 입원”, “아들 구직 실패—기도 요청.” 줄마다 누군가의 하루가 매달려 있었고, 한 줄씩 훑을 때마다 그녀의 마음도 묵직해졌다. “권사”라는 이름은 그제야 현실이 되었다.

서명 하나, 전화 한 통, 짧은 안부 메시지조차 가벼울 수 없다는 사실이, 종이의 흰 여백처럼 선명했다. 첫 심방은 오래 교회를 지켜온 노부부의 집이었다. 낮은 담 너머로 살구잎이 흔들렸다. 애니는 차분히 성경을 읽고, 두 손을 맞잡아 기도했다. 떨리는 어르신의 “아멘”이 방 안을 따뜻하게 데웠다.

돌아오는 길, 애니는 핸들을 꼭 쥐었다. 누군가의 삶을 위해 울어줄 수 있다는 일—그것이 그날 그녀의 어깨에 가장 또렷한 무게로 내려앉았다.

저녁, 교회 소예배실. 첫 권사회 기도모임을 인도하는 날, 애니는 짧은 묵상으로 문을 열었다.

“흔들림이 없는 믿음이 아니라, 흔들릴 때 더 깊어지는 믿음을 구합니다.”

말을 끝내자 자신이 가장 먼저 그 문장에 붙들렸다. 고개를 숙이는 순간, 지난날의 정원이, 모짜르트의 레퀴엠 D단조의 어둡고 빛나는 악장이, 그리고 가만히 곁에 앉아 있던 한 사람의 고요가 겹쳐왔다. 그녀는 호흡을 가다듬고 다음 순서를 진행했다. 흔들리지 않는 사람이 아니라, 흔들릴 때도 기도하는 사람으로 서야 했다.

행사 준비 위원회 회의는 밤까지 이어졌다. 재정 정산표를 넘기던 순간, 문이 조심스레 열렸다. 에디가 물품 인수증과 영수증 묶음을 들고 들어왔다.

"회계 자료 추가분입니다. 늦어서 죄송합니다."

"괜찮습니다. 여기 두시면 제가 정리할게요."

말은 짧고 단정했지만, 종이를 건네받는 아주 짧은 순간, 종이의 사각거림이 이상하게 크게 들렸다. 애니는 시선을 숫자에 고정했다. 소수점 둘째 자리까지 깔끔히 맞춰진 합계가 안정감 있게 빛났다. 그 질서의 단단함 뒤에서, 마음은 방금 전의 목소리를 아직 놓지 못하고 있었다.

회의가 끝나고 회의실에 남은 사람은 둘뿐이었다. 창밖으로 비가 오려는지 바람이 창문 틈을 더듬었다.

"권사님, 심방은 잘 다녀오셨어요?"

"네, 많이 배우고 왔습니다."

"제가 도울 수 있는 게 있으면… 말씀만 하세요."

그 말은 오래 준비된 한 줄의 기도처럼 들렸다. 애니는 고개를 끄덕였다.

"감사합니다. 필요한 일이 생기면 부탁드릴게요."

그녀는 서류를 모아 들고 먼저 문을 나섰다. 걸음을 말수가 이기게 하자, 오늘 그녀가 세운 작은 규칙이었다. 집으로 돌아오니 복도 끝 등불이 불안하게 흔들렸다. 창문 틈으로 바람이 스쳐 들어오는 모양이었다. 스위치를 올려도 불빛은 잠깐 더 떨리다가 자리를 잡았다.

책상 앞에 앉은 애니는 일기장을 펼쳤다.

“주여, 오늘 저는 세 사람의 손을 잡고 기도했습니다.

그 따뜻함이 아직 제 손끝에 남아 있습니다.

그런데 제 마음도 누군가의 손길을 기억하고 있습니다.

저는 주님의 신부라 불렸고, 그 이름을 사랑합니다.

그러나 인간의 마음이 가진 그리움도 부인할 수 없습니다.

흔들림을 죄라 여기기 전에, 흔들림을 안고 당신께 더 가까이 가게 하소서.”

펜 끝이 멈추자, 작은 정적이 방 안 가득 번졌다. 창밖에서 또 한 번 바람이 불었다. 이번에는 등불이 크게 흔들리지 않았다. 불빛은 여전히 흔들렸지만, 꺼지지는 않았다. 그 시각, 에디는 사무실 책상 모서리에 노트를 펼쳐 두고 있었다. 그는 숫자들 사이에 짧은 문장을 끼워 넣듯 적었다.

“멀리서 축복하는 사랑이 있다.

가까이 가는 걸음보다 더 오래 견디는 사랑.”

그는 펜을 내려놓고 두 손을 모았다.

“주님, 제가 그 사랑을 배우게 하소서.”

밤은 깊어졌고, 도시의 불빛들이 하나둘 눈을 감았다. 흔들리는 불빛 아래에서 두 사람은 각자의 자리에서 기도했고, 기도의 온기는 보이지 않는 다리처럼 둘 사이를 조용히 이어 주었다.

가을의 빛이 더욱 선명하게 번져 있었다. 권사가 된 후로는 애니의 마음은 의외로 바빴다. 교회에서 맡겨진 사소한 일들이 쉴 새 없이 이어졌고, 그녀는 그 속에서 자신이 한 걸음 더 성숙해져야 한다는 다짐을 새롭게 했다.

하지만 저녁이 되어 홀로 방에 들어서면, 마음 한편에서 희미하게 울리는 어떤 공허가 다시금 고개를 들었다.

"나는 이제 권사야. 더는 흔들리면 안 돼. 더는…"

그녀는 스스로에게 다짐처럼 속삭였지만, 알 수 없는 메아리는 여전히 가슴속 어딘가에서 울렸다.

가끔 임직식 날 목사가 건넨 말씀이 그녀를 깊이 흔들었다.

"권사란, 주님의 신부와 같은 것입니다."

그 순간, 애니의 머릿속에 스쳐간 것은 예수님만이 아니라, 곁에서 묵묵히 기도해주던 에디의 모습이었다. 그것이야말로 그녀가 흔들리고 싶지 않았던 이유였다. 그를 의식하는 마음은 어쩌면 신앙의 진지함을 훼손할 수도 있다고 느꼈기 때문이다. 그럼에도 불구하고 에디는, 축하 인사와 함께 조심스레 선넨 작은 상자 안에 담긴 스카프를 통해 그녀의 마음을 또다시 뒤흔들었다.

그 스카프를 목에 걸었을 때, 애니는 순간 자신이 오롯이 '여자'라는 사실을 다시금 느끼고 말았다. 조용히 뒷자리에서 애니를 바라보던 에디는 차마 입술을 떼지 못했다.

'저 모습 그대로… 신실하고 단단한 그녀가, 동시에 저토록 고운 모습일 수 있다니.'

그는 마음속으로 그녀를 축복했지만, 동시에 애써 눌러야 할 감정들이 소리 없는 폭풍처럼 일렁였다. 집으로 돌아가는 길에 차창 너머로 가을 달빛이 흘렀고, 에디는 문득 펜을 들어 시 한 편을 남겼다.

"당신의 신실함은 나를 경건하게 하고, 당신의 고요한 눈빛은 나를 흔든다."

이후 며칠 동안, 애니는 일부러 에디를 피했다. 회계 업무로 교회에 들를 때도, 행사 준비로 부서 모임을 할 때도, 그녀는 시선을 거두거나 다른 이들과 함께 움직였다. 하지만 그럴수록 두 사람의 시선은 우연히 더 자주 교차했다. 잠깐 마주친 눈빛 속에서, 애니는 자신을 단단하게 묶으려 했던 다짐이 여지없이 흔들리는 것을 느꼈다. 그리고 에디는 그 눈빛 속에서 여전히 꺼지지 않은 불씨를 발견했다. 가을의 바람은 늘 같은 듯했지만, 오늘따라 애니의 어깨 위로 스치는 결이 달랐다. 어제의 다짐이 오늘은 무너지고, 오늘의 기도가 내일이면 다시 흔들린다. 그녀는 창가에 서서 자신을 다독였다.

"권사, 주님의 신부…"

목사의 음성이 아직 귓가에 맴돌았다. 그러나 그 단어가 울릴 때마다, 그녀의 시선은 원치 않게도 에디의 얼굴을 떠올렸다. 신부라는 고백과, 여인이라는 자각이 교차하는 순간, 애니의 가슴은 미묘한 떨림으로 가득 찼다.

교회의 행정 문서 위에 붉은 잉크가 선명하게 번지듯, 애니의 다짐 또한 하루하루 붉게 스며들고 있었다. 봉사와 준비, 회계와 관리… 어느 것 하나 그녀의 손길이 닿지 않는 곳이 없었다. 사람들은 그녀를 신뢰했고, 목사는 자주 미소 지으며 말했다.

"애니 집사님이 아니라, 이제는 애니 권사님이지요. 든든합니다."

그 말에 애니는 고개를 숙여 웃었지만, 그 웃음 뒤에는 알 수 없는 갈증이 숨어 있었다. 아무리 채워도 다시 허전해지는 그 마음, 그것이 그녀를 밤마다 침대 위에 홀로 앉혀두었다. 에디는 애니를 향해 직접 다가서지 않았다.

그 대신 회의가 끝난 후, 조용히 남아 의자에 앉아 그녀가 떠난 자리의 온기를 느끼곤 했다. 기도의 언어는 언제나 같았다.

"주님, 그녀를 굳세게 지켜주소서. 그리고… 제 마음을 제어해주소서."

그러나 기도는 끝내 기도가 아니었다. 마치 피아노의 건반 위에서 저절로 울려 나오는 선율처럼, 그의 가슴은 애니를 향한 감정을 끊임없이 흘려보냈다. 애니는 그를 피해 걸었다. 그러나 발걸음은 자꾸만 교차했다.

계단을 오르다 마주친 눈빛, 서류를 건네다 스친 손끝, 함께 앉은 자리에서 불현듯 느껴지는 숨결의 온도. 그 모든 순간이, 마치 현악기의 아르페지오처럼 잔잔하지만 분명한 울림을 만들어내고 있었다. 그녀는 외면했으나, 외면이야말로 가장 깊은 응시가 된다는 사실을 애써 부정할 수 없었다. 그는 침묵했으나, 침묵이야말로 가장 뜨거운 고백이 된다는 사실을 숨길 수 없었다.

밤이 깊어갈수록, 애니는 더 자주 책을 펼쳤다. 브라암스의 교향곡 3번 4악장이 알레그로형식으로 흘러나오는 방 안에서, 활자를 좇는 눈길은 어느새 멈추곤 했다. 그리고 불현듯 떠오르는 한 장면—에디가 건넨 스카프를 목에 걸었을 때, 그 눈빛이 말했다.

'당신은 여전히 아름답습니다.'

그 순간, 책의 활자는 잉크가 아니라 파동이 되어 그녀의 가슴을 두드렸다. 그리고 그녀는 비로소 알았다. 신앙의 서약과, 여인으로서의 떨림은 서로 다른 언어 같지만, 결국 같은 심장에서 울려나오는 리듬임을. 임직 후 한 달 남짓 지났을 무렵, 담임목사가 권사회와 집사회 공동 모임에서 제안했다.

"이번에 지역 복지관과 연계한 사랑의 바자회를 준비하려 합니다. 권사 대표로는 애니 권사님, 집사 대표로는 에디 집사님이 맡아 주시면 어떻겠습니까?"

자리에는 잠시 적막이 흘렀다. 모두들 고개를 끄덕였지만, 애니와 에디의 시선은 서로를 향하지 않았다. 공적 사명이라는 이름이 다시 둘을 한 자리에 묶어 놓은 것이었다. 바자회 준비로 교회 창고를 열어 물품을 분류하고, 후원업체 명단을 정리하는 과정에서 두 사람은 다시금 마주했다. 애니는 서류를 꼼꼼히 정리했고, 에디는 현장 동선을 체크했다.

"이쪽 통로는 너무 좁습니다. 테이블을 조금 옮겨야겠어요."

에디가 말하자 애니는 잠시 주저하다 고개를 끄덕였다.

"네, 그렇게 하시죠."

짧고 담담한 대화였으나, 서류 위로 흘러내린 연필 가루처럼 묘한 흔적을 남겼다. 애니는 집으로 돌아와 거울 앞에 섰다.

"나는 지금 권사다. 주님의 신부라 불린다." 스스로 다짐했지만, 낮에 교회 강당에 스친 그의 발자국 소리가 자꾸 귀에 맴돌았다. 그 소리를 지우려다 오히려 더 선명하게 새겨 넣는 역설이었다.

에디는 집으로 돌아와 창가에 앉아 오래된 시집을 펼쳤다. 그러나 활자들은 모두 애니의 얼굴로 번져 나갔다. 그는 눈을 감고, 성경책을 덮으며 기도했다.

"주님, 제 마음을 다스려 주십시오. 그러나 이 떨림이 꼭 죄만은 아니기를…"

행사 당일, 교회 마당은 북적였다. 아이들의 웃음, 어르신들의 발걸음, 판매대 위의 작은 기증품들… 그 모든 소리와 빛이 마치 잔잔한 파도처럼 어우러졌다. 애니는 회계 장부를 붙들고 계산을 도맡았고, 에디는 음향과 안내를 담당했다. 서로의 눈길은 거의 마주치지 않았으나, 큰 행사 전체가 두 사람의 손끝에서 조율되는 듯한 묘한 조화가 있었다. 행사가 끝난 후, 목사는 두 사람을 따로 불렀다.

"두 분 덕에 이번 바자회가 은혜롭게 마무리되었습니다. 수고 많으셨습니다. 하나님께서도 기뻐하시리라 믿습니다."

애니는 고개를 숙여 감사 인사를 드렸다. 에디도 미소 지으며 짧게 대답했다. 그러나 서로의 그림자는 저녁 햇살 속에서 길게 겹쳐지고 있었다. 집으로 돌아오는 길, 애니는 필사 노트에 짧게 적었다.

"주님, 이 길은 제 길이 아니라 주님의 길이어야 합니다.

그러나 왜 이 길 위에서 자꾸 그와의 발자취를 듣게 되는 걸까요."

그녀는 펜을 놓고 한참 창밖을 바라봤다. 늦여름의 별빛이 새어 나왔고, 그 빛은 차갑게도 따뜻하게도 다가왔다. 사명의 길과 떨림의 길이 겹쳐진 자리에서, 애니는 오늘도 흔들리면서 기도했다.

제20장

다시 그대 이 길에서

가을은 이미 교회의 마당을 완전히 물들여 놓았다. 붉게 타는 단풍과 노랗게 번져가는 은행잎이 바람에 휘날리며 서로에게 기댄 듯 흩날렸다. 애니는 교회 본당 안에서, 음악회 준비를 돕는 성도들과 분주하게 움직였다. 권사 임직 이후 처음으로 맡은 큰 행사라 마음이 무거우면서도 이상하게 가벼웠다. 책임감과 기대가 교차하는 순간이었다.

그녀는 마이크 위치를 점검하며, 곡 목록을 손에 쥐고 몇 번이나 순서를 확인했다. 손끝에서 느껴지는 종이의 감촉은 마치 현실을 붙잡아야 한다는 신호처럼 느껴졌다. '나는 이제 교회의 권사다. 흔들리면 안 된다. 눈길조차 함부로 주어서는 안 된다.' 스스로를 다잡으면서도, 마음 한 구석에서 불쑥 떠오르는 이름이 있었다. 에디.

문득, 무대 뒤편에서 울려 나오는 음향 테스트 소리에 그녀의 시선이 끌렸다. 마이크를 잡고 낮게 "테스트, 원 투…"를 반복하는 목소리. 그 음성이 너무 익숙했다. 애니는 순간 고개를 들어 무대를 바라보았다. 어두운 무대 위, 빛이 스치는 순간 드러난 에디의 얼굴은 여전히 따뜻하면서도 단단했다.

그는 교회 내 음향 담당으로 봉사하고 있었고, 이번 음악회에서도 중심 역할을 맡았다. 무대를 오가며 스피커의 위치를 조정하고, 피아노와 현악기의 밸런스를 맞추는 그의 모습이 유난히 집중되어 보였다. 애니는 속으로 '이건 단순한 협력일 뿐. 나와 그 이상은 없다'고 되뇌었다. 그러나 그 순간조차, 마음은 이미 오래 전 기억의 파편들로 가득 차올랐다.

리허설이 시작되자, 본당에는 라흐마니노프의 선율이 은은하게 흘러나왔다. 피아노 앞에 앉은 청년이 연습 삼아 곡을 연주하는 사이, 애니는 무심결에 눈을 감았다. 그녀의 내면 깊숙이, 오래 전 혼자서 들었던 음악회 장면이 되살아났다. 음악은 언제나 그녀에게 위로이자 고백이었다.

그 순간, 옆에서 들려온 에디의 목소리가 너무도 가까워 심장이 덜컥 내려앉았다.

"라흐마니노프… 당신이 좋아하는 곡이죠?"

애니는 깜짝 놀라 눈을 떴다. 에디가 무대 옆에서 조심스레 미소 지으며 바라보고 있었다.

"…네, 그렇죠. 오래 전부터."

짧게 대답했지만 목소리에는 떨림이 묻어났다.

에디는 대수롭지 않다는 듯 고개를 끄덕였으나, 그 눈빛에는 오래 전부터 알고 있었다는 흔적이 스며 있었다. 음악은 그들만이 나눌 수 있는 은밀한 언어 같았다. 며칠 후, 음악회 준비를 위해 다시 모였을 때였다. 애니의 오랜 친구 모임인 '밀알회' 멤버들이 봉사자로 함께 하게 되었다. 리허설이 끝나고 본당 뒤편에서 삼삼오오 모여 이야기를 나누던 순간, 한 친구가 애니에게 다가와 속삭였다.

"애니야, 요즘 많이 바빠 보인다. 근데… 사람들 시선도 좀 생각해야 하지 않겠니?"

그 말은 조심스러웠지만, 그 안에 담긴 뉘앙스를 애니는 곧바로 이해했다.

다른 한 친구는 곧장 그 분위기를 누그러뜨리려는 듯 말했다.

"에이, 무슨 소문이야. 애니가 얼마나 성실하게 교회 일 하는데. 오히려 에디 집사랑 잘 협력하니까 일이 이렇게 잘 돌아가는 거지."

하지만 그 짧은 대화는 애니의 마음속에 길게 잔향을 남겼다. 신앙의 길, 인간의 감정, 그리고 세상의 시선. 그 모든 것 사이에서 그녀는 균형을 잡으려 애썼다. 음악회 전날, 에디는 애니에게 다가와 작은 종이 한 장을 건넸다. 손글씨로 적힌 시였다.

_"가을빛 안에서

나는 그대의 눈을 본다.

바람이 낙엽을 흔들어도

사라지지 않는 그 눈빛.

믿음의 길 위에 서 있는 우리,

흔들리더라도, 결국 같은 빛을 향해 나아가리."_

애니는 그 종이를 손에 쥐고 오래도록 말이 없었다. 고백이라 하기엔 담담했지만, 그 속에는 명백히 감정이 흐르고 있었다. 그녀는 목이 메어 오르는 것을 간신히 삼켰다.

"…에디 집사님, 이런 건… 저한테 주시면 곤란합니다."

입술은 그렇게 말했지만, 마음은 이미 시 한 줄 한 줄에 깊이 젖어 들고 있었다. 음악회 당일, 본당은 성도들과 지역 주민들로 가득 찼다. 합창이 울려 퍼지고, 현악기의 선율이 가을 저녁을 더욱 풍요롭게 물들였다.

박수 소리가 본당을 가득 메우며 마지막 곡이 마무리되었다. 사람들의 얼굴에는 만족과 감동이 가득했고, 애니는 무대 뒤에서 땀을 훔치며 안도했다. 한 달 넘게 준비한 음악회가 무사히 끝났다는 사실이 믿기지 않았다.

목사는 무대 위에서 애니와 에디를 불러내며, 준비를 도운 모든 이들을 축복했다. 애니는 억지로 담담한 미소를 지었지만, 그 순간 에디와 눈이 마주쳤다. 누구보다 가까이 있으면서도, 세상의 모든 시선 앞에 두 사람은 마치 멀리 떨어져 있는 별처럼 느껴졌다. 성도들이 삼삼오오 모여 감사 인사를 나누는 동안, 에디는 조용히 전선과 마이크를 정리하고 있었다. 그의 손길은 익숙하고 차분했다. 사람들은 그를 향해 "수고 많으셨습니다" 하고 인사를 건넸지만, 그는 그저 짧게 고개를 끄덕이며 묵묵히 일을 이어갔다.

애니는 그 모습을 흘끗 보다가 눈길을 피했다. 마음이 움직이는 것을 막기 위해, 그녀는 일부러 밀알회 친구들과 오래도록 이야기를 나누며 웃음을 섞었다. 하지만 내면은 이미 다른 울림으로 가득했다.

행사가 모두 끝나고 늦은 밤, 정리된 본당에 목사가 남아 기도회를 열었다. 남아 있던 몇몇 성도들과 함께 애니와 에디도 조용히 자리에 앉았다. 목사는 오늘의 음악회를 하나님께 감사드린다는 짧은 기도 후, 이렇게 말했다.

"음악은 마음의 언어입니다. 그러나 하나님이 원하시는 음악은, 음표와 가락보다도 우리의 삶 전체가 하나님의 찬양이 되는 것이지요. 흔들리더라도, 그 발걸음을 다시 주께로 향하게 하는 것이 곧 예배입니다."

그 말은 애니의 심장을 깊숙이 울렸다. 그녀는 문득 낮에 받았던 에디의 시 한 줄이 떠올랐다.

“흔들리더라도, 결국 같은 빛을 향해 나아가리.”

목사의 메시지와 에디의 글귀가 한데 겹치며, 그녀는 마치 운명처럼 느껴졌다. 하지만 동시에, 신앙인의 양심이 그녀를 붙잡았다. 집으로 돌아온 애니는 방 안 불을 끄고 조용히 무릎을 꿇었다. 그동안 권사 직분을 받으면서 더욱 바빠졌지만, 정작 깊은 기도는 소홀히 했다는 것을 스스로 자각했다.

“주님, 제 마음이 왜 이렇게 흔들리는 걸까요.

제가 감정에 사로잡히는 것이 아니라, 믿음 위에 굳건히 서기를 원합니다.

저를 온전히 당신의 손에 맡깁니다.”

기도하는 동안, 창밖에서는 바람이 낙엽을 흔들었다. 그 소리가 마치 하나님이 애니의 마음속 불안과 두려움을 조금씩 털어내는 듯했다.

한편, 같은 시간 에디도 집에서 성경책을 펼쳐 들고 있었다. 그의 눈은 시편 구절에 머물렀다.

“내 영혼아, 어찌하여 낙심하며

어찌하여 내 속에서 불안해하는가?

너는 하나님을 바라라.”

그는 스스로에게 속삭였다.

“내 감정이 하나님보다 앞서지 않기를… 그러나 이 마음을 어떻게 감출 수 있을까.”

책상 위에는 낮에 건네주지 못한 또 다른 편지가 놓여 있었다. 그는 결국 그것을 찢어버렸다. 그저 기도로만 남기기로 했다. 그 다음 주일, 예배를 마치고 성도들이 흩어질 무렵, 애니와 에디는 교회 마당에서 마주쳤다.

짧은 순간, 아무 말도 하지 않았지만 눈빛은 모든 것을 말하고 있었다. 에디의 눈빛에는 여전히 담담한 배려가 담겨 있었고, 애니의 눈빛에는 애써 감추려는 긴장이 있었다.

"권사님, 이번 음악회 덕분에 많은 분들이 은혜받으셨습니다."

에디가 먼저 짧게 인사했다. 애니는 잠시 망설이다가 차분히 미소 지었다.

"집사님 덕분이지요. 수고 많으셨어요."

그 대화는 너무나 짧았지만, 두 사람의 내면에는 오랜 시간 잔향처럼 남았다. 그날 밤, 애니는 오래된 클래식 CD를 틀었다. 클라라 슈만의 부드러운 피아노 선율이 방 안을 채웠다. 그녀는 여전히 불안했지만, 동시에 묘한 감사와 평안을 느꼈다.

'하나님, 제 마음이 흔들리더라도, 결국 당신께로 가게 해 주세요.'

그리고 그 순간, 애니의 손끝에는 아직도 에디가 건네 준 시의 따스한 감촉이 남아 있었다. 음악회가 끝난 직후, 애니는 오랜 친구 모임인 밀알회 자매들과 함께 식사 자리를 가졌다.

"애니야, 우리 가을 끝자락에 다시 여행 가자. 이번엔 유럽 아니고 가까운 일본 교토 정도 어때? 단풍이 절정이래."

친구들의 눈빛은 이미 반쯤 결정된 듯 설레었다. 애니는 순간 가슴이 철렁했다. 교회 권사로 막 세워진 자신이 또다시 주일을 지키지 못한 채 여행을 떠난다면, 목사와 성도들의 시선이 어떨지 뻔히 알 수 있었기 때문이다. 하지만 동시에, 오랜만에 마음 맞는 친구들과 떠나는 여행의 달콤한 유혹도 만만치 않았다.

그녀는 억지 미소를 지으며 대답을 미뤘다.

"일정 좀 보고 다시 얘기하자. 요즘 교회 행사도 많고…."

말끝은 흐려졌지만, 친구들은 이미 그녀의 내적 망설임을 읽어낸 듯 고개를 끄덕였다. 집에 돌아오는 길, 애니는 차 안에서 혼잣말을 했다.

"내가 교회를 위한다면서도, 여전히 세상 즐거움에 흔들리는구나."

창밖에는 늦가을의 바람이 나뭇가지를 흔들며 지나갔다. 그 소리가 마치 애니의 내적 갈등을 그대로 드러내는 듯했다. 권사라는 직분은 단순한 호칭이 아니라, 삶 전체를 변화시키라는 하나님의 부르심임을 그녀는 알고 있었다. 하지만 현실 속에서 흔들리는 마음은 쉽사리 잡히지 않았다.

그 무렵, 에디는 책상 앞에 앉아 또다시 펜을 들었다. 그는 애니에게 하고 싶은 말이 많았지만, 직접 전할 용기가 나지 않았다. 대신 종이에 담아 두면 언젠가 건넬 수 있을지도 모른다는 생각에 글을 써내려 갔다.

"애니,

당신이 어떤 길을 가든 나는 그 길을 응원하고 싶습니다.

당신이 권사로 서 있는 모습은 참으로 아름답습니다.

그러나 동시에 나는, 그 책임감 뒤에 숨겨진 당신의 외로움을 알아차리고 있습니다.

만약 누군가 당신의 마음을 묻는다면, 나는 기꺼이 평생 들어주는 사람이 되고 싶습니다."

그는 글을 마치고 봉투에 넣었지만, 다시 한참을 들여다보다 결국 서랍 깊숙이 넣어버렸다.

"아직은 아니야. 그녀가 흔들리도록 만들면 안 돼."

며칠 뒤, 교회 회의가 끝나고 성도들이 모두 떠난 늦은 저녁, 애니가 홀로 본당 불을 끄려 할 때 에디가 다가왔다. 그는 애니에게 뭔가를 건네려다 손을 움켜쥐었다.

"아, 이건… 그냥, 아닙니다. 오늘도 수고 많으셨어요."

그의 목소리는 평소보다 낮고 조심스러웠다. 애니는 잠시 그 손에 들린 흰 봉투를 스치듯 보았다. 그러나 그녀는 애써 아무것도 묻지 않았다. 다만 짧게 미소를 지으며 대답했다.

"집사님도요. 언제나 묵묵히 수고하시네요."

두 사람의 시선은 잠시 교차했지만, 결국 아무 일도 없었던 듯 흩어졌다. 그러나 그 순간의 공기는 오래도록 여운처럼 남아 서로의 마음을 붙잡았다.

집에 돌아온 애니는 창가에 앉아 책을 펼쳤다. 오랫동안 좋아하던 클라라 슈만의 삶을 다룬 전기였다. 피아노 선율처럼 고요히 흐르는 글 속에서, 애니는 문득 자신을 투영했다.

'나는 지금 어떤 길 위에 서 있는 걸까. 그리고 내 곁에서 묵묵히 서 있는 그 사람은, 언제까지 저렇게 기다려 줄까….'

바람이 다시 불어와 커튼을 흔들었다. 애니는 책을 덮고 창밖을 오래도록 바라보았다.

며칠 뒤, 밀알회 친구들이 다시 애니를 붙잡았다.

"애니야, 이번 여행은 꼭 같이 가자. 네가 빠지면 재미가 반쪽이야."

애니는 난처한 웃음을 지었다. 권사 임직 후 첫 공식적인 큰 행사들을 무사히 치른 자신이었지만, 마음은 아직 무겁게 흔들리고 있었다.

그녀는 결국 핑계를 댔다.

"내가 교회 일 때문에 바빠서… 글쎄."

하지만 친구들은 쉽게 물러나지 않았다.

"권사 됐다고 세상 즐거움 다 버리고 살 거야? 하나님이 우리에게 주신 기쁨도 누리라고 하신 거잖아."

그 말은 달콤했지만, 동시에 마음 깊은 곳을 찌르는 가시처럼 아프게 꽂혔다.

에디의 눈길

우연히 이 대화를 멀찍이서 듣게 된 사람이 있었다. 바로 에디였다. 그는 무심히 지나가는 척했지만, 애니의 표정을 놓치지 않았다.

그녀의 눈빛에는 분명히 갈등이 묻어 있었다. 에디는 속으로 중얼거렸다.

"그녀는 늘 자신을 채찍질하면서도, 결국 자유를 갈망하는구나. 내가… 그 자유가 되어줄 수 있을까? 아니면 더 큰 혼란일 뿐일까?"

그의 눈빛은 잠시 흔들렸지만, 이내 기도로 시선을 거두었다. 그는 스스로를 다독였다.

"주님, 제 마음이 욕심이 되지 않게 막아주옵소서. 그녀가 흔들리지 않도록 지켜주옵소서."

그날 밤, 애니는 침대에 누워 오래도록 잠을 이루지 못했다. 방문은 여전히 닫지 못한 채, 거실 불빛만 켜둔 상태였다.

'내가 지금 선택해야 하는 길은 무엇일까. 교회 안에서의 책임? 아니면 오랜 친구들과의 관계? 그보다 더 깊이 숨겨진… 내 마음 속의 또 다른 갈망?'

책상 위에는 최근 읽던 라흐마니노프의 전기책이 펼쳐져 있었다. 거대한 선율을 지녔던 그의 삶이, 기쁨과 고통을 동시에 껴안고 살았던 예술가의 여정이, 애니의 마음을 무겁게 흔들었다.

'나도 저렇게, 늘 이중적인 무게를 안고 살아가고 있는 건 아닐까….'

한편, 에디의 서랍 속에 고이 접힌 편지는 여전히 그 자리에 있었다. 하지만 이번에는 달랐다. 그는 봉투를 다시 꺼내어 살짝 열어보았다. 글씨체는 단정했지만, 마음의 떨림이 곳곳에 묻어 있었다.

그는 한참을 바라보다, 결국 다시 넣고 서랍을 닫았다.

"아직은 아니다. 그녀가 주님의 품에 더욱 가까이 설 수 있도록, 난 조금 더 기다려야 한다."

며칠 뒤, 교회 야외예배 준비 모임에서 애니와 에디는 짧게 마주쳤다. 주변에 사람들이 많았음에도, 두 사람 사이의 공기는 묘하게 긴장되었다.

"애니 권사님, 이번 준비 명단 잘 정리해주셔서 감사합니다."

에디가 정중히 인사하자, 애니는 잠시 미소로 답했다.

그러나 그 미소 속에는 알 수 없는 떨림이 숨어 있었다.

그 순간, 그녀의 가방 속 휴대폰이 울렸다. 밀알회 친구들의 메시지였다.

“표 예매 마감이야. 빨리 결정해줘!”

애니는 휴대폰을 잠시 움켜쥐고 깊은 숨을 내쉬었다.

예배당을 나서는 길, 애니는 마음속에서 기도의 목소리를 들었다.

“주님, 제가 어디로 가야 할까요? 제가 지켜야 할 길이 어디입니까?”

바람은 차가웠지만, 하늘은 유난히 맑았다. 애니의 갈등은 여전히 풀리지 않은 채, 더 큰 이야기로 번져갈 조짐을 품고 있었다. 가을 햇살은 부드럽고 선선했다. 교회는 작은 언덕 위 공원에 천막을 치고, 성도들은 삼삼오오 돗자리를 깔고 앉았다. 아이들의 웃음소리가 바람에 실려 흩날리고, 찬양대의 노랫소리는 푸른 하늘로 퍼져 나갔다. 애니는 행정팀 대표로서 분주히 뛰어다녔다. 준비한 물품이 제자리에 있는지, 점심 도시락이 잘 배부되는지 하나하나 챙겼다. 에디 역시 다른 집사들과 함께 봉사하며 땀을 흘리고 있었다. 무거운 음향 장비를 옮기는 그의 모습은 여느 때보다 강건하고도 묵묵했다. 행사가 한창 무르익을 즈음, 두 사람은 잠시 마주쳤다.

“애니 권사님, 도시락 배분은 잘 됐습니까?”

“네, 덕분에 무사히요. 집사님은 음향팀 일로 고생 많으셨네요.”

그들의 대화는 짧았지만, 눈길 속에는 길고도 은밀한 떨림이 스쳤다. 주변에 사람들이 많아 더 이상 이어갈 수 없었지만, 잠깐의 눈 맞춤은 오래도록 잔상처럼 남았다. 애니는 아이들이 뛰노는 모습을 바라보다가, 문득 자신이 오래전 꿈꾸던 한 장면을 떠올렸다.

'이런 평화로운 날, 나도 언젠가 가족과 함께 웃으며 손을 잡고 걷고 싶었지….'

그러나 현실은 늘 혼자였고, 혼자의 무게를 감추며 살아왔다. 바람이 스카프 자락을 흔들자, 애니는 본능적으로 그것을 고쳐 매었다. 그 스카프는 에디가 건넸던 선물이었고, 그 사실을 떠올리는 순간 얼굴에 미묘한 열기가 번졌다. 예배가 끝나고 정리하는 시간, 애니의 휴대폰이 다시 울렸다.

"애니야, 여행 확정했어. 네 이름도 넣어뒀으니 빼면 곤란해. 이제 빠질 수 없어."

친구들의 집요한 배려가 오히려 족쇄처럼 느껴졌다. 그녀는 답장을 쓰지 못한 채 폰을 내려놓았다. 그 순간, 뒤에서 에디의 목소리가 들렸다.

"괜찮으십니까? 얼굴이 창백해 보이는데요."

"아… 아니에요. 조금 피곤해서 그래요."

에디는 더 묻지 않았다. 그러나 그의 눈빛에는, 그녀의 숨겨진 갈등을 알아차린 듯한 연민과 기도가 담겨 있었다. 집으로 돌아오는 길, 애니는 속으로 기도했다.

"주님, 제가 너무 약한 걸까요? 왜 늘 이 갈림길에서 흔들리는 걸까요? 제가 주님 앞에 바로 서야 하는데…."

그녀의 손가방 속 휴대폰은 여전히 울리고 있었지만, 애니는 끝내 열어보지 않았다. 그저 하늘을 올려다보며, 언젠가 이 갈등이 분명히 풀리기를 기다렸다.

제21장

갈등과 침묵

메일함에 붉은 점이 떠 있었다. [밀알회-여행] 제목의 메일.

열어 보니 항공편 시간과 숙소, 이동 동선, 단풍 포인트와 카페 목록까지 일정표가 촘촘히 들어 있었다. 메시지로도 곧장 이어졌다.

"애니야, 표 끊었어! 네 이름도 들어갔어.

일정: 금-월, 나흘간. 주일은 현지 예배 권장 "

애니는 천천히 화면을 닫았다. 손끝이 차갑게 식었다. '주일' 그 두 글자가, 마치 얇은 유리창에 붙은 서리처럼 마음을 뿌옇게 했다. 그동안 애써 단속해 온 문장들이 흩어졌다.

'권사로 임직한 지 얼마나 됐다고… 내가 괜찮을까?'

책상 위 달력에 동그라미가 겹쳤다. 그 주간엔 구제사역 분배 회의가 있었다. 장부 마감도, 심방 일정 재조정도 그 주였다. 애니는 연필로 '임시'라는 글자를 적었다가 지웠다. 흔적만 희미하게 남았다. 밤이 깊어지자, 그녀는 오래된 성경을 펼쳤다. 앞장 속 바랜 쪽지—첫 새가족 교육 때 필기한 구절들이 적혀 있었다.

"은혜는 찾아오는 것이 아니라, 고개를 드니 거기 있었다."

그날, 애니는 어린아이처럼 울었다. 그 눈물은 수치가 아니라 세례 같았고, 그때의 떨림은 오랫동안 그녀를 걸어가게 했다.

'나는 그 첫날을 잃지 않았을까. '바쁘다'는 말로, '사정이 있다'는 말로, 서서히 멀어진 건 아닐까.'

창밖으로 북풍이 유리창을 한 번 스쳤다. 얇은 커튼이 부풀었다가 가라앉았다. 그녀는 메모장에 짧게 적었다.

"주여, 선택은 어느 날 갑자기 오지 않고

매일의 사소한 방향으로 다가오나이다."

주중 모임에서 성도들은 애니에게 감사 인사를 건넸다.

"권사님 덕분에 바자회도, 음악회도 잘 됐어요."

"기도 인도하시는 목소리, 참 담담해서 좋아요."

칭찬은 따스했지만, 다른 복도에서는 낮은 목소리들이 미세한 결을 만들었다.

"요즘 애니 권사님이랑 에디 집사님… 일 많이 같이 하시던데."

"뭐, 교회 일이니까. 그래도 권사님이시니 더 조심하셔야지."

누구도 대놓고 헐뜯지 않았다. 그러나 애니는 시선의 무게를 안다. 그것은 돌직구가 아니라 솜방망이처럼 보이지만, 오래 맞으면 더 욱신거리는 종류의 것이었다. 그녀는 동선을 바꾸고, 말수를 줄이고, 필요한 메시지만 남겼다. 그럴수록 마음은 더 붕 떠올랐다.

그 시각, 에디는 작은 서재에서 벼루에 물을 떨어뜨리고 먹을 갰다. 천천히, 조급하지 않게, 번짐을 기다리며. 한지 위에 첫 획을 내렸다.

忍(인).

그 아래에 작은 해서체로 덧썼다. “견디는 사랑이 오래 간다.”

먹 향기가 방안을 채웠다. 그는 애니의 이름을 쓰지 않았다. 대신, 사계의 글자를 시처럼 썼다.

春—시작의 숨, 夏—무르익음, 秋—드러남, 冬—감춤.

마지막 획을 닫을 때, 에디는 속삭였다.

“주님, 제가 그녀의 겨울이 되게 하소서. 서두르지 않고, 바람막이가 되는 겨울.”

책상 한쪽에는 봉투 하나가 놓여 있었다. 전하지 못한 편지.

그는 그것을 다른 책들 사이에 깊숙이 밀어 넣었다. 말보다 앞서는 마음이 시험이 되지 않기를, 그는 두 손을 모아 다시 기도했다.

밀알회 단체방이 다시 울렸다.

“숙소 확정! 교토 시내 전통 료칸이야.

애니 방은 우리 셋이랑 같이. 주일 오전, 근처 교회 검색 완료!”

애니는 답하지 못했다. 주일 오전, 현지 예배. 말은 옳다. 그러나 그녀의 마음속 저울은 기우뚱했다. 권사회 공지는 내일 새벽에 나간다. 일정 겹침은 더 이상 미룰 수 없는 문제가 되어 다가왔다.

밤 1시를 넘겨, 그녀는 메모장 앞에서 펜을 들었다가 놓았다.

'안 가겠다고 말할까? 그런데 왜 이렇게도 미안하지? 오랜 친구들인데…'

'가겠다고 말할까? 그런데 왜 이렇게도 불편하지? 임직한 지 얼마 되지도 않았는데…'

답은 나오지 않았다. 그녀는 등불을 끄지 못한 채 소파에 몸을 기댔다. 창문 너머로 얇은 비가 내리기 시작했다. 유리창을 스치는 소리가, 흩어진 생각을 모으듯 고르게 이어졌다.

다음 날 저녁, 본당 조명이 하나둘 꺼질 때였다. 애니가 안내 책자를 회수해 들고 복도를 걸어 나오는 사이, 에디가 음향실 문을 닫고 나왔다. 어둠이 있었지만, 서로의 얼굴을 알아보는 데 무리는 없었다.

"권사님."

"집사님."

그들은 거의 동시에 멈추었다. 복도 끝 초록 비상등이 희미한 빛을 뿜었다.

애니가 먼저 말했다.

"다음 주 일정이… 좀 겹칠 것 같아요. 조정이 필요할지도…"

"말씀만 하세요. 제가 맞출게요."

"아니에요. 제가… 맞춰볼게요."

그 말은 애써 담백했지만, 곧장 _다른 말_로 번졌다.

'내 마음도, 내가 맞춰볼게요.'

그녀는 그 말을 하지 않았다. 대신 인사처럼 미소를 띠고 먼저 걸음을 뗐다. 뒤에서 에디는 조용히, 아주 낮은 목소리로 "평안히 돌아가세요"라고만 말했다. 그 말은 기도였고, 축복이었고, 보내는 연습이었다.

집으로 돌아온 애니는 성경을 다시 펼쳤다. 구약의 오래된 이야기 속에서, 사람들의 방황과 귀환이 반복되었다. 바다는 갈라지고, 광야는 길이 되었고, 이름 모를 수많은 밤들이 누군가의 무릎 위에서 눈물과 함께 지났다.

그녀는 조용히 기도했다.

"주님, 저는 흔들립니다. 그러나 흔들림의 끝이 당신에게 가닿게 하소서. 저는 약합니다. 그러나 약함으로 강해지는 길을 배우게 하소서."

기도를 마친 뒤, 메신저 아이콘 위에 붉은 동그라미가 깜박였다.

"항공권 발권 완료. 취소 시 수수료 있어. 확정 부탁!"

손끝이 잠깐 떨렸다. 화면을 오래 바라보다, 그녀는 기기의 전원을 껐다. 어둠 속에서 작은 심장이 분명하게 뛰었다. 금요일, 심방 동행을 마치고 교회 현관에서 신발을 갈아 신는데, 담임목사가 다가와 조용히 물었다.

"권사님, 얼굴이 많이 수척해 보이네요. 기도 제목이 있습니까?"

"아… 네. 개인적인 선택 문제로… 제가 잘 판단하기를."

목사는 잠시 애니를 바라보다, 짧게 말했다.

"때로는 멈추는 것이 더 큰 순종이 됩니다.

그리고 때로는 가는 것이 더 큰 믿음이 되지요.

둘 다, 사랑이 기준일 때만 옳습니다."

그 문장은 애니의 가슴에 고이 접혀 들어왔다. 사랑이 기준일 때. 그녀는 고개를 끄덕였다. 그날 밤, 애니는 옷장 문을 열었다. 여행 가방이 맨 아래 칸에서 조용히 빛을 잃고 있었다. 한 번도 쓰지 않은 명찰끈과 권사회 수첩이 옆 칸에서 반짝였다. 그녀는 가방을 꺼내지 않았다. 수첩만 꺼내, 첫 장에 한 줄을 적었다.

"사랑은 때로 멈추고, 때로는 간다.

나는 어디에 서야 할까."

탁상시계가 한 번 울었다. 창밖의 비는 그쳤다.

그때, 메신저 알림이 한 번 더 울렸다.

"최종 확정, 오늘 자정까지!"

애니는 눈을 감았다. 손끝에서 심장 박동이 느껴졌다.

자정까지 남은 시간, 그녀는 천천히 숨을 골랐다.

흔들림의 한가운데서, 더 깊은 숨을 배웠다.

벽시계가 11시 40분을 가리켰다.

휴대폰 화면에는 여전히 붉은 알림 점이 깜빡였다.

"최종 확정, 오늘 자정까지!"

손가락은 답장을 쓸 듯 멈춰 있었고, 마음은 기도와 갈망 사이에서 파도처럼 흔들렸다.

"주님… 제가 어느 길로 가야 합니까. 제 선택이 누군가의 믿음을 걸림돌로 만들진 않겠습니까."

잠시 후, 그녀는 마침내 메시지창을 열었다. 손끝이 떨렸다.

"미안해. 이번엔 함께하지 못할 것 같아."

짧은 문장을 보내자마자, 가슴이 무겁게 가라앉았다. 동시에 이상하게도 안도감이 찾아왔다. 화면 속 친구들의 반응은 곧장 쏟아졌다.

"왜? 벌써 예매했는데…"

"권사 됐다고 너무 조심하는 거 아냐? 우리끼리라도 다녀올게."

애니는 더는 답하지 않았다. 화면을 닫고 성경책 위에 손을 얹었다.

다음 날, 교회에 도착하자 작은 소문이 이미 돌고 있었다.

"밀알회 여행에 애니 권사 빠진다네?"

"역시 권사님 답지."

칭찬과 아쉬움이 동시에 섞였다. 어떤 이는 존중했고, 또 다른 이는 "너무 경직된 거 아니냐"고 속삭였다. 애니는 그 모든 소리를 담담히 지나쳤다. 그러나 내면에는 조용한 떨림이 여전히 남아 있었다. 그날 저녁, 에디는 혼자 예배당 불을 끄며 애니의 결정을 떠올렸다. 그녀가 결국 여행을 포기했다는 소식을 전해 들었을 때, 그의 마음에는 두 가지 감정이 동시에 일었다.

첫째는 존경.

'그녀는 역시 믿음의 길을 붙드는구나.'

둘째는 안쓰러움.

‘그러나 저 선택 뒤에 숨은 외로움은 누가 감싸 줄까.’

그는 본능적으로 서랍 속 편지를 꺼내려다 멈췄다. 편지 대신, 짧은 기도를 적어 내려갔다.

“주여, 그녀가 이 결정을 후회하지 않도록,

기쁨으로 채워 주소서.

그리고 제가 감히, 그 기쁨의 일부라도 되게 하소서.”

주일 예배가 끝나고 성도들이 흩어지는 마당에서, 에디와 애니는 다시 마주쳤다.

“여행은… 결국 안 가기로 했군요.”

에디의 말은 짧았지만, 애써 감정을 누른 울림이 있었다.

애니는 미소로 답했다.

“네. 이번에는… 제 자리 지키는 게 맞을 것 같아서요.”

“잘하셨습니다. 주님도 기뻐하실 겁니다.”

그 말은 위로였으나, 동시에 그녀의 마음을 아리게 했다.

‘그럼에도, 내 안의 다른 갈망은 여전히 사라지지 않았는데….’

여행을 포기한 지 며칠 뒤, 밀알회 모임에서 애니는 묘한 공기를 느꼈다.

친구들은 여전히 다정했지만, 웃음 사이사이에 얇은 막이 끼어 있었다.

“애니야, 이번에 같이 못 가서 아쉽다.”

“그러게, 네가 있으면 더 재미있을 텐데… 뭐, 교회 일 때문에 그렇다니 이해하지.”

말은 이해라 했지만, 그 너머에는 보이지 않는 경계가 있었다. 오랜 벗들과의 유대는 여전히 있었지만, 애니는 그 안에서 ‘혼자 다른 길을 선택한 사람’이 되어 있었다. 집으로 돌아오는 길, 애니는 스스로에게 물었다.

“내가 올바른 선택을 했을까?

아니면 사람들의 마음에서 점점 멀어지는 걸까.”

혼자가 익숙해진 줄 알았지만, 오히려 관계의 미묘한 단절이 더 크게 다가왔다. 그녀는 집 문을 닫고, 불을 켠 채 한참 동안 소파에 앉아 있었다. 방 안은 밝았지만, 마음은 더 어두웠다. 며칠 뒤, 담임목사가 애니를 불렀다.

“권사님, 이번에 새가족반 교육을 맡아주실 수 있습니까?”

“제가요…?”

“네. 권사님의 따뜻한 성품과 꼼꼼함이 꼭 필요합니다. 새롭게 들어오는 분들에게 교회의 품을 보여 주셔야지요.”

애니는 순간 망설였지만, 곧 고개를 끄덕였다.

“네, 맡겠습니다.”

그날부터 그녀의 책상에는 성경 공부 교재와 새가족 환영 카드들이 놓였다. 준비하는 동안, 그녀는 차츰 마음을 가다듬을 수 있었다. 사명은 흔들린 마음을 붙잡아 주는 닻과 같았다. 에디는 이 소식을 듣고 누구보다 기뻤다.

“주님, 애니 권사님이 교회 안에서 더 든든히 서게 하소서.”

그는 멀리서 그녀를 바라보며, 가까이 다가가고 싶은 마음을 억눌렀다. 대신 기도로, 때로는 작은 배려로, 그녀가 힘을 잃지 않도록 뒷걸음을 쳤다. 하지만 마음 깊은 곳에서, 그는 여전히 갈등했다.

'나는 그녀의 든든한 동역자가 되고 싶다. 그러나… 그 이상의 바람을 품으면, 그녀를 더 힘들게 할 뿐이겠지.'

새가족 교육 첫 모임이 끝난 날, 애니는 홀로 본당을 정리하다가 잠시 멈춰 섰다. 밀알회 단체방에는 여행 사진들이 올라오고 있었다. 단풍잎, 전통 디저트, 웃음 가득한 얼굴들. 그녀는 짧게 미소를 지었지만, 눈가가 서늘해졌다.

"내가 잃은 건 무엇이고, 얻은 건 무엇일까."

눈을 감는 순간, 에디와 나눈 눈빛이 불쑥 떠올랐다. 차가운 늦가을 밤, 그 짧은 대화 속에서 건네진 평안의 인사. 그것이 지금의 자신을 붙잡아 주는 마지막 끈처럼 느껴졌다. 주일 오후, 작은 교육실에는 네 명의 새가족이 모였다. 대학생 자매, 어린 아이를 데리고 온 젊은 부부, 그리고 중년의 남성이었다. 모두 어딘가 낯설고 조심스러운 얼굴이었다. 애니는 준비한 교재를 나누어주며 미소 지었다.

"처음 오시는 분들이라 많이 어색하시죠? 하지만 이곳은 여러분을 위해 늘 열려 있는 집입니다."

말을 건네는 순간, 그녀의 안쪽에서 오래 묵혀 있던 떨림이 풀리기 시작했다. 자신도 언젠가 저 자리에 앉아 있던 사람이었음을 떠올렸기 때문이다. 수업을 마칠 즈음, 어린아이를 데리고 온 젊은 엄마가 눈가를 훔쳤다.

"사실 남편 따라 억지로 왔는데… 오늘 권사님 말씀을 듣고 보니, 마음이 조금 따뜻해지는 것 같아요."

애니는 순간 목이 메었다. 자신의 말이 누군가의 마음에 닿았다는 사실이 너무도 놀라웠다. 그녀는 조용히 손을 잡아주며 속삭였다.

"저도 처음에 많이 방황했어요. 하지만 여기서 받은 사랑이 저를 살렸답니다. 여러분도 그렇게 되실 거예요."

그 순간, 방 안의 공기는 고요했지만 따스했다. 마치 오래된 찬송가의 잔향이 천천히 스며드는 듯했다. 수업이 끝나고 사람들은 흩어졌다. 애니는 교재와 필기구를 정리했다. 그런데 창가 쪽에서 묵묵히 서 있는 한 사람의 그림자가 눈에 들어왔다. 에디였다.

그는 일부러 방 안에 들어오지 않고, 창 너머로만 지켜보고 있었다. 아이 엄마와 나누는 애니의 따스한 미소, 새가족들의 안심된 얼굴, 그리고 마지막 기도로 마무리하는 그 장면. 에디의 눈에는 기쁨과 동시에 씁쓸함이 어렸다.

'그녀는 이렇게 교회를 세워 가고 있는데… 나는 단지, 바깥에서 바라보는 사람일 뿐이구나.'

그날 저녁, 본당 불을 끄며 에디는 애니와 마주쳤다.

"오늘 수업… 봤습니다. 정말 은혜롭더군요."

애니는 놀란 듯 눈을 동그랗게 뜨다 이내 미소 지었다.

"멀리서 지켜보셨군요."

"네. 권사님은… 교회의 기둥 같은 분입니다."

칭찬이었지만, 그 말은 동시에 그의 마음 깊은 곳을 눌러 담은 고백 같았다. 애니는 순간 심장이 두근거렸으나, 곧 담담히 대답했다.

“하나님이 하신 거예요. 저는 그저 도구일 뿐이지요.”

두 사람은 한동안 아무 말도 하지 못했다. 가을밤의 찬 공기만이 둘 사이를 메웠다. 집에 돌아온 애니는 오늘의 장면을 곱씹었다. 어린 엄마의 눈물, 에디의 눈빛, 목사의 신뢰….

그녀는 작은 일기장에 이렇게 적었다.

내가 주님의 집을 세우는 일에 쓰임받을 수 있다는 사실이,

얼마나 큰 위로인지.

그러나 동시에, 내 마음은 여전히 흔들린다.

주여, 저를 붙드소서.”

밀알회 단체방은 여전히 여행 사진으로 가득했다. 단풍나무 숲길, 전통 찻집, 기모노를 입고 웃는 친구들의 얼굴….

“애니야, 넌 후회 안 돼? 너무 멋졌는데.”

“다음엔 꼭 같이 가자. 우리끼리만 다녀오니 허전했어.”

말은 친근했지만, 미묘한 선이 그어졌다.

애니는 화면을 오래 바라보다, 답장을 쓰지 않았다. 웃는 표정을 이모티콘으로 대신할 수는 있었으나, 마음속의 서늘함은 감춰지지 않았다.

“믿음을 지키려 했을 뿐인데… 왜 이렇게 외로움이 밀려오지?”

그런데도 교회에서는 애니의 모습이 점점 더 단단해졌다.

새가족반에서의 따뜻한 환대는 점차 소문이 퍼졌고, 목사는 주일예배 설교 후 공적으로 그녀에게 감사를 표했다.

"우리 애니 권사님은 교회의 손과 발이 되어 주십니다. 새가족들이 권사님 덕에 마음을 열었다고 고백했습니다."

성도들의 박수가 이어졌다. 애니는 고개를 숙였지만, 가슴 안쪽이 뜨겁게 차올랐다. 자신의 선택이 결코 헛되지 않았음을 확인하는 순간이었다.

예배 후, 마당에서 아이들과 인사를 나누던 에디는 그 장면을 멀리서 지켜봤다. 애니의 미소는 빛처럼 고요했고, 눈빛은 담담했지만 강했다. 그는 자신도 모르게 가슴이 저릿해졌다.

'저 모습이야말로 내가 존경하는 그녀의 진짜 얼굴이구나.

내가 할 일은… 곁에서 지켜주며 기도하는 것뿐일지도 몰라.'

그러나 동시에, 애니의 외로움이 얼마나 깊은 지 그는 알고 있었다. 그 사실이 그를 더 무겁게 했다. 늦은 저녁, 애니는 일기장에 이렇게 적었다.

"주님, 저는 사람들 속에서 고립감을 느끼지만,

당신 안에서 다시 서게 됩니다.

저를 권사로 세우신 뜻을 잊지 않게 하소서.

그리고 흔들리는 제 마음이 사람 때문이 아니라

당신의 사랑으로 다시 뿌리내리게 하소서."

창밖에는 늦가을 바람이 서걱이며 지붕을 스쳤다.

그 바람은 쓸쓸했지만, 동시에 새로운 계절을 부르는 예고처럼 들렸다.

밀알회와의 거리는 조금 멀어졌지만, 교회 공동체 안에서 애니는 더 깊이 뿌리내리기 시작했다. 에디와의 관계는 여전히 애매한 선 위에 있었으나, 그 또한 애니의 곁에서 묵묵히 기도로 동행했다. 흔들림은 계속되었지만, 그 흔들림 속에서 애니는 더욱 깊은 뿌리를 찾고 있었다.

제22장

작은 웃음, 번져가는 물결

늦가을, 교회는 인근 마을의 독거노인 돕기 작은 바자회를 열었다. 아이들은 풍선 들고 뛰놀았고, 부인들은 부침개를 부치느라 연신 연기를 맞았다. 남자 성도들은 의자와 테이블을 옮기며 분주했다.

애니는 장부를 손에 들고 이곳저곳을 뛰었다.

“김 집사님, 이쪽 금액 기록 좀 다시 확인해 주세요.”

“애니 권사님, 떡볶이가 벌써 동났는데요!”

정신없는 와중에도 그녀는 꼼꼼히 체크하며 미소를 잃지 않았다.

그때, 아이가 달려오다 국물이 담긴 그릇을 부딪쳤다. 다행히 큰 사고는 없었지만, 옆에서 돕던 에디가 잽싸게 받아내며 아이를 안아 올렸다.

“괜찮아요. 놀라지 마.”

애니는 안도의 미소를 지으며 속삭였다.

“역시, 든든하시네요.”

짧은 순간이었지만, 서로의 눈빛 속에 작은 온기가 스쳤다. 바자회가 끝난 뒤, 애니의 딸은 우연히 에디의 둘째 딸과 이야기를 나누게 되었다.

“한국은 참 바쁘네요. 매일매일이 일정으로 가득한 것 같아요.”

"유럽에서 생활하실 땐 좀 달랐나요?"

"네, 거긴 조금 더 '멈춤'이 있었어요. 차 한 잔에도 시간을 투자하는 여유가요. 대신 늘 불확실성이 있죠."

애니의 딸은 고개를 끄덕이며 말했다.

"저는 교사로 살아서 그런지 늘 안정이 중요하다고 생각했어요. 학생들이 제 옆에서 꾸준히 자라는 게 기쁨이거든요."

"그런 안정이 부럽네요. 전 오히려 불확실성 속에서 제 길을 찾고 싶었어요."

두 사람은 서로 다른 세계에 서 있었지만, 그 차이가 오히려 흥미로웠다. 웃으며 나눈 짧은 대화는, 부모 세대의 복잡한 관계와는 다른 신선한 교차였다. 행사 정리를 마친 뒤, 애니는 홀로 동네의 작은 카페에 들렀다. 긴장된 하루를 정리하고 싶었다. 은은한 재즈 음악과 따뜻한 커피 향이 피로를 풀어 주었다. 책 한 권을 꺼내려는 순간, 문이 열리며 에디가 들어왔다. 그는 잠시 놀란 듯 애니를 보더니, 미소를 지으며 다가왔다.

"여기서 뵙네요. 잠시 앉아도 될까요?"

애니는 머뭇하다가 고개를 끄덕였다.

그들은 오랜만에 '교회 밖'에서 마주 앉았다. 에디가 말했다.

"이런 공간이 참 좋습니다. 아무 부담 없이, 음악을 듣고 차를 마시는 순간이요."

애니는 잔을 들며 고개를 끄덕였다.

“저도 그래요. 책 한 장 넘길 때 들려오는 음악, 창밖의 낙엽… 그런 게 위로가 될 때가 있어요.”

대화는 자연스레 음악과 책으로 이어졌다. 애니는 클라라 슈만을 좋아한다고 했고, 에디는 사이먼과 가펑클의 노래 이야기를 꺼냈다. 서로의 취향은 달랐지만, 감정의 깊이를 나누는 순간은 따뜻했다.

둘이 웃으며 이야기를 나누던 그때, 창가에서 지나가던 한 성도가 그 모습을 보았다. 그저 평범한 만남이었지만, 누군가의 눈에는 친밀하게 보일 수 있는 장면이었다. 그 사실을 모르는 두 사람은, 잠시 잊고 있던 웃음을 되찾고 있었다. 며칠 뒤 주일학교 예배에서 아이들이 노래를 불렀다.

애니와 에디는 나란히 앉아 그 모습을 바라보았다. 아이들이 부르는 찬송가는 서툴고 음정이 흔들렸지만, 그 순수한 목소리에 모두가 웃음을 지었다. 두 사람도 나란히 웃었고, 그 웃음은 오랜 갈등 끝에 찾아온 짧은 평화 같았다. 주일 아침, 애니가 교회 현관을 들어설 때, 몇몇 성도의 시선이 잠시 멈췄다.

“카페에서 두 분이 같이 있더라구요.”

“아, 그랬어요? 뭐, 커피 한잔 하는 건 괜찮지 않나요.”

소곤거림은 가볍게 흘러갔지만, 애니의 귀에는 바람소리처럼 아프게 스쳤다.

애니는 모르는 척 미소를 지으며 인사했지만, 속은 불안하게 떨렸다.

“별일 아니었는데… 또 다른 이야기로 변질되겠지.”

예배 중에도 마음은 한곳에 머물지 못했다. 목사의 설교 구절이 귀를 스쳤다.

"빛 가운데 행하는 사람은 두려움이 없습니다. 그러나 어둠에 숨으려는 자는 늘 흔들립니다."

애니는 가슴이 철렁 내려앉았다. 자신이 어둠에 숨으려 한 건 아니었지만, 오해받을 수 있는 장면이 만들어졌다는 사실이 그녀를 무겁게 짓눌렀다.

소문을 전해들은 에디 역시 마음이 편치 않았다.

"내가 너무 경솔했나. 그녀에게 또다시 짐을 얹어버렸군."

그는 예배 후, 일부러 애니 곁을 멀리했다. 말 대신 짧은 목례만 건네고, 곧장 봉사팀 자리로 발길음을 옮겼다. 그러나 그의 침묵은 오히려 더 많은 말을 담고 있었다.

'나는 그녀를 지켜주고 싶은데… 나의 존재가 그녀에게는 오히려 시험이 되는 걸까.'

그날 오후, 밀알회 친구에게서 메시지가 왔다.

"애니야, 카페에서 누구랑 있었다며? 에디 집사님?"

애니는 답을 쓰다 멈췄다. '그냥 우연이었어.'라고 적었다가 지웠다. '교회 일 얘기하다가 잠깐…'도 적다가 지웠다. 끝내, 아무 답도 보내지 않았다.

휴대폰을 내려놓은 그녀는 오래도록 창밖을 바라봤다. 창밖의 늦가을 나무들이 바람에 흔들렸다. 그 가지처럼 그녀의 마음도 균형을 잃고 흔들렸다. 늦은 저녁, 애니는 라흐마니노프의 피아노곡을 틀었다. 깊은 울림 속에서 서서히 마음이 가라앉았다.

"소문은 언젠가 잦아들겠지. 중요한 건 내가 주님 앞에서 어떻게 서느냐지."

그 순간, 휴대폰에 메시지가 떴다. 에디였다.

"권사님, 오늘 제 탓으로 힘드셨지요. 죄송합니다.

하지만 저는 늘 기도로 권사님을 응원하고 있습니다."

짧은 문장이었지만, 애니의 눈가가 뜨겁게 젖어들었다.

그녀는 답장을 하지 않고, 손을 모았다.

"주님, 제가 더 흔들리지 않도록 붙드소서. 그리고 그 사람의 기도 속에 숨지 않게 하소서."

소문이 번져 가는 와중에도, 교회의 사역은 애니를 멈추게 하지 않았다.

구제헌금 분배 회의, 새가족반 교육, 주일예배 봉사….

매 순간 그녀는 신중하고 성실했다. 사람들의 눈길이 부담스럽기도 했지만, **'내가 해야 할 자리는 여기'**라는 확신이 더 컸다. 어느 날, 담임목사가 공개적으로 말했다.

"애니 권사님이 새가족반을 잘 섬겨주신 덕분에, 이번 달에 다섯 분이 정착하셨습니다. 우리 교회의 큰 기쁨입니다."

성도들의 박수가 터져 나왔고, 애니는 얼굴을 붉히며 고개를 숙였다. 소문을 흘리던 몇몇 성도들도 차츰 목소리를 낮췄다. 애니가 보여주는 섬김과 진심은 더 이상 가볍게 평가할 수 없는 것이었다.

"역시, 권사님답네."

"괜히 내가 의심했나 봐."

이 작은 변화가 애니에게 큰 위로가 되었다.

'내가 흔들려도, 주님께서 다시 세워 주시는구나.'

에디는 이런 변화를 누구보다 조용히 지켜봤다. 본당 뒤편에서 새가족반 교재를 나누어주며 애니를 도왔고, 행사 준비할 때는 묵묵히 무거운 상자를 나르며 그녀 곁을 지켰다.

그는 눈에 띄지 않게 서 있었지만, 늘 가까이에 있었다.

'내가 굳이 말을 하지 않아도, 그녀는 빛을 내는 사람이구나.'

그는 속으로 기도했다.

"주님, 제가 그녀의 짐이 되지 않게 하소서. 오히려 더 큰 날개가 되어 날아오르게만 하소서."

어느 날, 새가족 아이가 애니를 향해 달려오며 말했다.

"권사님, 우리 집에 놀러 오세요! 엄마가 밥해 준대요!"

순수한 아이의 말에 교인들이 웃음을 터뜨렸다. 애니도 덩달아 웃었다.

그 순간, 곁에서 지켜보던 에디의 입가에도 미소가 번졌다. 그 웃음은 단순한 기쁨이 아니었다. 무겁던 마음에 스며든 작은 햇살 같은 순간이었다.

늦은 밤, 애니는 일기장에 기록했다.

"사람들의 시선은 여전히 무겁다.

그러나 나는 더 이상 그 무게에 짓눌리지 않는다.

주님 앞에 바르게 서는 것이 나의 길임을 알기 때문이다."

그녀는 펜을 내려놓고 창문을 열었다. 늦가을 바람이 차가웠지만, 마음은 고요했다. 멀리서 본당 불이 꺼지는 것을 바라보며, 에디도 비슷한 기도를 드리고 있었다. 흔들림은 여전히 있었지만, 두 사람은 각자의 자리에서 단단해지고 있었다. 늦가을 오후, 교회 봉사팀은 근처 요양원을 찾았다.

애니는 권사 대표로 어르신들께 간식을 나누어드리고, 간단한 성가를 인도했다. 에디는 기타를 가져와 찬송가 반주를 맡았다. 어르신들의 눈빛이 음악과 함께 반짝였고, 작은 손길 하나에도 고마움이 묻어났다. 봉사활동이 끝날 무렵, 한 어르신이 애니의 손을 꼭 잡았다.

"따님 같아 고마워요. 덕분에 오늘이 즐겁네요."

그 순간, 애니는 눈물이 고였다.

"내가 받은 사랑을 조금이나마 돌려드릴 수 있구나."

봉사를 마치고 돌아오는 길, 애니와 에디는 우연히 같은 방향을 걷게 되었다. 늦가을 바람에 낙엽이 바스락거렸고, 둘 사이에는 잠시 고요가 흘렀다.

에디가 먼저 입을 열었다.

"오늘, 권사님의 눈빛이 참 인상적이었습니다. 누군가를 위로한다는 건 쉽지 않은데, 그 눈빛 하나만으로 많은 분들이 힘을 얻으신 것 같아요."

애니는 부끄러운 듯 고개를 숙였다.

"그냥… 저도 위로받은 거예요. 오히려 제가 더 감사했죠."

잠시 후, 에디가 조심스레 말을 이었다.

"사실 저는, 요즘 제 자리가 어딘가 늘 불분명하게 느껴집니다. 교회 안에서 봉사도 하지만, 늘 곁에서 바라보기만 하는 것 같아요."

애니는 그 말을 곱씹으며 답했다.

"에디 집사님, 그렇게 겸손하게 말씀하시지만, 저는 알아요. 늘 곁에서 함께해 주시는 것, 그것만으로도 저뿐 아니라 교회에 큰 힘이 되고 있다는 걸."

그 말에 에디의 눈빛이 잠시 흔들렸다. 두 사람은 오래 눈을 맞추지 않았지만, 말보다 깊은 무언가가 교차했다. 그러나 발걸음을 멈춘 순간, 애니의 마음속에 또다시 불안이 피어올랐다.

"누군가 우리를 본다면, 또다시 소문이 일겠지.

나는 권사인데… 정말 괜찮은 걸까."

에디도 같은 생각을 하고 있었다.

"내가 그녀에게 힘이 되려는 마음이, 오히려 짐이 된다면… 나는 어디쯤 멈춰야 하는 걸까."

둘은 더 이상 말을 잇지 않고, 나란히 걸었다. 길가의 은행잎이 바람에 흩날려 발밑에 쌓였다. 노랗게 깔린 그 길 위에서, 그들은 조용히 걷기만 했다. 그 순간은 설명할 수 없는 평화로웠다. 함께 있으면서도, 각자의 마음속 깊은 물결은 여전히 흔들리고 있었다. 요양원 봉사활동을 다녀온 주일, 담임목사는 예배 시간에 따뜻한 미소로 말했다.

“우리 교회가 사랑받는 이유는, 바로 여러분의 섬김 때문입니다. 이번에 요양원 봉사에 참여하신 권사님과 집사님들께 감사드립니다.”

성도들의 박수가 울려 퍼졌다. 그 순간, 애니는 공동체의 품 안에서 다시금 든든함을 느꼈다. 소문은 여전히 바람처럼 맴돌고 있었지만, 사람들의 눈길 속에는 더 많은 존중과 신뢰가 섞여 있었다. 예배가 끝나고 한 집사가 애니에게 다가와 말했다.

“권사님, 지난번 새가족반에서 제 동서가 은혜 많이 받았다고 하더군요. 늘 감사드립니다.”

또 다른 성도는 덧붙였다.

“권사님은 정말 교회의 보배예요. 흔들리지 말고, 지금처럼만 해 주세요.”

짧은 격려들이었지만, 애니는 그 말들을 가슴에 깊이 새겼다.

“내가 사람들의 인정 때문에 사는 건 아니지만… 그래도 주님이 제 마음을 만져주시려고 이런 말을 허락하신 거겠지.”

본당 마당에서 아이들이 풍선을 들고 뛰어놀았다. 그들을 지켜보던 에디의 얼굴은 한결 부드러워져 있었다. 그는 멀리서 애니와 성도들이 대화하는 장면을 바라보다, 조용히 차 열쇠를 꺼냈다.

그녀에게 다가가고 싶었지만, 대신 속으로만 기도했다.

“주님, 제가 지켜보는 이 시간이, 그녀에게는 짐이 아니라 힘이 되게 하소서.

제가 멀리 있어도, 제 마음이 그녀를 위해 늘 무릎 꿇게 하소서.”

밤, 애니는 창가에 앉아 오늘 들은 말들을 떠올렸다.

‘보배’, ‘섬김’, ‘흔들리지 말라’….

그 단어들이 마음에 새겨지며 눈물이 차올랐다.

그녀는 기도했다.

“주님, 제가 연약하여 사람들의 말에 쉽게 흔들리지만, 결국은 당신의 뜻만 붙들게 하소서.

그리고… 제 곁을 묵묵히 지켜주는 이 사람을, 주님이 친히 붙들어 주소서.”

창밖에는 늦가을 달빛이 흘러내렸다. 소문과 시선은 여전히 그들의 주변을 맴돌았지만, 그 안에서도 작은 웃음과 은혜의 물결이 번져가고 있었다.

애니는 창문을 닫고 등을 기대며 생각했다.

“나는 흔들리지만, 주님은 변치 않으신다. 그 사실 하나만으로도 충분하다.”

그날 밤, 두 사람은 서로 다른 공간에서, 그러나 같은 이름을 부르며 기도했다. 그 기도는 보이지 않는 다리처럼, 두 마음을 은밀히 이어주고 있었다.

제23장

흔들림 속의 또 다른 길

애니는 권사로서 바쁘게 교회에 섬기고 있었지만, 주중에는 여전히 회계 사무소 과장으로 분주했다. 세무 신고와 연말 결산이 겹친 시기라, 연신 전화벨이 울렸고, 클라이언트들의 서류가 책상 위에 산처럼 쌓였다.

그녀는 깔끔한 손길로 장부를 정리하면서도 문득, 교회 안에서 받은 따뜻한 격려와 집으로 돌아왔을 때의 고요한 공허함을 동시에 떠올렸다.

"나는 늘 두 자리를 살고 있구나. 신앙 안에서의 자리와, 세상 속에서의 자리."

에디도 마찬가지였다. 산업단지의 작은 사무실, 잦은 미팅과 납품 일정에 시달리며 그는 때때로 피로에 지쳐 있었다. 그러나 점심시간이면 종종 혼자 산책을 나가, 근처 작은 도서관에 들러 책을 읽었다. 책장 사이에 앉아 조용히 문학서적을 펼칠 때만은, 그는 다시 젊은 문학도의 열정을 회상할 수 있었다. 그는 노트에 몇 줄의 글을 적곤 했다.

"세상은 늘 계산을 요구하지만, 내 마음은 여전히 시를 갈망한다."

어느 날, 애니의 아들이 운영하는 카페에 에디의 큰딸이 찾아왔다. 출장 중 우연히 들른 곳이었다.

"이 카페, 참 아늑하네요."

"감사합니다. 신메뉴 준비 중인데, 혹시 의견 주실 수 있을까요?"

두 사람은 커피 한 잔을 두고 진지하게 이야기를 나눴다. 에디의 딸은 유럽에서 경험한 카페 문화와 트렌드를 설명했고, 애니의 아들은 한국 고객들의 취향을 이야기했다. 서로의 세계는 달랐지만, 그 차이가 오히려 매혹적이었다. 그날 밤, 아들은 집에 돌아와 어머니에게 말했다.

"엄마, 에디 집사님 딸 참 똑똑하더라구요. 아이디어가 신선해요."

애니는 미소를 지었지만, 마음 한구석이 묘하게 두근거렸다. 한편, 애니의 딸과 에디의 둘째 딸은 교회 소모임 자리에서 마주 앉게 되었다. 애니의 딸은 담담히 말했다.

"교사는 늘 똑같은 자리에서 학생들과 씨름해야 하지만, 그게 제겐 보람이에요. 안정이 가장 소중하죠."

그러자 에디의 딸은 고개를 갸웃하며 대답했다.

"저는 늘 새로운 걸 찾아야 살 것 같아요. 그래서 유럽에서의 안정적인 직장도 떠났어요. 미래는 불확실하지만, 도전하는 게 살아있다는 증거라고 생각하거든요."

두 사람은 전혀 다른 세상을 살고 있었지만, 서로의 이야기를 들으며 알 수 없는 존중을 느꼈다. 애니와 에디는 자녀들 사이의 교류 소식을 전해 듣고, 각자 다른 감성에 웃었다. 애니는 '이 아이들이 서로의 세계를 이해하는 순간, 우리 또한 무언가 연결되고 있는 게 아닐까'라는 묘한 위안을 느꼈다.

에디는 '우리의 관계가 혹여 아이들에게 짐이 되지는 않을까' 하는 불안을 떨치지 못했다. 늦은 밤, 애니는 책상 앞에 앉아 2주짜리 특강으로 듣고 있는 '증권투자의 ABC' 교재로 공부를 하다 펜을 멈췄다.

"나는 내 삶을 늘 준비하고 있지만, 정작 내 마음의 준비는 늘 부족하다."

그 시각, 에디는 도서관에서 적어둔 글을 다시 꺼내 읽고 있었다.

"흔들리며 걷는 길도 길이다. 누군가와 함께라면 더욱 그렇다."

그들은 서로 다른 공간에서, 그러나 묘하게 닮은 고백 속에 머물러 있었다. 애니의 아들이 운영하는 카페에서의 첫 만남 이후, 에디의 큰딸은 다시 그곳을 찾았다. 이번에는 동료 컨설턴트까지 동행해 메뉴와 공간 컨셉에 대한 아이디어를 나누었다.

"한국에서는 이런 음료가 인기라고 들었는데, 실제로는 어떤가요?"

애니의 아들은 직접 매출 데이터를 보여주며 설명했고, 대화는 점점 깊어졌다. 그들의 진지한 모습은 단순한 손님과 사장의 관계를 넘어섰다. 새로운 협업의 가능성이 싹트고 있었고, 애니는 아들의 이야기를 들으며 알 수 없는 뿌듯함과 긴장감을 동시에 느꼈다.

"에디 집사님의 딸이라니… 이렇게까지 얽히게 될 줄이야."

한편, 애니의 딸과 에디의 둘째 딸은 또다시 모임에서 만났다. 이번에는 대화가 조금 날카로웠다.

"안정만 추구하다 보면, 정체되는 거 아닌가요?"

"도전만 좇다가 지쳐버리면, 결국은 아무것도 지키지 못하는 거예요."

주위가 순간 고요해졌지만, 이내 두 사람은 서로의 말에 귀 기울이며 차분히 토론을 이어갔다. 결국 두 사람은 웃으며 손을 내밀었다.

"다르지만, 그래서 배울 게 많네요."

"맞아요. 서로 다른 자리에서 같은 세상을 보고 있네요."

이 작은 부딪힘은 두 사람 모두에게 새로운 시야를 열어주었다.

교회 성도들 사이에서도 이런 자녀들의 교류는 화제가 되었다.

"에디 집사님 댁 따님이랑 애니 권사님 아드님이 자주 만난다던데요?"

"두 집이 참 자주 얽히네요."

처음에는 가벼운 이야기였지만, 점차 두 집안 어른들의 관계까지 언급되는 경우가 늘어났다. 애니는 은근한 시선이 부담스러웠지만, 동시에 자녀들의 성숙한 모습이 자랑스러웠다. 어느 날 서녁, 애니와 에디는 교회 마당에서 우연히 마주쳤다. 자녀들의 이야기가 자연스레 화제로 올랐다.

"아이들이 이렇게 어울리게 될 줄은 몰랐습니다."

"네, 저도요. 그런데 묘하게… 아이들 덕분에 우리가 더 자주 연결되는 것 같네요."

잠시 고요가 흘렀다. 애니는 무심코 웃으며 말했다.

"자녀들 앞에서만큼은, 흔들림 없는 어른이어야겠죠."

에디는 그 말을 곱씹으며 천천히 고개를 끄덕였다.

"맞습니다. 우리에게 주어신 자리는 결국, 그들의 길잡이니까요."

그러나 며칠 뒤, 한 성도의 무심한 말이 애니의 마음을 다시 흔들었다.

"권사님, 요즘 집사님 댁하고 참 자주 같이 보이시네요. 교회 안팎으로 말이에요."

가볍게 던진 농담이었지만, 애니는 웃음을 지어 보이며 속으로 깊이 흔들렸다. 그날 밤, 그녀는 오랜만에 베르디의 오페라 '나부코'의 백미 '히브리노예들의 합창'을 들으며 창가에 앉았다. 에디가 즐겨 듣는 곡임을 안 뒤로 가끔 들어온 곡이었다. 아이들의 성숙한 대화와, 사람들의 시선이 교차하는 사이에서, 그녀는 스스로에게 물었다.

"흔들림 속에서도, 나는 어떤 길을 걸어야 할까."

카페에서 일을 정리하던 애니의 아들은 어느 날, 손님 중 한 명으로부터 뜻밖의 말을 들었다.

"사장님, 어머니가 교회에서 참 유명하시더군요. 에디 집사님이랑 자주 함께 계시다면서요?"

그는 순간 멍해졌다. 웃음으로 대답했지만, 머릿속이 복잡해졌다.

그날 밤 집으로 돌아온 아들은 어머니에게 조심스레 물었다.

"엄마, 교회에서… 혹시 오해 같은 게 있나요? 사람들이 말하는 걸 듣게 돼서요."

애니는 잠시 말문이 막혔다.

"그런 건 신경 쓰지 마라. 그냥 봉사하다 보면 같이 있을 수도 있지 않니."

그러나 그녀의 목소리에는 억누른 떨림이 배어 있었다. 비슷한 시각, 에디의 큰딸도 비슷한 얘기를 듣게 되었다. 교회에 다니던 지인이 건넨 한마디였다.

"네 아버지가 요즘 애니 권사님하고 가까이 지내신다면서?"

그녀는 놀란 눈빛으로 아버지를 바라봤다.

"아버지, 그게 무슨 얘기에요? 정말이에요?"

에디는 한동안 대답하지 못했다.

"그냥… 교회 일 하다 보니 같이 있게 되는 거지. 다른 뜻은 없어."

큰딸은 고개를 끄덕였지만, 마음은 편치 않았다. 자녀들을 통해 소문이 전해졌다는 사실은, 두 사람 모두에게 깊은 파문이었다. 애니는 밤마다 거울 앞에 서서 자신을 다그쳤다.

"나는 권사다. 자녀들 앞에서조차 불명예스러운 사람이 되어선 안 돼."

에디는 책상에 앉아 펜을 잡았다가 내려놓기를 반복했다.

"내가 이렇게까지 그녀를 흔들어도 되는 걸까. 내가 책임질 수 없는 감정이라면, 멈춰야 하는 건 아닐까."

주일예배 후, 성도들이 흩어지고 마당이 한산해졌을 때, 애니와 에디는 잠시 마주쳤다. 에디가 먼저 입을 열었다.

"권사님, 소문이 아이들에게까지 닿았답니다. 정말 미안합니다."

애니는 깊은 한숨을 내쉬며 말했다.

"저도 알아요. 그게 더 무겁게 다가오네요. 우리 아이들… 상처받으면 안 되는데."

잠시 고요가 흘렀다.

"그럼에도…" 에디는 낮은 목소리로 속삭였다.

"권사님과 나눈 시간들이 저에게는… 결코 가볍지 않았습니다."

애니는 대답하지 않았다. 대신 눈길을 돌려 교회 첨탑을 바라보았다. 종소리가 울려 퍼지며 대화를 끊어 놓았다. 그날 저녁, 애니와 에디는 각자의 집에서 다른 방식으로 하루를 마무리했다. 애니는 딸과 함께 저녁 식탁에 앉았으나, 마음은 자꾸 흔들렸다. 에디는 노트에 글을 적었다.

"흔들림은 두려움이 아니라, 내가 아직 살아 있다는 증거다.

그러나 그 흔들림이 누군가를 아프게 한다면, 나는 어디에 멈춰야 할까."

애니의 아들은 여전히 카페에서 바쁜 하루를 보내면서도, 손님들의 무심한 농담 속에 드러난 어머니에 대한 소문을 곱씹었다.

"엄마는 늘 강한 줄 알았는데… 이런 얘기가 엄마 마음을 얼마나 무겁게 했을까."

그는 모르게 어머니를 향한 보호 본능을 느꼈다. 한편, 애니의 딸은 교사로서 교단에 서 있을 때마다 부모의 삶을 떠올렸다.

"학생들 앞에서 책임감을 말하는 내가… 정작 엄마를 있는 그대로 이해해드린 적이 있었나."

딸의 마음속에는 어머니를 더 깊이 이해해야겠다는 결심이 차올랐다.

에디의 큰딸은 현실적이었다.

"아버지, 사람들의 말에 휘둘릴 필요는 없어요. 하지만… 애니 권사님께 상처가 된다면, 조금은 거리를 두는 게 낫지 않을까요."

그녀의 말에는 걱정과 보호가 동시에 담겨 있었다. 둘째 딸은 전혀 달랐다.

"아버지는 늘 다른 사람을 위해 희생하셨잖아요. 이번엔 아버지 마음을 따라가세요. 세상의 시선이 뭐가 중요해요?"

두 딸의 상반된 반응은, 에디의 마음을 더욱 복잡하게 만들었다.

며칠 뒤, 자녀들의 요청으로 두 집안이 함께 모이는 작은 자리가 마련되었다. 장소는 애니 아들의 카페였다. 에디의 딸들은 여행에서 사온 작은 기념품을 건넸고, 애니의 딸은 최근 읽은 베스트셀러를 선물했다.

"서로 다른 삶을 살지만, 이렇게 선물로 마음을 나누는 게 참 좋네요."

테이블 위에는 웃음과 대화가 오갔지만, 공기 속에는 어른들이 말하지 않은 긴장감이 은근히 배어 있었다. 아이들이 담소를 나누는 동안, 애니와 에디는 같은 테이블에 앉아 있었으나 거의 말을 하지 않았다. 가끔 눈길이 스쳤을 뿐이었다. 그러나 그 침묵 속에서, 서로의 마음은 묘하게 더 크게 울리고 있었다.

"이 순간이 오래 기억될지도 몰라… 그러나 나는 이 평온을 지킬 자신이 있을까." (애니)

"내가 바라는 건 단지, 그녀가 웃음을 잃지 않는 것뿐인데…" (에디)

모임이 끝나갈 무렵, 카페 앞을 지나던 교회 성도 한 명이 두 집안이 함께 있는 모습을 목격했다.

"아, 여기 계셨군요. 두 집이 참 각별하시네요."

가볍게 던진 인사였지만, 애니의 가슴은 다시 철렁 내려앉았다. 모임은 웃음으로 마무리되었지만, 애니와 에디의 마음속에는 또다시 불안의 물결이 일렁이고 있었다. 그 주 주일, 애니는 성도 환영위원으로 서 있었다. 새가족들을 맞으며 밝은 미소로 인사했지만, 속은 여전히 무거웠다.

성도들이 건네는 작은 감사의 말들—

“권사님 덕분에 교회가 따뜻해요.”

“늘 헌신해 주셔서 감사합니다.”

그 말들이 애니를 붙잡아 주었지만, 동시에 마음 깊은 곳에서 묵직한 회한이 피어올랐다.

“나는 이 자리에서 빛을 비추고 있는가, 아니면 어둠을 감추고 있는가.”

예배 후, 애니는 한참 동안 본당에 홀로 앉아 있었다. 창문 너머로 비치는 햇살이 성전 안을 은빛으로 물들였다. 그녀는 조용히 눈을 감고 기도했다.

“주님, 저는 늘 강한 척하며 살아왔습니다. 하지만 밤이 되면 외로움이 저를 삼킵니다.

주님, 제 마음을 아시는 분은 당신뿐이십니다.

그 사람과 나눈 시간이 제게는 작은 위로였으나, 지금은 제게 무거운 짐이 되었습니다.

그럼에도 불구하고… 그 시간들을 부정할 수는 없습니다.”

눈물이 흘러내렸지만, 그녀는 닦지 않았다. 그것은 오랜 시간 억눌러온 고백이었다. 한편, 같은 시각 에디도 산업단지의 사무실에서 늦게까지 남아 있었다. 그는 문득 펜을 집어 들고, 종이에 짧은 기도를 적었다.

“주님, 제 마음이 권사님을 향하는 것이 혹여 잘못이라면, 그것을 꺾어주소서.

그러나 그 마음이 진실을 향한 갈망이라면, 제 삶이 상처가 아닌 은혜로 남게 하소서.

저는 그저 그녀가 주님의 품 안에서 흔들리지 않기를 원합니다."

글자를 따라 내려오는 손길이 떨렸지만, 그의 기도는 담백했다.

애니는 교회의 본당에, 에디는 사무실의 적막 속에 있었다. 전혀 다른 공간이었지만, 두 사람의 기도는 묘하게 같은 하늘을 향하고 있었다.

둘은 서로에게 직접 말을 하지 않았지만, 기도라는 언어로 마음을 나누고 있었다.

늦은 밤, 애니는 책상 위에 펼쳐진 독서노트를 덮으며 생각했다.

"나는 흔들리지만, 그 흔들림조차 주님께 맡길 수 있다면… 나는 다시 걸어갈 수 있다."

에디는 창밖을 내다보며 중얼거렸다.

"흔들림이 있어도, 길은 이어진다. 언젠가 주님이 허락하신 답을 찾게 되겠지."

제24장

잠시 머무는 평화

가을비가 잦아든 어느 토요일, 교회는 야외 소풍을 갔다. 장소는 도시 외곽의 호숫가. 맑은 물빛 위로 얇은 안개가 피어오르고, 갈대숲 사이사이로 햇살이 부드럽게 스며드는 곳이었다. 성도들은 삼삼오오 모여 돗자리를 펴고 음식을 나눴다. 웃음과 노랫소리가 들려오고, 아이들은 호숫가 주변을 뛰어다니며 깔깔대며 놀았다. 애니는 권사로서 준비한 음식들을 챙기며 분주했지만, 호수 위에 반짝이는 물빛을 바라볼 때마다 묘한 평화가 가슴에 번졌다.

"어쩌면 주님은 이런 순간을 위해 고단한 나날도 견디게 하셨는지 몰라."

에디는 다른 집사들과 함께 공을 차며 아이들을 놀아주었다. 땀방울이 이마에 맺혔지만, 그는 오랜만에 활짝 웃고 있었다. 애니는 멀리서 그 모습을 바라보다가 문득, 그 웃음이 낯설면서도 따뜻하게 다가왔다.

"저분은 늘 묵묵하지만, 이렇게 아이들과 어울릴 때는 또 다른 모습이 있구나."

자녀들 또한 활기찼다. 애니의 아들은 에디의 큰딸과 카페 메뉴 개발 아이디어를 나누며 열정적으로 이야기했고, 두 사람은 서로의 말을 메모장에 옮겨 적으며 눈빛을 반짝였다. 한편 애니의 딸과 에디의 둘째 딸은 여전히 성향의 차이가 드러났지만, 이번에는 더 성숙하게 대화를 이어갔다.

"네가 도전하는 이유를 알 것 같아. 그게 살아 있다는 증거라는 말, 이제 조금 이해가 돼."

"그리고 나는 네가 안정 속에서 지켜낸 삶을 존중해. 그것도 쉽지 않은 길이니까."

그 대화는 이전보다 한결 부드러웠고, 그 자리를 지켜본 어른들은 은근한 안도감을 느꼈다. 점심 무렵, 하늘이 갑자기 흐려지더니 가벼운 비가 내리기 시작했다. 성도들은 허둥지둥 돗자리를 거두고 음식을 챙겼다.

그 순간, 애니와 에디가 동시에 같은 바구니를 붙잡았다. 순간적으로 손끝이 스쳤지만, 두 사람은 아무렇지 않은 듯 서로를 바라보며 웃었다.

"빨리 옮깁시다, 권사님."

"네, 집사님."

짧은 협력의 순간이었지만, 그 안에는 오랜 시간 눌러온 감정이 은근히 스며 있었다. 비가 그친 후, 성도들은 다시 자리를 펴고 노래를 부르며 시간을 이어갔다. 아이들의 웃음소리, 호수 위의 물결, 갈대숲의 바람—all of it felt like a hymn. 애니는 그 풍경 속에서 잠시 숨을 고르듯 마음이 평온해졌다.

에디 또한 아이들과 성도들 사이에 서 있으면서, 묘하게 충만한 고요를 맛보았다. 호숫가의 웃음과 비 내리는 소동이 모두 지나간 뒤, 교회 성도들은 하나둘 집으로 돌아갔다. 차 안에는 여전히 빗방울이 남아 있었고, 유리창에 흘러내리는 물줄기마다 낮의 풍경이 거꾸로 비치듯 흔들렸다.

애니는 집으로 돌아오는 길 내내 말없이 창밖을 바라보았다. 갈대숲 사이로 반짝이던 햇살, 비가 내리던 순간, 그리고 함께 바구니를 옮기던 에디의 손길까지… 모든 것이 파편처럼 가슴속에 흩어져 남았다.

"이런 기억조차 내겐 허락되지 않는 건가."

그녀는 조용히 한숨을 삼켰다.

집에 돌아오자마자 애니는 불을 켜지 않고 창가에 앉았다. 빗방울이 맺힌 유리창 너머로 늦가을 밤의 냄새가 스며들었다.

"나는 혼자서도 잘할 수 있다고 늘 말했지. 혼자서도 두렵지 않다고 스스로 다독였지. 그런데 왜 이렇게 작은 순간마다 흔들리는 걸까."

그녀는 자신이 권사로서, 어머니로서, 또 직장인으로서 늘 '흔들리지 않는 사람'처럼 살아왔다고 믿어왔다. 그러나 오늘 호숫가의 짧은 교감이 무너뜨린 것은 바로 그 자존심이었다.

"외로움이라는 이름의 빈자리… 나는 그 자리를 끝내 부정할 수 없는가 보다."

한편 에디는 집 서재에서 홀로 앉아 노트를 펼쳤다.

"오늘은 평화였다. 아이들의 웃음, 호수의 물빛, 성도들의 노랫소리… 그 속에 그녀의 웃음도 있었다.

그 웃음을 오래 붙잡고 싶지만, 동시에 놓아야 한다는 생각이 따라온다.

나는 어쩌면 바람을 잡으려 손을 뻗는 사람인지도 모른다."

그는 펜을 멈추고 창문을 열었다. 서늘한 바람이 들어와 책장을 흔들었다. 에디는 그 바람 속에서 마치 누군가의 기도를 듣는 듯한 착각에 빠졌다. 애니는 집 안에서 클래식 음반을 틀었다. 피아노 선율이 고요한 방 안을 채웠다. 건반 하나하나가 마치 낮의 순간들을 다시 불러내는 듯했다.

에디는 멀리 다른 공간에서, 뮤지컬 곡의 한 대목을 흥얼거렸다. 두 사람은 전혀 알지 못했지만, 각자의 집에서 서로 다른 음악을 들으며 같은 사람을 떠올리고 있었다. 음악은 두 사람을 이어주는 보이지 않는 끈처럼, 보이지 않는 공명으로 맺어졌다. 밤이 깊어가자 애니는 노트에 단 한 줄을 남겼다.

"내가 걷는 길 위에 오늘의 물결이 번져간다. 잠시 머물렀던 평화, 그것이 내일을 견디게 하리라."

에디 역시 노트에 글을 덮으며 속으로 중얼거렸다.

"주님, 이 마음을 어디에 두어야 합니까. 그러나 오늘만큼은 감사드립니다. 그녀가 웃었으니까."

소풍이 끝난 뒤, 애니의 아들과 딸은 집으로 돌아오는 길에 조심스럽게 이야기를 나눴다.

"엄마, 오늘 참 좋아 보였어."

아들은 카페 운영으로 늘 바쁘던 자신도 오랜만에 편안히 웃는 어머니의 모습을 본 것이 인상 깊었다. 딸은 잠시 망설이다가 말을 이었다.

"그런데, 엄마가 요즘… 좀 달라진 것 같아. 예전보다 더 단단해진 듯하면서도, 동시에 뭔가 마음이 흔들리는 것 같기도 해."

애니는 대답하지 않았지만, 아이들의 눈길이 자신을 향할 때마다 심장이 덜컥거렸다.

"아이들이 내 마음을 얼마나 알고 있을까. 아니, 나는 내 마음조차 다 알지 못하는데…"

에디의 큰딸은 차분히 아버지를 바라보았다.

"아버지, 오늘은 참 즐거워 보이셨어요. 아이들과 성도들 사이에서 웃으시는 모습, 저도 오랜만에 봤어요."

그러나 곧 이어진 말은 묵직했다.

"아버지, 하지만 다른 사람들 눈에는… 혹시 다른 의미로 비칠 수도 있어요. 애니 권사님과 너무 자주 함께 계시잖아요."

둘째 딸은 즉각 반박했다.

"언제까지 사람들의 눈치만 봐야 해? 아버지가 웃고 계신 게 중요하지, 세상이 뭐라고 하든 무슨 상관이야?"

에디는 두 딸의 엇갈린 말 속에서 침묵했다. 두 딸은 각기 다른 시선으로 아버지를 바라봤지만, 그 시선 모두가 그를 사랑하고 있다는 사실만은 분명했다. 한편, 교회 안에서도 새로운 이야기가 흘러나왔다.

"소풍 때 보니, 에디 집사님이랑 애니 권사님이 참 잘 어울리던데."

"아이들도 다 함께 교류하고 있잖아요. 두 집이 운명처럼 묶인 것 같아."

농담처럼 오가는 말들이었지만, 그 속에는 호기심과 은근한 경계가 뒤섞여 있었다. 애니와 에디는 그 속삭임이 점점 크게 번져가고 있음을 감지했다. 애니는 권사로서, 그리고 한 가정의 어머니로서 흔들림 없는 태도를 보이려 했다. 그러나 밤마다 마음속에서는 낮의 장면들이 파도처럼 밀려왔다.

"나는 아이들에게, 성도들에게 어떤 모습으로 남아야 할까. 오늘의 웃음을 지켜야 할까, 아니면 지워야 할까."

그녀는 노트에 조용히 적었다.

"웃음 뒤에는 그림자가 있었다. 하지만 그림자가 있어야 빛도 선명해진다."

에디는 두 딸의 상반된 조언을 떠올리며, 스스로에게 말했다.

"내가 걸어야 할 길은 결국 내가 선택해야 한다. 그러나 그녀가 흔들리지 않도록, 나는 더 깊이 기도해야 한다."

그는 서재 책상 위에 작은 메모를 남겼다.

"평화는 언제나 잠시다. 그러나 그 잠시가 우리를 지탱한다. 오늘의 웃음을 지켜내기 위해 나는 기도한다."

소풍이 끝난 뒤, 교회 안에는 은근한 이야기들이 더 자주 오갔다.

"두 집안이 정말 자주 함께 있더라."

"아이들까지 교류하니, 자연스럽게 가까워진 거겠지."

겉보기에는 가벼운 농담이었지만, 애니의 귀에는 날 선 화살처럼 꽂혔다.

예배 후 복도를 걸어 나가던 순간, 등 뒤에서 들려오는 웃음 섞인 대화가 그녀의 발걸음을 멈추게 했다.

"권사님, 집사님하고 언제 이렇게 친해지셨어요?"

그녀는 미소로 답했지만, 속으로는 심장이 철렁 내려앉았다.

그날 밤, 애니는 스스로를 단단히 다그쳤다.

"이제는 거리를 둬야 한다. 나는 권사다. 성도들의 신뢰를 저버릴 수 없다."

책상 위에 놓인 성경을 펼치며 눈을 감았다. 말씀 속에서 힘을 얻고 싶었으나, 머릿속은 낮의 장면으로 가득했다. 호숫가에서의 웃음, 에디의 눈빛, 아이들과 함께한 평화로운 시간들… 그 모든 것이 달콤하면서도 무거운 짐처럼 다시 밀려왔다. 에디 또한 소문을 의식하지 않을 수 없었다. 직장에서 돌아오는 길, 그는 무심코 애니가 권사 임직식 때 받았던 반지를 떠올렸다.

"그녀는 이미 주님과 맺어진 사람이다. 나는 더 이상 흔들지 말아야 한다."

그는 몇 번이고 마음속으로 다짐했지만, 다짐은 늘 저녁 무렵의 그림자처럼 쉽게 흔들렸다.

"그녀가 웃을 때, 내 마음은 모든 다짐을 잊는다."

며칠 뒤, 교회 사무실에서 회계 정리를 돕던 애니는 우연히 늦게까지 남게 되었다. 홀로 서류를 정리하는데, 문이 열리며 에디가 들어섰다. 행사 준비 때문에 들른 것이었다. 둘은 놀란 듯 서로를 바라보다가, 아무 말 없이 앉아 각자의 일을 했다. 그러나 조용한 사무실 안에서 펜이 긋는 소리, 종이를 넘기는 소리마저 서로의 호흡처럼 가까이 들려왔다. 애니는 고개를 들었다. 순간 눈빛이 마주쳤다. 말없이 웃음이 번졌다. 그 순간, 두 사람 모두 알았다. 아무리 거리를 두려 해도, 운명은 다시 그들을 교차시킨다는 것을. 집으로 돌아가는 길, 애니는 속으로 기도했다.

"주님, 왜 제 마음을 이렇게 시험하십니까. 그러나 오늘도 이 마음을 당신께 맡깁니다."

에디는 홀로 차를 몰며 중얼거렸다.

"거리를 두려 해도, 다시 마주한다. 이것이 시련인지, 아니면 은혜인지… 아직은 알 수 없다."

집으로 돌아온 애니는 방 불을 꺼둔 채, 창문을 열어 두었다. 밤공기는 서늘했고, 어둠 속에서 들려오는 빗방울 소리가 마치 심장의 박동처럼 규칙적으로 울렸다. 그녀는 거울 앞에 서서 자신을 한참 바라보다가, 나직이 속삭였다.

"나는 권사다. 나는 어머니이고, 나는 책임 있는 사람이다. 흔들려서는 안 된다."

그러나 그 결심의 끝에서 떠오른 것은 호숫가에서 마주친 에디의 눈빛이었다. 그 눈빛은 따뜻했지만, 동시에 그녀의 자존심을 무너뜨릴 만큼 깊고 강렬했다.

"이 마음은 왜 그토록 쉽게 지워지지 않는 걸까."

책상 위에는 오래전 여행에서 사두었던 스카프가 놓여 있었다. 그녀는 무심코 그것을 목에 두르고 거울 앞에 서보았다.

"사람들이 뭐라 하든, 나조차 나를 속일 수는 없어. 외로움이 나를 밀어내듯 그를 끌어당기고 있어."

그녀는 눈을 감았다. 그 순간, 오래 전 밀알회 친구들과의 웃음, 자녀들의 어릴 적 웃음소리, 그리고 오늘의 소풍에서 들렸던 아이들의 노랫소리가 뒤섞여 흘러왔다.

"내가 걸어야 할 길은 믿음의 길… 그러니 내 가슴은 여전히 한 사람을 향해 흔들린다."

그 시각, 에디는 서재에 앉아 있었다. 펜 끝에서 멈춘 글씨는 이내 기도로 바뀌었다.

"주님, 제가 그녀를 향한 마음을 끝내 다스리지 못한다면, 차라리 저를 멀리 보내주소서. 그러나 만약 이 마음이 제 안의 진실이라면, 부끄럽지 않게 지켜주소서."

그는 기도문을 적다가 불현듯 창문을 열었다. 바람이 불어와 노트장을 흔들었다. 그 순간, 그는 애니가 같은 하늘 아래에서 기도하고 있을지도 모른다는 생각에 가슴이 먹먹해졌다.

"멀리 있어도, 우리는 같은 길을 걷고 있는 건 아닐까."

다음 날, 애니는 교회에서 봉사를 하며 의도적으로 에디를 멀리했다. 눈길조차 닿지 않게, 일부러 다른 이들과 함께 움직였다.

그러나 성도들이 돌아간 후, 마당에 남아 있는 에디의 뒷모습을 본 순간, 발걸음이 멈췄다.

"멀리하려 했는데, 왜 이렇게 자꾸 시선이 따라가는 걸까."

에디 역시 같은 시간, 권사로서 분주히 움직이는 애니를 바라보며 다짐했다.

"이제는 더 이상 가까이하지 말자. 그녀는 주님께 속한 사람이다."

하지만 그 다짐과 동시에, 그의 마음속에서는 **"그녀의 웃음을 지켜주고 싶다"**는 갈망이 더욱 깊어졌다.

밤이 깊자, 애니와 에디는 서로 다른 공간에서 동시에 기도했다.

애니는 눈물로, 에디는 글로.

"주님, 제 마음을 붙잡아주소서. 흔들림 속에서도 주님의 뜻을 잃지 않게 하소서."

멀리 떨어져 있었지만, 그들의 기도는 같은 하늘을 향해 날아올랐다. 그리고 그 하늘은, 두 사람의 흔들림조차 품어내는 듯 고요히 별빛을 뿌리고 있었다.

제25장

비밀의 무게

그날은 아침부터 장대비가 쏟아졌다. 교회 마당은 이미 빗물로 반짝였고, 성도들은 우산을 쓰고 허겁지겁 예배당으로 들어왔다. 예배당 안에는 묵직한 습기와 함께, 빗소리가 천장을 두드리는 소리가 잔잔한 반주처럼 깔려 있었다. 목사의 설교가 이어지는 동안 애니는 말씀에 집중하려 애썼으나, 창문에 맺힌 빗방울이 줄줄 흘러내리는 모습을 바라볼 때마다 마음은 흔들렸다.

"오늘 이 빗줄기처럼, 내 마음도 흘러내리는구나."

예배가 끝난 뒤, 비는 오히려 더 거세졌다. 성도들이 우산을 나누어 쓰며 삼삼오오 귀가하는 사이, 애니는 차를 몰고 온 동행이 갑자기 급한 일이 생겨 먼저 떠난 사실을 알게 되었다. 우산도 챙기지 않은 그녀는 어쩔 수 없이 현관 앞에서 빗줄기를 바라보고 서 있었다. 그때, 에디가 다가왔다.

"권사님, 그냥 제 차 타고 가시죠. 이 비에 혼자 두면 마음이 걸립니다."

애니는 잠시 머뭇거렸지만, 다른 선택지가 없었다.

"…그럼, 폐 끼치겠습니다."

차 문을 닫자, 빗소리가 차 지붕을 두드리며 세상을 차단했다. 좁은 공간 속에서 두 사람은 나란히 앉았지만, 대화는 좀처럼 이어지지 않았다.

와이퍼가 부지런히 앞유리를 쓸어내렸으나, 금세 빗물이 다시 뒤덮었다.

마치 두 사람의 마음처럼, 잠시 지워졌다가도 다시 흐려지는 것 같았다.

애니는 차창 밖을 바라보며 조심스럽게 입을 열었다.

"소문이… 점점 커지고 있는 것 같아요."

에디는 핸들을 잡은 채 잠시 침묵하다가 대답했다.

"저도 압니다. 피하고 싶은 마음도, 해명하고 싶은 마음도 있지만… 권사님이 상처받을까 봐 그게 더 두렵습니다."

빗길을 달리던 차가 신호등에 멈췄다. 잠시 정적이 흘렀고, 붉은 불빛이 차 안을 붉게 물들였다. 애니는 그 빛 속에서 스스로의 얼굴이 더 낯설게 느껴졌다.

"우리는… 이렇게 자꾸 마주쳐도 되는 걸까요?"

그녀의 목소리는 작았지만, 빗소리에 섞이지 않고 또렷이 울려 퍼졌다. 에디는 고개를 돌려 그녀를 바라보았다. 눈빛 속에는 억제된 감정과 책임감이 동시에 어른거렸다.

"모르겠습니다. 하지만 분명한 건… 권사님이 웃는 모습을 지켜주고 싶다는 겁니다."

순간, 차창을 두드리던 빗방울이 더 크게 쏟아져 내렸다. 마치 두 사람의 흔들리는 마음을 대신 말해주는 듯. 집 앞에 도착했을 때, 애니는 차문을 열지 않고 잠시 앉아 있었다.

"집사님… 오늘은 고맙습니다. 하지만 앞으로는 더 조심해야겠지요."

그녀의 목소리에는 감사와 경계가 뒤섞여 있었다.

에디는 조용히 고개를 끄덕였다.

“네, 권사님. 우리 둘 다… 기도해야겠지요.”

애니가 차에서 내린 후, 빗속에서 우산을 쓰고 사라져가는 뒷모습을 바라보며 에디는 깊은 한숨을 내쉬었다.

“바람이 거세지고 있다. 그러나 이 바람 속에서 길을 잃지 않게 해주소서.”

그 주 중반, 애니의 딸은 직장에서 교회에 다니는 동료를 통해 은근한 이야기를 들었다.

“네 어머님이 이번에 권사 임직 받으셨죠? 그런데… 요즘 에디 집사님이랑 많이 가까우시다던데?”

농담처럼 건넨 말이었지만, 딸의 가슴은 순간 철렁 내려앉았다.

집으로 돌아온 그녀는 어머니를 마주 보며 조심스레 말했다.

“엄마, 요즘 사람들이… 엄마 얘기를 하더라구요. 집사님하고 가까워 보인다고.”

애니는 순간 굳어졌으나, 이내 담담히 미소 지었다.

“사람들은 늘 보고 싶은 대로 보는 법이야. 흔들리지 말자꾸나.”

하지만 그 말 끝에 떨리는 목소리를 감출 수 없었다.

애니의 아들은 다르게 반응했다. 카페 손님 중 일부가 교회 이야기를 꺼내는 것을 들은 뒤, 어머니가 곤란한 상황에 놓였음을 직감했다.

“엄마, 그냥… 너무 가까이 지내지 마. 사람들이 뭐라고 하든, 나는 엄마

편이지만, 괜한 오해는 만들지 말자."

아들의 현실적인 충고는 애니의 가슴을 무겁게 눌렀다.

"내 아이들마저 이렇게 조심을 당부하는구나. 나는 대체 어떤 자리에 서 있는 걸까."

에디의 큰딸은 아버지와 저녁 식사 자리에서 차분히 물었다.

"아버지, 소문이 조금씩 퍼지고 있어요. 애니 권사님이 힘들어지실지도 몰라요. 아버지가 먼저 조심해 주세요."

그녀의 말에는 비난이 아니라 진심 어린 염려가 담겨 있었다.

에디는 숟가락을 내려놓고, 한동안 대답을 하지 못했다.

"그래… 내가 지켜야지. 내가… 더 조심해야지."

그러나 속마음은 여전히 흔들리고 있었다. 반면, 둘째 딸은 강하게 반발했다.

"왜 아버지가 늘 사람들 눈치를 보셔야 해요? 아버지가 행복하신 게 더 중요한 거잖아요. 애니 권사님도, 그냥 사람답게 웃고 계신 것뿐인데… 왜 다들 그걸 문제로 만드는 거예요?"

큰딸과 둘째 딸은 잠시 팽팽히 맞섰고, 에디는 두 딸의 말 사이에서 고개를 떨구었다.

"둘 다 옳다. 그러나 나는 어느 쪽도 선택할 수가 없다."

며칠 후, 다시 비가 내리던 날. 애니와 에디가 함께 차를 타야 했던 그 사건이, 자녀들의 귀에도 전해졌다. 애니의 딸은 속으로 불안했다.

"사람들이 또 뭐라고 할까… 엄마가 얼마나 힘드실 텐데."

에디의 큰딸은 더욱 단호해졌다.

"아버지, 제발 이번엔 정말 조심해 주세요. 애니 권사님이 더 이상 곤란해지지 않게."

그러나 둘째 딸은 여전히 말없이 아버지를 지켜보다가, 혼잣말처럼 중얼거렸다.

"비가 왔다고, 같은 차를 탔다고… 그게 뭐가 문제야. 진짜 중요한 건 마음인데."

그날 밤, 애니와 에디는 각자의 집에서 아이들의 시선이 무겁게 다가옴을 느꼈다. 애니는 창문을 열고 속삭였다.

"주님, 제 자녀들이 저를 의심하지 않도록 붙들어 주소서."

에디는 노트에 짧게 적었다.

"내가 지켜야 할 건 나의 마음이 아니라, 그녀의 평안이다."

빗소리가 밤새 지붕을 두드리며 메아리쳤다. 마치 두 사람의 흔들림을 더 크게 울려 퍼뜨리는 듯이. 주일예배가 끝나고 성도들이 복도에서 삼삼오오 모여 이야기를 나눴다.

"권사님이 요즘 참 밝아지셨어요. 역시 누군가 곁에 있어주니까 그런 걸까요?"

"에디 집사님 말씀이지요? 호숫가 소풍 때도 두 분이 자주 같이 움직이시더군요."

속삭임은 웃음 섞인 농담처럼 들렸지만, 그 말들이 애니의 귀에는 뜨겁게 박혔다. 그녀는 애써 표정을 다잡고 지나쳤으나, 마음 한편에 무겁게 내려앉은 것은 부정할 수 없었다.

"내가 언제부터 사람들의 입에 오르내리는 대상이 되었을까."

이후 며칠간 애니와 에디는 서로 의식적으로 거리를 두려 했다. 애니는 교회 봉사에 더욱 몰두하며 일부러 다른 사람들과 함께 움직였다. 에디도 회의나 준비 모임에서 애니 옆자리를 피해 앉았다. 그러나 그런 모습은 오히려 더 눈에 띄었다.

"두 분이 요즘은 괜히 서로 피하시는 것 같지 않아요?"

"그러게요, 더 수상해 보이기도 하네."

사람들의 시선은 이미 호기심을 넘어 작은 의심으로 변해가고 있었다.

비가 오던 어느 저녁, 교회 행사 준비를 마친 뒤 애니가 홀로 우산을 쓰고 나서는데, 마침 에디도 같은 시간에 교회 문을 나섰다. 멀리서 본 성도의 눈에는 두 사람이 동시에 교회 계단을 내려오는 모습이 한 장면으로 포착되었다. 사실 두 사람은 한마디 말도 나누지 않았으나, 멀리서 본 사람들은 이미 또 다른 이야기를 만들어내고 있었다.

"역시 두 분은… 뭔가 있는 것 같아."

집에 돌아와 애니는 무릎 꿇고 기도했다.

"주님, 저는 잘못한 것이 없습니다. 하지만 왜 이렇게 제 마음이 흔들리고, 사람들의 눈길이 저를 붙잡는 것입니까."

눈물이 흘러내렸지만, 애니는 닦지 않았다. 그것은 단순한 눈물이 아니라, 그녀가 짊어진 자리의 무게이자 여인으로서의 흔들림이 함께 섞여 있었기 때문이다. 에디는 집에 돌아와 일기장에 적었다.

"멀리하려 하면 할수록 더 눈에 띄는 역설.

피하려 하면 더 크게 번지는 파문.

그러나 나는 진실을 감출 수 없다.

나는… 그녀를 사랑하고 있다."

펜 끝에서 멈춘 그 문장은, 그가 결코 입 밖으로는 낼 수 없는 진실의 고백이었다. 영혼추수의 날 야회 행사를 앞두고 임원 모임이 열렸다. 애니는 회계 담당으로, 에디는 준비위원으로 함께 참석했다. 회의는 차분히 진행되다가, 한 성도가 불쑥 말을 꺼냈다.

"애니 권사님과 에디 집사님은 워낙 호흡이 잘 맞으시니, 이번 행사의 중심 역할을 맡으시면 되겠네요."

순간, 회의실 안의 공기가 묵직해졌다. 몇몇은 웃으며 맞장구쳤지만, 다른 이들의 눈빛에는 은근한 탐색과 호기심이 번져 있었다. 애니는 얼굴이 붉게 달아오르는 것을 느꼈다.

"저는 맡은 회계 부분에만 집중하겠습니다. 다른 일들은 위원들께서 조율해 주시면…"

애써 침착하게 말했지만, 목소리 끝은 떨리고 있었다. 그녀는 성도의 말 한마디가 얼마나 큰 파문을 일으킬 수 있는지 뼈저리게 깨달았다.

"이제는 정말 조심해야 한다. 내 위치가 흔들리면, 교회 안에서 주어진 모든 신뢰가 무너진다."

에디도 곤혹스러웠다. 그는 미소로 받아넘기려 했으나, 마음속 깊은 곳에서는 화살처럼 박히는 말이었다.

"집사님, 권사님이랑 같이 하시면 더 잘되죠."

이 한마디에 그는 자신이 어쩌면 이미 선을 넘고 있는 게 아닌가 하는 두려움에 사로잡혔다. 그는 속으로 다짐했다.

"이제는 물러나야 한다. 그녀를 더 이상 곤란하게 만들 수 없다."

그날 저녁, 교회 마당에는 다시 비가 내렸다. 성도들이 우산을 들고 흩어지는 가운데, 애니는 일부러 에디를 피하려 했다. 그러나 빗줄기가 갑자기 거세져 우산이 뒤집히고, 준비물을 나르던 그녀가 발을 헛디뎠다. 그 순간 에디가 재빠르게 다가와 그녀를 붙잡았다. 짧은 순간이었지만, 그 모습을 본 성도들의 눈길은 이미 말보다 더 큰 소문을 만들어냈다. 집으로 돌아온 애니는 방 한가운데에 앉아 오랫동안 움직이지 못했다.

"오늘 나는 왜 그토록 흔들렸을까. 나는 교회의 권사다. 그런데 왜 자꾸만 한 남자의 손길에, 그 눈빛에, 내 마음이 흔들리는 걸까."

그녀는 무릎을 꿇고 기도했다. 그러나 기도는 곧 눈물로 바뀌었다.

"주님, 저를 붙들어 주소서. 아니면… 저를 멀리 보내주소서."

에디는 서재에서 노트를 펼쳤다.

"우리가 함께 웃는 순간이 누군가에게는 비난의 빌미가 된다.

그러나 그 웃음 없이는 나는 하루도 버틸 수 없다.

바람이 거세게 불어온다.

나는 흔들리지만, 그 바람 속에서도… 그녀의 평안을 먼저 구한다."

그는 펜을 놓고 창밖을 바라보았다. 비는 여전히 내리고 있었다. 빗소리는 마치 누군가의 눈물 소리처럼, 고요히 울려 퍼졌다. 주일학교 교사들 사이에서까지 애니와 에디의 이름이 오르내렸다.

"아이들까지 같이 지낸다던데… 가족처럼 가까운 건가?"

"권사님이 임직 받은 지 얼마나 됐다고, 벌써 저런 말들이 도니…"

작은 말들이 모여 점점 큰 파문을 만들고 있었다. 이제 소문은 단순한 호기심을 넘어, 교회의 질서를 위협하는 화제로 변해가고 있었다. 애니의 아들은 카페에서 지인으로부터 직접적으로 들었다.

"너희 어머니 요즘 참 활기차시다더라. 교회에서 에디 집사님이랑 자주 함께 계신다면서?"

아들은 차마 대꾸하지 못한 채 웃음으로 넘겼지만, 그 웃음 뒤에는 깊은 무거움이 깔려 있었다. 집에 돌아와 그는 어머니에게 단호히 말했다.

"엄마, 더 이상 이런 얘기 들리는 거 싫어. 제발 조심해 줘."

딸은 다른 방식으로 반응했다.

"엄마, 행복하면 되는 거 아니야? 사람들이 뭐라 하든 결국은 엄마 인생이잖아."

자녀들의 엇갈린 반응 속에서 애니는 더욱 혼란스러워졌다.

큰딸은 아버지를 따로 불러내어 말했다.

"아버지, 지금은 조심해야 할 때예요. 괜히 애니 권사님만 곤란해지실 수 있어요."

둘째 딸은 고개를 저었다.

"왜 늘 눈치를 봐야 하는데? 아버지가 진심이라면, 그 진심을 부끄러워하지 마세요."

두 딸의 상반된 시선 속에서 에디는 말없이 주먹을 움켜쥐었다.

"내가 이 아이들에게 무엇을 남기고 있는가. 책임인가, 아니면 또 다른 상처인가."

다음 주, 예배 후 친교실에서 한 성도가 공개적으로 말했다.

"애니 권사님, 에디 집사님—이번 행사 준비도 두 분이 같이 하시면 잘 될 것 같네요."

모두 웃으며 넘겼지만, 그 웃음 속에는 미묘한 기류가 감돌았다.

애니는 얼굴이 굳었고, 에디는 차마 고개를 들 수 없었다. 이제는 더 이상 피할 수 없는 현실이 되었음을 두 사람 모두 깨달았다. 그날 밤, 애니는 일기에 이렇게 썼다.

"주님, 제 마음을 주님께만 드리고 싶습니다. 그러나 왜 자꾸만 한 사람의 눈빛이 제 마음을 흔듭니까.

제 자녀들이 상처받지 않게 지켜 주소서."

에디 역시 노트에 고백했다.

"사랑이라는 이름조차 입 밖에 낼 수 없는 마음.

그러나 이 마음이 내 안에 심겨진 이상, 나는 더 이상 부인할 수 없다.

바람이 거세게 불어오지만, 이 바람 속에서 길을 잃지 않기를."

비는 여전히 창밖을 두드리고 있었다.

애니는 무릎을 꿇고 기도했고, 에디는 책상 앞에서 글을 썼다. 서로 다른 공간, 서로 다른 방식이었지만, 그들의 마음은 같은 시험대 위에 있었다.

제26장

빛속의 동행

늦가을의 공기는 교회 마당을 한 겹 얇은 유리처럼 싸고 있었다. 햇빛은 좋았지만, 그 빛마저 차갑게 식혀 버리는 바람이 흘렀다. 주일예배를 마친 성도들이 삼삼오오 떡을 받아 들고 담소를 나누는 동안, 애니는 본당 계단 밑 그림자 쪽으로 한 발 물러서 있었다. 손에는 따뜻한 종이컵이 들려 있었고, 컵 가장자리에 얹힌 호흡이 미묘하게 흩어졌다. 그녀의 코끝엔 오래된 찬송가처럼 익숙한 냄새가 앉았다. 바닥에 고인 낙엽의 눅눅함, 난방기에 달궈진 먼지, 그리고 매주 반복되는 인사말들의 잔향.

“애니 과장님, 오늘 반주 너무 좋았어요.”

예전에 같은 회사에서 근무했던 한 성도가 지나가며 말했다. 그녀는 권사라는 교회 직분 호칭보다 회사에서 불렀던 호칭이 더 익숙해져 있었다. 애니는 반가운 듯 고개를 들고 환하게 웃었지만, 그 웃음 끝은 조금 일찍 닫혔다. 반주를 마치고 자리에 앉는 순간부터, 그녀의 심상 어딘가에는 설명하기 어려운 울림이 각인되어 있었다. 그것은 단순히 오늘 찬송의 화성 때문도, 설교의 한 문장 때문도 아니었다. 그녀가 알 수 없는 것들의 이름을 붙이지 못한 채로, 마음속 서랍을 조심스레 닫으려던 찰나였다.

“안녕하십니까.” 낮고 조심스러운 목소리가 왔다. 애니가 고갤 들자, 에디가 서 있었다. 그의 코트는 낙엽 색과 비슷한 갈색이었고, 소매에는 바람에

날리던 먼지가 얇게 내려앉아 있었다. 그는 늘처럼 실내에서도 목도리를 풀지 않은 채, 약간 어색한 미소를 지었다.

“네… 안녕하세요.” 애니는 컵을 두 손으로 감싸 쥔 채 답했다. 두 사람의 시선이 아주 잠깐 얽히고, 그 다음은 서로의 어깨 너머로 스르르 흘러갔다. 말은 짧았지만, 공기는 길었다. 그 길이에 두 사람은 어쩔 줄 몰라하며, 애써 다른 화제를 찾는 사람들처럼 주변을 훑었다.

“오늘 오후에 고아원 봉사 가신다고…”

에디가 먼저 말을 꺼냈다. “같이 가시죠. 차는… 제가 가져왔습니다.”

애니는 고개를 끄덕였다. 다시, 그리 오래지 않은 침묵. 그녀는 평범한 대화를 시도해 보려 했지만, 혀끝까지 올라온 말들이 운전석에 놓인 열쇠처럼 늘어졌다. 그때였다. 마당 구석의 나무를 스치던 바람이 갑자기 방향을 바꾸며, 낙엽들 사이로 촘촘한 물방울이 흩뿌려졌다. 누구 하나 큰소리로 알리지 않아도 모두가 동시에 하늘을 올려다보는 순간, 비가 내리기 시작했다. 모래만큼 작은 비였다가, 곧 콩알처럼 굵어졌다. 교회 처마 밑으로 사람들이 몰려들며 짧은 탄성이 곳곳에서 튀어 올랐다. 애니는 본능적으로 성가대실 쪽으로 몸을 틀었다가, 이내 멈칫했다. 성가대실은 먼데 있었고, 마음은 이미 가까운 쪽—에디가 가리킨 차로 향해 있었다.

“비가 갑자기… 내려서요. 빨리 가시죠.”

에디는 급히 우산을 폈다. 우산은 두 사람을 겨우 감쌌고, 비는 그 둥근 경계 끝에서 작은 폭포처럼 흘러내렸다. 우산 아래로 들어서는 순간, 애니는 자신도 모르게 에디의 팔과 아주 가까워졌다. 한 뼘. 아니, 그보다도 짧은 거리가 발끝과 무릎 사이에 얇은 전류를 흘렸다.

차 문이 닫히자, 바깥의 소리가 즉시 멀어졌다. 와이퍼가 첫 획을 긋는 동안, 차 안은 잠깐 전혀 다른 세계였다. 빗방울이 유리 위를 흐르며 서로를 따라잡고, 다시 합쳐졌다. 에디는 깊게 숨을 들이쉬었다.

"난방… 조금 높여도 괜찮겠습니까?"

"네." 애니의 목소리는 낮아져 있었다. 그 낮음은 나직함과는 다른 것이었다. 뭔가를 덮으려는 깊이, 혹은 말하지 않으려는 결심이 묻어 있었다.

차가 출발했다. 좁은 교회 골목을 빠져나와 큰길에 들어서는 순간, 그들의 사이에 흐르던 정적도 함께 속도를 얻는 듯했다. 라디오에서는 진행자의 밝은 음성이 흘러나왔다.

"오늘 오후 봉사 일정에 비가 조금 변수가 될 수 있겠습니다만—"

진행자는 웃었고, 에디는 볼륨을 아주 조금 낮췄다.

"지난번… 아이들 좋아하더군요. 과자도, 책도." 에디가 말을 이었다.

"특히 그… 동화책 읽어주신 거, 다들 조용히 듣던데요."

애니는 짧게 웃었다. "아이들은… 대체로 잘 듣죠. 마음이 열려 있으니까."

말을 하고 나서, 마음이 툭 소리 내며 흔들렸다. 마음이 열려 있는 것. 열려 있는 마음으로 무엇을 받아들여야 하는지, 무엇을 거절해야 하는지, 그녀는 지금도 잘 모르는 것 같았다. 거울처럼 투명한 것은 동시에 얼마나 쉽게 깨지는지도 알고 있었다.

"제가… 지난주에 잠깐 생각을 했습니다."

에디의 손이 운전대 위를 아주 천천히 돌았다.

“언제부터인지, 빗소리가 들리면… 고향 생각이 납니다. 서리 내리기 전, 마지막 가을비. 그 비가 그치면 논두렁마다 한기가 내려앉곤 했죠. 그때… 우리가 같이….” 그는 그 뒤를 잇는 말들을 서랍 안에 고이 접어 넣었다.

애니는 창밖을 보았다. 유리창을 타고 흐르는 빗줄기 사이로, 길가의 낙엽이 작은 웅덩이에 쓸려 들어가며 고요하게 맴돌았다. “저도요.” 그녀는 아주 조심스럽게 말했다. “비 오면… 그때 생각나요.” 그때—라는 말 속에는 많은 장면이 들어 있었다. 교회 뒤편 작은 강둑에서 서로의 운동화를 말리던 날, 동네 구멍가게 앞에서 따끈한 어묵국물을 나눠 먹던 오후, 아무 이유 없이 비를 피하며 오래 서 있던 버스 정류장. 말을 덧붙이지 않아도, 둘은 같은 바코드를 읽는 것처럼 그 시절을 동시에 떠올릴 수 있었다.

차 안의 온기가 조금 더 올라가자, 유리 안쪽에 희미한 김이 서리기 시작했다. 에디는 한 손으로 송풍 방향을 조정했다. 그가 조심스레 말을 이었다. “애니 씨.” 그가 이름을 부를 때의 호흡이 아주 가볍게 떨렸다.

“우리는… 참, 오랜 시간을 돌아왔네요.”

그 말은 사실이었고, 동시에 하나의 질문이었다. 우리는 무엇을 돌아와 붙잡으려 하는가. 애니는 대답 대신 미소 지으려 했다. 그러나 미소는 입술 위에서 아주 느리게 걸음을 멈추었다. “에디 씨.” 그녀도 그를 불렀다. “때로는… 돌아온 자리가 그대로 있다는 게… 감사할 때가 있어요. 하지만….” 그는 그 ‘하지만’을 기다리는 표정이었고, 그녀는 그 기다림을 보며 한 단어를 더 얹을 수 없다는 것을 알았다.

빛이 조금 밝아졌다. 구름이 얇아진 건지, 아니면 단지 그들의 시선이 적응한 것인지 분간하기 어려웠다. 라디오는 다른 곡으로 넘어갔다. 클래식 기타 선율이 빗소리와 어울려 차 안을 채웠다. 애니는 스스로에게 아주 조용히 물었다. '이 감정이 죄일까, 아니면 오랜 세월 묻어 있던 진심일까.' 그녀는 둘 사이에 아주 얇은 막이 있다는 걸 느꼈다. 신앙과 도리의 이름으로 붙어 있는 막, 세월이 녹여 낸 미련과 그리움의 이름으로 다시 붙는 막. 그 막을 넘지 않는 것이 사랑인지, 넘지 못하는 것이 사랑인지, 답은 늘 그 자리에서 흔들렸다.

고아원에 가까워질수록 비는 조금 가늘어졌다. 시골길의 포플러 나무들이 빗물에 씻겨 반짝이는 동안, 아이들이 사용하는 작은 놀이터의 미끄럼틀도 조용히 물기를 머금고 있었다. 차가 멈추자, 애니가 먼저 문을 열었다. 바깥 공기가 차 안으로 밀려와 그들의 온기를 살짝 흔들었다.

"같이 들고 들어가시죠." 에디가 뒷좌석에서 과자 상자와 동화책 꾸러미를 꺼냈다. 그 박스 위에는 애니가 전날 밤 붙여 둔 작은 쪽지가 보였다. '아이들마다 한 권씩.' 그녀의 글씨는 바느질 실처럼 고르고 단정했다.

문을 열고 들어가자, 원장님이 마스크를 반쯤 내린 채 반갑게 맞았다.

"오늘 같은 날 오시느라 고생 많으셨어요. 아이들, 아침부터 창문만 쳐다보고 있었답니다." 복도 끝 교실 문틈 사이로 작은 머리들이 들락거렸다. 아이들은 누가 먼저랄 것도 없이 달려 나왔다가, 어른들의 시선을 확인하곤 수줍게 속도를 늦췄다.

"오늘은… 읽어 줄 이야기가 두 개예요."

애니는 아이들을 둘러보며 말했다.

"하나는 비 오는 날의 모험이고, 하나는 잃어버린 공을 찾는 이야기."

그 말에 몇 아이가 동시에 '와—' 하고 작은 환호를 질렀다. 에디는 아이들과 눈높이를 맞추기 위해 의자에 앉았다. 그는 과자를 나눠 주면서, 각각의 포장을 너무 세게 잡지 않으려 조심했다. 손안의 작은 선물들이 찢어지지 않도록. 낮은 책상 앞자리에 앉은 애니의 목소리는 교회 본당에서와 달랐다. 더 부드럽고, 더 천천히, 더 분명했다. 단어마다 작은 등불을 켜는 것처럼, 아이들의 눈은 문장마다 더 커졌다. "그런데 말이야, 비가 오면… 세상은 새로운 표정을 해." 애니가 한 문장을 읽고 멈추면, 아이들 중 하나가 그림 속 구름을 손가락으로 가리켰다. "선생님, 이 구름은 화가 나서 우는 거예요?" 또 다른 아이가 물었다. 애니는 고개를 저으며 웃었다.

"글쎄… 화가 나서 우는 건 아닐지도 몰라. 그냥… 너무 마음이 커져서 눈물이 떨어지는 건지도."

그 사이, 에디는 교실 뒤쪽에서 창문을 조금 열었다. 비 냄새가 아주 얇게 들어왔다. 창틀의 물자국이 오래된 연대기를 펼치듯 층층이 남아 있었다. 그는 유리 밖 물방울이 천천히 근육의 기억처럼 흘러내리는 모습을 보다가, 문득 애니의 옆모습을 보았다. 책장을 넘기는 그녀의 손등이 빛에 닿자, 얇은 핏줄이 그림자처럼 드러났다. 그는 자신도 모르게 손을 움켜쥐었다. 눈앞의 장면이 너무 평화로워, 자신의 마음이 그 평화를 어지럽히지 않기를 기도하는 마음으로.

이야기가 끝나자, 아이들은 작은 박수를 쳤다. 박수 소리가 비의 잔향과 섞여 방 안을 돌았다. 간식 시간이 되자, 아이들은 동그랗게 둘러앉아 과자를 나눠 먹었다. 에디는 한쪽에서 종이컵에 따뜻한 보리차를 따르고 있었다. 애니가 다가왔다. "컵 몇 개 더 있을까요?" 그녀의 목소리는 낮고 충만했다.

"여기… 네 개." 에디가 건넸다. 손끝이 잠깐 스쳤다. 그 순간은 실제 시간으로는 한 번의 숨, 아니 반숨 정도였지만, 두 사람에게는 오래 훈련된 침묵이 즉각 개입했다. 둘은 동시에 "고맙습니다" "별말씀을"을 말했다. 그 겹치는 음절이 무겁지 않게 놓였다.

간식이 끝난 뒤, 작은 미술 시간이 있었다. 아이들은 색연필을 쥐고 '비 오는 날의 창문'을 그렸다. 종이마다 창문 틀이 그려지고, 그 틀 너머로 각자의 풍경이 펼쳐졌다. 어떤 창문 너머에는 무지개가, 어떤 창문 너머에는 우산을 든 강아지가, 또 어떤 창문 너머에는 커다란 나무와 작은 집이 있었다. 한 아이가 애니에게 다가와 그림을 내밀었다. "선생님, 이건 선생님이에요." 그림 속 사람은 긴 머리에 큰 눈을 가진, 아주 단정한 웃음을 입고 있었다. 그 옆에는 작은 글씨가 있었다. '따뜻한 손.'

애니는 잠깐 말이 막혔다. '따뜻한 손'—그 말이 낯설지 않았다. 그녀는 자신이 가진 것들 중에 누군가에게 선물할 수 있는 게 정말로 그뿐일지도 모른다고 생각했다. 따뜻한 손, 따뜻한 말, 그리고 너무 늦지 않은 다정. 그것들이 사랑이 아니라면, 사랑의 전(前) 단계쯤은 될 수 있지 않을까. 그녀는 그림을 조심스레 받으며 고개를 숙였다. "고마워."

그 순간을 멀찌감치 지켜보던 에디의 눈이 어딘가 젖어 보였다. 그 젖음은 빗방울 때문만이 아니었다. 그는 자신이 일 수 없는 문장들을 속으로 썼다 지웠다. '지금 말해야 할까. 아니면… 더 늦기 전에. 아니면 아예 말하지 않는 것이…' 그의 가슴속 서랍은 열렸다 닫혔다를 반복했다. 그 서랍 속에는 오래전 흙길을 달리던 운동화 끈, 교회 종소리, 첫 아내의 사진, 지금의 삶을 유지하기 위해 계산했던 도리와 체면의 수치들, 그리고 그 모든 수치를 이미 없게 만드는 어떤 부름이 뒤섞여 있었다.

비가 조금 그쳤다. 창문 유리에 맺힌 물방울 사이로 햇살이 얇게 스며들었다. 오래된 유리의 기스들이 그 빛을 작은 조각으로 쪼개며 교실 바닥에 흩뿌렸다. 아이들은 '와—' 하고 감탄사를 뱉었다. 애니는 무릎을 굽히고 그 빛 조각 하나를 손바닥에 받아 올리는 시늉을 했다. "잡히지 않지만, 따뜻하네." 그녀가 말하자 아이 하나가 따라 했다. "진짜 따뜻해요." 모두가 웃었다.

정리 시간이 다가오자, 아이들은 그림을 벽에 붙이고, 빈 컵을 쓰레기통에 버렸다. 원장님은 두 사람에게 감사 인사를 전하며, 다음 주 일정표를 건넸다. "다음 주도… 가능하실까요?" 그 질문은 두 사람을 동시에 바라보고 있었다.

애니가 먼저 고개를 끄덕였다. "네. 다음 주도 올게요." 그녀는 자신에게도, 에디에게도, 그리고 보이지 않는 누군가에게도 동시에 말하고 있었다. 다음 주. 약속이면서, 아직 정해지지 않은 어떤 것.

밖으로 나오니, 공기에는 갓 씻은 듯한 냄새가 떠 있었다. 새들이 어디선가 먼지 털듯 날아올라 전선을 타고 자리를 옮겼다. 운동장 가장자리의 흙은 물을 먹어 색이 짙어졌고, 미끄럼틀 밑의 물웅덩이는 아이들의 발자국 모양을 몇 개 품고 있었다. 애니와 에디는 차로 걸어갔다. 그들의 걸음 사이에는 말보다 많은 것들이 오갔다. 발자국의 깊이, 어깨의 각도, 주머니에 넣은 손의 온도 같은 것들.

차 문을 열기 전, 에디가 조심스럽게 말했다. "애니 씨." 그는 잠시 숨을 골랐다. "오늘… 고맙습니다. 늘 그렇지만, 오늘은… 더."

"저도요." 애니는 미소를 지었다. "아이들이… 오늘 많이 웃었죠."

“네.” 그는 고개를 끄덕였다. 그러고는 한 박자 늦게 덧붙였다.

“우리도… 조금 웃었습니다.”

그 둘의 웃음은 큼지막한 표정이 아니었다. 눈가가 아주 살짝 풀리고, 입꼬리가 미세하게 올라가는 정도. 그러나 그 작은 변화를 서로 알아챘다. 그 알아차림은 말보다 깊었다.

교회 쪽으로 돌아오는 길은 올 때와 다르게 느리게 흘렀다. 비가 그친 뒤의 노을이 서쪽 하늘을 희미한 장밋빛으로 칠하고 있었다. 라디오는 조용한 뉴스를 흘렸다. 그 소리는 차 안에서 배경의 맥박처럼 작고 안정적이었다. 애니가 먼저 입을 열었다.

“다음 주… 같은 시간에 오면 되겠죠?”

“네. 그럴 수 있다면.” 에디는 답했다.

그는 그 말이 ‘약속’이란 단어로 불릴 수 있다는 걸 알았다. 약속—그 단어가 가지는 무게를 잘 알기에, 그는 어조를 더 가볍지도, 더 무겁지도 않게 유지하려 애썼다. 교회 앞에 도착했을 때, 이미 마당은 거의 비어 있었다. 빗물이 씻고 지나간 바닥은 반들거렸고, 계단 위 난간에는 물방울들이 마지막 흔적을 붙들고 있었다. 차를 세우고, 두 사람은 동시에 안전벨트를 풀었다. 문을 열기 전, 에디가 낮게 말했다. “애니 씨.” 애니가 고개를 들었다. 그의 눈이 흔들렸다. 그러나 그 흔들림은 불안의 떨림이라기보다, 오래된 결정을 다시 만지작거리는 사람의 망설임에 가까웠다.

“네?” 그녀가 물었다.

“다음 주…” 그는 말을 멈췄다. 그리고 아주 간단한 문장으로 갈음했다.

"좋습니다." 그 말에는 많은 것들이 생략되어 있었고, 동시에 필요한 많은 것들이 충분히 들어 있었다. 그는 더 많은 말을 하지 않는 것이, 지금으로서는 최선이라는 걸 알았다. 문을 열자 차가웠던 공기가 다시 몰려왔다. 하늘은 비어 있었고, 가로등이 켜질 준비를 하고 있었다. 애니는 차에서 내리며 손가방을 고쳐 들었다.

"그럼… 다음 주에."

"네. 다음 주에." 에디도 문을 닫으며 답했다. 두 사람은 잠깐 같은 방향으로 걷다가, 본당 계단 앞에서 서로 다른 길로 갈라졌다. 멀어지는 발자국 소리가 한동안 같은 박자를 유지하다가, 이내 서로 다른 리듬으로 흩어졌다.

애니는 성가대실 문 앞에서 잠깐 멈췄다. 유리문 너머로 비어 있는 피아노가 보였다. 그녀는 손을 뻗어 문고리를 잡았다가, 다시 놓았다. '지금은 아니야.' 마음속에서 누군가 말하는 듯했다. 오늘은 이미 충분히 많은 소리가 있었다. 빗소리, 아이들의 웃음, 그리고 말하지 않은 말들의 무게. 그녀는 깊게 숨을 들이쉬었다. 바람 속에 남아 있는 젖은 낙엽의 냄새가 폐 깊숙이 스며들었다. 그녀는 혼잣말처럼 아주 낮게 속삭였다. "다음 만남은… 우연일까, 약속일까." 그 질문은 공중에서 배를 낮게 깔고 선회하다가, 그녀의 어깨에 살포시 내려앉았다. 무겁지 않은, 그러나 분명한 감촉으로.

한편, 에디는 주차장을 지나며 하늘을 올려다보았다. 구름 사이로 아주 가느다란 초승달이 모습을 드러내고 있었다. 그는 코트 주머니에서 작은 메모지 하나를 꺼냈다. 오늘 오전, 설교 중에 적어 둔 단어가 거기에 적혀 있었다. '인내—사랑은 오래 참고.' 그는 그 단어 밑에 작은 점을 하나 찍었다. 그 점은 완결점이라기보다, 이어쓰기의 표시 같았다. 다음 줄로 넘어가자는 신호.

그날 밤, 애니는 집에 돌아와 부엌 불만 켠 채 식탁에 앉았다. 창밖에서는 아직도 간헐적인 물방울 소리가 들려왔다. 그녀는 고아원 아이가 건넨 그림을 조심스레 봉투에서 꺼내, 냉장고에 자석으로 붙였다. '따뜻한 손.' 그 글자를 손가락으로 천천히 짚으며, 그녀는 마음속 작은 서랍을 열었다. 그 안에는 오래전 강둑의 냄새, 빗줄기에 젖은 운동화의 무게, 그리고 오늘 교실 바닥에 흩어진 빛 조각들이 들어 있었다. 서랍은 딸깍 소리를 내며 닫혔다. 닫히는 소리는 이상할 만큼 가벼웠다.

그 시각, 에디는 책상 위에 폰을 뒤집어 놓고 창문을 열었다. 밤공기가 방 안으로 들어와 책장 끝을 한 장 흔들었다. 그는 오늘 적어 둔 메모를 다시 펼쳐 보았다. '인내—사랑은 오래 참고.' 그리고 그 아래, 새로운 문장을 썼다. '다음 주, 같은 시간.' 그는 더 쓰지 않았다. 그 이상은, 지금의 자신에게 주어진 몫이 아니라고 느꼈다. 말하지 않는 말들의 무게를 견디는 것도 때론 사랑의 방식임을, 그는 조금씩 배워 가는 중이었다.

밤이 깊어지자, 도시의 소음이 줄었다. 대신, 아주 먼 곳에서 교회 종소리가 한 번 울렸다가 사라졌다. 애니는 그 소리를 들은 듯 말 듯 눈을 감았다. 에디도, 어딘가에서 같은 소리를 들은 듯 창을 닫았다. 서로 다른 지붕 아래에서, 같은 고요를 나누는 밤. 그 밤은 그들에게 묻지 않았다. 대신 아주 작은 약속 하나를 남겼다. 다음 만남이 우연이든 약속이든, 그들은 그 자리에서 있을 거라고.

그리고, 늦가을의 공기는 또 한 겹 얇아져 창문에 앉았다. 아침엔 서리가 내릴지 몰랐다. 그러나 서리 위로 처음 떨어지는 햇빛이 얼마나 따뜻한지, 두 사람은 오래전부터 알고 있었다. 그들은 아직 말하지 않은 채로, 그러나 이미 알 것들을 조금씩 품은 채로, 그 밤을 지나갔다.

제27장

이름 없는 마음

첫서리가 내린 다음 날 아침, 교회 마당의 잔디가 얇은 소금가루를 뿌린 듯 희었다. 햇빛이 기울 때마다 서리 결정이 반짝였다 꺼졌다. 애니는 본당 문을 열고 들어서며 손끝으로 장갑을 고쳐 끼었다. 월요일 아침에 교회는 늘 비어 있었고, 그런 고요를 애니는 잘 알고 있었다. 피아노 뚜껑을 열어 건반 몇 개를 눌러 보고, 소리가 마룻바닥으로 스며드는 느낌을 확인했다. 어젯밤 늦게 냉장고에 붙여 둔 아이의 그림—'따뜻한 손'이라는 글씨—가 자꾸 떠올라, 손가락이 부드럽게 달궈졌다.

"과장님, 일찍 오셨네요."

뒤에서 문이 닫히며 집사 한 분이 들어왔다. 손에는 교회 주보 더미가 들려 있었다. 애니는 웃으며 인사했다. "인쇄 상태 확인하려고요."

집사는 고개를 끄덕이다가, 잠깐 머뭇거렸다.

"저기… 그… 지난주에 비 많이 오던 날, 에디 집사님 차 타고 가셨죠?"

애니는 짧게 숨을 들이켰다.

"네, 갑자기 비가 와서요. 봉사 일정이 있어서 함께—"

"그렇죠, 그렇죠. 오해는 말아요. 그냥… 말들이 좀 돌아서."

집사는 곧장 말을 고쳤다.

“사람들이 원체 할 일이 없어서. 괜히 신경 쓰시지 말고요.”

애니는 미소를 유지했다. “네, 감사합니다. 신경 안 쓸게요.”

집사가 떠난 뒤, 애니는 의자에 앉아 한동안 손가락을 포개고 있었다. 귓가에서 집사의 말투가 아직도 맴돌았다. 말이란 것은 때로 그렇게 생겼다. 칭찬처럼 시작해 염려로 몸을 바꾸고, 결국에는 조심하라는 메시지를 남겼다. 그녀는 자신에게 속삭였다. ‘생각보다 이곳은 작은 도시고, 작은 교회야. 작은 말이 오래 남지.’ 건반 위로 손을 올리자 소리가 아닌 숨소리만 흘렀다. 첫음을 누르려던 순간, 휴대전화가 진동했다.

“엄마, 바빠?” 큰딸의 목소리였다.

“다음 달에 회사에서 본사 면접 나온다고 했지? 시간표가 확정됐대. 주말에 내려갈게.”

“그래… 잘했다.”

애니는 잠시 아득해지는 느낌을 눌렀다. ‘아이들은 앞을 보고 달리고, 나는 뒤를 돌아보는구나.’ “오면 고구마 쪄 줄게.”

“엄마, 요즘 건니선은? 목소리가 조금….”

“괜찮아. 요즘 봉사 조금 늘렸더니 바쁜 것뿐이야.”

전화를 끊고 나자, 피아노 소리가 본당에 얇게 번졌다. 단정한 선율로 찬송가 첫 줄을 더듬어 보니, 마음이 조금 정돈됐다. 손가락이 기억하는 곡선은, 언제나 생각보다 믿음직했다.

그날 오후, 고아원에서 연락이 왔다. 토요일 프로그램을 미리 상의하고 싶다는 부탁이었다. 아이들 중 한 명이 감기에 걸렸고, 외부 활동은 조금 줄여야 할지도 모른다고. 애니는 일정표를 다시 짰다. 동화 읽기와 조용한 만들기, 그리고 마지막엔 짧은 합창을. 눈에 들어온 곡은 오래된, 단순한 후렴이 있는 노래였다. '빛이 있으라.' 떠올리는 순간, 어제 교실 바닥에 흩어졌던 햇살 조각이 다시 손바닥에 얹히는 듯했다.

저녁 무렵, 에디에게서 문자 한 줄이 왔다.

— 내일 저녁에 교회 창고 유리 교체하러 갑니다. 혹시 합창 곡 악보, 사본 좀 부탁드려도 될까요?

애니는 곧바로 답장을 보냈다.

— 네. 내일 가져갈게요. 그리고… 잠깐 이야기할 수 있으면 좋겠습니다.

문자를 보내고 나니 심장이 조금 더 크게 뛰었다. '무슨 이야기를, 언제까지 숨길 수 있나.' 그녀는 거울 앞에서 목도리를 둘렀다. 비가 아니라 찬바람이었다. 그러나 어떤 바람은 비보다 더 많은 것을 드러내기도 했다.

다음 날 저녁, 교회 창고는 어둡고 잘게 춥고 조용했다. 형광등 하나가 깜박이며 빛을 흘렸다. 깨져 있던 작은 창문에는 임시로 붙여 둔 비닐이 바람에 부풀었다 꺼졌다. 에디는 장갑을 끼고 유리 프레임을 살폈다. 금이 간 테두리를 조심스럽게 들어내는 동안, 희미한 먼지 냄새가 났다.

"도와드릴게요." 애니가 악보가 든 파일을 품에 끼고 들어왔다.

"오셨군요." 에디의 목소리가 낮게 울렸다. 그는 드라이버를 내려놓고, 간단한 인사를 한 뒤 유리 판을 조심스럽게 들어 옮겼다. 두 사람이 맞은편에서 가장자리를 잡았다. 유리는 차가웠고, 투명한 경계가 손끝에 느껴졌다. 그것을 프레임에 얹는 동안 두 사람은 거의 동시에 숨을 참았다.

딱— 소리가 나며 유리가 제자리를 찾았다. 작은 틈이 맞물리는 순간, 바람이 잦아들었다.

“고맙습니다.” 에디가 장갑을 벗었다.

“유난히, 이런 작업이 마음을 가라앉히네요. 맞지 않던 게 맞춰지는 느낌이라서.”

애니는 악보를 건넸다.

“토요일에 아이들과 부르려고요. 조용하고, 외우기 쉬운 걸로 골랐어요.”

“좋습니다.” 에디는 악보를 넘기다가, 손을 멈췄다. “애니 씨.”

그녀는 고개를 들었다. 창고 천장의 희미한 불빛이 둘 사이에 얇은 원을 만들었다. 교회 마당에서, 차 안에서, 고아원 교실에서 말하지 못했던 문장들이 동시에 천천히 숨을 쉬었다.

“말들이 조금 돌고 있나 봅니다.” 에디가 먼저 말했다. “차를 태워 드렸다는 이야기, 봉사 같이 한다는 이야기.” 그의 어조는 담담했지만, 담담함의 밑바닥이 조금 흔들렸다. “괜찮으시겠습니까?”

애니는 고개를 끄덕였다. “네. 괜찮아요.” 그리고 잠깐 멈추었다. “괜찮아지려고 하고 있어요.”

에디는 숨을 고르며 아주 천천히 말을 이었다.

“저도 말씀드려야 할 것이 있습니다. 그래야… 서로가 부당한 궁금증에 잡아먹히지 않을 테니까요."

애니의 몸 안에서 작은 종이 울렸다. 그녀는 장갑을 벗었다. "들어요."

"저는…" 에디는 말의 시작을 몇 번이나 다시 접었다 폈다.

"법적으로는 여전히 혼인 상태입니다. 오래전부터 사실상 떨어져 지냈고, 각자의 삶을 살고 있지만, 서류엔 그대로 남아 있습니다. 그 사정을—대단히 사적인 사정이라—교회에선 가급적 조용히 하고 싶었습니다."

애니는 오래 기다렸던 문장이었다는 듯 조용히 고개를 끄덕였다.

"알고 있었어요. 아니, 느끼고 있었어요. 말하지 않아도 알 수 있는 것들이 있죠."

"하지만," 에디가 덧붙였다.

"말하지 않고 원하는 걸 확정하는 건, 제게는 아직… 어렵습니다." 그는 눈을 들어 그녀를 바라보았다.

"애니 씨. 저는 우리가 함께 봉사하는 일, 아이들에게 책을 읽어 주는 일, 창문을 고치는 일—이런 일들이 너무 좋습니다. 그 이상의 마음이 제 안에 없는 건 아니지만… 그 마음에 이름을 붙이는 순간, 누군가에게 상처가 된다면 저는 그 이름을 당분간 보류하겠습니다. 오해를 줄이기 위해, 몇 가지는 더 조심하겠습니다. 교회 안에서는 가능하면 다른 분들과 함께 움직이고, 차는… 비가 오더라도 되도록 따로 타겠습니다."

애니는 말없이 그의 손끝을 보았다. 망설임이 묻어 있는 손이었지만, 손등의 선은 분명했다. 그녀는 천천히 고개를 끄덕였다. "고마워요. 저도 같은 마음이에요. 함부로 말을 붙이면, 말이 우리를 데려다 놓는 장소가 꼭 좋은 곳만은 아니더라고요."

둘 사이에 고요가 앉았다. 그 고요는 어색하지 않았다. 마치 새로 끼운 유리가 바람을 막아 내며 만들어 준 작은 정적 같았다. 애니는 손에 쥔 악보를 한 장 뽑아 들고, 아주 낮게 선율을 흘렸다. '빛이 있으라—' 그녀의 목소리가 창고의 먼지를 통과해, 조용히 벽을 스쳤다.

에디가 낮은 음으로 받았다. 둘의 목소리가 한 음절에서 만나고, 다음 음절에서 잠깐 떨어졌다가, 다시 붙었다. 맞물리는 곳과 비켜나는 지점이 번갈아 오갔다. 그 합이 이상하게 안심을 주었다.

진화벨이 울렸다. 에디의 주머니에서 떨리는 진동이었다. 그는 잠깐 미안하다는 눈빛을 보이며 통화를 받았다. "네, 어머니." 그의 얼굴빛이 순간 바뀌었다. "지금… 많이요? 아니요, 바로 가겠습니다."

통화를 끊고 난 뒤, 그는 숨을 한 번 깊게 몰아쉬었다.

"어머니가 넘어지셨답니다. 괜찮으시다긴 하는데, 밤새 병원에 계셔야 할 수도 있다고…."

애니는 가방에서 차 키를 꺼내던 손을 멈췄다.

"제가—교회에서 택시 불러 드릴게요. 지금 가세요."

"괜찮습니다. 직접 운전하고 가는 게 빠를 것 같습니다."

에디는 유리창을 한 번 더 쳐다보았다. 새로 끼운 유리가 밤바람을 막고 있었다. "악보는… 조심히 가져가겠습니다. 토요일에…."

"토요일에 봬요." 애니가 말을 이었다. "어머님께 안부 전해 주세요. 제가… 기도할게요."

"감사합니다."

에디가 서둘러 나가고, 창고 문이 닫히자, 형광등의 미세한 소리만 남았다. 애니는 방금 전까지 둘이 함께 맞춘 창문을 바라보았다. 바람이 닿는 면이 달라졌다. 바람은 여전하지만, 새로 맞춘 틈은 덜 흔들렸다. 그녀는 그 차이를, 마음의 어딘가에 조용히 옮겨 앉혔다.

밤은 길고 고요했다. 애니는 집으로 돌아와 끓는 물에 생강을 넣고 오래 우렸다. 주전자 김이 창문을 흐리게 했다가, 천천히 사라졌다. 아이가 준 그림은 아직 냉장고 위에서 잔잔히 웃고 있었다. 그녀는 얼른 접어 두었던 몇 가지 생각을 다시 펼쳐보았다. '함께 서 있는 그림'과 '각자로 서 있는 현실', 그리고 그 사이에 끼워 둔 작은 악보. 이름을 붙이지 않은 마음이 덜 상처받는다는 사실이, 때로는 희망처럼 느껴졌다. 아직 부르지 않은 노래가 남아 있다는 뜻이기도 했으니까.

잠들기 전, 메시지가 도착했다.

— 도착했습니다. 어머니는 타박상이지만 연세가 있으셔서 입원하신답니다. 염려 감사합니다.

애니는 답장을 짧게 보냈다.

— 푹 쉬세요. 밤새 운전하지 마시고요.

잠시 뒤, 또 한 줄.

— 네. 내일 아침 병원에 더 다녀보고 연락드리겠습니다. 토요일… 약속 지키고 싶습니다.

애니는 휴대전화를 베개 옆에 두고 눈을 감았다. '약속'이라는 단어가 오늘따라 쉽게 울렸다. 말의 온도와 무게가 너무 무겁지 않게, 그러나 가볍지도 않게. 그녀는 그 가운데를 걸어야 했다.

주중 내내 눈 예보가 오락가락했고, 금요일 밤엔 마침내 첫눈이 내렸다. 창문 밖으로 조용히 내려앉는 흰 것들—사람들은 눈이 온다고 했지만, 사실은 하늘이 스스로를 덮는 법을 잘 아는 것이리라. 고아원 마당의 미끄럼틀 밑에도 아침이면 얇게 눈이 쌓이겠지. 애니는 토요일 프로그램에 눈사람 그림 인쇄물을 추가했다. 실내에서, 종이 위에 눈을 그리는 법—한 아이가 말했었다. "눈은 하얗지만, 진짜로 칠하려면 연한 회색도 필요해요." 맞는 말이었다. 너무 하얗기만 하면, 오히려 아무것도 보이지 않으니까.

토요일 오후, 에디는 예정 시간보다 조금 늦게 도착했다. 피곤이 얼굴에 앉아 있었지만, 눈빛은 단정했다. "어머니는 괜찮으십니다. 검사만 더 하고, 며칠 내로 퇴원하실 것 같아요."

"다행이네요." 애니는 얇게 미소 지었다. "오늘은 만들기를 조금 줄이고, 합창을 길게 할까요? 눈이 와서인지 아이들이 유난히 들떠 있을 것 같아요."

그 말대로 아이들은 밝았다. 창밖으로 내리는 눈을 보려고 창틀을 붙잡고 까치발을 들었다. 애니가 손뼉을 두 번 치며 말했다. "여기요, 여기. 우리 먼지 노래하고, 나중에 창문으로 눈 구경해요." 아이들이 둥글게 보였다. 에디는 그들 뒤에 서서 손뼉으로 박자를 맞췄다.

'빛이 있으라—' 첫 소절에서 아이들의 목소리가 떨렸다가, 둘째 소절에서 조금 커졌고, 셋째 소절에서 서로를 잡았다. 작은 몸에서 나온 소리가 하나의 선으로 모였다. 애니가 한 박자를 이끌 때마다, 에디의 손뼉이 그 박자를 조용히 받쳐 올렸다. 창문 밖으로 흰 것이 계속 내렸다. 누군가 중얼거렸다. “하늘이 조용히 손을 흔드네.”

노래가 끝나고, 아이들이 난로 옆으로 모여 코코아를 마셨다. 에디는 컵을 돌리고, 애니는 코코아 가루가 덜 뭉치도록 숟가락으로 컵을 살짝살짝 두드렸다. 그 사소한 동작들이 한 장면을 완성했다. 오래 남을지도 모르는 장면.

프로그램이 끝난 뒤, 원장실에서 다음 달 일정표를 상의했다. 바깥은 점점 어두워졌고, 눈발은 더 굵어졌다. 돌아갈 때가 되자, 애니는 잠깐 주춤했다. ‘말들이 돌아요’—그 문장이 다시 귓가에서 울렸다. 그녀가 먼저 말을 꺼냈다. “오늘은… 버스를 타고 갈게요. 눈이 와서… 태워 주신다 해도, 혹시나 해서요.”

에디는 잠깐 애써 웃었다. “그러시죠. 교회 쪽 정류장까지 같이 걸어가면, 그쪽이 더 밝습니다.”

둘은 같은 방향으로 걸었다. 밤눈이 조용히 발자국을 삼켰다. 말보다 눈이 먼저 쌓였다. 정류장 불빛 아래에서, 애니가 멈춰 섰다. “고맙습니다.”

“제가 더 고맙습니다.” 에디가 답했다. “오늘도… 함께했던 게요.”

버스가 들어오는 불빛이 멀리서 흔들렸다. 애니는 장갑 낀 손을 가볍게 들어 인사했다. “그럼… 다음 주에.”

“네. 다음 주에.” 에디의 목소리는 낮았고, 그러나 또렷했다. 이름을 붙이지 않은 약속의 목소리.

버스 문이 닫히고, 차가 눈발을 갈라 나아갔다. 유리창에 김이 서렸다가, 애니의 손바닥에 닿으며 천천히 지워졌다. 밖에서는 아직 눈이 내리고 있었다. 하늘은 스스로를 덮는 법을 잊지 않고 있었다. 그녀는 창에 기대어 눈을 감았다. '다음 주에.' 오늘 그 말은, 전보다 더 따뜻했다. 덧붙일 필요가 없는, 충분한 한 문장.

정류장에 혼자 남은 에디는 잠깐 하늘을 올려다보았다. 첫서리가 내리던 아침과는 다른, 첫눈의 밤. 그는 코트 주머니에서 어젯밤 메모지를 꺼냈다. '인내—사랑은 오래 참고.' 그 아래, 오늘 날짜를 적었다. 그리고 작은 점을 하나 찍었다. 그 점은 멈춤표라기보다 이어짐 표시였다. 한 줄 더 쓸 수 있다는 의미. 그러나 오늘 밤은 여기까지가 좋겠다고, 그는 조용히 접었다.

눈은 조용히, 그러나 끊임없이 내렸다. 길 위의 발자국이 하나씩 사라졌다가, 다시 생겼다. 사라지는 것이 반드시 끝이 아니고, 생기는 것이 반드시 시작만도 아닌 계절. 두 사람은 서로 다른 지붕으로 돌아갔다. 서로 다른 지붕 아래에서 같은 흰 소리를 들었다. 하얀 소리는 묻지 않았다. 대신 아주 작은 약속 하나를 다시 남겼다. 다음 주에도, 같은 시간에. 이름을 붙이지 못한 마음이, 이름을 붙이지 않았기에 지킬 수 있는 방식으로, 조금 더 단단해지기를.

제28장

더 깊어진 시선

겨울의 아침 공기는 이미 서리를 넘어 얼음을 품고 있었다. 애니의 집 앞 골목에는 얇은 눈발이 하루 종일 내린 뒤 희미한 잔설이 남아 있었다. 지붕마다, 창문 틀마다 하얀 선이 그려져 있었고, 마당에 놓아둔 장독대 뚜껑에도 얼음이 얇게 끼어 있었다. 아침 햇살이 들어올 때마다 그 얼음은 눈부시게 반짝였고, 순간적으로 마치 계절이 유리 조각을 흩뿌려 놓은 것 같았다.

애니는 부엌에서 손을 분주히 움직였다. 고구마를 오래 찌며 김이 피어오르는 냄새가 집 안 가득 퍼졌다. 따뜻하면서도 달큰한 냄새가 겨울의 공기와 섞였다. 식탁에는 이미 김치와 몇 가지 반찬이 놓여 있었고, 오늘따라 그녀는 수저를 정갈하게 맞추며 자리를 챙겼다. 곧 큰딸이 도착한다는 소식 때문이었다.

문이 열리는 소리가 들리자, 애니는 부엌에서 고개를 들었다. 두툼한 외투를 입은 딸이 들어섰다. 얼굴에는 회사 생활로 지친 듯한 기운이 살짝 배어 있었지만, 엄마를 보는 순간 어린 시절처럼 활짝 웃으며 다가왔다.

“엄마!” 딸은 외투를 벗자마자 엄마를 꼭 안았다. “엄마 냄새, 그대로네.”

애니는 웃으며 머리칼을 쓸어 주었다. “너는 아직도 아이 같구나.”

딸은 엄마의 품에서 한참 머물렀다가, 의자에 앉으며 가방을 내려놓았다. “면접 일정이 이번 주말로 잡혔어. 준비 때문에 머리가 복잡해서… 엄마랑 같이 있고 싶었어."

식탁에 마주 앉자, 따뜻한 고구마가 접시에 놓였다. 딸은 김이 피어오르는 고구마를 반으로 쪼개 한입 먹더니, 문득 엄마를 똑바로 바라보았다.

"엄마, 요즘 무슨 일 있어요?"

애니는 순간 손이 멈췄다.

"목소리가 달라졌어요. 밝아진 것 같다고 해야 하나… 뭔가 좀 달라졌어요. 예전에는 자주 한숨 쉬고, 피곤해 보였는데, 지금은 얼굴이 좀 편안해 보여요."

애니는 잠시 웃으며 대답을 미뤘다. "그냥… 교회에서 봉사 조금 더 하니까. 아이들하고 지내면 마음이 달라지거든."

"고아원 아이들?"

"응. 주말마다 가서 책도 읽어 주고, 같이 노래도 해. 그 애들이 참 맑아."

딸은 엄마의 말을 듣고 잠시 생각에 잠겼다. 그녀의 눈빛에는 무엇인가를 더 알고 싶어 하는 기색이 담겨 있었다. 하지만 캐묻지는 않았다. 대신 살짝 미소를 지으며 말했다.

"좋아 보여요. 엄마가 그렇게 말하는 거, 오래만이야."

애니는 딸의 말에 잠시 눈시울이 뜨거워졌다. 그러나 그녀는 곧 표정을 고쳐 잡았다.

그 시각, 다른 공간에서는 또 다른 대화가 진행되고 있었다. 에디는 병원 병실에 앉아 있었다. 창밖에는 앙상한 가로수 가지가 바람에 흔들리고 있었다. 병실 안은 따뜻했지만, 겨울 햇살이 들어오자 바깥의 차가움이 여전히 느껴졌다.

어머니는 링거대 옆 침대에 앉아 창밖을 바라보았다. "저 나무들 봐라. 잎이 다 떨어져도 겨울을 버티고 서 있구나."

"금방 봄이 올 거예요. 지금은 조금 힘들어도." 에디는 미소를 지으며 대답했다.

"네 얼굴이…" 어머니가 천천히 그를 바라보았다. "요즘 달라졌어. 교회에서 보니, 네가 웃는 게 예전 같지 않더라."

에디는 순간 놀란 듯 고개를 숙였다. "그런가요? 별일 없는데요."

"사람은 누군가와 함께할 때 표정이 달라지지. 아이들 때문만은 아닌 것 같더구나."

에디는 대답하지 않았다. 대신 어머니의 담요를 펴 주고, 물컵에 물을 채웠다. 그러나 그의 마음속에는 애니의 얼굴이 떠올랐다. 피아노 앞에 앉아 아이들과 함께 웃던 그녀의 모습, 그리고 빗속에서 나란히 우산을 썼던 순간이 자꾸 되살아났다.

며칠 뒤, 교회 봉사팀 회의가 있었다. 작은 회의실에 사람들이 둘러앉아 보리차를 마시며 일정표를 맞추었다. 종이컵에서 김이 피어올랐고, 낡은 난로의 소리가 삐걱거렸다.

"이번 주는 아이들 합창 준비가 있으니까, 리허설 시간을 조금 더 잡는 게 좋겠습니다." 애니가 조심스럽게 의견을 냈다.

"좋은 생각이에요." 옆에 있던 집사가 고개를 끄덕였다. 그러나 바로 옆자리에서 누군가 슬쩍 웃으며 말을 던졌다.

“지난번에도 애니 과장님이랑 에디 집사님이 같이 움직이셨다면서요? 참 든든하죠, 호흡이 잘 맞으니까.”

그 말은 농담처럼 흘러갔다. 사람들은 웃었고, 대화는 다시 일정으로 넘어갔다. 그러나 애니의 귀에는 그 한마디가 돌처럼 무겁게 떨어졌다. ‘호흡이 잘 맞는다.’ 칭찬 같기도 했지만, 그 말이 언제든 오해의 씨앗이 될 수 있다는 것을 그녀는 알고 있었다.

애니는 웃으며 짧게 대답했지만, 그 후로는 거의 입을 열지 않았다. 회의가 끝날 때까지, 그녀는 메모지 위에 연필을 굴리며 마음속의 불안을 감추려 했다.

밤이 되어, 교회 본당은 다시 고요했다. 난방이 꺼진 본당 안은 차가웠지만, 피아노 앞에 앉은 애니의 손끝은 따뜻했다. 낮에 들었던 말들이 머릿속을 떠나지 않았다.

건반 위에 손을 올리고, 그녀는 찬송가의 첫 소절을 눌렀다. 소리가 고요를 가르며 퍼져나갔다. 음이 본당의 천장과 벽을 울리며 메아리쳤다. 그 순간, 본당 문이 열리고 발자국 소리가 다가왔다.

“늦게까지 계셨군요.” 에디였다.

애니는 놀란 듯 돌아보았다. “오늘은 마음이 복잡해서… 소리로 정리하려고요.”

에디는 잠시 그녀 옆에 섰다가, 자연스럽게 건반 위에 손을 얹었다. 두 사람의 손가락이 서로 다른 음을 눌렀다. 그러나 그 음은 곧 조화를 이루었다.

하나의 선율이 만들어지고, 두 사람은 말없이 그 선율을 이어갔다.

짧은 음악이 끝나자, 본당에는 다시 고요가 흘렀다. 그러나 그 고요는 아까와는 달랐다. 서로의 마음이 잠시 교차한 뒤의 고요였다.

창문 너머로 눈발이 흩날리고 있었다. 십자가 불빛이 눈송이에 부딪혀 작은 불꽃처럼 반짝였다. 애니와 에디는 서로를 바라보지 않았지만, 같은 소리를 듣고 있었다.

그 순간, 애니는 마음속에서 속삭였다. '우리가 부르는 노래가 이름 없는 약속이라면, 그걸로도 충분하지 않을까.' 에디도 비슷한 생각을 하고 있었다. 말은 삼갔지만, 음악이 대신 말을 했다.

그 고요와 눈발, 그리고 십자가 불빛이 한 장면처럼 겹쳐졌다. 그것은 오래 기억될 겨울의 한 페이지였다.

제29장

조심스러운 고백

겨울은 사람의 발걸음을 조심스럽게 만든다. 하얀 눈이 온 세상을 덮은 뒤에도, 길모퉁이에는 금세 얼음이 생겼다. 지나가는 사람들이 미끄러지지 않으려고 몸을 움츠리는 모습이 군데군데 보였다. 애니는 교회 마당으로 들어서며 그 풍경을 바라보았다. 마당에는 장로들이 일찍 나와 눈을 치운 흔적이 남아 있었다. 삽질로 고른 길 위에 하얀 소금이 듬성듬성 뿌려져 있었다.

본당 안은 난방이 켜져 있었지만, 공기 속에는 여전히 차가운 기운이 남아 있었다. 애니는 자리에 앉아 성경책을 펼쳤다. 그러나 글자는 쉽게 들어오지 않았다. 그녀의 마음은 예배당 벽 너머에 머물러 있는 듯했다. 지난 며칠 동안 겪은 일들이 여전히 머릿속에 겹겹이 쌓여 있었다. 봉사팀 회의에서 던져진 말, 원장님의 은근한 충고, 딸의 눈빛….

설교가 이어졌지만, 애니의 시선은 자꾸 성가대석으로 향했다. 에디가 앉아 있는 뒷모습이 보였다. 단정하게 세운 코트 깃, 설교 중 고개를 천천히 끄덕이는 작은 몸짓. 그는 늘 절제된 사람 같았다. 그러나 애니는 그 안에서 알 수 없는 따뜻함을 보았다. 그 따뜻함이 자꾸 그녀의 마음을 흔들었다.

예배가 끝난 뒤 마당은 금세 시끌벅적해졌다. 성도들은 떡과 따뜻한 차를 나누었고, 아이들은 눈 위를 뛰어다녔다. 애니는 몇몇과 인사를 나누고 곧장 봉고차에 올랐다. 오늘은 고아원 특별 방문이 있는 날이었다. 아이들과 함께 트리를 장식하고, 크리스마스 준비를 돕기로 한 날.

봉고차 안은 활기가 넘쳤다. 집사들이 선물 상자를 싣고, 성가대원들은 흥얼거리며 캐롤을 불렀다. "아이들 얼굴 보면 피곤이 다 풀린다니까요." "이번에 준비한 장식, 정말 예쁘더라구요." 웃음소리가 이어졌지만, 애니는 창밖만 바라보고 있었다. 눈 덮인 들판이 끝없이 펼쳐졌다. 가지마다 눈을 머금은 나무들이 하얗게 빛났다. 그러나 그녀의 가슴은 오히려 무거웠다.

고아원에 도착했을 때, 아이들은 이미 마당에서 기다리고 있었다. "선생님!" 작은 발자국들이 우르르 달려왔다. 아이들은 눈사람을 만들던 손을 휘저으며 애니의 코트를 붙잡았다. 애니는 웃으며 무릎을 굽혀 아이들과 눈높이를 맞췄다. 아이들의 손은 차갑지만, 그 손길에 담긴 기대와 환영은 뜨거웠다.

강당 안에는 큰 트리가 세워져 있었다. 아직 장식이 덜 된 나무였다. 상자 속에 담긴 반짝이는 구슬과 종, 리본들이 줄지어 있었다. 아이들은 저마다 하나씩 장식을 집어 들고 달려갔다. 에디는 사다리를 붙들고 서서 아이들을 번갈아 올려 주었다. 별 모양 장식을 들고 올라간 아이가 꼭대기에 별을 얹자, 강당 안은 환호성으로 가득 찼다. 그 순간 그의 얼굴에 번진 미소는 진심이었다. 애니는 피아노 옆에서 그 장면을 보며 마음속으로 중얼거렸다. '그는 웃을 때 가장 빛나는 사람이구나.'

트리가 완성되자, 아이들은 둥글게 모여 캐롤을 불렀다. 애니가 피아노를 치고, 에디는 북을 두드리며 박자를 맞췄다. 두 사람은 서로 눈을 마주치지 않았지만, 음과 리듬은 자연스럽게 하나로 이어졌다. 아이들의 목소리는 맑고 높았고, 원장님은 눈시울을 붉히며 그 장면을 지켜보았다.

그러나 즐거운 시간이 지나자, 강당에는 서서히 고요가 찾아왔다. 아이들이 방으로 돌아가자 원장님이 애니를 따로 불렀다.

"애니 권사님, 요즘 수고가 많으시죠. 아이들이 선생님을 무척 좋아해요."

"저도 아이들 덕분에 힘을 얻습니다." 애니는 미소 지었다.

"그런데…" 원장님은 잠시 말을 고르다가 낮게 덧붙였다.

"교회 안에서 말들이 조금 있더군요. 권사님과 에디 집사님이 자주 같이 다니신다고. 나쁜 뜻은 아닙니다. 하지만 교회라는 곳이 원체 말이 많은 곳이라… 괜히 마음 다치실까 걱정이 돼요."

애니의 미소는 유지되었지만, 가슴속은 복잡했다.

"알고 있습니다. 원장님. 괜찮아요. 저도 조심하려고 해요."

그녀의 대답은 담담했지만, 마음속에서는 파도가 일었다. '사람들의 시선이 무서운 게 아니라, 말이 나를 대신해서 우리 사이를 정의해 버릴까 봐 두려운 거지….' 돌아오는 길, 봉고차 안은 조용했다. 대부분의 성도들이 피곤에 지쳐 졸고 있었다. 애니는 창문에 기대어 바깥을 보았다. 가로등 불빛에 부딪힌 눈송이들이 부서져 내렸다. 그 부서짐은 아름답고 쓸쓸했다.

그날 밤, 애니는 불을 켜지 않은 거실에 앉아 있었다. 고아원 아이가 건네준 종이별이 손에 쥐어져 있었다. 아이가 서툰 글씨로 적어 놓은 짧은 문장—'빛이 있으라.' 그녀는 그 글씨를 손가락으로 천천히 따라가며 속삭였다. "빛이 있으라." 그것은 기도이자, 울음이었다.

같은 시간, 에디는 병원에서 어머니 곁을 지키고 있었다. 창밖으로는 눈이 내리고 있었다. 어머니는 창문을 보며 중얼거렸다. "네 아버지가 살아 계셨을 때도 이런 날이 있었지. 눈 오는 날, 종을 치러 간다며 손을 꼭 잡고 나서던 네 아버지….”

에디는 어머니의 손을 꼭 잡았다. 그 손은 차가웠지만, 여전히 힘이 있었다. 그의 마음 한구석에서 또 다른 손길이 겹쳐졌다. 따뜻한 손. 애니의 손.

“주님, 저를 붙들어 주십시오.” 에디는 속으로 기도했다. 그러나 기도의 끝에는 늘 같은 얼굴이 떠올랐다. 피아노 앞에서 웃던 얼굴, 우산을 함께 쓰던 얼굴, 아이들과 둘러앉아 노래하던 얼굴. 그 얼굴은 더 이상 지워지지 않았다. 에디는 눈을 감았다. 눈을 감아도, 그 얼굴은 더 선명해졌다.

제30장

갈림길에서의 선택

겨울의 교회는 늘 바쁘다. 크리스마스를 앞둔 주간, 본당은 날마다 분주했다. 성가대의 합창 연습 소리와 아이들의 웃음소리, 주방에서 음식 준비하는 소리가 뒤섞여 있었다. 작은 교회였지만, 모두가 각자의 손길을 보태며 축제 같은 분위기를 만들어 가고 있었다. 애니는 성가대와 아이들을 지도하느라 목소리가 갈라질 정도로 바빴다. 피아노 앞에 앉아 손짓을 하며 박자를 맞추었다.

"자, 여기 한 박 늦어요. 다시, 천천히 해볼게요. 하나, 둘—."

아이들은 삑사리도 나고 박자도 흔들렸지만, 웃음으로 금세 넘어갔다. 애니는 아이들의 얼굴을 바라보며 속으로 중얼거렸다. '이 아이들이 웃는 동안은, 나도 웃을 수 있어.' 에디는 무대 뒤를 오가며 스피커와 마이크, 조명 장치를 점검했다. 아이들이 작은 손으로 선물 상자를 옮길 때는 허리를 굽혀 함께 들어주었고, 장난스러운 아이에게는 미소를 보냈다. 그의 꼼꼼한 손길과 묵묵한 태도는 눈에 띄었고, 사람들의 시선도 자연스레 그를 향했다.

"애니 권사님이랑 같이 하니까 일이 척척 되네."

"그러게요, 호흡이 딱 맞는 것 같아요."

성도들 사이에서 흘러나온 말은 가벼운 농담처럼 들렸지만, 애니는 그 순간 숨이 막히는 듯했다. 웃으며 넘겼지만, 내심 불안했다. 웃음이 농담으로 끝나지 않고, 어느새 소문이 되어 번져 나갈까 두려웠다.

며칠 뒤, 딸이 집으로 내려왔다. 면접 준비로 잠시 여유가 생겼다며, 엄마와 함께 저녁을 먹고 싶다고 했다. 식탁 위에는 된장찌개와 생선구이가 놓였다. 따뜻한 김이 오르며 집 안에 포근한 향기가 번졌다.

"엄마, 요즘 정말 얼굴이 달라졌어요."

딸이 숟가락을 내려놓고 엄마를 똑바로 바라보았다.

"혹시… 좋아하는 분이 생기신 거예요?"

애니의 손이 순간 멈췄다. 김이 서려 눈앞이 흐려졌다.

"무슨 말이니. 갑자기." 애써 웃어 보였지만 목소리는 떨렸다.

"그냥… 엄마가 전보다 살아 있는 것 같아서. 예전엔 늘 피곤해 보였는데, 요즘은 눈빛이 좀 달라요."

딸은 부드럽게 웃었다.

"엄마, 만약 그렇다면 난 엄마 편이에요. 엄마가 웃는 게 제일 좋아."

애니는 대답하지 못했다. 그저 딸의 얼굴을 바라보다가, 미소를 지었다. 말 대신 눈가에 맺힌 빛이 딸의 질문에 답해 주는 듯했다. 에디는 병원에서 어머니 곁을 지켰다. 어머니의 건강은 조금씩 회복되고 있었고, 곧 퇴원할 수 있다는 소식도 있었다. 그러나 그의 마음은 더 무거워졌다.

"요즘 네 얼굴이 다르더구나." 어머니가 낮게 말했다.

"네가 웃는 게… 예전 같지 않아. 사람들은 다 안다."

에디는 아무 대답도 하지 않았다. 대신 어머니의 손을 꼭 잡았다. 차갑지만 살아 있는 손길. 그러나 그의 내면에서는 또 다른 손길이 겹쳐졌다. 아이들에게 책을 읽어 주던 애니의 손, 눈 내리는 날 피아노 건반 위에서 춤추던 손. 그 손은 떨쳐 낼 수 없는 흔적이 되어 있었다. 드디어 크리스마스 행사가 열리는 날이었다. 본당은 사람들로 가득 찼다. 성도들뿐 아니라 마을 주민과 고아원 아이들까지 모여, 작은 교회는 꽉 찼다. 촛불이 하나둘 켜지고, 트리의 불빛이 반짝였다. 아이들은 들뜬 얼굴로 무대 옆에 모여 있었다. 합창이 시작되려는 순간, 바깥에서 바람이 거세게 불어닥쳤다. 눈발이 창문에 세차게 부딪쳤고, 갑자기 전기가 나가 본당이 깜깜해졌다. 사람들은 순간 웅성거렸다. 아이들은 겁에 질려 울음을 터뜨리려 했다.

그때 애니가 피아노에 손을 얹었다. 촛불빛에 겨우 보이는 건반을 더듬어 전주를 시작했다. 낮고 조심스러운 소리였지만, 어둠 속에서 그 소리는 오히려 더 선명했다. 아이들이 하나둘 따라 노래하기 시작했다.

“어둠 속에 빛이 있으라—”

처음에는 떨리는 목소리였지만, 곧 점점 커졌다. 에디가 아이들 옆에 서서 북을 두드리며 박자를 맞췄다. 어둠 속에서 울려 퍼지는 노래와 북소리는, 마치 작은 천사들의 행진 같았다. 사람들은 숨을 죽이고 귀를 기울였다. 본당은 여전히 깜깜했지만, 아이들의 목소리가 빛이 되어 공간을 채웠다. 애니는 피아노 앞에서 눈을 감고 연주했다. 에디는 아이들 옆에서 그 모습을 바라보다, 잠시 눈빛을 마주쳤다. 그 눈빛은 짧았지만, 말보다 더 많은 것을 전했다. ‘우린 지금 이 어둠 속에서도 같은 빛을 보고 있다.’

잠시 후, 전기가 돌아와 불빛이 환하게 켜졌다. 사람들은 안도의 박수를 쳤다. 그러나 애니와 에디의 가슴에는 여전히 어둠 속에서 울리던 목소리가 남아 있었다. 행사가 끝난 뒤, 성도들 사이에서 말들이 흘러나왔다.

“오늘 두 분이 없었으면 큰일 날 뻔했지.”

“그러게, 정말 호흡이 잘 맞더라.”

애니는 고개를 숙이고 웃었지만, 마음은 복잡했다. 그러나 무대 뒤에서 마주친 에디의 눈빛은 흔들림이 없었다. 두 사람은 말없이 고개를 끄덕였다. 그것은 약속이 아니라 결심이었다.

‘끝까지 감당하겠다.’

눈은 여전히 내리고 있었다. 십자가의 불빛이 눈송이에 부딪혀 작은 불꽃처럼 반짝였다. 그 불빛은, 두 사람의 길을 비추는 작은 등불 같았다.

제31장

연말의 결단

크리스마스의 여운이 채 가시기도 전에 교회는 다시 분주해졌다. 송구영신예배 준비, 새해 첫 주 사역 편성, 고아원 후원 결산 모임까지…. 12월 말은 마치 누군가가 하루를 두 배로 늘려 놓은 듯 정신없이 흘러갔다. 애니는 늘 그랬듯 성실하게 회의에 참석했고, 피아노 앞에 앉아 아이들과 마지막 합창 연습을 했다. 그러나 마음은 그 어느 때보다 예민했다. 사람들의 시선이, 말 한마디가 더 깊이 꽂혔다. 작은 농담조차 웃으며 넘겼지만, 집으로 돌아오는 길에는 그 말들이 마음속에서 울림이 되어 맴돌았다.

"권사님, 요즘 에디 집사님이랑 너무 자주 같이 계신 것 같아요."

그 말은 웃음 띤 얼굴로 건네졌지만, 애니의 귓가에서는 돌멩이처럼 떨어졌다. 그녀는 담담히, 그러나 가슴이 무겁게 대답했다.

"교회 사역을 같이 하는 것뿐이에요."

그녀는 늘 자기관리를 철저히 했다. 교회 안팎에서 스스로를 단정하게 시키는 것이 자신의 의무라 생각했다. 그러나 사람들의 눈길은 때때로 그 어떤 말보다 무거웠다. 에디는 그 모든 과정을 조용히 지켜보았다. 애니가 말을 삼키고, 웃음으로 감췄다가, 집에 돌아가 홀로 그 무게를 견뎌내는 것을 그는 알았다. 그래서 그는 오래 묵혀둔 결심을 더 이상 미룰 수 없음을 느꼈다. 그의 과거는 한국에 알려지지 않은 그림자였다. 유럽에서의 사업 실패, 은행과 채권단의 압박, 가족을 지키기 위해 선택했던 위장이혼. 서류상으로만 갈라선 부부였지만, 멀어진 공간과 긴 세월속에 아내는 결국 자유를 택했고, 유럽에서 남아 혼자만의 삶을 살아가고 있다. 아이들도 성인이 되어 독립한 뒤였다. 사실상 부부의 관계는 이미 끝나 있었다. 그러나 한국의 교회 안에서 그는 여전히 '가족이 모두 외국에 떨어져 사는 기러기 남편, 기러기 아빠 '로 여겨지고 있었다.

'내가 애니 곁에 있는 것은 결국 그녀를 더 힘들게 만드는 일이구나.'

그는 마음속으로 그렇게 중얼거렸다. '나는 떠나야 한다. 그녀를 지키려면, 거리를 두는 방법밖에 없다.' 그가 오래 전부터 품어온 또 다른 길—NGO 봉사. 어려운 환경에 처한 나라에서 아이들을 돕고, 장차 선교의 길로 나아가려는 마음. 이제는 결심을 행동으로 옮길 때였다.

그는 세이브더칠드런에 지원서를 냈다. 며칠 뒤, 파견지 통보가 왔다. 아프리카 케냐. 마음이 복잡하게 뛰었다. 두려움과 설렘, 그리고 마지막으로 애니의 얼굴. 교회는 에디의 결정을 듣고 작은 송별회를 준비했다. 연말 주일 오후, 본당 옆 친교실에는 성도들이 모여 앉았다. 따뜻한 국물이 담긴 큰 냄비가 한쪽에서 김을 올렸고, 누군가는 송편을 쪄 와서 나누었다. 작은 교회지만, 모두의 마음은 커다란 배웅을 담고 있었다.

"집사님, 건강 조심하세요. 거긴 너무 덥고 힘들다는데."

"그래도 큰일 하시는 거예요. 우리가 기도하겠습니다."

성도들의 손길이 에디의 손을 차례차례 잡았다.

에디는 웃으며 인사를 나눴다.

“기도해 주십시오. 저는 그저 제게 주어진 시간을 잘 쓰고 싶습니다.”

애니는 한쪽에 앉아 그 장면을 바라보고 있었다. 사람들 사이에서 담담한 얼굴을 하고 있었지만, 마음은 쓰라렸다. ‘저 결심을 내가 막을 수는 없는 걸까. 아니, 막아서는 안 되겠지. 그게 그 사람의 길이라면….’ 그녀는 고개를 숙이고 조용히 두 손을 모았다. 송별회가 끝난 뒤, 성도들은 삼삼오오 흩어졌다. 에디가 애니에게 다가왔다.

“잠시, 함께 걸으실 수 있겠습니까?”

호수 주변 길은 겨울밤의 고요에 잠겨 있었다. 가로등 불빛이 얼어붙은 물위에 길게 비쳤다. 나무 가지에는 잔설이 남아 있었고, 차가운 바람이 스쳐지나갔다. 두 사람은 말없이 걷다가, 에디가 먼저 입을 열었다.

“권사님. 저는 케냐로 갑니다. NGO 단체를 통해 아이들을 돕고 싶습니다. 시간이 지나면, 선교의 길도 열릴지 모르지요.”

애니의 발걸음이 멈췄다. 겨울 바람이 그녀의 머플러를 흔들었다.

“왜… 그렇게까지 하시려는 건가요?”

“이곳에서 더 함께한다면, 권사님께 상처를 드릴 겁니다. 교회 안에서 오가는 말들, 시선들…. 저는 감당할 수 있어도, 권사님은 그렇지 않으시니까.”

에디의 목소리는 낮고 단호했다.

애니는 고개를 떨군 채 한동안 아무 말도 하지 못했다.

“저는… 그저 하나님 일만 열심히 감당하고 싶었을 뿐이에요. 그런데…” 그녀의 목소리가 떨렸다.

"제 마음은 제가 원하는 대로 되지 않아서 힘들어요."

에디는 잠시 그녀를 바라보다가, 깊은 숨을 내쉬었다.

"저도 그렇습니다. 그래서 떠나는 겁니다. 멀리 가서라도 제 마음을 붙들기 위해."

둘의 눈빛이 어둠 속에서 부딪혔다. 그것은 오랜 고백이자 동시에 마지막 인사였다. 호수 위로 바람이 불고, 하늘에서는 눈이 아닌 차가운 비가 흩뿌렸다. 코트와 머플러가 젖어들었지만, 두 사람은 우산 없이 걸었다. 그 빗방울 속에서의 걸음은 말보다 더 깊은 약속 같았다.

"빛이 있으라…"

애니는 속으로 중얼거렸다. 에디가 떠날 곳, 그곳에서도 빛이 있으리라 믿고 싶었다.

그날 밤, 애니는 집으로 돌아와 냉장고에 붙어 있는 아이의 그림을 바라보았다. '따뜻한 손'이라고 적힌 글씨가 눈앞에서 번졌다. 그녀는 그 글씨를 손끝으로 따라가며 눈을 감았다. 에디는 집에서 케냐 파견 서류를 다시 확인했다. 출국 날짜는 새해가 밝고 나서 얼마 되지 않은 시점이었다. 그는 다이어리 첫 장에 짧게 기록했다.

"새해, 케냐. 아이들과 빛을 나누는 삶. 감당할 수 없는 마음은 주께 맡긴다."

겨울비는 새벽까지 내렸다. 눈과 달리 흔적을 남기지 않고 스며드는 비였다. 두 사람의 마음도 말하지 못한 채 스며들어, 깊은 곳에 남았다.

제32장

떠남의 그림자

새해의 첫날, 교회 본당은 새벽부터 사람들로 가득했다. 송구영신예배의 울림은 아직 벽에 남아 있는 듯했고, 찬송가의 잔향이 공기 속에 잔잔히 스며 있었다. 성도들은 서로를 축복하며 인사를 나누었다.

애니는 한쪽 자리에 앉아 두 손을 모았다. 새해 첫 예배, 감사와 다짐을 드리는 자리였지만, 그녀의 마음은 다른 울림에 휩싸였다. 에디가 단상에 서서 간절히 기도하는 모습이 눈에 들어왔기 때문이다.

"하나님, 제가 가는 그곳에서도 주님의 사랑을 흘려보내게 하옵소서. 아이들과 가장 작은 자들을 품게 하옵소서."

그의 목소리는 낮고 단호했다. 애니는 눈을 감았지만, 눈물은 저절로 맺혔다. '곧 떠난다'는 실감이 온몸을 감쌌다. 에디는 새해가 밝자마자 출국 준비에 들어갔다. 케냐행 항공권이 이미 예약되어 있었고, 예방접종과 서류 절차도 거의 마무리되었다. 집안 한쪽에 쌓인 가방과 상자들은 그의 결심을 증명하는 듯했다.

밤마다 그는 서류 위에 눈길을 멈추곤 했다. '설레기도 하고 두렵기도 하다. 그러나 돌아갈 수는 없다.' 그 마음 한편에서는 애니의 얼굴이 자꾸 떠올랐다. 비 오는 날 차 안에서의 침묵, 고아원 합창에서의 눈빛, 호수길에서의 겨울비…. 하나하나가 떠오를 때마다, 그는 고개를 저었다. '이제는 내려놓

아야 한다. 주께 맡겨야 한다.'

애니의 일상도 이어졌다. 회계사무소의 분주한 연말 결산, 교회 봉사와 기도 모임. 그녀는 스스로를 더욱 단단히 다잡으려 했다. 그러나 사소한 순간마다 에디의 흔적이 스며들었다. 피아노 건반을 누를 때, 함께 웃던 아이들의 목소리를 들을 때, 심지어 사무실 창밖에 내리는 눈을 바라볼 때조차.

어느 날 저녁, 딸이 엄마의 표정을 바라보다가 조심스레 물었다.

"엄마, 후회하지 않으세요?"

애니는 고개를 들었다. "무슨 말이니?"

"그분… 떠나시는 거잖아요. 엄마 마음이… 괜찮으신 거예요?"

애니는 잠시 말을 잃었다. 웃음으로 대답하려 했지만, 끝내 입술이 떨렸다.

"괜찮다, 괜찮아. 하나님께 맡겨야지."

그러나 그 말은 자기 위로에 가까웠다.

출국 전날 밤, 에디는 교회 본당에 홀로 앉아 있었다. 불 꺼진 본당은 차갑고 고요했다. 그는 무릎 꿇고 기도했다.

"주님, 저의 길을 인도하소서. 그리고… 그분을 지켜 주소서."

문이 열리는 소리가 들렸다. 애니였다. 그녀 역시 홀로 기도하러 온 참이었다. 두 사람은 잠시 놀란 듯 마주보다가, 아무 말 없이 함께 무릎 꿇었다. 고요 속에 기도가 이어졌다.

잠시 후, 애니가 조용히 속삭였다. "하나님께 맡깁시다."

에디는 눈을 감은 채 대답했다. "네, 맡겨야겠지요."

그 짧은 대화는 마치 오래된 맹세 같았다.

출국 당일 아침, 공항은 분주했다. 몇몇 교회 성도들이 에디를 배웅하러 함께 왔다.

"집사님, 꼭 건강히 다녀오세요."

"거기서도 하나님 나라를 세우실 줄 믿습니다." 기도와 격려가 이어졌다.

애니는 일부러 공항에 나오지 않았다. 대신 집에서 조용히 기도했다. 창밖으로 비행기가 지나가는 하늘을 바라보며, 두 손을 모았다.

"주님, 그가 그곳에서도 빛을 잃지 않게 해 주십시오."

비행기 창가에 앉은 에디는 구름 너머의 햇살을 바라보았다. 새하얀 빛이 창문을 뚫고 들어왔다. 그는 속으로 속삭였다. "빛이 있으라."

애니의 시선은 텅 빈 하늘에 머물렀다. 에디의 시선은 구름 위의 빛에 머물렀다. 서로 다른 공간, 그러나 같은 기도. 그 기도는 서로 닿을 수 없는 평행선 같았지만, 동시에 하나의 하늘 아래 이어져 있었다.

제33장

평행의 길위에서

공항에서 NGO 차량을 타고 나와 한 시간을 달리자, 도시의 빼곡함이 서서히 흩어졌다. 길 옆으로 낮은 벽돌집과 주황빛 흙길이 이어졌다. 어느 지점부터는 아스팔트가 끝나고 파문이 많은 도로가 시작됐는데, 차가 패임을 건널 때마다 좌석 아래가 둔탁하게 울렸다. 에디는 창에 이마를 살짝 기댔다가 뗐다. '이곳의 시간은 다른 리듬으로 흐르겠구나.'

센터 앞에 내리니, 햇볕에 바랜 간판에 NGO 이름이 적혀 있었다. 울타리 안으로 들어서자 첫 번째로 마주한 건 아이들의 웃음이었다. 공처럼 던져지는 웃음. "웰컴!" "모루하!"—스와힐리어의 안부가 뒤섞여 날아왔다. 에디는 서툰 영어와 미소로 답했다. 그 미소가 말의 빈칸을 메웠다.

오리엔테이션에서 현지 코디네이터 사무엘이 말했다.

"여기선 계획보다 '상황'이 먼저입니다. 오늘의 계획은… 바뀌려고 태어난 아이 같죠." 사람들 사이로 웃음이 돌았다. 옆자리의 봉사자 미라가 팔꿈치로 에디를 톡 건드렸다. "곧 알게 되실 거예요. 대신 여기선 작은 성취가 아주 크게 느껴져요."

그날 오후, 큰 망고나무 그늘 아래서 첫 수업이 열렸다. 알파벳 카드, 색연필, 낡은 공책. 아이들은 순식간에 반원을 만들었다. "When I say 'light'… you say…?" 아이들 쪽에서 손이 번쩍 들렸다. "Light!" "빛!" 어느새 누군가 한국말을 따라했다. 에디가 웃었다. “맞아요. 빛.” 그는 손바닥에 동그라미를 그려 아이들과 돌려 보였다. 동그라미가 돌아다닐 때마다 아이들 한 명씩 “Let there be light!” 하고 외쳤다. 가볍고 장난스럽지만, 그 말은 마치 주문처럼 나무 그늘을 맑게 했다.

밤이면 리듬이 달라졌다. 발전기 소리가 멀게 웅웅 울렸고, 방 안 공기엔 흙먼지와 비누 냄새가 섞였다. 샤워 물은 미지근했고, 하늘엔 별이 너무 많았다. 침대에 눕자 고요가 커졌다. 낮엔 웃음이 마음을 받쳐 줬다면, 밤은 마음을 비추었다. 이미지들이 떠올랐다—정전된 본당의 촛불, 호수 옆 겨울비, 말하지 못했던 문장들. 에디는 다이어리를 펴 펜촉을 댔다. ‘오늘 아이들, 빛이라고 외쳤다. 내가 들은 건 그들의 소리였나, 아니면 그녀의 목소리였나.’

한국의 겨울은 더 깊어졌다. 회계사무소 창을 스치는 바람이 유리창을 얇게 두드렸다. 애니는 보고서 마지막 장을 출력해 서류철에 꽂았다. 결산의 숫자들이 질서정연하게 줄을 섰지만, 마음속 숫자는 자꾸 흐트러졌다. 카톡 알림창에 교회 단체방이 올라왔다. [해외 파견 소식 공유: 에디 집사, 현지 적응 중. 사진 몇 장 첨부]. 애니는 눌렀다가 닫았다. 사진 가장자리의 붉은 흙, 아이들의 윙크, 먼지빛 햇살—한 프레임이 너무 많은 것을 말해 버릴까 봐.

오후 봉사팀 회의에서 장로 한 분이 말을 꺼냈다.

“권사님, 교회도 내년엔 사역 분담을 명확히 해야겠어요. 개인 사정이든 무엇이든… 오해의 소지가 생기면 안 되니까.”

말끝은 공손했지만 뜻은 날카로웠다. 애니는 천천히 고개를 끄덕였다. “네, 알겠습니다. 저는 제 자리 잘 지키겠습니다.”

회의가 끝나고 복도를 나설 때, 누군가 뒤에서 낮게 덧붙였다.

“그래도 에디 집사님 몫까지 권사님이 메워 주셔야죠.” 애니는 돌아보지 않았다. 발뒤꿈치에 힘을 주고 계단을 내려왔다. ‘내가 해야 할 말과 하지 않아야 할 말을 구분하는 일. 그게 오늘의 몫.’

저녁, 집에 돌아와 난방을 조금 올렸다. 부엌 불을 켜지 않은 채 식탁 의자에 앉았다. 냉장고 위, 아이가 주던 그림이 조용히 흔들렸다. ‘따뜻한 손.’ 애니는 손바닥으로 그 글자를 천천히 짚었다. 문득 딸에게서 전화가 왔다.

“엄마, 내일 점심 어때요?”—“좋지.” 잠시 침묵. “엄마… 괜찮아요?”—“응.” 짧은 대답이었지만, 두 사람은 그 안의 길이를 알았다.

케냐의 오전은 빠르게 달궜다. 오늘 할 일: 영양 간식 배분, 상수도 점검, 기초 영어 수업. 에디는 사무엘과 펌프 있는 우물 앞에 섰다.

“여긴 지하수 수위가 자주 내려가요. 펌프가 말썽이죠.” 사무엘이 웃었다. “이곳 사람들은 그럼에도 삶을 열어요. 당신도 곧 그렇게 될 거예요.”

펌프 레버를 함께 당기자, 물이 고르지 못한 호흡으로 치솟았다. 아이들이 양동이를 들고 줄을 섰다. 물이 컵에 부딪히는 소리가 소소하게 즐거웠다.

점심 이후, 교실 천장에서 뜨거운 공기가 내려앉았다. 에디는 칠판에 알파벳을 쓰다 손을 멈췄다. “A는…” 뒤쪽에서 작은 손이 들렸다. “애니?” 아이가 어눌하게 발음했다. 반 아이들이 우르르 웃었다. 심장이, 아주 작게 흔들렸다. 에디는 미소를 지으며 고쳐줬다. “A is for… apple.” 분필 가루가 공중에서 빛을 만들었다. 수업이 끝나고 미라가 물을 건넸다. “괜찮아요?”—“네.”—“여기선 자꾸 마음의 옛 지도를 꺼내 보게 되죠.” 그녀는 덧붙였다.

"그렇다고 길을 되돌아가진 말아요. 우린 앞으로 와 있잖아요."

해질 녘, 나무 그늘에 앉아 아이들과 노래를 맞췄다. 북 대신 손뼉, 멜로디 대신 박자. "Let—there—be—light." 한 음절 한 음절이 가볍게 튀었다. 하늘이 금빛으로 기울 때, 아이 하나가 물었다. "라이트, 어디?" 에디는 멀리 수평선을 가리켰다가, 자신의 가슴을 가리켰다.

"여기." 아이가 웃었다. "여기."

한국의 수요일 밤, 본당은 희미했다. 애니는 난로 옆 맨 앞줄에 앉았다. 중보기도 시간이 길어지는 날, 시간은 실처럼 풀렸다가 다시 감겼다. 예배 후에 한 집사가 다가왔다.

"권사님, 혼자서 너무 애쓰지 말아요." 말은 따뜻했지만, 끝에 뾰족한 바늘이 숨어 있었다. "사람들이 말은 하는데… 저는 권사님 편이에요."

친절한 동맹은 때로 더 고단했다. 애니는 고개를 숙여 감사 인사를 했다. '편이 되는 말은 편을 가른다는 뜻이기도 하지.'

귀가길, 골목 눈이 얇게 얼어 미끄러웠다. 집 앞 가로등이 깜박였다. 문을 열고 들어서자 고요가 먼저 달려왔다. 애니는 피아노 덮개를 조심히 들어 올렸다. 손가락을 얹어 한 음을 눌렀다. 맑은 소리가 방 안에 번졌다. 어느새 익숙해진 선율이 손끝에서 흘렀다. '어둠 속에 ' 거기까지만 하고 멈췄다. 음악은 말을 대신하지만, 오늘은 말이 먼저였다.

"주님, 그 사람을 지켜 주세요." 낮게, 한 번 더. "그리고… 제 마음도."

케냐의 주말, 센터에 작은 변수가 생겼다. 비가 오지 않았는데 마을 상수도 라인이 막혔다. 물차가 예정보다 늦겠다는 연락. 사무엘이 팀을 둘로 나눴다.

"미라, 에디, 아이들 음수 대체 라인—임시 급수. 나머지는 식품 창고 이동."

에디와 미라는 큰 물통을 들고 이동했다. 양동이 줄이 다시 생겼다. 미라는 숨을 고르며 웃었다. "한국에선 이런 거 자주 해요?"—"아뇨. 거긴… 물 걱정은 잘 안 해요." 미라가 고개를 끄덕였다.

"우리가 어디에 사느냐보다, 어디를 바라보느냐가 더 중요하대요. 난 그 말 믿어요."

저녁, 두 사람은 재고표를 맞추며 짧은 침묵을 공유했다. 미라가 조심스럽게 물었다. "여기 오기 전에… 누군가 있었나요?" 에디는 펜을 멈췄다.

"있었습니다. 지금은… 각자의 자리를 지키고 있어요."—"그럼 됐어요." 미라가 부드럽게 웃었다. "각자의 자리. 중요한 말이네요." 그녀의 친절에는 경계가 없었지만, 선을 넘지도 않았다. 그 절도가 에디를 안도하게 했다.

밤, 전기가 흔들리듯 꺼졌다 켜졌다. 발전기의 불빛이 희미하게 살아나자, 창문 너머로 별들이 더 또렷해졌다. 에디는 침대에 앉아 다이어리를 폈다. '물의 소중함, 빛의 방향, 사람의 선—오늘 배운 것들.' 마지막 줄에 짧게 덧썼다. '그녀가 들려주던 박자에 맞춰, 여기도 박수를 친다.'

한국의 주일 아침, 애니는 교회 현관에서 아이들을 맞았다. "장갑 끼고 왔니?" "네!" 작은 손들이 장갑 속에서 꿈틀거렸다. 예배 후, 고아원 방문차 짐을 차에 싣는데 장로 한 분이 다가왔다.

"권사님, 개인사 얘길 꺼낼 생각은 없어요. 다만… 교회가 말이 많아지는 건 좋지 않죠. 내년엔 역할을 재조정합시다."

애니는 웃는 표정으로 고개를 끄덕였다. "네, 저는 제 선을 지키겠습니다." 장로가 떠난 뒤, 그녀는 잠시 트렁크 문에 손을 대고 서 있었다. 금속의 차가움이 손끝으로 스며들었다. '선을 지키는 일. 선들 사이에서 균형을 잡는 일. 오늘도, 내일도.'

고아원 강당에서 아이들과 노래를 맞췄다. 피아노를 치는 손이 어느 대목에서 자연스레 멜로디를 바꿔 탔다. 'Let there be light—' 아이들이 순식간에 후렴을 따라붙었다. 원장님이 미소로 눈인사를 건넸다. 끝난 뒤, 한 아이가 다가와 종이별을 내밀었다. "선생님, 또 붙여요." 별 한쪽 끝에 삐뚤빼뚤한 글씨. '빛—있—어—라'. 애니는 웃었다. "그래. 또 붙이자." 그 말이 곧 자신에게 하는 말 같았다.

밤, 딸이 집에 들렀다. 컵라면 두 개를 사이에 두고 마주 앉았다. 딸이 젓가락을 내려놓고 말했다. "엄마, 누가 뭐래도 엄마 삶이에요. 누가 편이라 말해도, 결국 엄마 편은 엄마여야 해요."—"안다."—"엄마는 늘 누굴 먼저 챙겼잖아요. 이번엔… 기도하면서도 엄마 자신을 챙겨요." 애니는 고개를 끄덕였다. 라면 국물에서 김이 올랐다. 김 사이로 딸의 얼굴이 흔들렸다. "고맙다." 짧지만 온전한 말.

케냐의 월요일 아침, 아이들 사이에 감기 기운이 돌았다. 응급 키트를 들고 체온을 체크했다. 뜨거운 이마에 미지근한 천을 얹자 아이가 눈을 가늘게 떴다. "선생님…"—"응."—"…북." 아이가 손뼉을 두 번 쳤다. 에디가 웃으며 맞장구를 쳤다. 둔탁한 박자 두 개가 공기 중에 작은 다리를 놓았다. 수업 전, 짧은 기도를 드렸다. '여기서의 사랑이 저쪽에도 닿게 하소서. 저쪽에서의 눈물이 여기도 마르게 하소서.'

노을이 빠르게 내려앉는 저녁, 마을 끝 언덕에 올랐다. 붉은 땅 위, 바람이 판자를 때리는 소리가 들렸다. 에디가 주머니에서 접힌 종이를 꺼냈다. 한국에서 떠나던 날, 다이어리 첫 장에 썼던 문장. '빛이 있으라.' 그는 그 아래에 날짜를 한 줄 더 적었다. '여기—오늘.' 바람이 종이를 살짝 들어 올렸다가 내려놓았다.

같은 시각, 한국의 본당. 애니는 마지막 남아 기도하는 사람이었다. 불을 끄고 강단 앞에 섰다. 마이크 없이, 아주 낮은 목소리로 한 구절을 불렀다. "어둠 속에—" 멈추고, 미소를 지었다. "빛이 있으라." 스스로에게 들려주는 응답처럼.

밤이 깊어갈수록 두 곳의 온도는 달라지고, 하늘의 색도 달라졌지만, 달은 같은 모양으로 떠올랐다. 에디는 기숙사 창틀에 팔꿈치를 올리고 달을 보았다. 애니는 거실 커튼을 살짝 젖히고 달을 보았다. 서로 다른 창, 같은 달. 서로 다른 문장, 같은 기도.

에디는 다이어리를 덮으며 적었다. '빛은 멀리 있어도 이어진다.'

애니는 성경을 덮으며 속삭였다. '주님, 그 길을 지켜 주십시오. 그리고, 제 길도.'

그리고 밤이, 천천히 다음 날로 넘어갔다.

제34장

돌아보는 발걸음

케냐의 아침은 언제나 빠르게 뜨거워졌다. 해가 완전히 솟기 전부터 공기는 후끈했고, 붉은 흙길 위로 먼지가 피어올랐다. 에디는 아이들과 학교 건물 앞에 서 있었다. 오늘은 새로운 학용품을 나누는 날. 종이와 연필, 낡은 공책조차 귀한 곳에서 아이들은 하나씩 받아 들고 환하게 웃었다.

“Thank you, teacher!”

천진한 목소리들이 그의 마음을 무장 해제시켰다. 기쁨 뒤에 따라붙는 책임을 느끼며, 에디는 속으로 기도했다. ‘주님, 제가 할 수 있는 건 작아도 이들에게는 빛이 되게 하소서.’

밤이면 또 다른 고요가 내려앉았다. 모기 소리가 창문 틈으로 스며들었고, 멀리서 개 짖는 소리가 간헐적으로 이어졌다. 침대에 눕자 어김없이 떠오르는 얼굴—애니. 그는 낮게 중얼거렸다.

“이곳에 와도, 내 마음의 한 자리는 비어 있구나.”

한국의 겨울은 더 깊어졌다. 애니는 회계사무소 연말 결산을 마치고 곧장 교회로 향했다. 주일학교 성경 퀴즈대회 준비로 분주한 날. 아이들의 장난스러운 발걸음 사이에서 그녀는 묵묵히 준비물을 정리했다.

그때 복도 끝에서 들려온 말.

"에디 집사님은 저기서도 빛을 낸다던데… 권사님은 예전 일로 아직 말들이 있네요."

친절을 가장한 말은 가시처럼 박혔다. 애니는 웃어 넘겼지만 손끝이 차갑게 굳었다.

집으로 돌아와 교회 단체방에 올라온 사진을 보았다. 아이들과 웃는 에디, 붉은 대지의 나무 그늘 아래 둘러앉은 사람들. 화면을 오래 바라보다 껐다. '그는 거기서 살아가는데, 나는 아직 흔들리는구나.'

케냐의 어느 오후, 작은 예배 모임이 열렸다. 에디가 빌린 기타로 간단한 화음을 잡자 아이들의 가늘고 높은 목소리가 합쳐져 놀라운 힘을 냈다.

"Let there be light—"

그 구절이 그의 가슴에도 울렸다.

같은 시간, 한국의 새벽기도 자리에서 애니는 요한복음 1장에 시선을 멈췄다. "어둠이 빛을 이기지 못하더라." 그녀는 그 구절을 손끝으로 더듬으며 속삭였다. "빛이 이긴다."

시련도 찾아왔다. 감기 증세를 보이던 한 아이가 말라리아로 쓰러졌다. 치료가 늦어, 결국 작은 손을 놓아야 했다. 그 밤 에디는 누워 눈을 감았다. '내가 아무리 애써도 막지 못하는 일이 있구나.' 새벽녘, 마당에서 들려온 아이들의 웃음에 그는 조용히 깨달았다. '빛은 상실 속에서도 꺼지지 않는다.'

한국에서도 애니는 상처를 입었다. 주일 모임 후 한 장로가 말했다.

"권사님, 공동체를 위해 더 냉정해지셔야 합니다. 교회가 말이 많아지는 건 바람직하지 않아요."

애니는 미소로 답했지만 마음 깊숙이 선 눈물이 돌았다. 성경을 펼치고 같은 구절에 밑줄을 그었다. "어둠이 빛을 이기지 못하더라."

멀리 떨어진 두 장소에서 같은 확신이 자랐다. 두 사람은 다른 길 위에 있었지만, 결국 같은 빛을 바라보고 있었다.

제35장

흔들리는 공동체

케냐의 오전 공기는 이미 뜨거웠다. 오늘은 글쓰기와 그림 수업. 낡은 연필과 작은 종이를 받은 아이들은 집과 가족, 혹은 꿈을 그렸다.

한 아이가 막대기 같은 사람 둘을 그려 놓고 조용히 눈을 비볐다.

"What is this?"

"My father… I miss him."

순간, 에디의 가슴이 철렁 내려앉았다. 그 말은 단순한 어린아이의 그리움이었지만, 동시에 자신의 오래된 상처를 건드렸다. 유럽에서의 시간, 가족을 지키기 위해 선택했던 위장이혼, 그리고 지금까지 이어진 단절…. 그는 아이의 그림 속 선들이 곧 자신 같다고 느꼈다.

그는 무릎을 꿇고 말했다.

"You are not alone. Never alone."

아이의 눈동자에 희미한 빛이 들었다. '내가 위로하는 동시에, 이 아이가 나를 위로하고 있구나.'

한국에서 애니는 주일학교 아이들과 새 찬양을 연습했다.

"조금 더 힘차게— 그래, 잘했어."

그 기쁨은 짧았다. 회의가 시작되자 눈치 섞인 말들이 흘렀다.

“교회가 커질수록 소문도 많아지지요.”

“권사님이 중심을 잘 잡아야죠.”

겉은 칭찬 같지만 속은 경계. 애니는 미소로 메모만 했으나, 돌아오는 길 마음은 무거웠다. ‘나는 왜 아직 흔들릴까.’

며칠 뒤, 목사가 봉투를 들고 나왔다.

“케냐의 에디 집사님 편지입니다.”

“멀리 있지만 같은 빛을 바라봅니다. 아이들의 작은 웃음 속에서 한국의 여러분을 기억합니다. 기도해 주십시오. 저도 여기서 여러분을 위해 기도하겠습니다.”

순간 친교실은 고요해졌다. 애니는 손을 모은 채 눈을 내리깔았다. 글자가 눈물에 번졌다.

저녁, 케냐의 나무 그늘 아래 아이들이 박자를 맞췄다.

“Let there be light—”

흙바닥을 울리는 박자에 에디도 손을 맞췄다.

같은 시각 한국의 본당에서도 같은 선율이 흘렀다. 애니의 손끝에서 번진 음이 천장을 적셨다.

연습을 마친 그녀는 빈 본당에 홀로 앉아 낮게 중얼거렸다.

“주님, 저는 여기, 그는 거기. 그래도 한 하늘 아래서 같은 쪽을 보고 있지요."

그 시각, 에디는 다이어리를 덮으며 적었다.

"멀리 있어도 기도는 닿는다."

보이지 않는 선율 위에서 두 마음이 조용히 겹쳤다.

제36장

깊어지는 갈등

우기가 시작되자 마을은 붉은 진흙으로 잠겼다. 다리가 쓸려 내려가고, 움막 지붕으로 물이 스며들었다. NGO 센터는 임시 급식소가 되었다. 에디는 흙탕물을 헤치며 자루를 날랐다. 밤이면 피곤에 절어도 잠들지 못했다. '내가 무엇을 더 할 수 있을까.'

다음 날 아침, 한 아이가 말했다.

"You are… like a father here."

그 말은 오래 비어 있던 자리를 스쳐 갔다.

"No, we are family. All of us."

한국의 겨울은 차갑고 건조했다. 애니는 교회 재정 결산을 맡아 장부를 정리했다.

"권사님, 교회의 기둥이십니다."

이제 노골적인 의심은 줄고 존경이 섞였다. 그녀는 결심했다. '나는 내 자리를 지킨다. 사람의 말보다 하나님의 눈길을 먼저 보자.' 그러나 밤이 되면 피아노 앞에서 다시 흔들렸다. 호수 위로 흩날리던 겨울비, 정전된 본당의 침묵….

"주님, 제가 흔들리지 않게 붙들어 주소서. 그리고… 그곳의 그도 빛을 잃지 않게."

어느 저녁, 구호 현장 텐트 안 작은 예배. 본문은 마태복음 5장.

"You are the light of the world."

에디는 말했다. "어둠이 깊어도 빛은 사라지지 않습니다."

같은 시간, 한국의 본당에서도 같은 본문이 선포되었다. 애니는 숨이 멎는 듯 했다. '멀리 떨어져도 같은 말씀을 붙드는구나.'

예배 후, 그녀는 촛불 하나를 켜고 속삭였다.

"저도 빛으로 살겠습니다. 주님, 이 자리에 세우셨으니까요."

그 시각, 에디는 붉은 땅 위에서 작은 등불을 바라보며 적었다.

"We are light. Even here, even now."

서로 다른 길에서 같은 결심이 자라났다.

제37장

위로의 손길

우기가 지나고 굳은 진흙 자국이 남았다. 에디는 아침마다 마당을 쓸었고, 아이들은 빗자루를 들고 뒤따랐다.

낮의 웃음이 깊을수록 밤의 고독도 길었다. '나는 이 땅에 나그네인가. 아이들이 가족이라 불러도, 나는 어디에도 속하지 못하는 자일까.' 창밖의 별빛은 조용히 머물렀다.

한국의 겨울 바람은 매서웠지만, 애니의 발걸음은 단단해졌다. 사람들은 그녀를 "기둥"이라 불렀다. 의심은 옅어졌으나 완전히 사라지진 않았다. 애니는 담담히 생각했다. '사람의 말은 사라지는 메아리. 나는 주님 앞에서만 바로 서면 된다.'

집에 돌아오면 다시 피아노 건반 위에서 마음이 흔들렸다.

"주님, 저를 붙들어 주소서. 그리고 그도—그 자리에서 빛을 잃지 않게."

저녁, 마을 그늘 아래 손뼉과 허밍으로 합창이 이어졌다.

"주는 나의 빛, 나의 구원—"

에디는 눈을 감고 손을 모았다. '어쩌면 지금 한국에서도 이 노래가 울리고 있겠지.'

같은 시간, 한국 본당에서도 같은 곡이 울렸다. 애니는 이유 모를 울컥함을 느꼈다. 연습을 마친 그녀는 말없이 촛불 앞에 앉았다.

"빛은 결국 길을 잃지 않는다."

케냐의 밤, 에디는 다이어리에 짧게 적었다.

"멀리서도 같은 박자가 심장을 친다."

이번엔 문장을 달리하여, 반복의 메아리를 겹치지 않게 남겼다.

제38장

새로운 출발

해가 뜨자 붉은 대지 위로 빛이 쏟아졌다. 에디는 창문을 활짝 열고 아이들과 인사했다.

"Good morning, teacher!"

오늘의 주제는 '나의 꿈'. 의사, 선생님, 농부, 대통령… 어눌한 글씨 속에 단단한 소망이 박혀 있었다.

한 아이가 종이를 내밀었다. "I want… family."

에디는 잠시 눈을 감고 아이의 어깨를 감쌌다.

"You are loved. Always. Never forget that."

한국에서는 송구영신예배 준비로 분주했다. 애니는 재정을 관리하는 책임자로 신뢰를 받았다.

"권사님이 아니었으면 어디서부터 시작했을지 몰랐어요."

그녀는 미소 지었지만 속으로는 떨림이 있었다. '기대 속에서 어떻게 흔들리지 않을까.' 딸이 말했다.

"엄마, 자신도 돌봐야 해요. 늘 남만 챙기면 결국 엄마가 무너져요."

그 말은 조용히 마음에 남았다.

케냐에서는 마을 지도자들과의 회의가 열렸다.

"우리는 당신을 존중합니다. 하지만 외부의 간섭은 경계합니다."

에디는 답했다. "문화를 배우고 싶습니다. 다만 아이들의 생명과 미래를 위해 협력하길 바랍니다."

팽팽하던 긴장은 물탱크 공동 작업을 함께 하며 풀어졌다.

"You work like one of us."

단순한 인정 한마디가 마음을 뜨겁게 했다.

한국에서 애니는 교회 운영위원으로 선출되었다.

"하나님의 뜻을 먼저 구하는 교회가 되었으면 합니다. 작은 봉사에서도 사랑이 드러나야 합니다."

회의장은 잠시 고요해졌다가 고개 끄덕임이 이어졌다. 그날 밤, 그녀는 피아노 앞에서 속삭였다.

"주님, 저도 결국 당신의 빛으로 서고 싶습니다. 그가 그곳에서 감당하듯, 저도 여기서."

며칠 뒤 교회로 온 편지—아이들과 함께한 합창 사진, 나무 그늘 아래 웃는 에디.

"아이들의 노래가 제게는 기도입니다. 멀리서도 우리는 같은 빛을 바라보고 있습니다."

성도들의 박수 속에 애니는 눈을 감았다. 메아리처럼 귓가에 남은 목소리.

저녁, 케냐에선 아이들이 깨끗한 물 노래를 불렀다. 손을 비비는 율동이 별빛에 반짝였다.

같은 시각 한국 본당에서는 아이들이 새 알파벳 송을 외우며 박자를 맞췄다.

두 노래는 다르지만, 두 자리의 마음은 같은 쪽을 향해 있었다.

애니는 촛불을 끄며 속삭였다.

"빛은 결국 길을 잃지 않는다."

에디는 다이어리에 남겼다.

"다른 노래를 부르지만, 같은 하늘을 본다."

제39장

로컬리더와의 만남

케냐의 태양은 여전히 뜨겁게 내리쬐었다. 에디는 오전 내내 아이들과 함께 교실 벽을 새로 칠했다. 낡은 흙벽에 하얀 석회를 바르자, 교실은 전혀 다른 공간이 되었다. 아이들은 웃으며 붓을 들고 벽에 자기 이름을 써 넣으려 했다.

“Not names, only clean.”

에디가 웃으며 말하자, 아이들이 장난스럽게 입을 삐죽였다. 그러나 곧 다시 붓질을 시작했고, 그 손길은 어눌했지만 진지했다. 작업을 마치고 땀에 젖은 셔츠를 짜내며 그는 생각했다. ‘나는 매일 이 아이들에게 무엇을 남기고 있는 걸까. 글씨 몇 자, 노래 한 소절, 그리고 나의 손길…. 그것으로 충분할까.’

그날 오후, 그는 마을 지도자들의 회의에 초대되었다. 흙바닥 위에 둥그렇게 앉은 어른들의 얼굴에는 긴장과 경계가 섞여 있었다. 한 지도자가 무겁게 입을 열었다.

“우리는 당신이 아이들을 사랑한다는 것을 압니다. 그러나 외부 사람이 우리의 방식을 무너뜨릴까 걱정됩니다.”

순간 공기가 무거워졌다. 다른 지도자도 고개를 끄덕이며 덧붙였다.

“우린 오랫동안 이 땅에서 이렇게 살아왔습니다. 당신의 도움은 감사하지만, 우리는 우리의 길을 지켜야 합니다."

에디는 잠시 숨을 고르고 조심스럽게 말했다.

"저는 이곳의 문화를 배우러 온 사람입니다. 제가 가진 작은 지식이나 경험을 강요하려는 것이 아닙니다. 다만, 아이들의 생명과 미래만큼은 함께 지켜가고 싶습니다. 그것이 제가 여기에 있는 이유입니다."

순간 회의장은 고요해졌다. 밖에서 아이들의 합창 소리가 희미하게 들려왔다.

"주는 나의 빛, 나의 구원—"

아이들의 순수한 목소리가 바람을 타고 들어왔다. 지도자들은 서로 얼굴을 마주 보았다. 한 노인이 천천히 일어나 에디의 손을 잡았다.

"당신이 우리와 함께 배우려 한다면, 우리도 당신과 함께 일할 수 있습니다."

짧지만 무게 있는 순간이었다. 에디는 깊이 고개를 숙였다. '이제서야 내가 진짜 이곳에 발을 디딘 것 같다.'

한편, 한국에서는 연말 사역이 막바지에 이르고 있었다. 교회의 여러 부서들이 새해 계획 내놓는 회의에서, 애니는 다시금 중심에 서 있었다.

"권사님, 재정 상황은 어떻습니까?"

"이 부분은 어떻게 조율하면 좋을까요?"

질문이 이어졌고, 모두가 그녀의 대답을 기다렸다. 애니는 차분히 자료를 정리하며 답했다. 목소리는 흔들리지 않았지만, 속으로는 부게를 느꼈다. '사람들이 나를 이렇게 의지하는데… 나는 정말 그 기대를 감당할 수 있을까.' 회의가 끝난 뒤, 한 장로가 다가와 조용히 말했다.

"권사님, 지금처럼만 서 주시면 됩니다. 교회는 권사님 같은 분이 꼭 필요합니다."

칭찬이었지만, 동시에 그녀의 어깨 위에 더 무거운 짐을 얹는 말이기도 했다. 집에 돌아온 애니는 피아노 앞에 앉았다. 건반 위에 손을 얹고 한참 동안 아무 소리도 내지 않았다. 마음속에서 또다시 목소리가 울려왔다. '너는 흔들리지 말아야 한다.' 그러나 곧 다른 속삭임이 겹쳤다. '너도 인간이잖아. 너도 외로운데….' 그녀는 결국 짧은 화음을 눌렀다. 낮고 길게 울리는 음은 마치 자기 고백 같았다.

며칠 뒤, 케냐의 마을에서 작은 축제가 열렸다. 아이들이 합창단을 꾸려 노래를 불렀다. 나무 그늘 아래, 손뼉과 북소리가 울렸고, 마을 사람들은 함께 박수를 쳤다. 한 아이가 노래 도중 갑자기 에디 쪽을 바라보며 외쳤다.

"Teacher, you are our light!"

사람들이 웃었지만, 에디의 눈은 순간 젖었다. 그는 두 손을 들어 아이들에게 화답했다.

"No, YOU are the light."

그러나 밤에 텐트로 돌아와 그는 홀로 무너졌다. '나는 저 아이들에게 빛이라 불리지만, 정작 내 안에는 아직도 그림자가 가득하다. 그 그림자는 왜 지워지지 않는 걸까.'

한국에서도 마침 같은 시각, 주일학교 아이들이 발표회를 준비하고 있었다. 애니는 아이들 앞에서 피아노를 치며 지휘했다. 아이들의 목소리가 천장에 울릴 때, 그녀의 마음도 순간 환해졌다.

발표가 끝난 뒤, 한 아이가 다가와 말했다.

"권사님은 우리한테 빛 같아요."

애니는 순간 웃음을 잃었다. 아이의 말은 단순한 칭찬이었지만, 그녀의 가슴을 파고들었다. '나는 지금 아이들에게 빛이라 불리지만… 내 안에는 여전히 어둠이 가득한데.'

그녀는 아이의 머리를 쓰다듬으며 말했다.

"아니야, 네가 빛이지. 네가 이 교회를 환하게 만들고 있어."

케냐의 밤, 에디는 작은 등불 옆에서 말씀을 펴 들었다. 그날 눈에 들어온 구절은 시편 43편이었다.

"주의 빛과 진리를 보내어 나를 인도하소서."

그는 눈을 감고 속삭였다. "주님, 제 안에도 빛을 보내주소서."

같은 시간, 한국의 본당에서 애니도 무릎을 꿇고 있었다. 그녀가 붙든 구절 역시 시편이었다.

"주의 얼굴 빛을 우리에게 비추소서."

눈물이 성경 위에 떨어졌다.

멀리 떨어진 두 자리, 같은 기도가 같은 하늘로 오르고 있었다.

애니는 예배당 불을 모두 끄고 마지막으로 촛불 하나를 켰다. 그 불빛을 바라보며 혼잣말했다.

"빛은, 결국 길을 잃지 않는다."

케냐에서 에디는 아이들의 노래가 끝난 뒤, 별빛 아래 다이어리를 펼쳤다.

"멀리서도, 같은 기도가 닿는다."

그리고 같은 하늘 아래, 두 사람의 기도가 별빛처럼 반짝이고 있었다.

제40장

첫번째 시험

케냐의 아침 햇살은 여전히 뜨겁고 눈부셨다. 그러나 에디의 발걸음은 점점 무거워지고 있었다. 아이들과 함께 웃으며 수업을 진행하고, 물 프로젝트의 진척 상황을 확인하고, 마을 지도자들과 회의를 이어가는 동안 그는 자신이 기진맥진해져 가고 있음을 자주 느꼈다.

며칠째 계속되는 두통과 열기, 가슴 깊은 곳의 피로가 한꺼번에 몰려왔다. 아이들이 그를 붙잡고 "Teacher, sing! Sing with us!" 하고 외칠 때, 그는 미소를 지으면서도 안쪽에서는 "나는 아직 할 일이 많은데, 이 몸이 나를 따라주지 않으면 어떻게 하나" 하는 불안이 고개를 들었다.

그날 저녁, 그는 침대에 누워 숨을 고르며 속삭였다.

"주님, 제 한계가 이렇게 빨리 드러나는 걸까요… 아니면 더 낮아져야 한다는 뜻일까요."

한국의 겨울은 여전히 차갑고 건조했다. 애니는 교회 재성위원장으로 신출되어 새로운 책임을 맡았다. 주일예배 후, 장로들이 다가와 말했다.

"권사님, 교회가 이렇게 안정된 건 권사님의 섬김 덕분입니다."

"앞으로 더 큰 사역에도 중심을 잡아 주셔야 합니다."

그들의 말은 칭찬 같았지만, 애니의 마음에는 또 다른 무게로 다가왔다.

'나는 점점 더 무대 위로 올라가는 느낌이다. 사람들 앞에서 빛처럼 서 있어야 하지만… 내 안의 그림자는 누가 봐줄까.' 집에 돌아와 딸과 함께 저녁을 나누며 애니는 조용히 물었다.

"너는 엄마가 요즘 어떻게 보이니?"

딸은 잠시 젓가락을 내려놓고 엄마의 얼굴을 오래 바라보았다.

"엄마, 강해 보여요. 그런데… 가끔은 너무 외로워 보여요."

애니의 가슴이 철렁 내려앉았다. 딸은 말을 이었다.

"엄마, 이제는 엄마 자신을 위해서도 기도하세요. 늘 남들 위해서만 기도하지 말고요."

그 말은 마음 깊숙이 파문을 일으켰다.

며칠 뒤, 교회로 한 봉투가 도착했다. 이번에는 단체 보고서가 아닌, 에디가 직접 쓴 개인 편지였다. 목사와 몇몇 사역자의 손을 거쳐 결국 애니의 손에 들어왔다. 애니는 조심스럽게 봉투를 열었다. 글씨는 다소 흔들렸지만, 또렷한 힘이 있었다.

"멀리 있지만, 제 마음은 같은 하늘을 바라보고 있습니다. 아이들과 함께 웃다가도, 문득 혼자가 되면 흔들릴 때가 있습니다. 그럴 때마다 당신의 기도를 기억합니다. 그것이 제게 큰 힘이 됩니다. 주님께서 우리 각자를 붙들고 계심을 믿습니다."

애니의 눈에 눈물이 고였다. 그는 여전히 그곳에서, 자신과 같은 하늘을 바라보며 살아가고 있었다. 편지를 접어 가슴에 꼭 안은 채, 그녀는 눈을 감았다.

케냐의 어느 밤, 에디는 열로 지쳐 침대에 누워 있었다. 모기장 너머로 들려오는 아이들의 노랫소리가 그의 귓가를 스쳤다. 눈을 감은 채, 그는 속으로 기도했다.

"주님, 아직 저에게 맡기신 일이 남았다면, 이 몸을 붙들어 주소서. 그러나 만약 이제 내려놓아야 할 때라면… 그 길도 순종하게 하소서."

같은 시간, 한국의 본당에서도 애니가 새벽기도 자리에서 무릎을 꿇고 있었다. 촛불 하나만이 어둠을 밝히고 있었다. 그녀는 손을 모으며 속삭였다.

"주님, 그가 흔들리지 않도록 붙들어 주소서. 그리고… 제 마음도 붙들어 주소서. 주께서 우리를 같은 하늘 아래 두셨으니, 결국은 같은 빛으로 인도하실 것을 믿습니다."

멀리 떨어진 두 땅에서, 같은 기도가 같은 하늘로 울려 퍼졌다.

새벽이 밝아올 무렵, 에디는 기운을 차려 다이어리에 짧게 기록했다.

"빛은 약할 때 더 선명하다."

그 시각, 애니는 예배당을 나서며 성경 여백에 펜으로 적었다.

"빛은 어둠 속에서 더욱 빛난다."

두 사람의 문장은 서로 닮아 있었고, 같은 하늘 아래에서 보이지 않는 길을 하나로 잇고 있었다.

제41장

빛과 그림자의 교차

케냐의 아침은 전날 밤의 고열과는 달리 유난히 청명했다. 아직 몸이 완전히 회복되지는 않았지만, 에디는 아이들이 부르는 노랫소리에 이끌려 천천히 기숙사 문을 열었다. 마당 한가운데, 아이들이 작은 원을 그리며 손뼉을 치고 있었다.

"Teacher! Teacher!"

아이들이 그를 발견하고 달려왔다. 에디는 비틀거리며 웃었다.

"오늘은 그냥… 앉아서 듣기만 할게."

그는 나무 그늘 아래 자리를 잡고 앉았다. 아이들은 그를 향해 환하게 웃으며 노래를 이어갔다.

"Light of the world, you stepped down into darkness—"

서툰 발음의 영어 찬양이었지만, 그 음성은 기도로 가득했다. 에디의 가슴속에 따뜻한 무엇이 밀려들었다. '나는 약해져 있지만, 이 아이들이 곧 내 빛이구나.' 한국의 겨울 새벽, 애니는 교회 본당에서 촛불을 켰다. 작은 불빛이 어둠을 뚫고 서 있었다. 그녀는 성경을 펼쳐 요한복음 8장을 읽었다.

"나는 세상의 빛이니, 나를 따르는 자는 어둠에 다니지 아니하고, 생명의 빛을 얻으리라."

그 구절을 읽으며 애니는 눈을 감았다. ‘내가 빛이 아니라, 주님이 빛이시지. 나는 그 빛을 비추는 거울일 뿐.’ 그 깨달음이 그녀의 마음을 가볍게 했다.

그날 저녁, 딸과 함께 차를 마시며 애니는 고백했다.

“너 말이 맞았어. 내가 내 자신을 위해 기도해야 한다는 거. 오늘은 오랜만에… 내 영혼을 위해 기도했단다.”

딸은 따뜻하게 미소 지으며 엄마의 손을 꼭 잡았다.

며칠 후, 케냐 마을에서는 아이들의 작은 합창제가 열렸다. 마을 주민들이 모여 아이들의 노래를 들었다. 에디는 무대 뒤에서 아이들을 격려했다.

“Remember, sing with your hearts, not just with your mouths.”

아이들이 무대에 올라가 찬양을 부를 때, 주민들의 눈이 촉촉해졌다. 노래가 끝난 뒤, 한 어머니가 다가와 에디에게 말했다.

“당신 덕분에 우리 아이가 웃게 되었습니다. 당신은 우리 마을의 가족입니다.”

그 말은 에디의 마음에 깊이 파고들었다. ‘나는 외부인이지만, 이제 이곳에서 뿌리를 내리고 있구나.’ 한국에서도 주일학교 아이들의 합창 발표가 있있다. 애니는 피아노를 치며 아이들을 이끌었다. 아이들의 목소리가 본당을 가득 채우자, 성도들의 얼굴에도 미소가 번졌다.

발표가 끝나고 성도들이 박수를 치는 가운데, 한 집사가 애니에게 말했다.

“권사님, 이 아이들이 이렇게 찬양할 수 있는 건 다 권사님 덕분입니다. 교회의 등불 같은 분이세요.”

애니는 순간 당황스러웠다. 그러나 이번엔 웃으며 조용히 대답했다.

"제가 아니라, 아이들이 주님의 빛을 전하는 거예요. 저는 그저 건반을 눌렀을 뿐입니다."

그 말은 단순한 겸손이 아니라, 이제는 진심에서 우러나온 확신이었다.

그날 밤, 에디는 별빛 아래에서 다이어리를 펼쳤다.

"내가 약해질 때, 아이들이 나를 세워준다. 나는 빛이 아니라, 그 빛을 비추는 거울일 뿐."

같은 시간, 애니도 성경 여백에 펜으로 적었다.

"빛은 내 것이 아니라, 내게 비쳐 주신 주님의 것이다."

멀리 떨어진 두 자리에서 같은 고백이 울려 퍼지고 있었다.

새벽이 다가올 즈음, 케냐의 하늘과 한국의 하늘에 동시에 달이 떠올랐다. 서로 다른 대륙, 다른 시간대. 그러나 같은 달빛이 두 사람의 기도를 감싸고 있었다.

제42장

길 위의 동역자

케냐의 대지는 다시 긴장 속에 잠겨 있었다. 몇 주 전부터 아이들 사이에서 열과 설사가 번지더니, 이제는 마을 전체로 확산되는 조짐이 보였다. 현지 의료진은 턱없이 부족했고, 약은 한정되어 있었다. 아이들은 하나둘 고열에 시달리며 누워 있었다. 에디는 밤낮없이 아이들을 돌보았다. 젖은 수건을 이마에 얹어 주고, 손을 꼭 잡으며 기도했다.

"주님, 이 작은 생명을 붙들어 주소서."

아이들의 가느다란 호흡이 그의 심장을 조여 왔다.

현지 지도자가 다가와 그의 어깨를 붙잡았다.

"당신도 쉬어야 합니다. 아이들을 위해서라도."

그러나 에디는 고개를 저었다.

"아이들을 먼저… 그들을 지켜야 합니다."

옆에서 돕던 동료 미라가 단호히 말했다.

"에디, 당신도 지켜야 아이들을 지킬 수 있어요. 당신이 쓰러지면 이 일은 더 무너집니다."

그 말은 그의 마음을 찔렀다. '내 몸도 주님께서 맡기신 도구인데, 무너뜨

리면 안 되겠구나.’

같은 시기, 한국의 교회는 분주했다. 연말 부흥회와 전교인 수련회를 동시에 준비하는 큰 행사가 다가왔기 때문이다. 애니는 재정과 봉사팀을 총괄하며 분주히 움직였다. 식사 준비, 숙소 배정, 재정 결산, 강사 접대까지 모든 일에 그녀의 손길이 닿았다. 성도들은 애니를 의지했다.

“권사님, 없었으면 어쩔 뻔했을까요.”

“권사님이 계시니 우리가 든든합니다.”

그 말들은 감사의 표현이었지만, 동시에 무거운 기대였다. 애니는 새벽에 눈을 떠 거울을 보며 속삭였다.

“나는 어디까지 견딜 수 있을까.”

준비 도중, 한 성도가 웃으며 농담처럼 말했다.

“권사님, 에디 집사님 생각에 더 힘이 나시죠?”

주위 사람들은 웃었지만, 애니의 가슴은 순간 철렁 내려앉았다. 그녀는 웃으며 대답했지만, 속으로는 파문이 일었다. ‘나는 그를 생각하지 않으려 애쓰는데… 사람들은 그렇게 보는구나.’ 케냐의 밤, 에디는 열에 시달리는 아이 곁에 앉아 있었다. 아이의 작은 손을 잡고 기도했다.

“주님, 제가 가진 건 미약합니다. 그러나 주님의 손은 강하십니다. 이 아이를 살려 주소서.”

눈물이 그의 눈가를 타고 흘렀다. 그 순간, 한국의 애니도 교회 본당에서 홀로 무릎을 꿇고 있었다. 행사를 앞두고 심신이 지쳐 있었던 그녀는 깊은 한숨을 내쉬며 기도했다.

"주님, 저를 붙들어 주소서. 그리고… 그를 붙들어 주소서. 우리가 서로 다른 땅에 있어도 같은 빛을 바라보게 하소서."

서로 알지 못한 채, 같은 시간, 같은 하늘 아래에서 같은 기도가 울려 퍼지고 있었다.

며칠 뒤, 작은 기적이 일어났다. 케냐에서 죽음의 문턱까지 갔던 아이가 서서히 호흡을 되찾았다. 눈을 뜨고 미소를 지었을 때, 에디는 가슴 깊이 울컥했다.

"Thank you, Lord…"

아이의 웃음은 마치 부활의 빛처럼 마을을 밝히고 있었다.

한국에서도 부흥회의 마지막 날, 뜻밖의 은혜가 일어났다. 성도들이 함께 찬양을 부르며 눈물을 흘렸고, 오랫동안 서로 등을 돌렸던 이들이 화해하며 손을 잡았다. 애니는 그 장면을 지켜보며 눈물을 삼켰다. '주님, 빛이 살아 계십니다. 어둠 속에서도 여전히.'

그날 밤, 에디는 다이어리에 적었다.

"빛은 어둠 속에서도 생명을 낳는다."

애니도 성경 여백에 펜으로 기록했다.

"빛은 우리를 넘어, 우리를 통해 흘러간다."

멀리 떨어진 두 자리, 같은 하늘 아래, 같은 빛이 흘러가고 있었다.

제43장

시선의 무게

케냐의 아침, 새들이 일제히 울며 숲의 하루를 열었다. 폭우와 전염병의 위기를 지나며 마을 사람들의 눈빛은 달라져 있었다. 이제는 낯선 외부인으로 경계하던 시선이 아니라, 함께 흙을 일구고 아이들을 지켜낸 동료의 눈빛이었다. 에디는 마당에 모인 아이들을 바라보았다. 작은 노트와 낡은 연필을 쥔 그 손들이 여전히 서툴지만, 그 안에 담긴 열망은 뜨거웠다.

"Today, write your dreams again," 그는 천천히 말했다.

아이들은 웃으며 종이에 글씨를 적고 그림을 그렸다. 어떤 이는 나무 그늘을, 어떤 이는 물통을, 또 다른 이는 'Teacher'라는 단어를 서툴지만 또박 또박 적었다. 아이들의 글씨를 바라보던 순간, 에디의 마음속에 잔잔한 확신이 흘렀다. '이 아이들의 웃음이 바로 내 길이다. 내가 이곳에 있는 이유다.'

그러나 저녁이 되면, 그 확신을 흔드는 고독이 몰려왔다. 불빛이 약한 기숙사 방, 멀리서 들려오는 북소리와 노랫소리. 그 속에서 그는 여전히 애니의 얼굴을 떠올렸다. 본당의 촛불 아래서 함께 기도하던 모습, 호수길을 걸으며 나누었던 침묵. 그 기억은 위로이면서도 그리움으로 그를 파고들었다.

옆방에서 동료 미라가 다가와 물었다.

"에디, 여기서 계속 살 수 있겠습니까?"

그는 한참을 생각하다가 조용히 대답했다.

"나는 빛이 닿는 곳에 있어야 합니다. 지금은… 여기가 그 자리 같습니다."

한국의 겨울은 차가운 바람과 함께 또 한 해의 끝을 알려 주고 있었다. 교회의 여러 행사들이 마무리되며, 애니는 자연스럽게 지도자의 자리로 서 있었다. 주일학교, 재정위원회, 봉사팀… 많은 이들이 그녀를 의지했고, 성도들의 시선은 존경으로 가득했다.

"권사님, 요즘 정말 교회의 기둥이십니다."

"권사님이 계셔서 저희가 이렇게 든든하지요."

그 말은 감사했지만, 동시에 애니의 마음을 무겁게 했다. 왜냐하면 그 말 뒤에는 여전히 은근한 속삭임이 겹쳐 들렸기 때문이다.

"…그래도, 에디 집사님이 계셨다면 더 든든했겠죠."

누군가 농담처럼 흘린 말이었지만, 애니의 마음에는 깊은 그림자를 드리웠다. '나는 누구의 그림자가 아니라, 나 자신의 길을 가야 한다.' 그날 저녁, 딸과 함께 근교 산책을 나섰다. 겨울 바람이 얼굴을 스치며 차갑게 불었다. 딸이 먼저 입을 열었다.

"엄마, 사람들이 뭐라고 해도 엄마는 엄마예요. 누구의 뒤에 서는 그림자가 아니라, 자기 길을 걷는 사람이에요."

애니는 순간 발걸음을 멈추었다. 눈가가 젖어 들었다.

"그래, 나도… 내 길을 가야겠지."

케냐에서는 주일 예배가 열렸다. 작은 마을의 예배당, 낡은 나무 벤치와 헐거운 지붕 아래에서 사람들은 뜨겁게 찬양했다. 설교자가 본문을 읽었다.

"마태복음 28장, 너희는 가서 모든 족속으로 제자를 삼으라."

그 구절이 에디의 마음을 강하게 울렸다. '내가 이곳에 있는 이유. 나를 이 길로 부르신 이유. 바로 이것이구나.' 같은 시간, 한국의 교회에서도 예배가 드려지고 있었다. 목사의 목소리가 본당에 울려 퍼졌다.

"오늘 본문은 마태복음 28장입니다. 너희는 가서 제자 삼으라."

애니의 눈이 크게 열렸다. 같은 말씀, 같은 시간. 그녀의 가슴 깊은 곳이 뜨겁게 달아올랐다. '나는 단지 교회의 회계나 봉사자가 아니라, 주님께서 부르신 제자로서의 길을 걷고 있구나.'

예배가 끝난 뒤, 케냐의 붉은 땅 위에서 에디는 다이어리에 적었다.

"내 발걸음은 이 아이들의 미래로 향한다. 그 길 끝까지 가리라."

한국의 본당에서 애니도 성경 여백에 적었다.

"나의 길도 주님께서 세우신 길 위에 있다. 흔들리지 않으리라."

멀리 떨어진 두 사람, 서로 다른 길을 걷고 있었지만, 결국 같은 부르심 안에 서 있었다.

제44장

거짓의 그림자

케냐의 하늘은 붉게 물들며 하루를 시작했다. 전염병의 위기를 지나며 마을은 서서히 회복을 맞고 있었다. 그러나 그 회복은 또 다른 질문을 불러왔다.

“앞으로는 어떻게 마을을 지킬 것인가.”

NGO 본부에서 내려온 관계자와 현지 지도자들이 회의를 열었다. 한 지도자가 말했다.

“아이들에게 물이 필요합니다. 깨끗한 우물이 없으면, 같은 일이 반복될 겁니다.”

또 다른 지도자가 덧붙였다.

“학교도 더 넓어야 합니다. 아이들이 너무 좁은 교실에 몰려 있습니다.”

모두의 시선이 에디에게 향했다. 그는 잠시 말을 잃었다. 그 제안은 사명으로는 기쁘지만, 현실적 무게가 너무 컸다. 몸은 여전히 완전히 회복되지 않았고, 마음속엔 끊임없이 흔들리는 그리움이 있었다.

그날 저녁, 텐트로 돌아온 에디는 잠시 숨을 고르며 속삭였다.

‘주님, 저는 기뻐하면서도 두렵습니다. 제 몸과 마음이 이 일을 감당할 수 있을까요. 아니면 제 욕망 때문에 길을 넓히려 하는 건 아닐까요.’

옆방에서 미라가 다가와 조용히 물었다.

"에디, 당신의 마음은 어디 있습니까? 이곳입니까, 아니면… 다른 곳입니까?"

에디는 대답하지 못했다. 애니의 얼굴이 떠올랐다. 본당에서의 눈빛, 호수 길의 침묵, 그리고 그의 가슴에 여전히 남아 있는 빛.

한국의 겨울, 애니는 교회 운영위원회에서 새로운 제안을 받았다.

"권사님, 이제는 교회 안팎으로 더 큰 사역을 맡아 주셔야겠습니다. 지역 사회 봉사와 선교 후원 위원회를 이끌어 주세요."

목사의 눈빛은 진지했고, 장로들도 고개를 끄덕였다. 애니의 마음은 벅찼지만, 동시에 무거웠다. '나는 이미 많은 책임을 맡고 있는데… 더 큰 자리로 가는 것이 맞을까.' 회의가 끝난 뒤, 몇몇 성도들이 속삭이는 소리가 들려왔다.

"역시 권사님은 대단하시죠. 하지만, 에디 집사님과의 관계도 결국은 사람들이 다 아는 사실 아니겠어요."

웃음 섞인 목소리였지만, 애니의 가슴은 순간 철렁 내려앉았다. '나는 누구의 그림자도 아닌데… 왜 사람들의 말은 여전히 나를 묶으려 하는 걸까.'

그날 밤, 집으로 돌아온 애니는 성경을 펼치며 무릎을 꿇었다.

"주님, 저는 흔들립니다. 그러나 사람들의 말보다 주님의 음성을 붙잡고 싶습니다. 제 길을 확실히 보여 주소서."

그 시각, 케냐의 에디도 텐트 안에서 무릎을 꿇고 있었다. 피곤한 몸으로 기도하는 그의 입술은 떨리고 있었다.

"주님, 제 마음을 정결하게 하소서. 제 길을 제 뜻대로 넓히려는 것이 아니라, 주님의 뜻대로 걷게 하소서. 제 안에 있는 그리움마저도 주님께 맡깁니다."

멀리 떨어진 두 땅, 그러나 같은 시간, 같은 기도가 하늘로 오르고 있었다.

며칠 뒤, 작은 사건이 일어났다. 케냐에서 회의가 끝난 후, 한 현지 지도자가 에디의 손을 잡았다.

"당신은 우리와 함께 걷는 빛입니다. 우리 아이들이 당신을 통해 웃고 있습니다. 두려워하지 마십시오."

그 말은 그의 마음 깊은 곳에 위로가 되었다. 한국에서도 부흥회 준비를 마친 뒤, 애니에게 주일학교 아이 하나가 다가왔다.

"권사님, 하나님이 권사님을 좋아하실 거예요."

짧은 말이었지만, 애니의 눈에 눈물이 맺혔다. '주님, 제가 빛이라 불리는 게 아니라, 당신께서 제게 비추어 주신 빛을 사람들이 본 것이지요.'

그날 밤, 에디는 다이어리에 적었다.

"빛은 내가 가진 것이 아니라, 나를 통해 흐르는 것이다."

애니도 성경 여백에 기록했다.

"나는 그 빛의 통로일 뿐이다."

멀리 떨어진 두 사람, 서로 다른 자리에서 같은 고백을 하고 있었다.

빛은 그들의 마음과 길을 넘어, 하나의 길로 이어지고 있었다.

제45장

시험의 바람

케냐의 하늘은 한동안 청명했지만, 오후가 되면 늘 먹구름이 몰려왔다. 에디는 아이들과 함께 학교 확장 공사 현장에 있었다. 작은 교실을 두 개 더 짓는 일이었다. 돌과 진흙을 쌓아 올리는 단순한 작업이지만, 아이들에게는 미래를 여는 문과 같았다.

아이들이 모래를 퍼 나르고, 그는 그 옆에서 벽돌을 나르며 흙을 섞었다. 땀방울이 눈가로 흘렀지만, 에디는 웃었다. 그러나 몸은 이미 지쳐 있었고, 며칠째 이어지는 두통과 어깨의 통증이 그를 괴롭히고 있었다.

"Teacher, are you okay?"

한 아이가 그를 바라보며 물었다. 에디는 웃으며 대답했다.

"I'm okay. Don't worry."

그러나 그 말은 진실의 절반이었다.

그날 밤, 그는 침대에 누워 오래도록 눈을 감지 못했다. 가슴 깊은 곳에서 작은 두려움이 피어올랐다.

'이 길을 끝까지 갈 수 있을까. 내 몸이 더 이상 버텨 주지 않는다면, 아이들은 어떻게 될까.'

옆방에서 미라가 다가와 그를 바라보았다.

"에디, 당신은 이곳의 빛입니다. 하지만… 당신의 영혼도 지켜야 합니다. 당신이 쓰러지면, 이 빛도 흔들립니다."

그 말은 그의 가슴에 깊이 새겨졌다. 한국의 겨울, 애니는 선교 후원 위원장으로 새로운 사역을 시작했다. 회의와 모금 활동, 지역 사회 봉사까지, 하루가 어떻게 흘러가는지 모를 정도였다. 성도들은 그녀를 존경했다.

"권사님이 계셔서 교회가 든든합니다."

"이제는 한국 교회를 넘어, 세계로 빛을 전하셔야지요."

그러나 다른 목소리도 있었다.

"권사님이 너무 전면에 나서는 것 같아요."

"에디 집사와의 이야기도 있으니, 더 조심하셔야지요."

그 말은 속삭임처럼 들려왔지만, 애니의 가슴에는 가시처럼 박혔다. 집으로 돌아온 그녀는 혼자 거울 앞에 섰다.

'나는 누구의 그림자가 아니다. 나는 주님께서 부르신 길을 걷는 사람이다. 사람들의 말에 묶이지 않겠다.'

딸이 조용히 나가와 말했다.

"엄마, 너무 무겁게 짊어지지 마세요. 주님이 목자이시잖아요. 엄마 혼자 모든 걸 지고 가는 게 아니에요."

그 말에 애니의 눈가가 젖었다. 며칠 뒤, 케냐의 작은 예배당에서 아이들과 주민들이 모였다. 설교자가 시편 23편을 읽었다.

"여호와는 나의 목자시니 내게 부족함이 없으리로다."

에디는 그 말씀을 듣는 순간 눈물이 차올랐다.

'그래, 나는 부족하지만, 주님은 나의 목자이시다. 내가 쓰러져도, 목자께서 이 아이들을 지키실 것이다.'

같은 주일, 한국의 본당에서도 목사가 같은 말씀을 선포했다.

"여호와는 나의 목자시니, 내게 부족함이 없으리로다."

애니는 순간 숨을 멎은 듯했다. 그녀는 성경을 꼭 붙들며 속으로 기도했다.

"주님, 저는 사람들의 시선 속에 흔들리지만, 결국은 당신의 양입니다. 저를 목자의 길로 인도하소서."

며칠 뒤, 케냐에서 큰비가 내렸다. 공사 현장이 무너질 뻔했지만, 주민들이 즉시 달려와 함께 벽을 지탱했다. 아이들도 손에 손을 잡고 흙을 옮겼다. 에디는 눈물겹도록 감사했다. '나는 혼자가 아니구나. 이 빛은 나 혼자 지는 것이 아니라, 모두가 함께 지는 것이구나.'

한국에서도 봉사 현장에서 갈등하던 두 성도가 화해하며 함께 눈물을 흘렸다. 그 모습을 본 애니는 속으로 고백했다. '빛은 내 안에 머무는 것이 아니라, 우리를 넘어 흘러가는 것이구나.'

그날 밤, 에디는 다이어리에 기록했다.

"나는 부족하지만, 주님은 목자이시다."

한국의 본당에서 애니도 성경 여백에 적었다.

“나는 그 목자의 양일 뿐이다.”

멀리 떨어진 두 자리, 그러나 같은 말씀과 같은 위로가 두 사람의 영혼을 감싸고 있었다.

제46장

흔들리는 신뢰

케냐의 하늘은 여느 때처럼 붉은 햇살로 열리고 있었다. 우물 공사와 학교 확장 프로젝트가 순조롭게 진행되는 듯 보였다. 아이들은 새로 쌓여가는 벽돌을 보며 환호했고, 마을 사람들도 함께 삽을 들며 일손을 보탰다.

그러나 그날 오후, 외부에서 온 관리와 NGO 관계자들이 현장을 둘러보며 목소리를 높였다.

“이 프로젝트는 종교적인 색채가 너무 강합니다. 아이들과 기도하는 장면이 사진으로 퍼졌습니다. 중립적이어야 할 활동이 특정 신앙으로 비쳐서는 곤란합니다.”

순간, 공기 속에 긴장감이 감돌았다. 에디는 한동안 아무 말도 하지 못했다. 자신이 아이들과 함께 드린 짧은 찬양과 기도가 문제가 될 줄은 몰랐다.

밤, 텐트에 홀로 앉아 그는 깊은 갈등에 빠졌다.

‘나는 왜 이곳에 있는가? 구호 때문인가, 아니면 복음 때문인가? 빛을 감추면 편할까. 하지만… 빛은 숨긴다고 사라지지 않는다.’

다음 날, 그는 회의에서 조용히 입을 열었다.

“저는 이곳에서 아이들과 함께 배웁니다. 노래와 기도는 억지로 한 것이 아니라, 아이들 스스로가 빛을 찾은 것입니다. 저는 이 빛을 숨기지 않겠습니다. 그러나 누구에게도 강요하지 않을 것입니다.

이 사역은 아이들의 생명을 위한 것이고, 그 생명은 존중받아야 합니다."

순간 회의장은 잠시 정적에 싸였다. 한 현지 지도자가 고개를 끄덕이며 말했다.

"그의 말이 옳습니다. 우리는 이 빛을 억누를 필요가 없습니다. 아이들의 웃음이 곧 증거입니다."

한국의 교회도 활기를 띠고 있었다. 애니가 맡은 선교 후원 사역이 점점 가시적 성과를 내고 있었다. 후원금이 모이고, 지역 사회 봉사도 확장되었다. 성도들은 그녀를 존경의 눈길로 바라봤다.

"권사님, 이렇게 수고하시니 교회가 더 살아납니다."

"권사님 같은 분이 계셔서 우리 교회가 세상 앞에 당당합니다."

그러나 동시에, 다른 목소리도 들려왔다.

"여성 권사가 교회를 주도하는 건 과한 것 같아요."

"아무리 잘해도… 에디 집사와의 소문은 사라지지 않잖아요."

애니는 겉으로는 웃었지만, 속으로는 마음이 흔들렸다. '나는 누구의 그림자도 아니다. 주님이 부르셨기에 여기에 서 있는 것인데, 왜 사람들은 여전히 과거를 붙들고 흔드는 걸까.' 그날 밤, 본당에 홀로 앉아 눈물을 흘리며 기도했다.

"주님, 저는 사람들의 말에 지칩니다. 그러나 저를 목사로 부르신 분은 주님이십니다. 저를 투명하게 하시고, 흔들리지 않게 붙들어 주소서."

며칠 뒤, 케냐의 저녁. 외부 단체의 압력이 여전히 존재했지만, 아이들은 조용히 모여 작은 목소리로 노래를 불렀다.

"When peace like a river attendeth my way…"

서툰 발음으로 "내 평생에 가는 길 순탄하여"를 영어로 부르고 있었다.

에디는 눈을 감고 함께 속삭였다.

"It is well, it is well with my soul."

그 순간, 그의 마음 깊은 곳에 평안이 스며들었다. '아무리 압력이 있어도, 이 빛은 꺼지지 않는다.' 같은 날 밤, 한국 교회의 부흥회에서도 성도들이 함께 그 찬송을 불렀다.

"내 평생에 가는 길 순탄하여…"

애니는 피아노 건반을 치며 눈물이 흐르는 것을 멈출 수 없었다. '주님, 이 노래를 통해 다시 힘을 주시는군요. 그는 멀리 있지만, 같은 노래로 우리가 이어지고 있음을 믿습니다.' 부흥회가 끝난 뒤, 한 성도가 애니에게 다가와 말했다.

"권사님의 눈물이 우리 모두를 붙들었습니다. 감사합니다."

애니는 손수건으로 눈물을 닦으며 고개를 숙였다. "저의 눈물이 아니라, 주님의 은혜입니다."

그 시각, 케냐에서도 회의가 끝난 뒤 한 지도자가 에디의 손을 꼭 잡으며 말했다.

"당신의 믿음은 우리 아이들에게 용기입니다. 빛은 숨길 수 없는 것입니다."

그날 밤, 에디는 다이어리에 기록했다.

"빛은 감추려 해도 스며나온다."

한국의 본당에서 애니도 성경 여백에 적었다.

"빛은 드러나기 위해 우리에게 주어진다."

멀리 떨어진 두 사람, 서로 다른 자리에서 같은 확신을 붙잡고 있었다. 빛은 이제 더 이상 개인의 것이 아니라, 세상으로 흘러가는 길이 되고 있었다.

제47장

눈물의 기도

케냐의 아침 공기는 먼지와 햇살이 뒤섞여 있었다. 며칠 전부터 NGO 본부에서 연락이 왔다. "케냐 내 다른 지역에도 당신의 도움이 필요하다"는 제안이었다. 물 부족으로 더 심각한 마을, 전쟁의 여파로 고아가 된 아이들이 모여 있는 도시, 그리고 아직 복음이 닿지 않은 마을들.

회의 자리에서 본부 직원은 말했다.

"당신의 경험과 헌신이 이제는 이 마을만이 아니라, 더 넓은 지역을 살릴 수 있습니다."

에디의 마음은 요동쳤다. 기쁨과 두려움이 동시에 밀려왔다. 그는 잠시 고개를 숙이며 생각했다. '빛은 흘러가야 한다… 그러나 이 아이들을 떠날 수 있을까?'

저녁 무렵, 아이들과 함께 마지막 수업을 마치고 그는 아이들을 바라보았다. 아이들의 눈동자는 별빛처럼 반짝였고, 그 반짝임은 그가 떠나야 할지라도 지워지지 않을 빛 같았다.

그날 밤, 그는 텐트 안에서 무릎을 꿇었다.

"주님, 제가 이 아이들을 떠나는 것이 맞습니까? 아니면 이곳에 뿌리내리는 것이 맞습니까? 제 마음은 흔들리지만, 주님의 뜻이 제 발걸음을 이끌어

주소서."

한국의 겨울, 애니는 새로운 회의 자리에 앉아 있었다. 목사가 조심스럽게 말을 꺼냈다.

"권사님, 이제는 우리 교회가 국제 NGO와 협력할 때가 왔습니다. 해외 선교와 구호 활동의 다리 역할을 권사님이 맡아 주시면 좋겠습니다."

애니는 놀랐다. 지금까지는 교회 안팎의 재정과 봉사를 책임졌는데, 이제는 국경을 넘어서는 일을 맡게 된 것이다. 성도들의 눈길이 그녀를 향했다.

"권사님이라면 할 수 있습니다."

"하나님께서 준비시키신 것 같아요."

애니의 가슴은 뜨거워졌지만, 동시에 두려움이 몰려왔다. '혹시 주님께서 내 길을… 그와 다시 이어 가려 하시는 건 아닐까? 아니야, 지금은 내 사명에 집중해야지.'

집으로 돌아와 딸에게 조심스레 말했다.

"이제는 교회가 해외와도 연결되는 일을 맡기려 해."

딸은 잠시 엄마를 바라보다가 미소 지었다.

"엄마, 그건 하나님이 엄마를 더 큰 길로 부르시는 거예요. 두려워하지 마세요. 엄마는 빛을 흘려보내는 사람이잖아요."

며칠 후, 케냐 마을의 작은 모임. 아이들은 마지막으로 에디와 함께 노래를 불렀다. 그는 아이들 앞에 서서 말했다.

"빛은 멈추는 것이 아니라, 흘러가는 것입니다. 여러분이 이곳에서 웃으며 살아가는 것도, 다른 이들에게 흘러가야 합니다."

아이들은 그의 말을 또렷하게 따라 외쳤다.

"빛은 흘러간다!"

같은 날, 한국의 봉사자 모임에서도 애니는 결산 보고를 마친 후 조용히 말을 꺼냈다.

"우리가 받은 은혜와 빛은 우리 안에 머물지 않습니다. 그것은 흘러가야 합니다. 지역을 넘어, 국경을 넘어, 주님의 뜻이 닿는 곳까지 흘러가야 합니다."

순간 봉사자들은 고개를 끄덕이며 눈물을 훔쳤다. 멀리 떨어진 두 자리에서, 같은 메시지가 동시에 선포되고 있었다. 그날 저녁, 케냐의 아이들은 작은 그림을 그려 에디에게 선물했다. 종이 위에는 해와 강, 그리고 "빛은 계속 간다(Light goes on)"라는 글씨가 삐뚤빼뚤 적혀 있었다. 에디는 눈물이 솟구쳤다. 그 그림은 단순한 낙서가 아니라, 아이들의 마음이자 믿음의 고백이었다. 한국에서도 봉사 모임을 마친 뒤, 한 성도가 애니에게 작은 촛불 모양의 장식을 건네며 말했다.

"권사님은 우리에게 빛의 통로입니다."

애니는 장식을 손에 꼭 쥐며 속으로 기도했다. '주님, 제가 빛이 아니라 빛의 통로라는 걸 잊지 않게 하소서.'

그날 밤, 에디는 다이어리에 기록했다.

"빛은 머무르지 않고 흘러야 한다. 내 발걸음도 흘러가는 빛과 함께 움직일 것이다."

한국의 본당에서 애니는 성경 여백에 적었다.

"빛은 흘러가며, 결국 주님의 길을 밝힌다."

멀리 떨어진 두 사람, 각자의 자리에서 같은 고백을 남기고 있었다.

빛은 이제 단순히 개인의 위로가 아니라, 세상을 향해 흐르는 사명으로 확장되고 있었다.

제48장

첫 열매

케냐의 하늘은 이른 아침부터 유난히 맑았다. 에디는 아이들과 함께 학교 앞에 서 있었다. NGO 본부에서 내려온 공식 통보가 있었다.

"당신을 다른 지역으로 파견하고 싶습니다. 그곳은 더 심각한 물 부족과 전염병 위기에 처해 있습니다."

그 소식을 들었을 때, 에디의 가슴은 무겁게 내려앉았다. 이곳에서 아이들과 함께 쌓아 올린 시간이 짧지 않았기 때문이다. 아이들의 얼굴 하나하나가 스쳐갔다. 흙바닥 위에서 글자를 배우던 모습, 합창을 하며 웃던 모습, 그리고 병으로 쓰러졌다가 다시 일어나 웃던 모습.

저녁 무렵, 마을 지도자가 그를 불렀다.

"에디, 당신은 우리와 함께 이곳을 일으켜 세웠습니다. 그러나 당신의 빛은 이 마을에만 머물러서는 안 됩니다. 이미 이곳에는 씨앗이 심겼습니다. 이제 다른 곳으로 흘러가야 합니다."

에디는 고개를 숙였다. 아이들과 이별하는 생각만으로도 눈물이 앞섰다. 그러나 그 말은 부정할 수 없는 진리였다.

한국의 겨울, 애니는 국제 NGO와의 첫 협의 자리에 앉아 있었다. 서류와 계획서가 테이블 위에 쌓여 있었다. 해외 구호 프로젝트, 케냐와 다른 지역의 어린이 지원 계획, 재정 협력 방안….

애니는 차분히 설명을 이어갔지만, 내면은 두려움과 설렘이 교차했다.

'주님, 제가 이 길을 감당할 수 있을까요? 국경을 넘어서는 일은 제겐 너무 큰 일 아닐까요?' 회의가 끝난 뒤, 목사가 조용히 다가왔다.

"권사님, 하나님이 권사님을 국경 너머의 빛으로 부르고 계십니다. 두려워하지 마십시오. 지금까지의 길이 바로 그 준비였을 겁니다."

그 말은 애니의 심장 깊숙이 울렸다.

며칠 뒤, 케냐의 작은 교실. 아이들과의 마지막 모임이 열렸다. 에디는 아이들과 손을 잡고 함께 노래를 불렀다.

"Jesus loves me, this I know…"

아이들의 목소리는 울먹였고, 그의 목소리도 떨렸다. 결국 그는 노래 중간에 멈춰 눈물을 흘렸다. 아이들이 울음을 터뜨리며 그를 끌어안았다.

"Don't go, teacher!"

"Stay with us!"

에디는 아이들을 품에 안으며 속삭였다.

"나는 떠나지만, 빛은 남는다. 여러분 안에, 여러분의 노래 속에, 여러분의 웃음 속에."

같은 시각, 한국의 교회 봉사자 모임에서도 애니가 해외 사역 보고를 마쳤다. 그녀는 말끝을 잇지 못하고 잠시 고개를 숙였다. 눈물이 차올랐기 때문이다. 성도들은 조용히 박수를 쳤다.

그날 밤, 케냐의 아이들 중 한 명이 작은 돌멩이를 건네주었다. 그 위에는 그림 그리듯 쓴 글씨가 있었다.

"빛(Light)"

에디는 그 돌멩이를 가슴에 꼭 품었다. 그 작은 돌이 그의 마음에 큰 기둥이 되었다. 같은 밤, 한국의 집에서 딸이 애니에게 다가왔다. 작은 촛불 모양 장식에 십자가를 매달아 건네며 말했다.

"엄마, 이건 엄마가 늘 말하는 것 같아요. 엄마는 빛의 통로예요."

애니는 장식을 손에 쥐고 눈을 감았다. '주님, 제가 빛이 아니라 빛의 통로임을 잊지 않게 하소서.'

그날 밤, 에디는 다이어리에 기록했다.

"나는 이별하지만, 빛은 남는다."

한국의 본당에서 애니는 성경 여백에 적었다.

"나는 두렵지만, 빛은 앞서 간다."

멀리 떨어진 두 사람, 서로 다른 자리에서 같은 눈물과 같은 결심을 남기고 있었다. 빛은 이제 그들의 길을 넘어, 더 넓은 세상을 향해 흘러가고 있었다.

제49장

만남을 향한 길

케냐의 붉은 땅을 떠나는 날, 에디는 오래도록 마을 사람들과 포옹했다. 아이들은 눈물로 그를 붙잡았지만, 그는 웃으며 마지막 메시지를 남겼다.

“여러분 안에 빛이 있습니다. 저의 발걸음은 떠나지만, 빛은 여러분 안에 남습니다.”

버스 창밖으로 손을 흔드는 아이들의 모습이 점점 멀어졌다. 차가 먼지바람을 가르며 길을 떠날 때, 에디는 한 손으로 다이어리를 꼭 쥐었다. ‘주님, 이제 제 발걸음을 어디로 이끄실 것입니까?’ 그 무렵 한국에서는, 애니가 국제 NGO와의 첫 협약식에 참석하고 있었다. 회의실에는 해외에서 온 사역자들과 협력자들이 모였다. NGO 대표가 말했다.

“앞으로 아프리카 케냐 지역에도 더 많은 지원이 이어질 것입니다. 한국 교회가 그 다리가 되어 주기를 바랍니다.”

애니의 손이 잠시 떨렸지만, 그녀는 마음을 다잡았다.

“빛은 국경을 넘어 흘러야 합니다. 우리가 받은 은혜를 그곳의 아이들에게 흘려 보내겠습니다.”

환호와 박수가 쏟아졌고, 협약은 체결되었다. 몇 달 후, 애니는 NGO 사역지 시찰을 위해 아프리카 땅을 밟았다. 비행기에서 내려 숨을 들이쉬는 순간, 낯선 흙냄새와 뜨거운 바람이 온몸을 감쌌다.

'이 길이 주님의 부르심이라면, 여기서도 흔들리지 않겠습니다.'

그녀가 방문할 현장은 바로 에디가 새로 파견된 지역과 가까운 마을이었다. 애니는 아직 그 사실을 알지 못했다. 케냐의 NGO 본부에서, 에디는 새로 합류한 사역자들을 맞이하기 위해 나와 있었다. 수송 차량이 도착하자, 여러 명의 낯선 얼굴들이 내렸다. 그는 차 안에서 서류 가방을 꺼내드는 한 여인의 모습을 보고 순간 심장이 멎는 듯했다. 햇살을 받아 선글라스를 벗으며 주위를 둘러보는 그녀 — 애니였다. 시간이 멈춘 듯, 두 사람의 눈이 마주쳤다. 그 순간, 지난 세월의 모든 기억 — 고향의 교회, 본당의 촛불, 호수길의 대화, 서로 다른 대륙에서 드린 같은 기도 — 가 한꺼번에 밀려왔다.

에디의 입술이 떨렸다.

"…애니 권사님…?"

애니는 놀란 듯 숨을 고르며 대답했다.

"에디… 집사님… 여기에…?"

잠시 침묵이 흘렀다. 서로의 눈가에는 이미 눈물이 차올랐다. 주변의 사람들은 그저 따뜻한 인사로만 여겼지만, 두 사람에게는 그것이 세월을 넘어선 하나님의 대답 같았다. 에디는 낮은 목소리로 속삭였다.

"멀리서도 같은 빛을 바라본다고 믿었는데… 주님이 결국 같은 길 위에 서게 하셨군요."

애니는 손에 쥐고 있던 작은 촛불 장식을 꼭 쥐며 대답했다.

"네… 주님은 빛을 흘려 보내실 뿐 아니라, 결국 우리를 다시 만나게 하셨어요."

멀리서 아이들의 웃음소리가 들려왔다. 붉은 흙먼지와 함께, 그들의 눈물은 빛처럼 반짝였다.

제50장

내적 전쟁

케냐의 태양은 여전히 뜨겁게 내리쬐고 있었다. 그러나 그날 NGO 사역지의 공기는 다른 날과 달랐다. 마침내 다시 만난 두 사람이 나란히 서 있었기 때문이다.

"여기가… 당신의 새로운 사역지군요."

애니가 주변을 둘러보며 말했다. 낡은 교실, 먼지 날리는 운동장, 그리고 아이들의 호기심 어린 눈빛이 그곳에 있었다.

에디는 짧게 웃었다.

"네. 그런데 이렇게 당신을 이곳에서 뵙게 될 줄은 꿈에도 몰랐습니다."

두 사람은 잠시 눈빛을 주고받았다. 말로 다 할 수 없는 세월의 이야기와, 서로의 마음에 켜켜이 쌓여 있던 기도들이 그 짧은 눈빛 속에 담겨 있었다.

그날 오후, 아이들이 모여들었다. NGO 관계자가 애니를 소개하자 아이들은 환호성을 지르며 박수를 쳤다.

"Papa Eddie! Mama Annie!"

누군가 장난스럽게 외쳤고, 아이들이 따라 웃었다. 두 사람은 순간 당황했지만, 아이들의 해맑은 웃음에 그냥 미소를 지어 주었다. 에디는 아이들과 영어 글쓰기를 지도했고, 애니는 작은 키보드 앞에 앉아 노래를 가르쳤다. 아이들은 낯선 화음을 따라 부르며 까르르 웃었고, 두 사람은 나란히 그 모습을 바라보았다. 마치 오래 전, 본당에서 찬양 연습을 하던 시절이 다시 돌아온 듯했다. 그러나 기쁨 속에서도 무거움은 찾아왔다. 저녁 무렵, 두 사람은 조용히 걸으며 서로의 현실을 나누었다. 에디가 먼저 입을 열었다.

"저는… 위장이혼 상태라고 말은 했지만, 사실상 혼자입니다. 아내는 이미 유럽에서 자기 삶을 살고 있고, 다시는 돌아올 마음이 없어 보입니다."

애니도 조용히 고개를 숙이며 말했다.

"저 역시 호적상으론 남편이 있지만, 오랫동안 사실상 별거입니다. 남편은 어디에 있는지도 모릅니다. 저는 혼자 아이들을 키우며 살아왔습니다."

두 사람은 잠시 걸음을 멈추었다. 그 고백은 오래전부터 알고 있던 사실 같으면서도, 막상 서로에게 직접 내뱉는 순간 더 깊은 현실의 무게로 다가왔다.

"그래서 더 두렵습니다."

에디의 목소리는 낮았지만 단호했다.

"당신과 함께 있는 이 순간이… 하나님의 뜻으로 주어진 동역인지, 아니면 제 마음의 욕망 때문인지."

애니는 긴 한숨을 내쉬며 대답했다.

"저도 두려워요. 이 동행이 빛의 길인지, 아니면 또다시 오해와 상처를 불러올 길인지…."

둘 사이에 침묵이 흘렀다. 그러나 그 침묵은 도망이 아니라, 깊은 기도의 호흡 같았다.

그날 밤, 에디는 텐트 안에서 무릎을 꿇었다.

"주님, 제가 감당해야 할 것은 동역이지, 소유가 아님을 잊지 않게 하소서. 제 마음이 흔들려도, 당신의 뜻 안에서만 머물게 하소서."

같은 시각, 애니도 숙소의 작은 방에서 기도했다.

"주님, 제 마음이 너무 약합니다. 그러나 저를 투명하게 하시고, 빛을 가리지 않는 통로로 세워 주소서. 저의 감정이 아니라, 주님의 뜻을 붙들게 하소서."

멀리 떨어진 두 공간에서 같은 기도가 올려지고 있었다.

다음 날, 아이들이 모여 함께 찬양을 불렀다.

"This little light of mine, I'm gonna let it shine…"

아이들의 목소리가 맑게 울려 퍼졌고, 에디와 애니는 나란히 서서 그 노래를 들었다. 순간 두 사람의 눈빛이 마주쳤다.

'우리는 결국 같은 빛을 바라보는 동역자.'

그 눈빛 속에서 같은 확신이 스쳤지만, 동시에 여전히 풀리지 않은 긴장과 숙제가 남아 있음을 서로 느낄 수 있었다. 빛은 분명히 두 사람 사이에 있었고, 그 빛은 이제 감출 수 없는 길로 나아가고 있었다.

제51장

진실

케냐의 저녁 공기는 낮의 뜨거운 열기를 식히며 서서히 차분해지고 있었다. 사역지를 가득 채운 아이들이 웃음소리와 북소리가 잦아들자, 흙먼지 사이로 고요가 깔렸다. 그러나 그 고요 뒤에는 보이지 않는 긴장감이 서려 있었다. 최근 들어 NGO 관계자들 사이에서 은근한 말들이 오갔다.

“에디와 애니, 두 사람이 지나치게 가까운 것 같지 않아?”

“아이들이야 순수하게 ‘Mama Annie, Papa Eddie’라고 부르지만, 밖에서 보기엔 다르게 보일 수 있지.”

이런 말들은 곧바로 두 사람의 귀에도 흘러들어 왔다. 아이들은 해맑게 그들을 부모처럼 따랐지만, 오히려 그 순수함이 외부의 눈에는 다른 의미로 비치고 있었다. 어느 저녁, 두 사람은 사역지 가장자리에 있는 좁은 오솔길을 함께 걸었다. 붉은 노을이 지평선에 길게 번지고, 멀리서 들려오는 북소리가 점점 희미해졌다. 두 사람 사이에는 오랫동안 묵혀 온 말들이 떠다니고 있었다.

먼저 에디가 입을 열었다.

“권사님… 아니, 애니 씨.”

그는 잠시 말을 멈추었다. 오래 묵힌 호칭을 꺼내는 순간, 목소리가 떨렸다.

"나는 당신을 바라볼 때마다… 동역자 이상의 감정을 억누르고 있다는 걸 부정할 수 없습니다."

애니의 발걸음이 멈췄다. 그녀는 한참 동안 대답하지 못했다. 바람이 머리카락을 흔들며 지나갔다. 마침내 그녀는 고개를 들며 낮게 말했다.

"저 역시 사람입니다. 흔들릴 때가 많습니다. 당신과 함께 있는 시간이 제게도 특별합니다. 하지만…" 그녀는 숨을 고르며 말을 이었다.

"우리가 넘어지는 순간, 지금까지의 모든 사역과 기도가 무너질까 두렵습니다."

두 사람은 한동안 아무 말 없이 서 있었다. 서로의 그림자가 붉은 흙 위에 길게 늘어졌다. 에디의 손이 살짝 떨리며 옆으로 움직였다. 애니의 손끝과 닿을 듯 닿지 않는 거리에서 멈추었다. 그 짧은 거리에는 수십 년의 그리움과 망설임, 그리고 감당할 수 없는 책임이 동시에 깃들어 있었다.

"우리는…" 에디가 낮게 속삭였다.

"빛을 따르는 길 위에 서야 합니다. 그러나 동시에… 한 남자와 한 여자로서의 마음을 외면할 수는 없겠지요."

애니는 눈을 감았다. 눈가에 뜨거운 것이 맺혔다.

"맞아요. 그래서 더 기도해야 합니다. 우리의 감정이 아니라, 주님의 뜻이 우리를 인도하게 해야 해요."

둘은 서로의 눈빛을 오래도록 마주 보았다. 말은 멈췄지만, 눈빛은 수많은 대화를 대신했다. 인간으로서의 떨림과 신앙인으로서의 두려움이 얽혀 있었다. 그날 밤, 에디는 다이어리에 적었다.

"나는 동역자를 사랑한다. 그러나 그 사랑이 소유가 아니라, 주님의 뜻 아래 있어야 함을 잊지 않겠다."

같은 시간, 애니는 숙소의 작은 탁자 위에 성경을 펴 두고 기록했다.

"나는 흔들린다. 그러나 흔들림 속에서도 주님을 붙들 때, 비로소 길이 선명해진다."

다음 날, 아이들과의 예배 시간이 다가왔다. 아이들이 합창을 시작했다.

"빛 되신 주…"

맑은 노랫소리가 울려 퍼질 때, 에니와 애니는 나란히 앉아 있었다. 아이들의 노래는 순수했지만, 그 순수함 속에서 두 사람은 다시 마음을 다잡았다.

'우리는 동역자다. 그러나 한 남자와 한 여자로서의 마음도 주님 앞에 숨기지 않고 기도로 드려야 한다.'

그들의 눈빛은 여전히 흔들리고 있었지만, 그 흔들림조차 주님께서 사용하실 도구일 수 있다는 믿음이 마음속 깊이 자리하고 있었다.

제52장

결단의 순간

케냐의 초저녁, 사역지 회의실은 유난히 무거운 분위기로 가득했다. NGO 현지 책임자가 서류를 내려놓으며 차분하지만 단호하게 말했다.

“에디, 애니. 두 분의 헌신은 의심할 여지가 없습니다. 하지만 최근 들어 후원자들 사이에서 오해가 생기고 있습니다.”

에디가 고개를 들었다.

“오해라니… 무슨 말입니까?”

책임자는 잠시 말을 고르더니 조심스럽게 설명했다.

“아이들이 두 분을 ‘Mama Annie, Papa Eddie’라고 부른다지요? 그것이 해맑은 표현임은 알지만, 보고서를 읽은 후원자들 중 일부는 ‘사역이 개인적 관계와 뒤섞이는 것 아니냐’고 우려했습니다.”

순간 애니의 얼굴이 붉어졌다. 아이들의 순수한 부름조차도 세상 사람들의 눈에는 다른 의미로 비쳐지는 것이었다.

“우리는…” 애니가 말을 잇다 멈췄다. 가슴이 조여 왔다.

“우리는 단지 아이들에게 가족 같은 마음으로 다가갔을 뿐입니다.”

책임자는 고개를 끄덕였다.

"저도 압니다. 그러나 세상은 늘 그렇게 순수하게만 보지 않습니다. 두 분 모두 사역을 지키기 위해서라도 더욱 조심해 주십시오."

그날 밤, 아이들 중 한 무리가 그림을 들고 와 두 사람 앞에 내밀었다. 종이 위에는 크레용으로 그려진 두 사람과 아이들이 함께 웃는 모습이 있었다. 위에는 크기는 자유로우나 또렷한 글씨로 적혀 있었다.

"Mama Annie, Papa Eddie, Light forever."

아이들은 천진하게 웃으며 말했다.

"우리는 엄마, 아빠가 없으니까… 두 분이 우리 엄마 아빠에요."

아이들의 말은 순수했지만, 두 사람은 웃을 수도, 울 수도 없었다. 그림을 받아든 애니의 눈가가 젖었고, 에디는 고개를 떨군 채 그림을 꼭 쥐었다. 그러나 마음 한구석엔 '이마저도 또 다른 오해를 낳을 수 있겠구나' 하는 두려움이 스쳤다. 며칠 뒤, 한국 교회에서 연락이 왔다. 애니는 메신저를 열며 손끝이 떨렸다.

"권사님, 현지에서 에디 집사님과 너무 가깝게 지내신다는 이야기가 있습니다. 혹시 오해가 생기지 않도록 유념해 주십시오."

짧은 문장이었지만, 애니의 심장은 깊이 흔들렸다. '나는 동역자로 선 것뿐인데… 그러나 내 마음이 흔들린 게 사실이라면, 그 말들이 완전히 근거 없는 건 아닐지도 몰라.'

그날 밤, 애니는 숙소 방에 홀로 앉아 눈물을 흘리며 기도했다.

"주님, 저는 억울합니다. 그러나 제 마음이 흔들린 것도 사실입니다. 주님, 제 속마음을 투명하게 비춰 주소서. 빛을 가리지 않게 하소서."

한편, 에디 역시 깊은 갈등에 빠져 있었다. 그는 애니를 불러낼까 하다가 결국 혼자서 텐트 안에 앉아 다이어리를 펼쳤다.

"나는 당신이 상처받는 것을 원치 않는다. 그렇다면 내가 거리를 두는 것이 맞을까. 그러나 거리를 두면… 오히려 오해는 더 커지지 않을까."

그는 떨리는 손으로 글을 적었다.

"빛은 더럽혀질 수 없다. 그러나 내 그림자가 빛을 가릴 수 있다. 그러니 나는 더 투명해야 한다."

다음 날, 두 사람은 아이들과 함께 예배 자리에 앉아 있었다. 아이들이 합창을 시작했다.

"This little light of mine, I'm gonna let it shine…"

아이들의 목소리는 여전히 맑고 순수했다. 에디와 애니는 나란히 앉아 노래를 들으며, 자신들의 흔들림과 상처를 주님 앞에 드렸다. 그들의 눈빛은 여전히 복잡했지만, 마음 깊은 곳에서는 같은 결심이 일어나고 있었다.

'우리는 흔들리지만, 빛은 흔들리지 않는다. 우리가 해야 할 일은 빛을 가리지 않는 것이다.'

제53장

섬김의 길

케냐의 마을은 불안한 공기에 휩싸여 있었다. 며칠 전부터 아이들 몇 명이 갑자기 열과 기침에 시달리더니, 오늘은 한 아이가 예배 도중 쓰러진 것이다. 아이의 몸은 불덩이처럼 뜨거웠고, 숨은 가빠졌다. 순간 예배당 안은 아수라장이 되었다. 어머니들은 울부짖으며 아이를 부둥켜안았고, 아이들은 겁에 질려 울음을 터뜨렸다. NGO 관계자들도 다급히 움직였다.

그때 누군가 외쳤다.

"아이들이 아픈 건, 이곳에 외부인들이 들어와 전통을 흔들었기 때문이야!"

그 말은 금세 다른 이들의 입에도 오르내렸다.

"그래, 매일 노래하고 기도하고… 우리 아이들을 더 약하게 만든 건 아닐까?"

"그 두 사람, 에디와 애니… 너무 눈에 띄게 다니지 않았나?"

불신과 두려움이 얽힌 시선이 두 사람에게 향했다.

에니는 한순간 심장이 무너져 내리는 듯했지만, 곧 정신을 다잡았다. 아이를 품에 안은 채 애니를 향해 소리쳤다.

"찬물! 깨끗한 천! 얼른 가져오세요!"

애니는 곧장 달려가 준비된 물동이를 끌어왔다. 아이의 이마에 적신 천을 얹고, 손을 잡으며 조용히 기도했다.

"주님, 이 아이를 붙들어 주소서."

주변 사람들은 여전히 수군거렸지만, 두 사람은 오직 아이를 살리는 일에 집중했다. 그 순간, 누가 봐도 그들의 눈빛과 손길에는 불순함이 아닌 절박함만이 있었다. 몇 시간 뒤, 아이의 열은 서서히 내려갔다. 작은 가슴이 규칙적으로 오르내리자, 주변 사람들은 안도의 눈물을 흘렸다. 아이의 어머니가 울면서 두 사람의 손을 붙잡았다.

"고맙습니다… 내 아이를 살려주었어요."

그러나 여전히 일부는 불신의 눈초리를 거두지 않았다. NGO 관계자 중 한 명이 차갑게 말했다.

"오늘은 운이 좋았던 겁니다. 하지만 두 분이 함께 다니는 것이 계속 논란을 만들면, 본부는 결정을 내려야 할지도 모릅니다."

그 말은 공개적인 경고였다. 분위기는 긴장으로 얼어붙었다.

밤, 사역지의 별빛 아래. 두 사람은 피곤한 몸을 이끌고 언덕 위에 앉았다. 멀리서 아이들의 노랫소리가 희미하게 들려왔다.

에디가 깊은 숨을 내쉬며 말했다.

"내가 더 조심했어야 했습니다. 당신까지 이런 말을 듣게 해서 미안합니다."

애니는 조용히 고개를 저었다.

"아니에요. 오늘 사람들이 본 건 우리의 관계가 아니라… 우리가 함께 붙들었던 아이의 생명이었어요. 주님은 그걸 아셨을 겁니다."

잠시 침묵이 흘렀다. 바람이 스쳐 지나가며 두 사람의 어깨를 스쳤다.

에디의 목소리가 낮게 떨렸다.

"그러나 나는 여전히 두렵습니다. 내 마음에 있는 감정이, 사명을 가리는 그림자가 되지 않을까."

애니도 눈을 감으며 속삭였다.

"우리의 감정은 숨길 수 없어요. 하지만 우리가 넘어지지 않도록, 주님이 지키실 겁니다. 오늘처럼… 주님이 우리를 같은 자리로 세우셨잖아요."

둘의 시선이 어둠 속에서 마주쳤다. 흔들리면서도, 그 안에는 포기할 수 없는 사명과 서로를 향한 진심이 동시에 자리하고 있었다.

그날 밤, 에디는 다이어리에 적었다.

"빛은 시험 속에서도 꺼지지 않는다. 오히려 어둠이 깊을수록 더 선명해진다."

애니는 성경 여백에 적었다.

"흔들림 속에서 붙드는 것은 오직 주님뿐이다. 그러나 그 길에서, 우리는 서로를 외면하지 않는다."

멀리 떨어진 두 기록은 서로 다른 언어로 쓰였지만, 같은 진심을 담고 있었다.

제54장

불편한 동행

케냐의 마을로 NGO 본부 조사관이 도착한 것은 아이의 병 사건이 진정된지 일주일도 채 되지 않았을 때였다. 그는 단정한 정장을 입고 서류철을 끌어안고 나타났다. 회의실에 앉자마자 서류를 펼치며 차가운 목소리로 말했다.

"두 분의 사역이 아이들에게 긍정적인 영향을 끼친다는 점은 의심의 여지가 없습니다. 그러나 후원자들 사이에서 제기된 우려도 무시할 수 없습니다. 개인적 관계가 사역을 흐린다는 소문이 번지고 있습니다."

에디는 순간 얼굴이 굳어졌다. 애니도 손끝을 꼭 움켜쥐었다. 조사관은 이어 말했다.

"우리는 사역자의 성실함뿐 아니라, 대외적인 신뢰도 지켜야 합니다. 두 분의 헌신이 이런 논란 때문에 훼손된다면, 큰 손실이 될 것입니다."

그 말은 곧 경고였다. 두 사람은 각자 따로 면담을 받아야 했다.

에디는 면담 자리에서 담담히 말했다.

"저는 이곳에서 아이들의 생명을 위해 일하고 있습니다. 애니 권사님과 저는 동역자일 뿐입니다. 그러나… 만약 제 감정이 사역을 가릴까 두렵다면, 제 발걸음을 멈출 각오도 되어 있습니다."

애니는 눈을 감으며 대답했다.

“저는 제 사명이 주님께 있다는 것을 압니다. 그러나 인간이기에 흔들립니다. 오해가 생기는 건 알고 있습니다. 하지만 주님 앞에서는 숨길 수 없는 제 마음까지 투명하게 드리고 싶습니다.”

조사관은 고개를 끄덕였지만, 여전히 냉정했다.

“본부에 보고할 것입니다. 결정은 차후에 내려질 겁니다.”

며칠 뒤, 한국 교회에서도 연락이 왔다. 메신저 속 문장은 짧았지만 날카로웠다.

“권사님, 현지에서의 소문이 심상치 않습니다. 교회의 명예를 위해 귀국해 사역을 정리하는 것이 낫지 않겠습니까?”

애니는 눈을 감았다. 가슴이 철렁 내려앉았다. 교회가 자신을 믿어주지 않는다는 사실이 서러웠고, 동시에 ‘내 마음이 흔들린 게 사실이라면, 저들의 의심도 전혀 근거 없다고만 할 수 없지 않나’ 하는 생각이 들자 눈물이 쏟아졌다. 그날 저녁, 두 사람은 언덕 위에서 마주했다. 하늘에는 별빛이 촘촘히 박혀 있었지만, 두 사람의 얼굴에는 무거운 그림자가 드리워져 있었다.

먼저 에디가 입을 열었다.

“나는 이 길에서 당신과 함께할 때, 비로소 하나님이 나를 다시 쓰신다는 확신을 느낍니다. 하지만…” 그는 숨을 고르며 말했다.

“내가 느끼는 이 감정이 사역을 무너뜨릴까 두렵습니다. 그러나 이제는 부정할 수 없습니다.”

애니는 그의 눈을 똑바로 바라보았다. 눈물이 고여 있었지만, 담대하게 말했다.

"저도 두렵습니다. 하지만 저 역시 부정하지 않으렵니다. 우리는 동역자입니다. 그러나 한 남자와 한 여자로서 주님 앞에 선 것도 사실입니다. 이 감정조차 주님께 드려야 합니다."

두 사람은 잠시 침묵 속에 서로의 눈빛을 붙잡았다. 그 눈빛에는 그리움과 떨림, 그리고 동시에 무거운 책임이 섞여 있었다. 잠시 후 두 사람은 무릎을 꿇었다. 붉은 흙 위에 두 무릎이 닿는 소리가 고요를 깨웠다. 함께 손을 맞잡지는 않았지만, 서로 가까이서 같은 목소리로 기도했다.

"주님, 우리의 길을 갈라놓으시든, 함께 세우시든, 당신의 뜻대로 하소서. 우리의 감정이 아니라, 당신의 빛이 드러나게 하소서."

별빛 아래 울려 퍼지는 두 기도는 마치 하나의 음성처럼 하늘로 올라갔다.

그날 밤, 에디는 다이어리에 적었다.

"내 마음의 고백은 멈출 수 없다. 그러나 그 고백마저도 주님께 드린다."

애니는 성경 여백에 기록했다.

"나는 여전히 두렵지만, 이제는 숨기지 않고 주님께 드린다."

멀리 떨어진 두 기록은 서로 다른 언어로 쓰였지만, 같은 진실을 담고 있었다.

제55장

진실의 무게

케냐의 아침 공기는 유난히 무겁게 내려앉아 있었다. 사역지 건물 앞에 흰 지프차가 멈추더니, NGO 본부에서 파견된 책임자가 내렸다. 서류철을 손에 든 그의 표정은 굳어 있었다. 회의실에 모인 이들의 얼굴도 긴장으로 굳어 있었다. 그는 곧바로 공문을 펼쳐 읽었다.

"본부는 두 분의 헌신을 존중합니다. 그러나 최근의 상황과 후원자들의 우려를 종합적으로 검토한 결과, 결정을 내렸습니다. 두 분 중 한 분은 이 현장을 떠나야 합니다."

순간, 회의실 공기가 얼어붙었다. 애니의 손끝이 파르르 떨렸고, 에디는 입술을 굳게 다물었다. 책임자의 목소리는 흔들림이 없었다.

"사역은 이어집니다. 그러나 대외적인 신뢰를 위해 반드시 조치가 필요합니다."

사실상 동역이 강제 해체를 의미하는 결정이었다.

그날 저녁, 애니는 한국 교회로부터 다시 메시지를 받았다.

"권사님, 교회의 명예를 위해 귀국을 요청합니다. 본부의 결정에 따라 현지 사역은 정리하시고, 돌아와 봉사해 주시길 바랍니다."

짧고도 단호한 문장이었다. 애니는 핸드폰을 내려놓은 채 눈을 감았다. 가슴이 무겁게 내려앉았다.

'돌아가면 안전하다. 교회의 시선에서도 벗어날 수 있다. 하지만… 내 마음은 여기에 있다. 아이들, 그리고… 에디.' 밤, 언덕 위. 별빛이 촘촘히 박힌 하늘 아래 두 사람이 마주 앉았다. 바람이 불어오며 풀잎이 바스락거렸다. 먼저 에디가 입을 열었다.

"내가 떠나겠습니다."

애니가 놀란 눈으로 그를 바라보았다.

"왜 그렇게 말하세요?"

에디는 조용히 웃었다. 그러나 그 웃음은 쓸쓸했다.

"나는 이미 가족을 잃었고, 교회에서도 뿌리가 약합니다. 하지만 당신은 여전히 교회와 가정을 지켜야 할 자리에서 부름받은 분입니다. 내가 떠나는 게 맞습니다."

애니는 눈을 크게 떴다. 목소리가 떨렸다.

"아니에요. 저는 늘 안전한 길로 돌아가라는 말을 들었습니다. 하지만 제 마음은 이곳에 있습니다. 아이들과… 그리고 당신과 함께하고 싶습니다."

두 사람의 시선이 부딪혔다. 그 눈빛 안에는 서로를 향한 애틋함과, 동시에 지켜야 할 사명 사이에서의 고통이 교차하고 있었다.

"우리가 서로를 위해 이렇게 양보만 하다가는…" 애니가 낮게 속삭였다.

"결국 주님의 뜻을 놓쳐버릴지도 몰라요."

에디는 한숨을 내쉬었다. 그리고 조용히 고개를 끄덕였다.

잠시 침묵 후, 두 사람은 무릎을 꿇었다. 붉은 흙바닥 위에 나란히 엎드리듯 기도했다.

"주님, 우리가 선택하는 길이 아니라, 주님이 여시는 길을 보게 하소서. 우리의 감정이 아니라, 주님의 뜻이 드러나게 하소서."

두 사람의 눈물은 흙 위에 떨어져 작은 반짝임을 만들었다. 그 순간만큼은 갈라지는 길 위에서도, 그들의 마음은 하나였다.

그날 밤, 에디는 다이어리에 적었다.

"나는 떠나려 한다. 그러나 내 마음은 여전히 이곳에 묶여 있다."

애니는 성경 여백에 기록했다.

"나는 남으려 한다. 그러나 내 마음은 그와 함께 움직이고 있다."

멀리 떨어진 두 기록은 다른 문장으로 쓰였지만, 결국 같은 진실을 담고 있었다. 그들은 이제 헤어짐과 동행의 갈림길 위에 서 있었다.

제56장

시험대 위에서

사역지의 하늘은 흐렸고, 바람은 흙먼지를 몰아와 공기를 무겁게 만들었다. 그날 아침, NGO 본부에서 공식 서한이 도착했다. 봉투를 열자 굵은 활자로 인쇄된 문장이 두 사람의 눈에 들어왔다.

"에디, 본부 지침에 따라 이번 달 말까지 다른 지역으로 이동하십시오.

후원자와 현지 관계자들의 신뢰 회복을 위해 불가피한 조치입니다."

짧은 문장이었지만, 그것은 곧 강제적 이별의 통보였다.

에디는 서류를 들고 한참 동안 아무 말도 하지 못했다. 애니는 그의 손끝이 미세하게 떨리고 있는 것을 보았다.

"에디…"

그녀의 목소리는 낮고 조심스러웠다. 그러나 그의 대답은 오히려 담담했다.

"알고 있었습니다. 언젠가는 이런 날이 올 거라는 걸."

며칠 뒤, 아이들은 에디를 둘러싸고 울음을 터뜨렸다.

"Papa Eddie, 가지 마세요! 제발!"

작은 손들이 그의 옷자락을 붙잡았다.

에디는 아이 하나하나를 품에 안으며 조용히 말했다.

“나는 떠나지만, 여러분 안에 빛은 남습니다. 여러분이 웃고, 노래하고, 서로를 돌본다면, 내가 여기 있는 것과 다르지 않습니다.”

아이들은 흐느끼며 고개를 끄덕였지만, 눈물은 멈추지 않았다. 애니는 아이들을 함께 안으며 그 장면을 지켜보았다. 마음 한쪽이 무너져 내리는 듯했다. 같은 시각, 한국 교회로부터 또 한 번 연락이 왔다.

“권사님, 현지에서의 상황이 더 알려지기 전에 귀국하시는 것이 바람직합니다. 교회의 명예와 권사님의 장래를 위해서도 그렇습니다.”

애니는 휴대폰을 내려놓은 채 한참 동안 창밖을 바라보았다. 그녀의 내적 목소리는 점점 더 분명해지고 있었다. ‘나는 돌아가야 안전하다. 하지만… 내 마음은 이 땅에 남아야 한다. 아이들과, 그리고 그와 함께해야 한다.’

출발 전날 밤, 두 사람은 사역지의 언덕에 올랐다. 멀리 마을 불빛이 반짝이고, 바람은 긴 여정을 예고하듯 거세게 불어왔다. 에디가 조용히 말했다.

“나는 떠납니다. 하지만 내 마음은 여전히 당신과, 이 아이들과 함께할 겁니다.”

애니의 눈가에 눈물이 맺혔다.

“주님이 허락하시면, 우리의 길은 다시 이어질 거예요. 이번 이별이 끝은 아닐 겁니다. 오히려 주님이 우리를 더 큰 길로 부르시는 준비일지도 몰라요.”

두 사람은 손을 잡고 싶었지만, 끝내 그러지 못했다. 다만 눈빛으로 모든 것을 고백했다. 그 눈빛 속에는 사랑과 사명, 이별과 소망이 동시에 깃들어 있었다. 이튿날 아침, 흰 지프차가 떠날 준비를 했다. 아이들은 다시 몰려와 에디의 손을 잡았다. 애니는 그 옆에서 조용히 서 있었다.

"빛은…"

에디가 마지막으로 아이들을 향해 말했다.

"…빛은 꺼지지 않는다. 여러분이 서로를 지키는 한, 나는 언제나 여기와 함께할 겁니다."

차가 천천히 움직이자, 아이들은 달리며 손을 흔들었다. 애니도 눈물이 흐르는 얼굴로 손을 들었다. 차창 너머로 에디의 눈빛이 마지막까지 그녀를 붙잡고 있었다. 그날 밤, 에디는 다이어리에 기록했다.

"나는 길을 떠난다. 그러나 이별은 빛을 끊을 수 없다."

애니는 성경 여백에 적었다.

"나는 남는다. 그러나 내 마음은 그와 함께 흘러간다."

멀리 떨어진 두 기록은 서로 다른 손길로 쓰였지만, 결국 하나의 진실을 말하고 있었다. 이별은 빛을 끊지 못한다. 오히려 더 넓은 길로 흘려 보낸다.

제57장

빛을 향한 발걸음

지프차가 먼지를 일으키며 사라지자, 에디는 낯선 마을 한복판에 내려섰다. 이곳은 그가 있던 사역지보다 더 척박했다. 물은 더 귀했고, 아이들의 얼굴은 더 수척했으며, 움막 같은 집들이 늘어선 거리는 더 깊은 절망을 머금고 있었다. 처음 며칠간 그는 아이들의 침묵에 당황했다. 케냐 북쪽의 이 마을 아이들은 낯선 외부인에게 쉽게 웃어주지 않았다. 그들은 경계하는 눈으로 그를 바라보다가, 곧 눈을 돌려버렸다. 밤이 되자 텐트 안은 텅 빈 공허로 가득했다. 그는 다이어리를 펼치며 적었다.

"나는 왜 이곳에 홀로 보내졌는가. 그와 함께할 때 비로소 힘을 얻었는데… 지금은 고독뿐이다."

그러나 며칠 후, 한 아이가 소심하게 다가와 그에게 작은 꽃 한 송이를 내밀었다. 메마른 땅에서 간신히 핀 듯한 작은 들꽃이었다. 아이의 눈빛은 말하지 않아도 분명했다 '당신이 우리에게 필요한 사람이다.'

에디는 그 꽃을 손에 쥐며 조용히 속삭였다.

"나는 혼자지만, 빛은 여전히 흘러간다."

애니는 여전히 그 마을에 남아 있었다. 아이들은 에디가 떠난 뒤 한동안 우울해했지만, 그녀가 노래를 가르치며 손을 잡아주자 다시 웃음을 찾았다. 그러나 그녀의 마음은 공허했다. 아이들의 웃음 뒤로 늘 그림자가 드리워져 있었다. 한국 교회에서는 계속해서 연락이 왔다.

"권사님, 귀국하십시오. 교회의 명예가 달린 문제입니다."

그 문장은 애니의 가슴을 찔렀다. 그러나 곧 그녀의 마음속에서는 또렷한 목소리가 들려왔다. '나는 돌아가지 않겠다. 주님이 나를 이 땅에 부르셨다.'

밤마다 창문을 열고 별빛을 바라보며 기도할 때면, 그녀는 그를 떠올렸다.

"에디… 당신도 이 하늘을 보고 있겠지요. 주님, 우리가 멀리 떨어져 있어도 같은 빛을 보게 하소서."

성경 여백에 그녀는 적었다.

"나는 고독하다. 그러나 빛은 고독 속에서도 꺼지지 않는다."

어느 날, 한 아이가 종이를 건네주었다. 크레용으로 그려진 그림 속에는 애니와 에디, 그리고 아이들이 손을 잡고 서 있었다.

"선생님, 이건 우리 마음이에요."

아이의 말은 해맑았지만, 애니는 그 그림을 품에 안고 오래도록 눈물을 멈출 수 없었다. 그날 밤, 에디는 낯선 마을의 텅 빈 하늘 아래서 별빛을 바라보았다.

"주님, 저는 여전히 그와 함께한 시간이 그립습니다. 그러나 지금 이곳에서 당신이 원하시는 빛을 비추겠습니다."

같은 시간, 애니도 창문을 열고 별빛을 바라보며 기도했다.

"주님, 그는 멀리 있지만 같은 빛 아래 있음을 믿습니다. 제 고독을 넘어,

그의 사명을 지켜 주소서."

멀리 떨어진 두 땅. 그러나 같은 별빛 아래서 같은 기도가 하늘로 올려지고 있었다. 에디는 다이어리에 적었다.

"나는 이별의 길 위에 있으나, 여전히 그녀의 기도를 느낀다."

애니는 성경 여백에 기록했다.

"나는 그리움 속에 있으나, 여전히 그의 빛을 본다."

멀리 떨어져 있지만, 그들의 기록은 여전히 서로를 향해 흐르고 있었다.

빛은 고독 속에서도 꺼지지 않았고, 오히려 더 깊게 번져가고 있었다.

제58장

사역의 불꽃

낯선 마을에서의 첫 달은 고통스러웠다. 아이들의 웃음은 거의 사라져 있었고, 밤마다 울음소리가 가득했다. 깨끗한 물이 없어 작은 상처에도 감염이 번졌고, 굶주림은 아이들의 몸을 더 메말라가게 만들었다.

에디는 매일같이 노트를 펴고 계산했다. "교실은 세울 수 없다. 지금은 생존 자체가 문제다." 그는 글쓰기 교재 대신, 약품과 식량 배급 목록을 정리했다. 어느 날, 한 현지 지도자가 그에게 말했다.

"Eddie, 당신은 선생님인 줄 알았는데, 이제는 우리 마을의 의사가 필요합니다."

그 말은 그의 가슴에 무겁게 꽂혔다. 그는 의사가 아니었지만, 아이들의 생명을 지켜야 한다는 사명감이 더욱 커졌다. 현지인들과 함께 작은 진료소와 급식소를 세우기 위한 논의가 시작됐다. 밤, 다이어리에 그는 적었다.

"나는 교사로 왔지만, 주님은 나를 생명을 붙드는 자로 부르고 계신다."

한편, 애니는 남겨진 사역지에서 점점 리더로 세워지고 있었다. 에디가 떠난 뒤 아이들과 여성들이 자연스레 그녀를 중심으로 모였다.

"권사님, 우리가 스스로 곡식을 재배해 아이들을 먹일 수는 없을까요?"

현지 여인들의 제안에 애니는 눈을 반짝였다.

그녀는 함께 작은 밭을 일구기 시작했다. 맨손으로 흙을 파고, 씨앗을 심고, 물을 길어 나르며, 땀으로 땅을 적셨다. 며칠 후, 작은 싹이 돋아나는 것을 보며 아이들은 함성을 질렀다. 수확의 첫날, 여인들이 추수한 곡식을 아이들에게 건네주자, 애니는 손을 모으며 말했다.

"이 곡식이 주님이 주신 빛입니다. 우리가 받은 은혜가 이렇게 자라났습니다."

밤, 성경 여백에 그녀는 기록했다.

"나는 아내도, 어머니도, 권사도 넘어서 주님의 종으로 서 있다."

그 무렵, 에디는 굶주린 아이들에게 빵을 나누며 말했다.

"이 빵이 여러분을 살리는 빛입니다. 주님은 빛을 떡으로도, 손길로도 주십니다."

같은 시각, 애니도 아이들에게 곡식을 건네며 말했다.

"이 곡식이 빛입니다. 주님은 우리의 손을 통해 빛을 살려내십니다."

멀리 떨어진 두 자리에서, 같은 고백이 흘러나왔다. 서로 알지 못한 채, 같은 빛을 선포하고 있었던 것이다. 에디는 한 아이가 지어준 작은 미소 속에서 확신을 얻었다.

'나는 혼자가 아니다. 이곳에서도 그녀의 기도를 느낀다.'

애니는 아이들이 건넨 그림 속에서 위로를 얻었다.

'그는 멀리 있지만, 같은 사명을 걷고 있다.'

고독은 여전히 깊었지만, 그 고독 속에서 오히려 더 큰 부르심이 선명해지고 있었다.

에디는 다이어리에 적었다.

“빛은 생명을 지키는 손길로 나타난다.”

애니는 성경 여백에 기록했다.

“빛은 생명을 살리는 곡식으로 자란다.”

멀리 떨어진 두 기록은 서로 닿을 수 없었지만, 결국 하나의 이야기를 쓰고 있었다. 빛은 여전히 같은 길을 걸으며, 그들의 사명을 더 깊게 확장하고 있었다.

제59장

고독한 기도

북부 마을에서의 생활은 척박했지만, 사역은 점점 뿌리를 내리고 있었다. 작은 진료소는 이제 아이들이 병을 돌보는 쉼터가 되었고, 급식소에서는 매일같이 허기진 배들이 채워졌다. 그런 어느 날, NGO 본부로부터 연락이 왔다.

“에디, 곧 국제 후원자 컨퍼런스가 열립니다. 이번에 당신의 경험을 발표해 주길 원합니다. 후원자들이 직접 듣기를 원합니다.”

에디는 한동안 대답을 못했다. 마음속에서 두 가지 감정이 교차했다. ‘내가 떠나온 자리와 아이들을 두고 가도 될까?’ 그리고 ‘혹시 그곳에서 그녀를 다시 보게 되진 않을까?’ 그는 다이어리에 기록했다.

“나는 이 자리에서 묶여 있지만, 주님은 다시 길을 여신다. 이 길 끝에 무엇이 있을까.”

사역지에 남은 애니 역시 새로운 부름을 받았다. 한국 교회와 NGO이 연결고리로서 그녀가 세운 여성 협동조합 모델이 본부에 보고된 것이었다.

“권사님, 이번 국제 컨퍼런스에서 직접 발표해 주십시오. 후원자들에게 큰 도전이 될 겁니다.”

애니는 처음에 주저했다.

“제가… 무슨 자격으로요?”

그러나 현지 여성들이 손을 잡았다.

"당신은 우리 모두의 어머니입니다. 가서 우리의 이야기를 대신 말해 주십시오."

그 말에 애니는 마음을 다잡았다.

'나는 혼자라 두려웠지만, 주님은 나를 공동체의 입술로 세우셨다.'

발표 준비를 하던 에디는 회의 자료를 훑다 멈췄다.

"이번 컨퍼런스에는 아프리카 여성 협동조합 사례가 발표될 예정입니다. 한국 교회의 Annie 권사가 직접 발표합니다."

순간, 그의 심장이 멎는 듯했다. 펜이 손에서 떨어졌다. 속으로 이름을 중얼거렸다.

"…애니."

애니도 마찬가지였다. 본부 담당자가 가볍게 말했다.

"이번 회의에는 케냐 북부에서 온 사역자 Eddie도 함께할 예정입니다. 현지 보고를 맡을 거예요."

그 순간, 애니의 눈이 커졌다. 마음속 깊은 곳에서 잠자던 파도가 요동쳤다.

'에디… 주님, 정말 그를 다시 만나게 하시려는 겁니까?'

밤, 에디는 텐트 안에서 홀로 기도했다.

"주님, 이 만남을 허락하시는 겁니까? 아니면 또 다른 시험입니까? 제 마음이 이미 흔들리고 있습니다."

같은 밤, 애니도 작은 등불 아래에서 성경을 펼쳐 들었다.

“주님, 만나야 합니까? 아니면 피해야 합니까? 그러나 제 마음은 이미 흔들리고 있습니다. 주님의 뜻만 드러나게 하소서.”

멀리 떨어진 두 자리에서, 같은 기도가 울려 퍼지고 있었다.

컨퍼런스가 열리는 아프리카 대도시의 공항. 수많은 사람들로 붐빈 입국장 한편, 두 개의 실루엣이 스치듯 지나갔다. 에디는 서류 가방을 들고, 애니는 협동조합 여성들의 선물을 안고. 둘은 아직 서로의 얼굴을 보지 못했지만, 어딘가 익숙한 기운이 스쳐 지나갔다.

‘곧 다시 마주치게 될 것이다.’

주님이 허락하신 길 위에, 두 사람의 발걸음은 서서히 같은 무대를 향해 모이고 있었다.

제60장

다시 만난 자리

국제 후원자 컨퍼런스가 열리는 대도시의 대형 회의장은 수백 명의 NGO 관계자, 교회 대표, 현지 지도자들로 붐볐다. 각국에서 모인 사람들이 현수막과 국기를 들고 사진을 찍으며 분주하게 움직였다.

무대 위에는 '빛은 국경을 넘어 — Light Beyond Borders'라는 문구가 걸려 있었다. 애니는 발표 순서를 기다리며 가슴이 쿵쾅거리는 소리를 느꼈다. 손에 쥔 원고가 땀에 젖었다. '주님, 제 마음이 흔들리지 않게 하소서. 오늘은 제 이야기가 아니라, 이 아이들의 이야기가 전해지게 하소서.'

반대편 대기석에서 에디도 무대 쪽을 바라보고 있었다. 그는 발표할 자료를 정리하며 깊은 호흡을 했다. '주님, 오늘 제가 전하는 것이 제 이름이 아니라 당신의 빛이 되게 하소서.' 그러나 마음 한쪽에서는, 애니가 이 자리에 있다는 사실이 거대한 파도처럼 밀려오고 있었다. 먼저 애니의 순서가 되었다. 그녀는 조심스레 단상에 올라, 협동조합 여성들과 함께 일군 곡식과 아이들의 웃음을 담은 사진을 화면에 띄웠다.

"저는 아내였고, 어머니였고, 교회의 권사였습니다. 그러나 이곳에서는 주님의 종으로 다시 서야 했습니다. 굶주린 아이들에게 빵 한 조각을, 여성들에게 일할 땅 한 평을 나눠 주는 것이 곧 빛이었습니다. 그 빛은 제가 아니라, 주님께서 이 땅에 심으신 희망이었습니다."

청중은 고개를 끄덕이며 눈시울을 훔쳤다. 그녀의 목소리는 단호했지만, 그 안에는 뜨거운 눈물이 담겨 있었다. 그 다음, 에디의 순서가 이어졌다. 그는 진료소와 급식소에서 찍은 사진을 보여주며 말했다.

"저는 교사로 왔습니다. 그러나 주님은 저를 생명을 붙드는 자로 세우셨습니다. 병든 아이에게 약을, 굶주린 아이에게 음식을 전하는 손길이 곧 빛이었습니다. 그 빛은 제 것이 아니라, 주님이 우리 모두를 통해 드러내신 은혜였습니다."

그의 목소리 역시 잠시 떨렸지만, 곧 힘을 얻어 회의장을 울렸다. 발표가 끝나고 두 발표자가 함께 무대 중앙으로 불려나왔나. 사회사가 말했다.

"오늘 우리는 빛이 국경을 넘어 흘러간다는 사실을 두 분을 통해 보았습니다. 두 분의 사역에 큰 박수를 보냅니다."

그 순간, 두 사람의 시선이 무대 위에서 처음으로 정면으로 마주쳤다.

에디의 눈에는 눈물이 고여 있었다. '이렇게, 주님의 무대에서 다시 만나다니….' 애니의 가슴은 벅차올랐다. '주님, 결국 당신의 길 위에서 우리를 다시 세우셨군요.' 수백 명의 박수가 쏟아지는 가운데, 두 사람은 서류와 원고를 손에 쥔 채 가볍게 서로 고개를 끄덕였다. 그 짧은 인사 속에는 수많은 말과 눈물이 담겨 있었다. 박수는 길게 이어졌지만, 두 사람의 마음은 더 큰 고요 속에서 서로의 존재를 확인하고 있었다. 발표가 모두 끝난 뒤, 무대 뒤 좁은 통로에서 두 사람은 마침내 몇 걸음 떨어져 섰다. 주변은 여전히 분주했지만, 그들에게는 마치 시간이 멈춘 듯했다.

"에디…"

"애니…"

짧은 호명만으로도 눈빛이 흔들렸다. 그러나 이내 두 사람은 서로의 마음을 붙잡듯 미소 지었다. 에디가 낮게 말했다.

"주님이 결국 우리를 같은 무대 위에 세우셨군요."

애니는 고개를 끄덕이며 대답했다.

"네, 주님은 이별도 빛으로 사용하시고, 재회도 빛으로 사용하시네요."

더 말을 이어가고 싶었지만, 스태프들이 다가와 다음 순서를 준비하느라 두 사람은 다시 흩어졌다. 그러나 이제 그들의 마음속에는 분명한 확신이 자리잡고 있었다. 이 만남은 끝이 아니라, 새로운 시작이다.

에디는 그날 밤 다이어리에 적었다.

"빛은 우리를 갈라놓기도 하지만, 다시 모이게도 한다. 오늘, 나는 그 빛의 길 위에서 다시 그녀를 보았다."

애니는 성경 여백에 기록했다.

"이별은 끝이 아니었다. 주님은 다시 길을 열어 우리를 한 무대 위에 세우셨다."

멀리 돌아온 길이었지만, 두 사람은 이제 다시 같은 길 위에 서 있었다. 빛은 여전히 흘러가고 있었고, 이제는 둘의 동행을 통해 더 넓게 퍼져나갈 준비를 하고 있었다.

제61장

영혼의 울림

컨퍼런스가 끝난 직후, 국제 후원자들과 NGO 본부 관계자들은 에디와 애니를 따로 불러 회의실로 초대했다. 긴 테이블 위에는 두 사람의 발표 자료가 놓여 있었고, 스크린에는 사진과 숫자들이 빛을 발하고 있었다.

본부 책임자가 입을 열었다.

"두 분의 사역은 각기 놀랍습니다. 에디 씨의 의료·급식 사역과, 애니 권사님의 여성 협동조합 모델은 각각 탁월한 성과를 냈습니다. 그러나…" 그는 잠시 말을 멈추었다.

"…만약 두 사역이 하나로 묶인다면 어떻겠습니까? 교육·급식·여성 자립을 아우르는 종합 모델로 세워진다면, 다른 나라에도 확산할 수 있는 강력한 모델이 될 것입니다."

순간 회의실은 고요해졌다. 두 사람은 서로를 바라보았다. 다시 같은 길 위에 서라는 초청이 주어진 것이었다. 에디의 마음은 뜨겁게 뛰었다. '함께 할 수 있다니… 그러나 다시 가까워지면 또 오해가 불러일으키지 않을까?'

애니의 손끝은 떨렸다. '다시 붙여주신 길이 정말 주님의 뜻일까? 아니면 내 마음이 원하는 길일까?' 그들은 동시에 설레면서도 두려웠다.

밤, 컨퍼런스가 끝난 호텔의 한켠, 두 사람은 조용히 마주 앉았다. 창밖으로 도시의 불빛이 반짝였지만, 그들의 눈은 서로만을 향하고 있었다.

에디가 먼저 입을 열었다.

“우리는 오랫동안 떨어져 있었지만, 결국 주님의 무대에서 다시 섰습니다. 그리고 지금, 더 큰 사명을 위해 함께하라는 제안을 받고 있습니다. 이것이 부르심이라면… 두려워하지 말고 함께 나아가야 하지 않겠습니까?”

애니는 눈을 감았다가 다시 떴다.

“네, 하지만 이번에는 사람들의 시선보다 더 투명하게 서야 합니다. 우리의 감정도, 우리의 사명도 숨김없이 주님께 드려야 합니다. 그렇지 않으면, 또다시 빛이 가려질 수 있습니다.”

에디는 고개를 끄덕였다. 그의 눈빛에는 깊은 결심이 담겨 있었다.

두 사람은 무릎을 꿇고 기도했다.

“주님, 우리가 다시 만난 이유가 우리의 욕망이 아니라 당신의 뜻임을 보이소서. 이 길이 우리의 길이 아니라, 주님의 길이 되게 하소서. 우리가 아니라, 빛만 드러나게 하소서.”

눈물이 두 뺨을 타고 흘렀지만, 이번 눈물은 두려움이 아니라 새로운 결단의 눈물이었다. 그날 밤, 에디는 다이어리에 기록했다.

“빛은 두 갈래 길처럼 보였으나, 결국 하나의 길로 이어졌다. 오늘, 주님은 다시 한 번 우리를 같은 길 위에 세우셨다.”

애니는 성경 여백에 기록했다.

“빛은 다시 만남을 통해 더 멀리 흘러간다. 나의 두려움조차 주님의 손에서 희망으로 바뀐다.”

그들의 글은 서로 다른 책장에 적혔지만, 결국 같은 이야기를 노래하고 있었다. 다시 만난 두 사람은 이제, 공동의 사명을 향해 발걸음을 내딛으려 하고 있었다.

제62장

갈등과 화해

새로운 마을 한복판, 텅 비었던 공터가 바뀌어 가고 있었다. 작은 교실이 세워지고, 곡식을 심을 밭이 갈라졌으며, 아이들이 모여 밥을 나누어 먹는 급식소가 마련되었다. NGO 본부는 이번 프로젝트를 '빛의 통합 모델'이라 불렀다. 교육, 급식, 여성 협동조합이 모두 연결된 사역이었다. 에디는 아이들의 건강을 책임졌고, 애니는 여성들과 함께 곡식을 재배하며 공동체를 일으켜 세웠다. 처음 날, 현지 촌장은 두 사람의 손을 붙잡고 말했다.

"빛이 왔습니다. 우리 마을은 이제 희망을 다시 꿈꿉니다."

주민들은 환호했고, 아이들은 춤을 추었다. 두 사람은 그 자리에서 눈빛을 마주쳤다. 오랜 이별 끝에 다시 합쳐진 길이 이제 열매로 드러나는 순간이었다.

애니는 여성들과 함께 밭을 갈며 손에 흙을 묻혔다. 땀방울이 이마를 적셨지만, 그녀의 표정은 환했다. 아이들이 싹이 돋아나는 밭을 보며 소리를 지르자, 애니는 그들의 웃음을 품에 안았다. 에디는 아이들을 진료하고, 깨끗한 물을 길어 와 손을 씻기며 말했다.

"작은 상처라도 소중히 다루어야 해. 우리의 몸도 주님의 성전이니까."

저녁이면 두 사람은 마을 중앙에 모여 아이들과 함께 노래를 불렀다.

"빛 되신 주, 우리를 인도하시네."

아이들의 목소리가 어둠을 뚫고 별빛에 닿았다. 두 사람은 그 노래 속에서 처음으로 진정한 공동 사역의 기쁨을 맛보았다. 그러나 기쁨의 그림자는 오래 가지 않았다. NGO 내부 회의에서 몇몇 관계자가 수군거렸다.

“두 사람이 한 프로젝트를 이끄니 더 큰 힘이 생기는 건 사실이지. 하지만 후원자들은 또다른 이야기를 할 거야.”

“남녀가 늘 붙어 다니면, 아무리 사역이라 해도 곱게 보지 않을 수 있지.”

한국 교회에서도 메시지가 도착했다.

“권사님, 빛을 가리는 일은 없으시길 바랍니다. 이미 현지에서 소문이 적지 않습니다.”

애니는 메시지를 읽고 한동안 숨을 쉴 수 없었다. 기쁨 속에서 피어오른 불안이 다시 그녀의 마음을 흔들었다. 밤, 에디는 조용히 일지를 적었다.

“그녀와 함께할 때 주님의 역사가 더 크게 드러난다. 그러나 나는 그림자가 되어 빛을 가리는 것은 아닐까.”

같은 밤, 애니는 성경을 펼쳐 여백에 적었다.

“사역이 확장될수록 내 마음은 더 흔들린다. 나는 빛을 드러내는 통로인가, 아니면 내 감정이 빛을 흐리게 하는가.”

서로 다른 자리에서 같은 두려움이 그들의 가슴을 짓눌렀다.

며칠 뒤, 마을에서 첫 수확의 곡식을 나누는 잔치가 열렸다. 주민들은 아이들과 함께 찬양을 부르며, 에디와 애니에게 감사 인사를 전했다.

아이들이 환호하며 외쳤다.

“Mama Annie, Papa Eddie!”

사람들은 웃었지만, 두 사람은 순간 잠시 눈을 감았다. 기쁨이었지만 동시에 아픈 오해의 그림자가 겹쳐 보였다.

그 순간, 두 사람은 속으로 같은 기도를 드렸다.

“주님, 우리의 사역을 오해가 아닌 빛으로 보게 하소서. 우리가 아니라, 당신만 드러나게 하소서.”

그날 밤, 에디는 다이어리에 적었다.

“빛은 함께할 때 더 환하다. 그러나 환한 빛일수록 그림자도 짙어진다. 주님, 제가 그림자가 되지 않게 하소서.”

애니는 성경 여백에 기록했다.

“빛이 오해로 가려지지 않게 하소서. 우리의 동행이 주님의 이름만 드러내게 하소서.”

멀리 떨어져 있지만 결국 같은 고백이었다.

빛은 확장되었고, 동시에 더 큰 시험을 불러오고 있었다.

제63장

불편한 진실

새벽, NGO 본부 사무실에 한 장의 기사가 도착했다. 제목은 충격적이었다.

"케냐 현지 사역지, 남녀 지도자의 지나친 밀착 논란"

사진에는 아이들과 함께 웃고 있는 에디와 애니의 모습이 실려 있었다. 아이들이 그들을 "Mama Annie, Papa Eddie"라 부르는 장면도 함께 담겨 있었다. 그러나 기사의 논조는 그것을 따뜻한 동역의 표지가 아니라, "사적인 관계가 공적 사역을 흐린다"는 방향으로 몰아갔다.

곧바로 몇몇 후원자들이 본부에 연락했다.

"우리가 내는 후원금이 저런 식으로 쓰인다면 철회하겠습니다."

"빛을 드러낸다면서, 오히려 불필요한 오해만 만드는 것 아닙니까?"

본부는 긴급히 연락을 보내 두 사람을 불러들였다.

마을에서도 파장이 일었다. 일부 현지 지도자들이 불만을 터뜨렸다.

"외부인들이 와서 우리 아이들을 부모처럼 부른다더니, 이제는 세상 사람들의 오해까지 불러왔지 않느냐."

그러나 여성들과 아이들은 눈물을 흘리며 두 사람을 붙잡았다.

"아니에요. Mama Annie, Papa Eddie는 우리에게 빛이에요! 우리를 살려주었잖아요!"

마을은 점점 둘 사이의 의미를 두고 갈라지는 듯한 양상으로 흘렀다.

밤, 에디는 무너지는 듯한 심정으로 다이어리를 펼쳤다.

"내가 그녀와 함께할 때 사역은 살아났다. 그러나 이제 그녀까지 공격받고 있다. 나는 빛을 드러내려 했지만, 오히려 그림자가 되었는가."

애니 역시 작은 방에 홀로 앉아 성경을 부여잡았다.

"나는 빛을 가리지 않으려 애썼다. 그러나 결국 내 존재가 오해를 키운 걸까? 주님, 제 마음이 무너지고 있습니다."

그녀의 눈물은 성경 위에 떨어져 번져갔다.

다음 날, 본부는 두 사람을 긴급 회의실로 불러 세웠다. 후원자 대표, NGO 책임자들이 자리에 앉아 있었다.

"여러분의 헌신은 인정합니다. 그러나 지금 상황에서는 공개적인 해명이 필요합니다."

"여러분은 사적인 관계입니까, 아니면 오직 사역의 동역자입니까? 분명히 말해야 합니다."

순간, 회의실 공기가 얼어붙었다.

에디는 속으로 다짐했다.

'내가 떠나야 한다. 그래야 그녀가 공격받지 않는다. 내 존재가 그림자라면 사라지는 것이 맞다.'

반면 애니는 속으로 기도했다.

‘나는 이제 도망치지 않겠다. 주님의 이름으로 서겠다. 진실은 주님께서 밝히실 것이다.’

회의실 앞, 잠시 마주 선 두 사람.

에디의 눈빛은 고통스러웠지만 단호했다.

“내가 책임을 지겠습니다.”

애니의 눈빛은 눈물에 젖었지만 흔들리지 않았다.

“아니에요. 이번에는 숨지 않겠습니다. 주님의 빛을 가리지 않도록, 진실을 말하겠습니다.”

서로 다른 결심을 안은 두 사람. 그 순간, 회의실 문이 천천히 열렸다.

빛이 쏟아져 들어오는 문틈을 향해, 두 사람은 무겁게 발걸음을 옮겼다.

제64장

재회의 떨림

넓은 회의실, 긴 테이블에 NGO 본부 관계자, 후원자 대표, 현지 지도자들이 줄지어 앉아 있었다. 에디와 애니는 모든 시선이 집중된 정면에 서 있었다. 공기가 숨 막히게 무거웠다. 사회자가 단도직입적으로 말했다.

“두 분은 사역의 동역자입니까, 아니면 사적인 관계입니까? 오늘 여기서 분명히 밝혀야 합니다.”

순간, 좌중은 숨을 죽였다. 두 사람의 대답이 무엇이든, 이 회의의 향방을 결정할 것이었다. 에디는 잠시 눈을 감았다가, 고개를 들고 천천히 입을 열었다.

“저는 한 여자를 사랑하는 인간입니다.”

회의실이 술렁였다. 후원자들 몇 명이 얼굴을 찌푸렸고, 일부는 놀란 눈빛으로 서로를 바라보았다. 그러나 에디의 목소리는 흔들리지 않았다.

“그러나 동시에, 저는 주님의 종입니다. 그리고 제가 고백할 수 있는 건 단 하나— 제가 그녀와 함께할 때, 주님의 사역이 더 크게 드러났다는 사실입니다. 아이들이 살아났고, 마을이 일어섰습니다. 저는 그 진실을 부정하지 않겠습니다.”

그의 말은 단호했지만, 욕망의 고백이 아니라 투명한 인간으로서의 진실이었다. 애니는 눈물이 그렁그렁한 눈으로 회중을 바라보았다. 그녀의 목소리는 처음엔 떨렸지만, 곧 힘을 얻어 울려 퍼졌다.

"저는 아내였고, 어머니였고, 지금은 교회의 권사이자 이 땅의 종입니다. 에디와 함께하며 수많은 오해를 받았습니다. 그러나 저는 주님 앞에서 숨길 수 없습니다."

그녀는 목소리를 높였다.

"아이들이 웃을 수 있었던 건, 우리가 함께였기 때문입니다. 마을이 일어설 수 있었던 건, 두 손이 맞잡혔기 때문입니다. 그것이 주님이 하신 일입니다. 우리의 마음은 흔들릴지라도, 그 빛은 흔들리지 않았습니다."

회의실은 잠시 침묵에 잠겼다.

그때, 현지 여성 지도자가 자리에서 일어났다. 그녀는 강한 억양의 목소리로 말했다.

"이 두 사람 덕분에 우리 아이들이 살아났습니다. 저희는 그들의 사적인 마음이 어떤지 모릅니다. 하지만 우리는 그들의 손길 속에서 빛을 보았습니다. 그게 진실입니다."

아이들이 함께 일어나 노래를 부르기 시작했다.

"This little light of mine, I'm gonna let it shine…"

작은 목소리였지만, 순수한 합창이 회의장을 울렸다. 어른들은 말을 잃고 아이들의 노래에 귀 기울였다. 그 소리 속에서 누구도 쉽게 돌을 던질 수 없었다. NGO 본부 책임자가 자리에서 일어나 깊은 숨을 내쉬었다.

"오늘 즉각적인 결정을 내리지는 않겠습니다. 그러나 분명한 건… 여러분의 사역이 아이들과 마을을 살려냈다는 사실입니다. 우리는 더 지켜보겠습니다."

좌중은 여전히 복잡한 표정을 지었지만, 분위기는 분명 달라져 있었다. 이제 그들을 단순히 '오해의 그림자'로만 볼 수는 없었다.

회의가 끝난 후, 에디는 다이어리에 적었다.

"나는 숨지 않았다. 사랑도, 사명도, 주님의 빛 속에서 고백했다. 진실은 빛을 가릴 수 없다."

애니는 성경 여백에 기록했다.

"사랑도, 사명도 주님 앞에 숨김없이 드릴 때 빛이 된다. 오늘, 나는 도망치지 않았다."

그들의 기록은 서로 다른 책장에 적혔지만, 결국 하나의 고백이었다.

빛은 그들의 가장 아픈 자리에서조차 더 선명하게 드러나고 있었다.

제65장

선언의 순간

공개 해명 후 며칠 뒤, NGO 본부에서 공식 문서가 도착했다.

"사역은 중단하지 않는다. 그러나 앞으로 모든 과정은 투명하게 공개될 것이다. 모든 결정은 공동체 회의에서 논의하고, 모든 보고는 사진과 기록으로 남겨야 한다. 정기적으로 외부 감사가 이루어질 것이다."

사역을 이어갈 수 있다는 사실에 두 사람은 안도했지만, 동시에 그 문장은 끊임없는 시험대 위에 서라는 의미이기도 했다.

에디는 문서를 접으며 중얼거렸다.

"우리는 이제 빛이 아니라, 현미경 아래 놓인 존재가 되었군요."

애니는 조용히 고개를 끄덕였다.

"하지만 숨길 것이 없다면, 오히려 이 길이 주님의 증거가 될 수 있겠지요."

아이들과 여성들은 여전히 두 사람을 따뜻하게 맞았다.

"Papa Eddie, Mama Annie, 우리를 떠나지 않아서 고마워요!"

작은 손들이 두 사람의 손을 잡으며 눈물을 글썽였다.

그러나 일부 현지 지도자들은 다른 태도를 보였다.

“본부에서 감시하겠다는데, 우리도 더 지켜봐야지.”

그들은 마치 감시자라도 된 듯 두 사람의 행동 하나하나를 주시했다. 공동체 안에는 감사와 경계가 동시에 존재했다. 밤, 에디는 다이어리에 기록했다.

“빛은 더 환히 드러나야 하지만, 그 빛 속에서 내 마음까지 다 드러날까 두렵다. 그러나 나는 이미 고백했다. 사랑을 숨기지 않았고, 사명도 숨기지 않았다. 그렇다면 두려움도 더 이상 숨길 수 없다.”

그는 글을 덮고 무릎을 꿇었다.

“주님, 내 마음의 그림자까지도 빛으로 비추어 주소서.”

애니 역시 성경 여백에 글을 남겼다.

“나는 주님의 빛만 드러내려 하지만, 사람들의 눈은 여전히 나를 찌른다. 한국 교회는 ‘이번이 마지막 기회’라며 압박한다. 그러나 내가 도망치지 않는 이상, 빛은 꺼지지 않는다.”

그녀는 성경을 꼭 끌어안으며 기도했다.

“주님, 제 눈물이 빛을 흐리지 않게 하소서.”

며칠 뒤, 국제 후원단체에서 연락이 왔다.

“두 분의 프로젝트는 큰 가능성이 있습니다. 더 투명한 관리 체계를 확립한다면, 이 모델을 다른 지역에도 확산시키고 싶습니다.”

그 말은 동시에 시험과 기회였다. 더 많은 시선, 더 많은 책임, 더 많은 오해의 위험이 따르는 길이었다.

그러나 두 사람은 서로의 눈빛 속에서 같은 것을 읽었다.

"주님이 열어주신 길이라면, 우리는 멈출 수 없다."

그날 밤, 에디는 다이어리에 기록했다.

"시험대 위에서라도, 빛은 더 멀리 퍼질 수 있다."

애니는 성경 여백에 기록했다.

"눈물이 채 마르지 않았지만, 주님의 길은 더 넓게 열리고 있다."

두 기록은 멀리 떨어져 있었지만 결국 같은 이야기를 노래하고 있었다.

그들의 사역은 더 큰 무대로 나아갈 준비를 하고 있었다.

제66장

눈물의 밤

국제 후원단체의 지원이 본격적으로 시작되자, 사역은 더 넓은 마을로 퍼져나갔다. 기존의 작은 시범지가 아니라, 여러 지역에서 동시에 교육·급식·협동조합이 시도되었다. 새로운 마을에서 첫 수업이 열렸다. 에디는 칠판 앞에서 아이들에게 글자를 가르쳤고, 애니는 마을 여성들과 함께 밭을 가꾸며 씨앗을 나누어주었다. 급식소에서는 김이 모락모락 나는 옥수수 죽이 아이들의 배를 채우고 있었다.

"빛이 왔다!"

아이들이 노래하듯 외쳤다. 마을 어른들도 고개를 끄덕이며 눈시울을 붉혔다. 그 순간, 두 사람은 서로의 눈빛을 마주쳤다. 이 길이 결코 헛되지 않다는 확신이 두 사람 사이에 오갔다. 점검을 마치고 돌아오는 길, 좁은 오솔길을 걸으며 두 사람은 오랜만에 미소를 나누었다. 애니가 말했다.

"예전 같으면 상상하지 못했을 길이에요. 이렇게 많은 마을에서 같은 역사가 일어나다니."

에디가 고개를 끄덕였다.

"우리가 아니라, 주님이 우리를 여기까지 이끌어주신 겁니다. 우리는 다만 손과 발이었을 뿐이죠."

그의 말에 애니는 조용히 웃었다. 그러나 그 웃음 속에는 깊은 신뢰와…

부인할 수 없는 감정의 떨림이 깃들어 있었다. 둘은 말없이 걸었지만, 그 침묵 속에 많은 것이 오갔다. 그러나 기쁨은 오래 머물지 않았다. NGO 본부에서 날아온 지침에는 새로운 조항이 추가되어 있었다.

"모든 프로젝트 활동은 영상으로 기록할 것. 후원자들이 직접 확인할 수 있도록 자료를 공유할 것."

그 말은 곧 감시의 눈길이 더 짙어진다는 뜻이었다. 한국 교회에서도 또 편지가 도착했다.

"권사님, 여전히 오해의 소문이 가시지 않습니다. 더 큰 무대에 서기 전에 명확한 입장을 정리하십시오."

심지어 일부 NGO 관계자들조차 말했다.

"두 사람이 함께하니 사역은 커지지만, 위험도 같이 커집니다. 이대로 가다간 더 큰 문제로 번질 수 있어요."

밤, 에디는 텐트 안에서 다이어리를 펼쳤다.

"빛은 확장되는데, 왜 그림자도 함께 커지는가. 주님, 내가 물러나야 합니까? 내가 없는 편이 더 빛을 선명하게 할 수 있습니까?"

같은 시각, 애니는 작은 방에서 성경을 붙들었다.

"내가 떠나면 이 길이 무너질까? 그러나 함께하면 더 큰 비난이 몰려옵니다. 주님, 저는 여전히 두렵습니다. 그러나 도망치지 않겠습니다."

그녀의 눈물은 성경 여백을 적셨다.

며칠 뒤, 두 사람은 새로 개소한 급식소를 점검하기 위해 함께 마을을 찾았다. 아이들이 줄을 서서 따뜻한 음식을 받는 모습은 그 자체로 축복이었다. 그때, 한 아이가 두 사람 앞으로 다가왔다. 작은 손에 빵 조각을 꼭 쥔 채 말했다.

"Mama Annie, Papa Eddie… 우리가 다시 살아났어요. 우리는 이제 빛을 두려워하지 않아요."

순간, 두 사람의 가슴이 울컥하며 무너졌다. 에디는 아이를 품에 안고 속으로 기도했다.

'주님, 사람들의 시선은 여전히 흔들리지만, 이 아이의 눈은 진실을 보고 있습니다.'

애니 역시 아이의 머리를 쓰다듬으며 눈물을 삼켰다.

'빛은 사람들의 오해보다 더 강하다. 이 아이들이 살아났다는 사실이 바로 증거다.'

그날 밤, 에디는 다이어리에 기록했다.

"아이들의 웃음이 증거다. 그것이면 충분하다."

애니는 성경 여백에 기록했다.

"빛을 의심하는 눈은 많지만, 빛을 누리는 눈은 더 많다. 그들이 곧 주님의 증언자다."

멀리 떨어져 있었던 두 기록은 결국 같은 울림을 남겼다. 빛은 확장될수록 오해도 커졌지만, 아이들의 웃음은 그 모든 의심보다 더 큰 증거가 되었다.

제67장

내적 고백

새벽녘, NGO 본부에서 급히 날아온 메일이 두 사람 앞에 놓였다.

“후원자와 교회 지도자들의 압력이 임계점에 도달했습니다. 두 분의 관계와 사역에 대해 최종 입장을 명확히 밝히라는 요구가 있습니다. 만약 이를 회피한다면, 모든 프로젝트 지원은 즉시 중단될 것입니다.”

짧은 문장이었지만, 그것은 곧 사역 전체의 존폐를 가르는 칼날 같은 통보였다. 에디는 깊은 숨을 들이마셨다. 종이에 적힌 단어 하나하나가 가슴을 찌르는 듯했다.

“이제… 피할 길이 없군요.”

애니는 종이를 내려놓으며 속으로 기도했다.

“주님, 제 이름이 아니라, 주님의 이름이 드러나게 하소서.”

그날 오후, 한국 교회로부터도 서신이 도착했다.

“권사님, 교회의 명예를 위해 이번에 반드시 선택하십시오. 더 이상 모호하게 갈 수는 없습니다.”

애니의 손끝이 떨렸다. 그동안 쏟아진 비난과 압박이 다시 한꺼번에 밀려왔다. 그러나 이번에는 마음 한편에서 묵직한 깨달음이 솟구쳤다.

'이제는 숨지 말아야 한다. 내 체면이 아니라, 아이들의 생명을 지켜야 한다.'

밤, 에디는 텐트 속에서 다이어리를 펼쳤다. 펜촉이 떨렸지만, 글씨는 힘있게 흘러갔다.

"나는 더 숨을 수 없다. 사랑을 고백했듯, 사명도 고백해야 한다. 이 길에서 무너진다 해도, 진실을 버릴 수는 없다."

그는 무릎을 꿇고 기도했다.

"주님, 제가 증언할 때 제 이름이 사라지고, 오직 빛만 드러나게 하소서."

애니도 조용한 방에서 성경을 펼쳤다. 그녀의 눈은 눈물로 번져 본문을 흐리게 했지만, 마음은 점점 더 선명해졌다.

"주님, 제 명예가 흠집 나도 좋습니다. 그러나 이 아이들의 웃음은 지켜주소서."

그녀는 성경 여백에 기록했다.

"빛은 사람들의 판단으로 지워지지 않는다. 아이들의 생명 속에 살아 있다."

며칠 뒤, 국제 본부의 대형 회의실에 긴급 회의가 소집되었다. 후원자 대표, NGO 본부 관계자, 한국 교회 지도자들까지 한자리에 모였다. 공기는 팽팽한 긴장으로 가득했다. 에디와 애니는 문 앞에서 잠시 멈춰섰다. 서로의 손은 닿지 않았지만, 눈빛이 서로를 붙잡았다.

에디의 눈빛은 이렇게 말하는 듯했다.

'내가 물러나겠다. 당신을 지키기 위해서라면.'

애니의 눈빛은 이렇게 대답하고 있었다.

'아니에요. 이번에는 도망치지 않겠습니다. 우리 둘 다 주님의 이름으로 서야 합니다.'

두 사람은 짧은 미소를 주고받았다. 그것은 슬프고도 담대한 미소였다.

마침내 회의실 문이 열렸다. 수십 쌍의 눈빛이 일제히 두 사람을 향해 쏟아졌다. 차가운 공기 속에서, 두 사람은 나란히 발걸음을 내디뎠다. 이제, 그들의 사랑과 사명, 그리고 빛이 판가름 날 순간이 다가오고 있었다.

제68장

더 큰 싸움

대형 회의실은 차갑게 긴장되어 있었다. NGO 본부 관계자, 후원자 대표, 한국 교회 지도자, 현지 촌장과 여성 대표까지—수십 쌍의 눈빛이 두 사람을 향해 쏟아졌다. 사회자가 묻는 목소리는 단호했다.

“여러분의 관계는 무엇입니까? 사역은 이 관계 위에 세워진 것입니까, 아니면 주님의 이름 위에 세워진 것입니까?”

순간, 정적이 흘렀다. 에디와 애니는 잠시 서로를 바라보았다. 그리고 고개를 끄덕이며 한 발자국 앞으로 나섰다. 에디가 먼저 입을 열었다. 목소리는 떨렸지만, 이내 굳세어졌다.

“저는 애니를 사랑하는 한 남자입니다.”

회의장은 술렁였다. 그러나 그는 고개를 들고 계속 말했다.

“그 사랑은 결코 우리의 사명을 무너뜨리지 않았습니다. 오히려 우리가 함께할 때, 빛은 더 넓게 퍼졌습니다. 아이들이 살아났고, 마을이 일어섰습니다. 저는 이 사실을 주님 앞에서도, 여러분 앞에서도 숨기지 않겠습니다.”

그의 말은 단순한 감정의 토로가 아니라, 투명한 고백이었다.

애니는 두 손을 가슴에 모으고, 눈물을 머금은 채 목소리를 높였다.

"저는 아내였고, 어머니였고, 지금은 권사입니다. 그러나 무엇보다 주님의 종입니다. 에디와 함께하며 오해를 받았습니다. 그러나 저는 주님 앞에서 증언합니다. 우리가 함께할 때 아이들이 살아났습니다. 그 웃음이 우리의 관계를 증거합니다."

그녀의 목소리는 눈물에 떨렸지만, 그 떨림은 오히려 더 큰 힘이 되어 회중의 마음을 흔들었다. 후원자 일부는 얼굴을 붉히며 말했다.

"사적인 감정을 인정한다니, 말이 됩니까? 이런 관계를 우리가 어떻게 후원합니까?"

그러나 또 다른 이들은 눈물을 훔쳤다.

"하지만… 그들이 아니었으면 이 아이들이 살아날 수 있었을까요?"

현지 여성 대표가 자리에서 벌떡 일어섰다.

"우리는 그들의 손에서 빛을 보았습니다. 그들의 사랑이 죄라면, 우리 아이들의 웃음은 무엇입니까?!"

순간, 회의장은 정적에 휩싸였다. 아무도 쉽게 반박하지 못했다.

그때, 회의장 밖에서 기다리던 아이들 몇 명이 문을 열고 들어왔다.

작은 발걸음, 작은 목소리.

"This little light of mine, I'm gonna let it shine…"

처음엔 나지막했지만, 차츰 더 많은 아이들이 합세하며 목소리는 커졌다.

"빛은 어둠 속에 빛나네, 주님이 주신 빛은 꺼지지 않네!"

순수한 노래가 회의장을 울렸다. 긴장으로 꽉 막혔던 공기가 풀리며,

어른들의 눈에서 눈물이 터져 나왔다.

NGO 본부장은 한동안 침묵하다가 자리에서 일어나 말했다.

"우리는 두 사람의 관계를 더 이상 숨기라 강요하지 않겠습니다. 그러나 앞으로의 길은 더 큰 책임과 투명성 속에서 걸어가야 합니다. 사역은 계속될 것이며, 이 모델을 확산하겠습니다."

회의장은 웅성였지만, 분명 분위기는 달라져 있었다. 이제 그들을 단순히 오해의 대상으로만 볼 수는 없었다. 사명의 빛 속에 선 동역자로 보기 시작한 것이다. 그날 밤, 에디는 다이어리에 기록했다.

"오늘, 나는 가장 떨리는 순간에도 숨지 않았다. 사랑도, 사명도, 주님 앞에 드러냈다. 진실은 빛 속에서 더 선명해졌다."

애니는 성경 여백에 기록했다.

"사람들의 눈은 여전히 날카로웠지만, 아이들의 웃음이 모든 해답이었다. 오늘, 주님은 우리의 고백을 빛으로 바꾸셨다."

제69장

흔들리는 마음

공개 고백의 회의가 있던 다음 날 아침, 공기는 전날과 달리 맑고 고요했다. 현지 마을 사람들은 여전히 두 사람을 따뜻하게 맞이했다.

"빛은 꺼지지 않았습니다."

한 여인이 눈물을 훔치며 애니의 손을 꼭 잡았다.

아이들은 두 사람을 보자마자 달려와 품에 안겼다.

"Papa Eddie! Mama Annie!"

그들의 웃음소리에 얼어붙었던 긴장과 두려움은 조금씩 녹아내렸다.

에디와 애니는 서로의 눈빛 속에서 새로운 시작의 기운을 느꼈다.

NGO 본부는 공식 성명을 내렸다.

"두 지도자의 사역 모델은 검증되었다. 더 넓은 지역에 확산할 것이다. 단, 보고와 관리 체계는 더욱 투명하게 이루어져야 한다."

이제 두 사람은 더 많은 마을을 함께 방문하게 되었다. 에디는 학교와 진료소를 돌며 위생과 교육을 담당했고, 애니는 여성 협동조합을 세우고 아이들의 먹거리를 안정시키는 일에 집중했다. 새로운 마을마다 환호가 터졌다.

“이 길이 우리 공동체의 희망입니다!”

여성들은 곡식을 들고 노래했고, 아이들은 빵을 들고 춤을 추었다.

사역은 확실히 빛의 강물처럼 흘러가고 있었다. 두 사람은 이제 서로에 대한 감정을 숨기지 않았다. 그러나 그것이 빛을 가리지 않도록 절제된 거리를 지키려 애썼다. 에디는 공개석상에서 늘 이렇게 말했다.

“저희의 사역은 사랑으로 세워졌습니다. 그러나 그 사랑은 주님의 빛 안에 있습니다.”

애니도 사람들 앞에서 담담히 증언했다.

“저는 주님의 종으로서, 그리고 동역자로서 이 길을 걸을 뿐입니다.”

그들은 은밀한 속삭임을 삼갔고, 대신 공개된 신뢰와 동역의 언어로 서로를 지탱했다. 그러나 마음속에서는 이전보다 더 깊은 이해와 친밀함이 자라나고 있었다. 그날 밤, 에디는 다이어리에 적었다.

“나는 한 여자를 사랑하고, 동시에 주님을 사랑한다. 그 두 사랑이 충돌하지 않도록 매일 주님께 의탁한다. 오히려 주님이 두 사랑을 하나의 빛으로 엮어주신다.”

애니는 성경 여백에 기록했다.

“나는 한 남자를 사랑하지만, 그 사랑을 주님의 빛 안에서 숨김없이 드린다. 그러할 때 사랑은 짐이 아니라 증거가 된다.”

국제 후원단체는 새로운 제안을 전해왔다.

"이 모델을 인근 다른 국가에도 확산시키자. 더 많은 아이들과 여성들이 이 혜택을 누릴 수 있도록 하자."

그러나 동시에 한국 교회의 일부에서는 여전히 불편한 목소리를 거두지 않았다.

"권사님, 교회의 시선은 여전히 무겁습니다. 신중하시길 바랍니다."

두 사람은 알았다. 이 길은 결코 끝이 아니라, 또 다른 시작이었다. 저녁, 마을 중앙에 모닥불이 피워졌다. 아이들이 손을 잡고 원을 그리며 노래를 불렀다.

"빛은 어둠 속에 빛나네…"

별빛과 아이들의 노래가 어울려 하늘을 울렸다.

에디와 애니는 나란히 앉아 아이들을 바라보았다.

잠시 침묵하다, 에디가 낮게 속삭였다.

"우리는 이제 진짜 출발선에 서 있군요."

애니가 고개를 끄덕이며 답했다.

"네, 주님이 허락하신 빛의 길 위에서요."

그들의 눈빛은 모닥불처럼 타올랐고, 새로운 여정이 시작되고 있음을 예감케 했다.

제70장

침묵의 시험

컨퍼런스와 일련의 회의 이후, 국제 NGO 본부는 새로운 결정을 내렸다.

"탄자니아 북부 지역에서 시범 프로젝트를 시작하겠습니다. 두 분이 세운 모델을 현지에도 적용해 주십시오. 이미 여러 공동체가 간절히 기다리고 있습니다."

에디와 애니는 보고서를 받아 들고 잠시 서로를 바라보았다.

"탄자니아…" 애니가 조용히 중얼거렸다.

에디는 고개를 끄덕이며 답했다.

"더 멀리 가야 할 길이군요. 주님이 여신 길이라면, 가야지요."

설렘과 두려움이 동시에 그들의 가슴을 두드리고 있었다.

마을 사람들은 두 사람을 위해 송별 모임을 준비했다. 초라한 마을 광장이었지만, 아이들은 꽃을 꺾어 화환을 만들었고, 여성들은 작은 곡식 자루를 선물로 내놓았다.

"빛은 여기 남지만, 더 멀리 흘러가야 합니다." 촌장이 두 사람의 손을 잡으며 말했다.

여성들은 울먹이며 "우리의 어머니, 우리의 아버지"라 불렀고, 아이들은 노래를 불렀다.

“빛은 우리와 함께, 빛은 더 멀리 가네…”

애니의 눈가에 눈물이 맺혔다. 에디는 손수건으로 그것을 조심스레 닦아 주려다 멈추었다. 대신 그 눈물을 똑같이 가슴에 새기듯 바라보았다.

며칠 뒤, 공항. NGO 직원들이 분주히 움직였고, 국제 후원자 대표들도 자리를 지켰다. 그들의 표정은 격려와 감시가 뒤섞인 복잡한 얼굴이었다.

“두 분을 지켜보고 있습니다. 이번엔 더 투명하게, 더 확실히 증명해 주십시오.”

대표의 말은 다짐이라기보다 시험 같았다. 에디와 애니는 아무 말 없이 고개를 끄덕였다. 다시, 사람들의 시선 속에서 걸어야 하는 길이었다. 긴 비행 중, 창가에 앉은 애니가 창밖으로 펼쳐진 구름을 바라보며 중얼거렸다.

“빛은… 더 멀리 가야 하는군요.”

에디는 그녀의 노트를 힐끗 바라보다가 낮게 말했다.

“네, 그리고 우리 마음도 함께 더 멀리 가야겠지요.”

잠시 두 사람 사이에 침묵이 흘렀지만, 그 침묵은 불편이 아니라 깊은 동역의 고요였다. 탄자니아에 도착하자, 케냐와는 또 다른 풍경이 펼쳐졌다. 더 뜨거운 태양, 거친 먼지, 낯선 언어, 그리고 깊은 가난.

현지 지도자가 두 사람을 맞으며 말했다.

“여기는 케냐보다 더 험합니다. 물도 부족하고, 마을 사이 갈등도 심합니다. 그러나 사람들이 당신들을 기다리고 있습니다.”

에디는 굳은 얼굴로 고개를 끄덕였고, 애니는 조용히 손을 모으며 기도했다.

'주님, 우리가 여기서도 빛을 가리지 않게 하소서.'

첫날 저녁, 숙소 옥상에 올라가자 넓은 하늘이 쏟아질 듯 펼쳐졌다. 별빛은 강렬했지만, 어둠 또한 깊었다. 에디가 별을 올려다보며 말했다.

"또 다른 시험이 기다리겠지요."

애니가 옆에서 속삭였다.

"네. 하지만 빛이 흘러간다면, 어디든 우리가 있어야 할 자리일 겁니다."

두 사람의 시선은 같은 별을 향했다.

그리고 그 별빛 아래, 새로운 여정의 길이 열리고 있었다.

제71장

깊은 고독

탄자니아의 첫 주는 생각보다 빨리 무너져 내렸다.

사역을 시작한 지 며칠 만에, 마을의 유일한 우물이 말라버린 것이다.

아이들은 혀끝이 바짝바짝 마르고, 여성들은 몇 시간을 걸어가도 물 한 동이를 얻기 힘들었다. 마을 사람들의 불만은 순식간에 터져 나왔다.

"새로 온 사람들이 재앙을 가져온 거야!"

"그들이 온 뒤로 땅이 가뭄에 시달리는 게 아니냐?"

에디와 애니는 사역을 시작하기도 전에 신뢰를 잃을 위기에 내몰렸다.

밤, 마을 공터에 앉은 에디는 손으로 얼굴을 감쌌다.

"첫걸음부터 실패라면, 우리는 이곳에서 설 자리가 없을 겁니다."

애니는 고개를 젓고 그의 손을 살며시 잡았다.

"아니에요. 주님이 우리를 이곳으로 보내셨다면, 길도 예비하셨을 거예요. 우리가 지금 해야 할 건 절망이 아니라 믿음을 붙드는 겁니다."

그녀의 말은 흔들리는 그의 마음을 붙들어 주었다. 두 사람은 함께 무릎을 꿇고 기도했다.

“주님, 마른 땅에도 생명이 살아나게 하소서. 우리의 무력함 속에 당신의 길을 보이소서.”

다음 날, 두 사람은 현지 지도자와 NGO 직원, 여성 협동조합 대표들을 모았다.

“우리가 각자 흩어져 있으면 아무 일도 일어나지 않습니다. 함께 길을 찾읍시다.”

애니는 여성들과 함께 빗물을 모아 임시로 사용할 수 있는 작은 저장고를 만들자고 제안했다. 그녀는 손수 물통을 들고 여성들과 지붕 아래서 빗물을 받으며 흙을 다져 올렸다. 에디는 인근 NGO와 긴급 연락을 취했다. 며칠 뒤, 이동식 정수기 두 대가 마을에 도착했다. 그는 직접 손에 연장을 들고 기계 설치를 도왔다. 며칠 지나지 않아, 아이들의 작은 컵에 맑은 물이 담기기 시작했다. 처음엔 의심의 눈으로 지켜보던 사람들도, 아이들이 물을 마시고 웃는 모습을 보자 얼굴이 풀렸다. 촌장이 두 사람 앞에 나와 고개를 숙였다.

“당신들이 빛을 가져온 게 아니었소. 우리가 빛을 보지 못했던 거였소.”

그의 말에 마을 사람들은 고개를 끄덕였고, 아이들은 두 손을 들며 노래를 시작했다.

“빛은 어둠 속에 빛나네…”

사람들의 얼굴에는 오랜만에 웃음이 번졌다. 작은 돌파구였지만, 그것은 마을을 다시 하나로 묶는 불씨가 되었다. 그날 밤, 에디는 다이어리에 기록했다.

"위기의 순간이 빛을 더 선명하게 했다. 고통은 오히려 주님의 손길을 불러냈다."

애니는 성경 여백에 적었다.

"마른 땅에도 빛은 스며든다. 물이 흐르는 곳마다 생명이 자란다."

별빛이 쏟아지는 밤, 아이들은 다시 원을 그리며 노래했다.

에디와 애니는 서로를 바라보며 미소를 지었다.

첫 위기를 넘긴 두 사람은 알았다. 이곳의 사역은 결코 쉽지 않지만, 분명 주님의 손 안에 있다는 것을.

제72장

선택의 갈림길

빗물 저장고와 정수기가 마을에 뿌리내린 지 한 달. 아이들은 이제 더 이상 갈증으로 쓰러지지 않았다. 작은 컵을 들고 맑은 물을 받아 마시는 아이들의 웃음은 사막 위의 샘물처럼 반짝였다. 여성들은 협동조합 활동에 활기를 얻었다. 옥수수와 조를 나누어 심고, 작은 시장을 열어 서로의 농산물을 교환했다. 애니는 여성들과 함께 땀을 흘리며 노래를 불렀다.

“이 땅에 씨앗을 심고, 우리 아이들을 살리자.”

마을은 점차 희망의 상징이 되었고, 그 소식은 바람처럼 주변에 퍼져나갔다. 얼마 지나지 않아 인근 마을 지도자들이 찾아왔다.

“우리 마을에도 같은 일을 해 주십시오.”

“아이들이 목말라 죽어 가는데, 왜 여기만 돕습니까?”

처음엔 감사와 협력의 손길이었지만, 곧 질투와 불만이 함께 섞였다.

“왜 저 마을만 선택된 거지? 후원자들이 저들만 사랑하는 건가?”

이 작은 불씨는 순식간에 경쟁의 불길로 번져 나갔다. 상황을 노린 외부 세력도 있었다. 현지 정치인들이 두 사람을 찾아와 말했다.

“이 프로젝트를 우리 이름으로 확산시킵시다. 후원금도 더 모을 수 있고,

정치적 기반도 마련할 수 있습니다."

에디는 긴장된 눈빛으로 애니를 바라보았다. 이 제안은 확산의 기회일 수도 있었지만, 동시에 사명의 순수성을 흔드는 유혹이었다. NGO 내부에서도 목소리가 갈렸다.

"정치적으로 중립을 지켜야 합니다. 그들과 손잡는 순간, 빛은 색깔을 잃을 겁니다."

회의장은 갈등의 열기로 가득했다. 회의가 끝난 후, 두 사람은 숙소의 작은 마당에서 마주 앉았다. 에디가 먼저 입을 열었다.

"확산은 기회예요. 더 많은 아이들이 살아날 수 있습니다. 우리가 그 손길을 막을 수는 없지 않습니까?"

애니는 고개를 저었다.

"그러나 욕망이 섞이면 빛이 흐려집니다. 속도를 늦추더라도 주님의 길만 따라야 해요. 우리가 서두르면, 빛은 오히려 가려질 수 있어요."

두 사람의 시선이 부딪혔다. 각자의 마음속엔 같은 사명에 대한 사랑이 있었지만, 방법을 두고 긴장이 흘렀다. 그러나 오래지 않아, 서로의 눈빛 속에서 동일한 간구를 읽었다.

"주님의 뜻만 드러나게 하소서."

그날 밤, 에디는 다이어리에 적었다.

"빛이 퍼지면 어둠도 더 크게 달려든다. 내가 본 건 기회지만, 그것이 욕망인지 분별해야 한다. 주님의 눈으로만 보게 하소서."

애니는 성경 여백에 기록했다.

“빛은 서두르지 않는다. 그러나 결코 멈추지도 않는다. 주님의 속도로 걸어야 한다. 사람의 욕망이 아니라 주님의 호흡으로.”

밤, 마을 한가운데 모닥불이 피워졌다. 아이들은 원을 그리며 손을 잡고 뛰놀았다. 불꽃은 하늘로 치솟았고, 그 속에서 크고 작은 불씨가 사방으로 튀어 올랐다. 에디와 애니는 그 불꽃을 바라보며 침묵으로 기도했다. 사역은 더 큰 열매를 맺을 준비를 하고 있었지만, 동시에 새로운 갈등의 불씨가 어둠 속에서 타오르고 있었다.

제73장

새로운 사명

탄자니아 사역이 눈에 띄는 성과를 내자, 주변 마을들의 불만이 본격적으로 터져 나왔다.

"왜 저 마을만 돕느냐!"

"아이들은 우리에게도 있다. 왜 우리는 버려지는 거냐!"

분노한 인근 마을 사람들이 몰려와 목소리를 높였다. 작은 언쟁은 곧 손찌검으로 번졌고, 마을 광장은 아수라장이 되었다. 여성들은 아이들을 끌어안고 울었고, 어린아이들은 겁에 질려 울음을 터뜨렸다. 에디와 애니는 광장의 중심에서 사람들의 고함과 날아드는 돌 사이에 서 있었다.

그 틈을 타 외부 정치 세력이 개입했다.

"이 갈등은 우리가 나서야 풀 수 있다. NGO와 협력하면 우리도 힘을 쓰겠다."

그러나 그들의 의도는 순수하지 않았다.

"두 지도자가 특정 마을만 편애한다"는 소문이 퍼지며, 사람들의 분노는 더 커졌다. NGO 본부에서도 긴급 연락이 왔다.

"당장 사역을 중단하고 상황을 정리하십시오. 그렇지 않으면 지원을 철회

할 수 있습니다."

빛을 전하려던 사역이 정치와 분노의 소용돌이에 휘말려 흔들리고 있었다. 밤, 두 사람은 텐트 앞에서 마주했다. 에디가 먼저 말을 꺼냈다.

"지금은 모든 마을에 문을 열어야 합니다. 확산을 수용하지 않으면 분노가 가라앉지 않습니다."

애니는 고개를 저었다.

"아니에요. 지금 서둘러 확산하면 더 큰 혼란만 불러올 거예요. 욕망에 밀려 주님의 속도를 잃어버리면 안 돼요."

두 사람의 목소리가 드물게 높아졌다. 서로의 마음은 사명을 위한 것이었지만, 해법이 달랐다. 결국 긴 대화는 침묵으로 끝났다. 서로 등을 돌린 채, 각자의 기도만이 남았다. 다음 날, 두 마을의 사람들이 다시 충돌했다.

고함소리와 함께 돌이 날아들었다. 그 순간, 어린아이가 돌에 맞아 쓰러지려는 찰나—에디가 몸을 던져 아이를 막았다. 그의 어깨에 돌이 맞아 피가 흘렀다. 애니는 곧장 아이를 끌어안고 울었다.

"괜찮아, 괜찮아… 주님이 너를 지키셔."

광장은 잠시 정적에 잠겼다. 아이의 울음소리가 사람들의 분노를 멈추게 했다. 양쪽 마을 사람들은 멀리서 그 장면을 바라보며 차츰 고개를 떨구었다. 밤, 에디는 피로 얼룩진 셔츠를 갈아입으며 다이어리에 기록했다.

"나는 아이 하나를 구했지만, 수십 명의 분노를 막지는 못했다. 주님, 이 불길을 꺼 주십시오."

애니는 성경 여백에 적었다.

“아이의 눈물이 우리 모두를 멈추게 했다. 그러나 눈물만으로는 이 싸움을 잠재울 수 없다. 주님의 정의와 평화가 내려와야 한다.”

그날 밤, 두 사람은 각자의 자리에서 무릎을 꿇었다.

멀리 떨어져 있었지만, 같은 하늘, 같은 별빛 아래서 기도했다.

사역은 더 큰 폭풍 속으로 들어가고 있었다. 그러나 그 폭풍 한가운데서, 주님의 손길을 구하는 두 기도의 불꽃이 타오르고 있었다.

제74장

시험과 결단

아이의 울음으로 충돌은 멈췄지만, 마을은 여전히 긴장으로 가득 차 있었다. 사람들은 서로 눈을 마주치기를 꺼렸고, 장터의 공기도 무겁게 가라앉아 있었다. 정치 세력은 틈만 나면 두 사람을 향해 압박을 가했다.

"당신들이 한쪽만 편애했으니 이런 사단이 난 겁니다. 우리와 손잡으면 쉽게 풀릴 일입니다."

NGO 본부에서도 차가운 연락이 왔다.

"이번 사태가 반복된다면 프로젝트는 철수될 수밖에 없습니다."

사역의 열매가 막 싹트려는 순간, 다시 뿌리째 뽑힐 위기에 놓여 있었다.

그날 밤, 에디는 상처 난 어깨를 싸맨 채 무릎을 꿇었다.

"주님, 저는 속도를 원했습니다. 더 많은 아이들이 살아나길 원했기에… 그러나 그것이 주님의 길이 아니었다면 멈추게 하소서."

같은 시간, 애니는 성경을 펴고 흐르는 눈물 속에서 기도했다.

"주님, 저는 멈춤을 고집했습니다. 그러나 그것이 두려움에서 비롯된 것이었다면 용서하소서. 주님의 속도로 걷게 하소서."

두 사람의 기도는 서로 다른 자리에서 같은 말씀으로 모였다.

“화평케 하는 자는 복이 있나니 그들이 하나님의 아들이라 일컬음을 받을 것이라.”

둘은 깨달았다. 평화가 먼저라는 주님의 음성이었다.

다음 날, 두 사람은 광장에 양쪽 마을 사람들을 불러 모았다.

분노와 불신으로 가득한 얼굴들 앞에 서서, 에디가 먼저 입을 열었다.

“이 빛은 한 마을만을 위한 것이 아닙니다. 주님이 주신 길은 나누면 작아지는 것이 아니라, 나눌수록 커집니다.”

애니가 이어 말했다.

“우리가 먼저 화해하지 않는다면, 아이들의 웃음은 다시 눈물이 될 것입니다. 주님이 원하시는 건 승자가 아니라 형제자매입니다.”

잠시 정적이 흘렀다. 사람들의 눈빛 속에 분노와 망설임이 교차했다.

애니가 먼저 여성들을 향해 손을 내밀었다.

“이제 두 마을의 여성들이 함께 곡식을 심고 함께 수확합시다. 협동조합은 더 이상 한쪽의 것이 아니라, 우리 모두의 것입니다.”

에디는 지도자들을 바라보며 덧붙였다.

“우물도, 정수기도, 한 마을만의 것이 아닙니다. 두 마을이 함께 나누어야 합니다. 아이들의 목이 마른 한, 우리도 함께 목말라야 합니다.”

그 말에 잠시 침묵하던 촌장 한 명이 고개를 끄덕였다.

“…당신들의 말이 맞습니다. 분열은 우리를 죽이고, 평화는 우리를 살립니다.”

천천히, 그러나 분명하게 양쪽 마을 사람들이 서로의 손을 잡았다.

그날 밤, 에디는 다이어리에 기록했다.

“나는 속도를 택하려 했으나, 주님은 평화를 먼저 택하라고 하셨다. 그 길에서 속도는 열매로 따라온다.”

애니는 성경 여백에 적었다.

“나는 멈춤을 고집했으나, 주님은 화평을 통해 그 속도를 보여 주셨다. 주님의 평화가 우리의 길을 밝히신다.”

광장 한복판에서 아이들이 작은 목소리로 노래를 불렀다.

“평화의 빛이 우리를 하나 되게 하네…”

그 노래가 점점 커져 양쪽 마을 전체가 합창으로 울려 퍼졌다.

에디와 애니는 서로를 바라보며 미소 지었다. 폭풍은 멀리서 여전히 으르렁거렸지만, 마을 한가운데 작은 평화의 등불이 타올라 있었다.

제75장

사명따라

몇 주가 지나자, 두 마을의 모습은 눈에 띄게 달라졌다.

양쪽 주민들이 함께 힘을 모아 공동 우물을 팠고, 여성들은 한데 모여 협동조합을 조직했다. 아이들은 서로의 마을을 자유롭게 오가며 웃음을 터뜨렸다. 한때 돌을 던지던 어른들이 이제는 함께 돌을 쌓아 우물을 둘러싼 울타리를 만들고 있었다. 그 위에 걸린 작은 간판에는 이렇게 적혀 있었다.

"평화의 우물 - 주님의 선물"

사람들은 이제 물을 길으러 올 때마다 서로를 향해 미소 지었다. 빛은 나눌수록 더 커진다는 사실을 모두가 몸으로 배우고 있었다. 광장 한쪽에서 이 광경을 지켜보던 에디는 깊은 숨을 내쉬며 말했다.

"이 평화는 우리가 만든 게 아니오. 주님이 세우신 것이오."

애니는 눈가에 맺힌 눈물을 닦으며 고개를 끄덕였다.

"네, 주님의 평화가 아이들의 웃음 속에 심겨 있네요. 이것이 바로 주님의 길이었군요."

서로의 말 속에서 두 사람은 다시금 확신을 얻었다. 그들의 관계는 인간의 감정에만 머무는 것이 아니라, 주님의 평화 안에서 더욱 깊어지고 있었다. 그러나 모든 이가 이 평화를 반기지는 않았다.

마을의 자율적인 연합은 정치 세력의 입지를 위협했다.

“우리를 통하지 않고 연합하다니… 이렇게 두면 우리의 영향력은 사라질 것이다.”

그들은 NGO 본부에 압력을 넣기 시작했다.

“이 사역은 두 사람의 개인적 영향력에 의존하고 있다. 너무 위험하다. 다른 지역으로 옮겨 시험해 보라.”

그들의 말은 본부의 마음을 흔들기에 충분했다. 며칠 뒤, 본부에서 공식 명령이 내려왔다.

“두 분의 사역은 성공적인 모델로 인정받았습니다. 이제 다른 지역에서도 동일한 효과를 확인해야 합니다. 조만간 새로운 파견이 있을 것입니다.”

소식이 전해지자 마을 사람들은 술렁였다. 아이들이 울면서 두 사람을 붙잡았다.

“Papa Eddie, Mama Annie, 우리를 떠나지 말아요!”

여성들도 눈물로 호소했다.

“빛을 우리에게서 빼앗지 말아 주세요. 아직 우리는 배워야 할 것이 많습니다.”

광장은 곧 눈물의 바다가 되었다. 밤, 에디는 다이어리에 글을 남겼다.

“평화가 막 싹텄는데 떠나야 한다니… 이것이 주님의 뜻인가, 아니면 사람의 계략인가. 주님, 제 분별이 흐려지지 않게 하소서.”

애니는 성경 여백에 적었다.

"주님의 빛은 장소에 묶이지 않는다. 그러나 이 아이들의 눈물을 어떻게 감당해야 할까. 주님, 제 마음을 찢으시더라도 주님의 뜻을 따르게 하소서."

두 사람은 같은 하늘 아래, 그러나 각자의 자리에서 무겁게 기도했다.

마지막 밤, 마을 중앙에 모닥불이 피워졌다.

아이들과 여성, 남성 모두가 손을 잡고 찬양을 불렀다.

제76장

순종의 길

“Papa Eddie, Mama Annie, 우리를 떠나지 말아요!”

아이들은 두 사람의 옷자락을 붙잡고 울부짖었다.

여성들은 눈물을 흘리며 애니의 손을 잡고 놓아주지 않았다.

“당신들이 남아야 합니다. 이 평화를 지켜주셔야 합니다.”

광장은 눈물로 가득했다. 에디와 애니의 마음은 무겁게 갈라지고 있었다.

주님이 맡기신 공동체를 두고 떠난다는 생각만으로도 가슴이 찢어졌다.

그날 밤, NGO 본부에서 긴급 연락이 도착했다.

“명령을 거부하면 모든 지원을 철회하겠다. 사역의 본질은 한 사람이나 한 마을에 묶이는 것이 아니다. 이 모델을 더 넓은 지역에서 시험해야 한다.”

두 사람은 더 이상 미룰 수 없었다.

선택은 분명했다:

마을과 함께 남아 갈등 속에 서 있을 것인가, 아니면 주님의 뜻을 따라 떠날 것인가. 에디는 다이어리를 펴고 떨리는 글씨로 기록했다.

“나는 이들의 아버지 같은 존재가 되었다. 떠난다면 그들의 눈물은 어떻게

감당할까. 그러나 혹시 주님이 더 큰 길을 여신 것이라면,

내 집착이 빛을 막는 건 아닐까."

그의 눈에서 눈물이 떨어져 잉크를 번지게 했다. 애니는 성경 여백에 글을 남겼다.

"주님, 제 마음은 이곳에 묶여 있습니다. 아이들의 웃음, 여성들의 손길이 제 심장을 붙잡습니다. 그러나 당신의 길은 제 마음보다 크다는 걸 압니다. 남음이 순종입니까, 떠남이 순종입니까?"

그녀는 성경을 꼭 끌어안고 무릎 꿇은 채 오래도록 울었다.

새벽녘, 두 사람은 같은 장소에 모였다.

마을 외곽 작은 언덕 위, 별빛이 희미하게 사라지는 시간이었다.

둘은 함께 무릎을 꿇었다. 그리고 같은 깨달음을 얻었다.

"우리는 이 공동체를 떠나는 것이 아니라, 주님의 손에 맡기는 것이다.

주님의 평화가 이곳에 뿌리내렸으니, 이제 주님이 지키실 것이다."

그 말에 두 사람은 눈물을 흘리며 서로의 손을 잡았다.

떠남은 배신이 아니라, 순종이었다

마지막 날, 두 사람은 마을 광장에 서서 주민들에게 고백했다.

"우리는 떠나야 합니다. 그러나 빛은 우리와 함께 떠나는 것이 아닙니다. 여러분 안에 남습니다."

아이들은 울었지만, 여성 중 한 명이 앞으로 나와 말했다.

“당신들은 우리에게 평화를 심어 주셨습니다. 이제 우리는 그 빛을 지켜낼 것입니다.”

그 순간, 주민들의 눈물 속에 작은 확신이 스며들었다.

해가 저물 무렵, 마을 전체가 모닥불을 둘러싸고 찬양을 불렀다.

“빛은 어둠 속에 빛나네… 평화는 우리를 하나 되게 하네…”

불꽃은 밤하늘로 치솟았고, 두 사람은 나란히 앉아 눈물을 훔쳤다.

서로의 손은 따뜻하게 맞닿아 있었고, 마음은 더 굳건히 하나가 되었다.

결단은 내려졌다. 떠남은 배신이 아니라 순종이었다. 그리고 그 순종이 새로운 길을 여는 시작이었다.

제77장

설렘으로

이른 아침, 마을 전체가 광장에 모였다. 아이들은 새벽부터 두 사람의 숙소 앞에 서서 떠나지 말라며 울었다. 여성들은 작은 바구니에 옥수수와 곡식을 담아 두 사람의 손에 쥐어주었다.

"길 위에서 주린 배를 채우십시오. 이것은 우리의 사랑입니다."

에디와 애니의 눈에는 이미 눈물이 가득했다.

애니가 아이들을 차례로 끌어안으며 말했다.

"우리는 떠나지만, 주님은 결코 떠나지 않으십니다. 주님의 빛은 여러분 안에 있습니다."

아이들은 고개를 끄덕이며 울음을 삼켰다.

짐을 싣는 차가 출발하자, 사람들의 노래가 따라왔다.

"빛은 어둠 속에 빛나네…"

작은 목소리가 점점 커져 광장을 울렸다. 에디는 창가에 앉아 멀어져 가는 마을을 바라보았다. 돌을 던지던 손들이 이제는 눈물을 훔치며 손을 흔드는 모습으로 바뀌어 있었다. 그는 속으로 기도했다.

"주님, 이제 이 땅을 당신께 맡깁니다. 우리가 지켜줄 수 없으나, 당신의 손은 결코 떠나지 않으시리라 믿습니다."

차 안에서 애니가 조용히 말했다.

"에디, 이렇게 많은 눈물을 두고 떠나는 것이 옳은 걸까요?"

에디는 잠시 침묵하다가 대답했다.

"애니, 우리가 떠나는 건 눈물을 남기는 게 아니라, 주님의 평화를 심은 자리에서 새로운 씨앗을 뿌리러 가는 겁니다."

애니는 그 말에 눈을 감았다.

그녀의 마음은 여전히 무거웠지만, 동시에 가벼워지는 것을 느꼈다.

'주님의 길은 슬픔 속에서도 열리니까….'

며칠간의 여정을 지나, 그들은 새로운 지역에 도착했다.

탄자니아의 또 다른 마을. 이곳은 더욱 황량했고, 물과 음식이 부족했으며, 주민들은 낯선 이들을 의심스럽게 바라보았다.

그러나 두 사람의 마음에는 이상하게도 설렘이 일었다.

"이곳이 바로 새로운 길의 시작이겠지요."

에디의 말에 애니가 조용히 대답했다.

"네, 주님이 우리를 보내신 또 하나의 자리. 눈물이 아니라, 희망으로 시작해야겠어요."

저녁이 되자, 숙소 옆에서 작은 모닥불이 피워졌다.

멀리서 아이들의 울음소리와 웃음소리가 섞여 들려왔다.

애니는 불꽃을 바라보다가 낮게 속삭였다.

"우리의 길은 계속되는군요. 끝없는 결단과 순종의 연속으로."

에디는 고개를 끄덕이며 불빛 너머 어둠을 바라보았다.

"네, 그리고 그 길마다 주님의 빛이 기다리고 있습니다."

작별의 아픔은 여전히 가슴을 저미게 했지만, 새로운 부르심의 설렘이 두 사람의 발걸음을 앞으로 밀어주고 있었다.

제78장

단단한 벽

새로운 마을에 발을 들이자마자 두 사람은 차가운 공기를 느꼈다.

아이들은 호기심 어린 눈으로 몰려왔지만, 어른들의 눈빛은 경계와 의심으로 가득했다.

"저들은 외부인이다."

"우릴 돕겠다고 와서 결국 자기들 이름만 세우려는 게 아니냐?"

과거 다른 NGO들이 와서 잠시 도움을 주다가 사라진 기억이, 사람들의 마음을 굳게 닫게 만들고 있었다. 첫날 열린 모임에서 에디가 우물을 함께 파자고 제안했지만, 한 지도자가 차갑게 잘라 말했다.

"우리는 이미 속았습니다. 당신들도 곧 떠날 거지요. 우리는 다시 실망할 여유가 없습니다."

광장은 침묵으로 가득 찼다. 애니는 조용히 고개를 숙였다.

'이곳은 더 단단한 벽이 있구나….'

그러나 모두가 등을 돌린 것은 아니었다. 몇몇 여성들이 애니에게 다가왔다.

"우리가 물을 긷는 길은 너무 멀어요. 우리 아이들이 매일 쓰러집니다. 혹시 작은 도움이라도 줄 수 있나요?"

애니는 그들의 손을 꼭 잡았다.

"네, 우리가 가진 게 크지 않아도, 함께하면 주님이 길을 열어주실 거예요."

그 순간, 작지만 분명한 환영의 불씨가 피어올랐다.

밤, 에디와 애니는 모닥불 앞에서 서로의 마음을 나누었다.

에디: "환영보다 거절이 더 크군요. 하지만 이것이 주님의 시험이라면, 믿음으로 뚫고 나가야 합니다."

애니: "맞아요. 케냐에서도, 탄자니아 첫 마을에서도… 주님은 언제나 작은 눈물 속에서 길을 여셨어요. 여기서도 그러실 거예요."

두 사람은 손을 맞잡고 기도했다.

"주님, 우리의 손이 아니라 주님의 손으로 이 땅을 열어 주소서."

다음 날, 애니는 여성들과 함께 작은 항아리를 모아 빗물을 받기 시작했다.

아이들이 옆에서 노래를 부르며 물동이를 들고 다가왔다. 에디는 낡은 삽을 들고 땅을 파며 아이들에게 글자를 가르쳤다. 작은 행동이었지만, 그 모습은 사람들의 마음에 조금씩 균열을 냈다.

"서늘은 그냥 말만 하는 사람들이 아니구나."

"저 손길은 진심 같다."

그날 밤, 에디는 다이어리에 적었다.

"거절의 벽 앞에서 다시 시작한다. 그러나 벽은 주님의 빛 앞에 무너질 것이다."

애니는 성경 여백에 기록했다.

“작은 환영의 불씨가 커져 이 마을 전체를 덮게 하소서. 믿음으로 뿌린 씨앗이 자라 열매 맺게 하소서.”

어둠이 내린 마을에 작은 불빛이 번졌다.

아이들이 다시금 작은 목소리로 노래하기 시작했다.

“빛은 어둠 속에 빛나네…”

비록 아직 환영보다 거절이 더 컸지만, 그 불빛은 꺼지지 않고 마을 한가운데에서 흔들리고 있었다.

두 사람은 알았다. 이곳에서도 주님의 길은 반드시 열릴 것임을.

제79장

평화의 씨앗

몇 주가 흐르자, 빗물 항아리와 글자 수업은 마을 일상의 일부가 되었다.

아이들은 작은 항아리 앞에 줄을 서서 깨끗한 물을 받아 마셨고, 얼굴 가득 웃음을 터뜨렸다.

"Papa Eddie! Mama Annie!"

그들의 목소리는 이제 단순한 호기심이 아니라, 신뢰와 기쁨으로 채워져 있었다. 여성들은 애니와 함께 노래하며 곡식을 심었다.

"이 땅에 씨앗을, 이 땅에 평화를."

그들은 서로 다른 마을 출신이었지만, 흙을 밟으며 웃음으로 화답했다.

작은 시장도 열렸다. 조그만 바구니에 곡식과 수공예품을 담아 서로 교환하는 모습은, 한때 닫혀 있던 마을을 서서히 열어가는 증거였다.

어느 날 열린 마을 회의에서, 그동안 침묵으로 일관하던 원로가 천천히 자리에서 일어났다. 그의 목소리는 떨렸지만, 분명했다.

"나는 이 사람들을 의심했소. 그러나 아이들의 웃음을 보니, 이제는 믿어야겠소. 이들은 우리를 떠나지 않을 것이오."

순간, 회의장은 웅성거림으로 가득 찼다. 그리고 이내 박수가 터졌다.

그 박수는 단순한 동의가 아니라, 신뢰의 첫 열매였다.

에디는 조용히 고개를 숙였고, 애니의 눈에는 눈물이 맺혔다.

주님이 이 땅에 작은 평화의 씨앗을 틔우셨다는 확신이 흘러넘쳤다.

그러나 모든 이가 이 변화를 반긴 것은 아니었다. 마을 외부에서 이곳을 주시하던 정치 세력과 기득권층은 불편함을 감추지 못했다.

"그들이 마을을 세뇌시키고 있다."

"후원금을 자신들의 이름으로 빼돌릴 심산일 것이다."

왜곡된 소문은 바람처럼 빠르게 퍼졌다.

"저 두 사람은 곧 떠날 거다. 그 전까지 우리를 이용하는 거다."

"빛이 아니라 그림자를 가져온 자들이다."

순식간에 주민들의 마음속에 또다시 혼란이 스며들기 시작했다.

밤, 에디와 애니는 모닥불 앞에 앉아 깊은 대화를 나눴다.

에디: "우리가 더 공개적으로, 더 투명하게 보여줘야 합니다. 모든 후원금과 사역 과정을 다 내놓읍시다."

애니: "네, 하지만 투명성만으로는 소문을 이길 수 없어요. 우리의 진실은 아이들의 눈빛 속에서 드러나야 합니다. 우리가 어떻게 사는지가 답이 되어야 해요."

둘은 잠시 다른 생각처럼 보였지만, 결국 같은 고백에 이르렀다.

"주님 앞에서 정직하면, 진실은 반드시 드러난다."

그날 밤, 에디는 다이어리에 적었다.

"거짓은 소문으로 퍼지지만, 진실은 삶으로 퍼진다. 주님, 우리 삶을 증거로 사용하소서."

애니는 성경 여백에 기록했다.

"빛은 말로만 드러나지 않는다. 빛은 살아가는 모습 속에 스며든다. 주님, 우리의 작은 걸음이 증거 되게 하소서."

며칠 뒤 열린 마을 회의 자리에서, 두 사람은 어떤 변명도 하지 않았다.

대신 아이들과 여성들이 직접 나와 두 사람의 삶을 증언했다.

"우리는 이들의 손에서 빛을 보았습니다. 이들이 없었다면 우리 아이들은 아직도 목말랐을 것입니다."

회의장은 다시 웅성거렸고, 일부는 눈물을 흘리며 고개를 끄덕였다. 그러나 한쪽 구석에서는 여전히 싸늘한 시선이 번뜩였다. 평화의 빛은 점점 퍼지고 있었지만, 동시에 더 큰 폭풍의 전조가 어둠 속에서 다가오고 있었다.

제80장

불타는 사명

작은 불씨 같던 소문은 어느새 불길이 되어 주변 마을과 도시로 번졌다.

“그들이 후원금을 빼돌린다.”

“저들은 마을을 세뇌시켜 자기들 왕국을 세운다.”

거짓은 빠르게 변형되어 본부와 후원자들에게까지 전해졌다.

“정치적 중립을 지키십시오. 그렇지 않으면 귀국 조치가 있을 수 있습니다.”

후원자 중 일부는 지원을 끊겠다고 했다. 마을 안에서도 갈라짐이 생겼다. 어떤 이들은 아이들의 웃음을 보고 “이들이 진실하다”고 했지만, 또 다른 이들은 의심했다. 불신의 그림자가 다시 드리웠다.

광장 한가운데, 외부 세력이 몰려와 손가락질했다.

“이들은 거짓 선지자다! 떠나지 않으면 쫓겨날 것이다!”

그 순간, 아이들이 하나둘 앞으로 나왔다. 두 사람의 손을 붙잡고 외쳤다.

“이분들이 우리를 살렸어요! 거짓이 아니에요, 빛이에요!”

아이들의 울음은 칼날 같은 모욕을 꺾어 버렸다. 광장은 정적에 잠겼다.

그날 밤, 에디는 다이어리에 적었다.

"오늘 우리는 세상의 법정에 섰다. 그러나 아이들의 눈물이 우리를 변호했다."

애니는 성경 여백에 기록했다.

"소문은 칼날 같았지만, 아이들의 고백은 방패였다. 주님의 빛은 꺼지지 않았다."

제81장

새로운 도전

새벽, 본부에서 긴급 연락이 왔다.

“두 분은 즉시 본부 회의에 출석하십시오. 소문과 재정, 정치적 중립성에 대해 해명해야 합니다.”

출발 전, 주민들은 눈물로 그들을 붙잡았다.

“가지 마세요! 당신들이 떠나면 빛도 떠납니다!”

애니는 손을 꼭 잡고 답했다.

“우리가 아니라 주님이 빛을 두신 겁니다.”

본부 회의실은 차가웠다.

“왜 특정 마을만 돕습니까?”

“재정 투명성은?”

“정치적으로 기울지 않았습니까?”

에디는 거칠게 갈라진 손바닥을 들어 보였다.

“흙을 파고, 돌을 옮긴 이 손이 제 증거입니다. 저는 땅을 사랑했고, 아이들을 살리고자 했습니다.”

애니도 눈물을 머금고 말했다.

“제 증거는 아이들의 웃음입니다. 그들의 눈빛을 보십시오. 답은 거기에 있습니다.”

그 순간, 한 직원이 편지를 읽어 내려갔다.

“Papa Eddie, Mama Annie, 우리를 살려주셔서 고마워요. 이분들은 우리의 가족이에요.”

회의장은 잠시 조용해졌다. 몇몇은 눈시울을 훔쳤다. 결론은 나지 않았지만, 분위기는 달라져 있었다.

후원자 중 일부가 말했다.

“우리가 더 지켜봐야겠군요.”

그날 밤, 에디는 적었다.

“사람들의 시선은 흔들리지만, 주님의 시선은 변하지 않는다.”

애니도 기록했다.

“아이들의 글은 방패였다. 빛은 아이들의 입술로 드러났다.”

제82장

다시 드리운 그림자

며칠 뒤, 회의 기록과 아이들의 편지가 언론에 보도되었다.

"아이들의 증언이 NGO 회의를 뒤흔들다."

국제 언론은 두 사람을 집중 조명했다.

"흙을 파며 아이들을 살린 사역자들."

"거짓을 아이들의 눈물로 이겨낸 지도자들."

곧 여러 단체와 인권 기구에서 연락이 쏟아졌다.

"이런 모델을 확산해야 합니다."

"우리도 지원을 확대하겠습니다."

확산의 가능성, 더 큰 자원, 더 많은 아이들이 눈앞에 열렸다.

그러나 동시에 반발도 거세졌다.

"그들이 국제적 명성을 얻고 있다."

"통제할 수 없다."

거짓된 소문은 다시 퍼졌다.

밤, 모닥불 앞에서 두 사람은 대화를 나누었다.

에디: "이건 하나님이 여신 기회입니다. 국제적으로 모델을 확산해야 합니다."

애니: "맞아요. 하지만 명성이 빛을 가리게 해선 안 돼요. 우리의 무대는 주님 앞입니다."

그날 밤 기록.

에디: "명성은 무겁다. 그러나 주님이 허락하신다면, 그 무게도 감당하겠다."

애니: "빛은 무대 위에서도, 가장 깊은 골짜기에서도 꺼지지 않는다."

며칠 뒤, 국제 NGO 대표의 제안이 도착했다.

"이제 두 분의 모델을 아프리카 전역에 확산합시다. 다음 달 국제 회의에서 직접 발표해 주십시오."

두 사람은 서로의 눈을 바라보았다. 두려움과 동시에 새로운 부르심의 떨림이 가슴을 적셨다.

제83장

세상속의 빛

국제 NGO 본부는 두 사람에게 긴급 지시를 내려보냈다.

"국제 회의에서 발표할 모든 자료를 준비해 주십시오. 통계, 재정 보고, 현장 사진, 사례 연구까지 빠짐없이 필요합니다."

책상 위에는 서류 뭉치와 사진 자료들이 가득 쌓여 갔다.

에디는 깊은 한숨을 내쉬며 속으로 중얼거렸다.

"우린 사역자인데… 지금은 마치 학자가 된 듯하오. 우리의 삶과 눈물이 아니라 숫자와 문서로 증명해야 한다니."

애니는 조용히 고개를 끄덕였다.

"그래도 필요해요. 아이들의 웃음이 우리의 증거지만, 세상은 숫자와 보고서를 원하니까요."

며칠 밤낮을 서류와 씨름하던 두 사람의 얼굴은 점점 지쳐갔다.

에디는 다이어리를 덮으며 말했다.

"이건 시험 같소. 우리의 진심은 어디로 갔는지… 종이에 갇힌 느낌이오."

애니는 잠시 침묵하다가 손을 모았다.

"에디, 우리가 보고서를 만드는 건 주님의 일을 증명하기 위함이 아니라, 세상 앞에서도 빛이 흐르도록 길을 열기 위함이에요. 숫자 속에서도 주님의 흔적은 드러날 거예요."

그 말에 에디는 다시 펜을 들었다. 그러나 마음속의 무거움은 쉽게 가시지 않았다. 그날 저녁, 마을 아이들이 숙소로 몰려왔다. 손에 작은 봉투와 그림을 들고 있었다.

"Papa Eddie, Mama Annie, 이걸 회의에 가져가 주세요!"

편지에는 서툰 글씨로 이렇게 적혀 있었다.

"우리의 이야기를 세상에 전해주세요. 우리는 목마르지 않아요. 웃을 수 있어요. 두 분 덕분이에요."

그림 속에는 우물과 깨끗한 물을 마시는 아이들, 그리고 두 사람의 모습이 환히 웃고 있었다.

애니는 그림을 품에 안고 울었다.

"이것이 우리의 진짜 보고서네요."

에디는 고개를 끄덕이며 속삭였다.

"맞소. 아이들의 웃음이야말로 가장 큰 증거요."

밤, 두 사람은 모닥불 앞에 나란히 앉아 손을 맞잡았다.

에디: "주님, 우리가 준비하는 자료보다 우리의 삶이 증거 되게 하소서. 보고서가 아니라 우리의 걸음이 빛을 드러내게 하소서."

애니: "주님, 우리의 두려움보다 주님의 평화가 더 크다는 것을 증언하게 하소서. 우리가 사람의 평가에 흔들리지 않게 하소서."

그들의 기도는 침묵 속에서 하늘로 올려졌다. 별빛이 고요히 그들의 어깨 위에 내려앉았다. 며칠 뒤, 본부에서 항공권과 숙소 정보를 보내왔다. 국제회의가 열리는 도시로 향할 여정이 시작되는 것이었다. 그러나 소문에 따르면, 그 자리에는 정치적 이해관계자들도 함께 모일 예정이었다. 그것은 단순한 회의가 아니라, 영적 전투의 무대가 될 것이 분명했다.

떠나기 전날 밤, 아이들이 두 사람의 숙소 앞에 다시 모여 작은 노래를 불렀다. 작고 떨리는 목소리였지만, 이내 합창이 되어 밤하늘에 울려 퍼졌다.

"빛은 어둠 속에 빛나네…"

창가에 서 있던 에디와 애니는 눈을 감고 그 노래를 들었다. 눈물은 흘렀지만, 마음에는 새로운 용기가 차올랐다.

"내일은 새로운 싸움터다. 그러나 빛은 여전히 우리와 함께할 것이다."

제84장

감사의 자리

국제 회의가 열리는 도시의 공항에 발을 내딛는 순간, 에디와 애니는 숨을 멈출 수밖에 없었다. 수십 개의 광고판이 눈부신 불빛을 뿜어내고, 고층 빌딩이 하늘을 찌를 듯 늘어서 있었다. 자동차 행렬은 끊임없이 이어졌고, 각 나라에서 모여든 사람들로 공항은 활기와 소란으로 가득했다.

"세상이 이렇게도 다르군요…"

에디가 낮게 중얼였다. 애니는 주변을 둘러보다 조용히 손을 모았다.

"주님, 이 빛 속에서도 우리의 눈을 지켜 주소서."

본부가 준비한 숙소는 도심 한가운데의 고급 호텔이었다. 넓은 로비에는 크리스털 샹들리에가 반짝였고, 방 안에는 뜨거운 물이 끊임없이 나오고 전기가 넘쳐났다. 애니는 침대에 앉아 한숨을 내쉬었다.

"마을의 여성들은 하루 종일 물을 길어야 했는데… 여긴 수도꼭지를 틀면 끝이네요."

에디도 창밖을 내다보며 고개를 끄덕였다.

"우리는 여기에 어울리지 않소. 그러나 주님이 우리를 보내셨으니, 여기도 사역지요."

다음 날, 잠시 거리를 걸었다. 한쪽은 화려한 상점, 고급 레스토랑,

반짝이는 네온사인으로 가득했지만, 그 건물 옆 골목에서는 아이들이 손을 내밀며 구걸했다. 노숙자들은 찬 바닥에 웅크려 있었고, 도시의 번영과 빈곤이 눈앞에서 충돌했다.

애니는 걸음을 멈추고 눈물을 훔쳤다.

"에디… 여기도 빛이 필요해요. 아프리카의 마을만이 아니라, 이 화려한 도시도 어둠 속에 있어요."

에디는 애니의 어깨에 손을 얹었다.

"맞소. 빛은 장소를 가리지 않지요."

호텔 로비에서 본부 담당자가 두 사람을 맞이했다.

"내일 회의 발표에서는 정치적으로 민감한 발언은 피하시고, 반드시 수치와 성과를 중심으로 강조해 주십시오. 시간은 20분, 절대 넘기면 안 됩니다."

에디와 애니는 무거운 얼굴로 고개를 끄덕였다.

에디가 방으로 돌아오며 속삭였다.

"우린 빛을 전하러 왔는데, 그 빛을 숫자로만 보여 달라니…"

애니는 조용히 대답했다.

"괜찮아요. 보고서는 그들이 원하는 증거일 뿐, 진짜 증거는 우리의 삶이에요."

밤, 호텔 방의 커튼을 열자 도시 전체가 네온사인으로 뒤덮여 있었다.

에디는 다이어리를 펼쳐 기록했다.

"화려한 불빛 속에서 진짜 빛이 가려질까 두렵다. 그러나 주님의 빛은 어떤 네온보다 강하다."

애니는 성경 여백에 글을 남겼다.

"세상의 무대가 두렵지 않다. 빛은 초라해 보여도 진짜다. 주님, 우리의 입술을 지켜 주소서."

하이 전날 밤, 두 사람은 호텔 옥상에 올라섰다. 수없이 반짝이는 도시의 인공 불빛이 발아래 가득했지만, 고개를 들어 올리자 저 멀리 희미하게 별빛이 빛나고 있었다.

애니가 속삭였다.

"우리는 저 별빛 같아요. 세속의 불빛 속에서도 꺼지지 않는 빛."

에디가 고개를 끄덕이며 덧붙였다.

"그리고 주님이 지켜 주시는 한, 아무도 우리 빛을 끌 수 없소."

그들은 서로의 손을 맞잡았다. 세속의 번화함 속에서도, 꺼지지 않는 빛으로 서겠다는 결단이 다시 굳게 세워졌다.

제85장

영적 전쟁

국제 회의의 대형 홀은 사람들로 가득했다. 각국에서 온 NGO 대표들, 정치인들, 기자들, 그리고 후원자들이 자리마다 빼곡히 앉아 있었다. 수많은 조명이 무대를 비추고, 언론 카메라는 두 사람을 향해 렌즈를 고정했다. 이어폰을 낀 청중들 사이로 다양한 언어가 동시에 속삭여 흘러나왔다.

에디와 애니는 무대 아래에서 서로를 바라보았다. 그들은 눈빛으로만 말했지만, 그 눈빛 속에는 같은 고백이 있었다.

"우리는 증인일 뿐, 영광은 주님께."

첫 순서로 무대에 오른 에디는 준비된 자료를 띄웠다. 사진 속에는 우물을 파는 주민들, 물을 길어 마시는 아이들, 협동조합에서 일하는 여성들이 담겨 있었다.

"여러분, 우리가 이룬 것은 성과가 아니라 생명입니다. 숫자는 단지 껍데기일 뿐입니다. 진짜 증거는 아이들의 웃음입니다."

그는 잠시 말을 멈추고 자신의 손을 들어 보였다. 거칠게 갈라진 손바닥, 굳은살로 덮인 손가락.

"이 손은 권력이나 금전을 잡지 않았습니다. 흙을 파고, 돌을 옮기며, 아이들을 위해 물을 길었던 손입니다. 이것이 저의 보고서입니다."

회의장은 숨죽인 침묵에 잠겼다.

이어 애니가 무대에 올랐다. 그녀는 떨리는 손으로 봉투를 열어 아이들이 보내온 그림과 편지를 화면에 띄웠다. 그림 속에는 파란 우물, 웃는 아이들, 그리고 두 사람의 모습이 그려져 있었다. 애니는 편지를 읽기 시작했다.

"Papa Eddie, Mama Annie, 우리를 살려주셔서 고마워요. 이분들은 거짓이 아니에요. 우리의 가족이에요."

청중들의 눈빛이 흔들렸다. 애니의 목소리는 점점 울먹였다. 마지막으로 그녀는 눈물을 머금고 고백했다.

"모든 영광은 우리에게 있지 않습니다. 모든 영광은 주님께 있습니다."

순간, 회의장은 고요해졌다. 누구도 말을 하지 않았고, 공기마저 멈춘 듯했다. 그러다 한 명의 후원자가 자리에서 일어나 박수를 쳤다. 그 박수는 곧 번져 나가 회의장을 가득 채웠다. 많은 이들이 눈물을 훔쳤고, 기자들의 카메라는 두 사람의 얼굴을 클로즈업했다. 이날의 장면은 곧 전 세계 언론의 헤드라인이 될 것이 분명했다.

회의가 끝난 뒤, 숙소로 돌아온 에디는 다이어리에 적었다.

"오늘, 세상의 무대 위에서 주님의 이름이 울려 퍼졌다. 나의 이름은 지워져도 좋다. 주님의 이름만 남는다면."

애니는 성경 여백에 기록했다.

"눈물로 고백한 순간, 주님의 빛이 가장 크게 빛났다. 주님, 모든 영광을 받으소서."

발표 이후 수많은 단체와 언론이 두 사람에게 다가왔다.

“우리와 함께 사역을 확산해 주십시오.”

“당신들의 이야기를 기사로 내보내겠습니다.”

그저 서로를 바라보며 미소 지을 뿐이었다. 그들의 마음속엔 하나의 고백만이 울리고 있었다.

“우리는 단지 증인일 뿐, 빛은 주님의 것이다.”

제86장

다시 선 결심

국제 회의가 끝난 지 며칠 만에 언론은 두 사람의 이름을 연일 보도했다.

"아이들의 웃음으로 세상을 감동시킨 두 지도자."

"새로운 NGO 모델, 전 세계로 확산될까?"

각국 NGO와 정부 관계자들로부터 초청장이 쏟아졌다.

"우리 지역에서도 이 모델을 적용해 달라."

"새로운 프로젝트를 위해 협력하자."

후원금도 눈에 띄게 늘어났고, 본부는 두 사람을 공식 홍보 인물로 세웠다. 겉보기에는 그들의 사역이 성공의 정점에 도달한 듯 보였다. 그러나 두 사람의 마음속은 무겁게 가라앉았다.

에디: "애니, 이렇게 많은 요청을 우리가 감당할 수 있겠소? 이것은 사역이 아니라 행정이오."

애니: "빛은 확산되어야 해요. 하지만 사람의 힘으로는 감당할 수 없어요. 주님의 인도를 놓치면 아무것도 아닌 일이 돼요."

외형적인 성공 앞에서조차 그들은 두려움에 가까운 떨림을 느꼈다.

새로운 땅으로 향할 준비를 하던 중, 이상한 일들이 잇따랐다.

본부에서 송금되던 후원금이 끊기고, 보관해 두던 장비가 고장 나거나 사라졌다. 믿었던 현지 직원들 중 일부는 갑자기 떠나 버렸다.

에디: "이건 단순한 우연이 아니오. 누군가 의도적으로 우리를 흔드는 거요."

애니는 기도 중 환상을 보았다.

불꽃처럼 타오르는 빛 주위로 거대한 어둠의 파도가 몰려오는 모습.

"에디… 영적 전쟁이 시작됐어요."

정치 세력과 기존 NGO의 기득권 세력이 손을 잡고 언론을 통해 공격했다.

"저들을 막아야 한다. 그렇지 않으면 우리의 자리는 없다."

신문 1면에는 굵은 제목이 실렸다.

"두 지도자, 영웅인가? 새로운 독재자인가?"

회의장에서 터져 나오던 박수는 사라지고, 사람들 마음속에 다시 의심이 스며들었다.

밤, 숙소 방 안.

에디는 떨리는 손으로 다이어리에 적었다.

"주님, 우리를 높이려는 손길과 끌어내리려는 손길이 동시에 밀려옵니다. 하지만 우리는 오직 주님의 손만 붙듭니다."

애니는 성경 여백에 남겼다.

"빛은 어둠이 깊을수록 더 선명해진다. 주님, 이 전쟁 속에서 우리의 영혼을 지켜 주소서."

두 사람은 무릎을 꿇고 기도했다. 그때 마음 깊은 곳에서 음성이 들려왔다.

"두려워하지 말라. 내가 세상 끝날까지 너희와 함께하리라."

어둠은 몰려오고 있었지만, 그 빛은 결코 꺼지지 않았다.

제87장

믿음의 발걸음

새로운 사역지로 향하는 길목부터 이상한 소문이 따라붙었다.

“그들이 자원을 빼앗으려 한다.”

“외부인의 도움은 언제나 우리를 속였다.”

마을에 도착하자 일부 주민들이 돌을 들고 길목을 막아섰다.

에디: “우리는 빼앗으러 온 것이 아닙니다. 나누러 온 것입니다.”

그러나 사람들의 눈빛은 쉽게 풀리지 않았다.

그날 밤, 숙소로 위협이 몰려왔다.

“나가라! 이 땅은 너희 것이 아니다!”

돌멩이가 날아와 유리가 산산조각 났다. 에디는 온몸으로 문을 막았고, 애니는 아이들을 끌어안고 무릎 꿇어 기도했다.

“주님, 이 작은 생명을 지켜 주소서.”

애니가 성경을 펼쳐 읽기 시작했다.

“여호와는 나의 빛이요, 나의 구원이시니 내가 누구를 두려워하리요.”

아이들이 울음을 멈추고 낮게 따라 불렀다.

"빛은 어둠 속에 빛나네…"

찬양의 울림은 돌보다 강했다. 돌을 던지던 자들의 손이 멈추고, 몇몇은 돌을 내려놓고 물러났다.

새벽녘, 숙소는 다시 고요를 되찾았다. 에디는 다이어리에 기록했다.

"오늘 우리는 칼날 앞에 섰다. 그러나 주님의 빛이 칼날을 꺾었다."

애니는 성경 여백에 적었다.

"위협보다 크게 울린 것은 아이들의 찬양이었다."

해가 떠오르자, 주민들의 눈빛은 두려움과 호기심, 그리고 존경이 섞여 있었다.

"전쟁은 시작되었지만, 승리는 주님의 것이다."

제88장

빛과 어둠

깨진 창과 흩어진 파편처럼 마을 사람들의 마음에도 균열이 생겼다.

“아이들의 찬양이 돌을 막았다.”

“그들의 기도가 우리를 지켰다.”

이 소문은 어떤 이들의 마음을 열었지만, 또 다른 이들은 속삭였다.

“그건 환상이다. 속임수일 뿐이다.”

몇몇 여성들이 곡식과 물을 들고 애니를 찾아왔다.

“당신의 기도가 우리 아이들을 살렸습니다. 이제 우리는 당신과 함께하겠습니다.”

그날 밤 숙소 안 작은 모임에서 평안이 스며들었다. 그러나 다른 한편에서는 분노가 커지고 있었다.

“저들을 몰아내야 한다.”

“아이들을 이용해 세뇌하고 있다.”

마을은 둘로 갈라졌다.

에디: “주님을 따르든지, 어둠을 따르든지. 중간은 없소.”

애니: "분열 속에서도 주님의 빛은 더 선명해지고 있어요."

며칠 후, 빛의 편에 선 이들이 다시 모닥불 곁에 모였다.

그들은 함께 말씀을 읽고 찬양을 불렀다.

"빛은 어둠 속에 빛나네…"

에디의 다이어리:

"빛은 분열을 드러냈다. 그러나 그것은 시작이다. 주님의 교회가 태동하고 있다."

애니의 기록:

"주님, 갈라진 이 땅에 당신의 나라가 임하게 하소서."

제89장

환난중에 만날 큰 도움

광장은 낮부터 술렁였다.

한쪽에서는 아이들과 여성들이 모여 작은 북을 두드리며 찬양을 불렀다.

“빛은 어둠 속에 빛나네…”

다른 한쪽에서는 술집에 모여 있던 사람들이 무리를 지어 광장으로 몰려 나왔다.

“저들을 내쫓아라!”

“그들의 노래에 속지 마라!”

마을은 마치 두 개의 진영으로 갈라져, 서로를 노려보며 맞섰다.

저녁 무렵, 작은 모임이 숙소 앞 마당에서 열렸다.

여성들이 아이들과 함께 찬양을 부르자, 갑자기 돌멩이 하나가 날아와 불가 옆에 떨어졌다.

“미혹당한 자들아, 정신 차려라!”

거친 외침과 함께 몇 명의 남자들이 욕설을 퍼부었다.

아이들은 두려움에 몸을 움츠렸다.

애니는 그들을 끌어안고 성경을 펼쳤다.

"하나님은 우리의 피난처시오 힘이시니 환난 중에 만날 큰 도움이시라."

그 말씀을 낭독하는 그녀의 목소리에, 아이들의 떨림은 조금씩 잦아들었다.

에디는 본능적으로 밖으로 뛰쳐나가고 싶었다.

"저들을 막아야 하나… 하지만 이 길은 싸움의 길이 아니다."

그는 깊게 숨을 들이마시고 손을 모았다.

"주님, 저들의 손에 맞서 싸우지 않고, 저들의 마음 안으로 들어가게 하소서. 우리가 힘으로 지키는 것이 아니라, 당신의 빛으로 지켜 주소서."

그 순간, 안에 모여 있던 공동체가 하나로 엎드려 기도하기 시작했다.

반대 세력은 협박을 강화했다.

"누구든 그들과 함께하면, 우리와는 상관없다! 보호받지 못할 것이다!"

위협은 날카로웠다. 두려움에 일부 주민들은 더 이상 함께하지 못하고 발길을 돌렸다.

그들의 떠나는 뒷모습에 남은 이들의 마음은 아팠다

그러나 끝까지 남은 사람들은 눈물 속에서 결심했다.

"우리는 주님을 따르겠습니다. 설령 외면받아도, 주님은 우리를 버리지 않으실 것입니다."

작은 공동체의 믿음은 비록 흔들렸지만, 더욱 굳게 나아갔다.

그날 밤, 에디는 다이어리에 적었다.

"시험은 도망치는 자와 남는 자를 가른다. 그러나 주님은 남은 자를 통해 길을 여신다. 오늘 우리는 더 적어졌지만, 더 단단해졌다."

애니는 성경 여백에 기록했다.

"눈물이 흔들리게 하지만, 믿음은 붙드는 손길이다. 주님, 흔들리는 이들을 품으시고 남은 자에게 힘을 주소서."

밤이 깊어지자, 공동체는 모닥불을 둘러싸고 앉았다.

아이들이 낮은 목소리로 찬양을 시작했다.

"빛은 어둠 속에 빛나네…"

소리는 작았지만, 분명했다. 어둠은 더욱 짙어졌지만, 그 작은 불빛과 노래는 포기하지 않고 타오르고 있었다. 시험은 거셌지만, 빛은 여전히 꺼지지 않았다.

제90장

공동체의 위기

작은 예배가 드려지던 저녁, 반대 세력이 몰려왔다.

“이 땅에서 나가라!”

“우리 마을을 더럽히지 마라!”

광장은 순식간에 공포의 현장이 되었다.

애니는 두 팔을 벌려 공동체 앞을 막아서며 외쳤다.

“우리는 미움으로 싸우지 않습니다. 주님의 사랑으로 서 있습니다.”

에디는 공동체를 감싸듯 찬양을 불렀다.

“빛은 어둠 속에 빛나네…”

아이들의 울음은 찬양으로 바뀌었고, 여성들의 떨리는 목소리가 합세했다.

그 순간, 한 원로가 앞으로 나섰다.

“그들의 손을 보라! 흙으로 갈라진 손, 그것은 빼앗으려는 손이 아니다. 그들의 눈빛을 보라! 아이들을 향한 눈이다. 이것이 속임수라면, 세상에 진실이 어디 있겠느냐!”

정적이 흐른 뒤, 젊은이의 손에서 돌이 떨어졌다.

쾅, 소리와 함께 찬양이 더 크게 울려 퍼졌다.

“빛은 어둠 속에 빛나네… 어둠은 빛을 이기지 못하네…”

함성은 잦아들었고, 일부는 눈물을 흘리며 무릎 꿇었다.

그날 밤, 돌은 더 이상 날아들지 않았다.

에디의 기록:

“오늘 우리는 싸우지 않았다. 그러나 주님이 싸우셨다. 칼이 아니라 찬양이 전쟁을 끝냈다.”

애니의 기록:

“몽둥이보다 강한 것은 사랑이었다. 미움보다 큰 것은 아이들의 목소리였다.”

공동체는 더욱 굳게 결속되었고, 반대 세력 내부에는 균열이 생겼다.

“우리는 싸우지 않아도 된다. 주님이 우리를 대신 싸우신다.”

제91장

시험의 칼날

광장에서의 충돌 사건 이후, 마을은 이전과는 다른 공기에 휩싸였다.

여전히 갈라져 있었지만, 더 이상 한쪽의 목소리만이 지배하지 않았다.

어떤 이들은 낮은 목소리로 속삭였다.

“아이들의 찬양이 어둠을 막았다지?”

“그들의 기도가 우리를 살렸다.”

반대 세력의 목소리는 여전히 날카로웠지만, 그 기세는 예전 같지 않았다.

마을 사람들 마음속 깊은 곳에 빛에 대한 호기심과 갈망이 싹트고 있었기 때문이다. 처음에는 여성 몇 명과 아이들뿐이던 모임이, 어느새 조금씩 늘어나기 시작했다. 밤마다 숙소 마당에 조용히 발걸음을 옮기는 사람들이 더해졌다. 이제는 마당이 좁아져, 결국 광장 한복판에서 예배를 드리게 되었다.

아이들의 목소리, 여성들의 눈물 섞인 찬양, 그리고 몇몇 남성들의 합류.

그것은 마을 전체에 울려 퍼지며, 멈출 수 없는 흐름이 되었다. 작은 변화들이 눈에 보이기 시작했다. 공동체가 모여 우물 주변을 깨끗하게 정비했다.

아이들이 서로를 가르치며 글자를 배우기 시작했다. 여성들이 만든 작은 수공예품이 시장에 나오자, 웃음과 거래가 오갔다. 삶의 작은 변화들이 모여, 빛의 영향력이 마을의 중심부로 스며들고 있었다.

광장에 앉아 아이들이 글자를 배우는 모습을 지켜보던 에디가 중얼거렸다.

"빛은 억지로 퍼지는 것이 아니오. 이렇게 삶 속에서 스며드는 거요."

애니는 고개를 끄덕이며 대답했다.

"맞아요. 주님의 나라는 작은 씨앗 같지만, 결국 이 마을을 덮을 거예요."

그들의 눈에는 피곤함 속에서도 깊은 평안이 빛났다.

그러나 반대 세력이 완전히 사라진 것은 아니었다.

그들은 은밀히 모여 외부 세력과 접촉하며 모략을 꾸몄다.

"저들의 영향력이 더 커지기 전에 끊어야 한다."

"빛이 마을의 중심을 장악하기 전에 꺼뜨려야 한다."

어둠은 물러난 듯 보였으나, 더욱 교묘하고 치밀한 방법으로 다가오고 있었다. 그날 밤, 에디는 다이어리에 적었다.

"오늘 우리는 마을의 중심에서 찬양했다. 빛은 더 이상 숨을 수 없다. 그러나 어둠도 완전히 물러난 것은 아니다."

애니는 성경 여백에 기록했다.

"주님, 뿌려진 씨앗을 지켜 주소서. 이 작은 공동체가 무너지지 않고 자라서, 숲이 되게 하소서."

광장 한복판에서 아이들이 원을 그리며 손을 맞잡고 노래를 불렀다. 그들의 목소리는 마을의 언덕 너머까지 퍼져 나갔다. 빛은 이제 마을의 중심에서 있었고, 더 이상 감출 수 없었다.

제92장

두려움과 용기

광장에서의 충돌 이후 잠잠해진 듯 보였던 반대 세력은 결코 사라지지 않았다. 그들은 은밀히 술집 뒷방에 모였다.

“돌로는 막을 수 없었다. 이제는 다른 방법이 필요하다.”

“제도를 이용하자. 외부 세력과 손잡고 그들을 공식적으로 내쫓아야 한다.”

어둠은 이제 단순한 분노가 아니라, 계산된 모략으로 움직이고 있었다.

그들의 시선은 이미 공동체 전체를 끊어내려는 음모로 불타올랐다.

며칠 뒤, “그들을 추방하려 한다”는 소문이 퍼졌다.

공동체 안에 있던 이들의 얼굴에 두려움이 드리웠다.

“만약 우리마저 내쫓기면 어디로 가야 하나?”

“아이들은 어떻게 되지?”

몇몇은 몰래 짐을 꾸렸다. 어두운 그림자가 그들의 믿음을 흔들고 있었다.

그러나 다른 이들은 오히려 눈물을 흘리며 더 깊이 무릎을 꿇었다.

“주님, 저희를 붙드소서. 우리가 흔들리지 않게 하소서.”

공동체가 모였을 때, 에디는 앞으로 나서며 담담히 말했다.

"우리를 내쫓으려는 힘이 클수록, 주님의 손길은 더 강하게 임하실 것입니다. 우리가 서 있는 땅은 주님의 것입니다. 두려워하지 맙시다."

애니는 여성들과 아이들을 따로 모아 기도의 벽을 세웠다.

그녀는 조용히 손을 모으며 말했다.

"우리가 이 땅에서 뿌리내리지 않으면, 바람에 흔들리는 풀과 같아요. 기도가 우리의 뿌리예요. 깊이 내립시다."

아이들과 여성들이 함께 무릎을 꿇었고, 눈물 섞인 기도가 숙소 안을 가득 채웠다. 기도 가운데 놀라운 일들이 나타났다. 오랫동안 앓던 아이가 회복되어 웃음을 되찾았다. 곡식이 다 떨어져 굶주리던 가정에, 알 수 없는 방법으로 자루 하나가 채워졌다. 매일 밤 숙소를 위협하던 발걸음 소리가 어느 순간부터 사라졌다. 공동체는 그것을 단순한 우연으로 보지 않았다.

그들은 눈물을 닦으며 고백했다.

"주님이 우리와 함께하신다."

그날 밤, 에디는 다이어리에 적었다.

"땅은 흔들렸지만, 뿌리는 더 깊어졌다.

시험은 우리를 약하게 하는 것이 아니라 강하게 한다."

애니는 성경 여백에 기록했다.

"주님, 우리의 기도가 뿌리가 되게 하소서.

오늘의 눈물이 내일의 열매가 되게 하소서."

며칠 뒤, 광장 한복판에서 다시 찬양이 울려 퍼졌다.

아이들과 어른들이 함께 원을 그리며 손을 맞잡았다.

그들의 목소리는 이전보다 더 크고 힘찼다.

그러나 저 멀리, 반대 세력이 외부 세력과 회의를 마치고 돌아오는 모습이 보였다. 그들의 얼굴에는 다시 음험한 결심이 어렸다. 앞으로 더 큰 폭풍이 다가오고 있었지만, 공동체의 뿌리는 이미 깊이 내려지고 있었다.

제93장

믿음의 선택

며칠간 이어진 소문은 결국 현실이 되었다.

반대 세력은 외부 행정 관리와 정치적 인물을 불러들여 마을 전체 회합을 열었다. 그들은 '질서 회복'을 명분으로 내세웠지만, 그 목적은 분명했다.

에디와 애니, 그리고 그들을 따르는 공동체를 공식적으로 추방하는 것이었다. 광장은 사람들로 가득 찼다. 아이들, 여성들, 노인들까지 모두 모여 앉았고, 긴장된 공기가 그 자리를 짓눌렀다. 소집 소식을 들은 공동체는 깊은 불안에 빠졌다.

"이제 정말로 쫓겨나는 것 아닌가요?"

"그럼 아이들은 어떻게 합니까?"

몇몇은 눈물을 흘리며 밤새 잠을 이루지 못했다.

그러나 에디와 애니는 함께 무릎 꿇고 기도했다.

"우리는 변명하러 가는 것이 아니라, 빛을 증언하러 간다."

그 말은 두려움 속에 있던 이들에게 작은 용기가 되었다.

해가 중천에 올랐을 때, 회합이 시작되었다.

반대 세력이 먼저 앞으로 나와 목소리를 높였다.

“그들은 외부의 돈을 빼앗아 마을을 혼란에 빠뜨렸다!”

“아이들을 세뇌하여 우리 전통을 무너뜨리고 있다!”

외부 관리들도 고개를 끄덕이며 서류를 꺼내들었다.

청중은 술렁였고, 어떤 이들은 분노로, 또 어떤 이들은 의심과 혼란으로 눈빛을 바꾸었다.

모든 시선이 자신을 향하자, 에디는 천천히 앞으로 나섰다.

그는 갈라지고 굳은살 박인 손을 높이 들어 보이며 말했다.

“이 손을 보십시오.

이 손은 흙을 파고, 아이들에게 물을 길었던 손입니다.

빼앗기 위해 쓰인 것이 아니라, 살리기 위해 쓰였습니다.”

그의 목소리는 담담했지만, 청중을 향해 깊이 울려 퍼졌다.

이어 애니가 앞으로 나왔다.

그녀는 아이들이 보낸 편지를 펼쳐 들고 읽기 시작했다.

“Papa Eddie, Mama Annie, 우리를 살려주셔서 고마워요.

이분들은 거짓이 아니에요. 우리의 가족이에요.”

그녀의 목소리는 점점 떨렸고, 눈가에는 눈물이 고였다.

“우리는 주님의 빛을 나누러 왔습니다. 영광은 우리에게 있지 않고, 주님께 있습니다.”

광장은 순간 고요해졌다.

그때, 공동체 사람들 몇 명이 자리에서 일어났다.

한 여성이 외쳤다.

“제 아이는 이분들 덕분에 목숨을 건졌습니다!”

이어 한 남성이 증언했다.

“우리는 거짓을 본 것이 아니라, 사랑을 보았습니다.”

그리고 아이들이 두려움에도 불구하고 작은 목소리로 찬양을 부르기 시작했다.

“빛은 어둠 속에 빛나네…”

그 소리는 점점 커져, 광장 전체를 울려 퍼지게 했다.

그날 밤, 에디는 다이어리에 적었다.

“오늘, 마을 전체 앞에서 주님의 빛을 증언했다.

판결은 인간의 손에 있지만, 진실은 주님의 손에 있다.”

애니는 성경 여백에 기록했다.

“공포의 자리에서 가장 크게 울린 것은 위협이 아니라, 주님의 이름이었다."

회합은 결론을 내리지 못한 채 끝났다.

외부 관리들은 숙고가 필요하다며 자리를 떠났다.

그러나 이미 청중의 마음은 흔들렸다.

많은 이들이 눈물을 훔치며, 반대 세력의 말보다 공동체의 삶과 증언을 더 깊이 새겼다. 반대 세력은 분노로 이를 갈았지만, 그들의 논리와 외침은 이미 힘을 잃어가고 있었다. 추방은 미뤄졌지만, 싸움은 이제 더 높은 차원으로 옮겨가고 있었다.

제94장

깊어지는 갈등

회합이 끝난 지 며칠 지나지 않아, 마을에는 낯선 차량들이 들어왔다.

외부에서 파견된 행정 관리들과 정치적 인물들이었다.

그들은 번쩍이는 구두를 신고 서류 가방을 든 채, 숙소와 광장을 냉랭한 눈빛으로 훑어보았다.

"국제 NGO가 마을을 교란한다."

반대 세력이 올린 보고서는 사실처럼 포장되어 상부에 전달되었다.

관리들의 태도는 처음부터 의심으로 가득 차 있었다.

"이 재정은 어디서 온 것인가?"

"이 물품은 불법 유입이 아닌가?"

펜 끝이 움직일 때마다 공동체의 숨은 더 짧아졌다.

그들은 숙소에 들어와 창고를 열어보았다.

아이들에게 나누어주려 모아둔 쌀자루와, 여성들이 만든 수공예품, 성경책들까지 하나하나 기록했다.

"보고가 불투명하다."

"재정의 출처를 증명하지 못하면 몰수하겠다."

공동체는 순수한 믿음과 헌신으로 움직였지만, 제도의 차갑고 무거운 벽 앞에서 너무도 작아 보였다. 아이들은 구석에 몰려 두려움에 떨었고, 여성들의 손은 땀으로 젖어 있었다. 조사관들이 떠난 뒤, 숙소 안에는 무거운 침묵이 감돌았다. 에디는 고개를 숙이고 낮게 중얼거렸다.

"삶으로 증언하는 것도, 말씀으로 증거하는 것도… 이 제도의 벽 앞에서는 무너지는 듯하오."

애니는 그의 곁에 앉아 손을 잡았다.

"아니에요, 에디. 무너지는 건 우리가 아니라, 주님의 빛을 보지 못하는 눈이에요. 우리는 흔들려도, 주님은 흔들리지 않으세요."

그녀의 눈가에는 눈물이 맺혔지만, 그 목소리에는 강한 울림이 있었다.

소문이 돌자, 일부 주민들은 다시 발걸음을 돌렸다.

"그들과 함께하면 우리까지 위험하다."

"당국이 나섰는데, 어찌 이길 수 있겠나."

그러나 남은 자들은 무릎 꿇고 기도하기 시작했다.

"주님, 우리를 버리지 마소서."

아이들은 낮은 목소리로 찬양을 불렀다.

"빛은 어둠 속에 빛나네…"

그 노래는 두려움 속에서도 꺼지지 않는 불씨가 되었다.

여성들은 서로의 손을 잡고 다짐했다.

"우리는 떠나지 않는다. 주님이 우리와 함께 계신다."

그날 밤, 에디는 다이어리에 적었다.

"권력은 서류와 도장을 앞세우지만, 주님의 권세는 영혼과 생명을 붙든다.

오늘도 나는 그 차이를 배운다."

애니는 성경 여백에 기록했다.

"주님, 제도가 우리를 흔들어도, 기도로 뿌리를 더 깊게 내리게 하소서.

눈물이 강물이 되어 생명을 적시게 하소서."

외부 관리들은 냉랭하게 말했다.

"조만간 결정을 내리겠다."

그들이 떠난 뒤, 광장은 다시 고요해졌다. 그러나 모두 알고 있었다.

이제는 돌과 욕설이 아니라, 권력과 제도가 그들을 겨누고 있다는 것을.

아이들의 눈빛에는 두려움과 동시에 알 수 없는 결의가 빛났다.

애니는 그들을 품에 안으며 속삭였다.

"주님이 이 폭풍 속에서도 우리를 지키실 거예요."

제95장

부름 받아 나선 이 몸

아침 햇살이 광장을 비추던 시각, 외부 관리들의 차량이 다시 마을에 들어왔다. 반짝이는 구두 소리와 함께, 한 관리가 두툼한 문서를 꺼내 들었다. 그의 목소리는 메마르고 차가웠다.

"국제 NGO 소속 에디, 애니, 그리고 그들의 추종자들. 당신들은 이 지역의 질서를 교란시켰으므로, 본부의 명령에 따라 즉시 철수할 것을 명한다. 불응할 시 강제 조치를 취할 것이다."

광장은 얼어붙은 듯 정적에 휩싸였다. 아이들이 애니의 치맛자락을 붙잡고 울음을 터뜨렸고, 몇몇 여성들은 눈을 가리며 흐느꼈다.

사람들의 얼굴은 공포와 혼란으로 일그러졌다.

"이제 끝인가…"

"그들이 떠나면 우리도 버려지는 것 아닌가?"

아이들은 에디의 손을 붙잡고 놓지 않았다.

"가지 마세요. 우리를 두고 가지 마세요."

작은 손길들이 그의 팔과 어깨에 매달리며 떨렸다.

공동체 안에는 절망과 두려움이 파도처럼 번져갔다.

에디는 관리가 건넨 문서를 조용히 받아 들고, 잠시 눈을 감았다.

그리고 낮은 목소리로, 그러나 힘 있는 어조로 말했다.

"우리는 이 명령 앞에 서 있습니다. 그러나 주님의 뜻 앞에서는 서류보다 큰 권세가 있습니다."

애니는 아이들을 품에 안으며 눈물을 훔쳤다.

"사랑하는 아이들아, 우리가 떠나도 주님은 떠나지 않으신다. 주님은 너의 곁에 영원히 계실 거야."

그녀의 말은 흐느낌 속에서도 불씨처럼 공동체의 가슴에 스며들었다.

광장 한편에서 누군가 일어섰다.

"나는 떠나지 않겠습니다. 그들의 빛을 보았으니, 그 빛을 따르겠습니다."

이어 또 다른 이가 고백했다.

"우리는 속지 않았습니다. 우리는 사랑을 받았습니다."

아이들은 울음을 멈추고, 작은 목소리로 찬양을 시작했다.

"빛은 어둠 속에 빛나네…"

처음엔 떨렸지만, 점점 힘차게 울려 퍼졌다. 추방 명령은 공동체를 무너뜨리지 않았고, 오히려 그들의 결속을 더욱 단단히 묶어 주었다. 그날 밤, 에디는 다이어리에 적었다.

"추방의 명령은 끝이 아니라 새로운 시작이다. 빛은 땅을 옮겨도 꺼지지 않는다. 주님의 불은 장소에 묶이지 않는다."

애니는 성경 여백에 기록했다.

“주님, 우리가 떠나도 당신은 이 땅에 남으십니다.

우리는 씨앗을 뿌렸으니, 주님이 자라게 하실 것입니다.”

광장에는 여전히 아이들의 노래가 울려 퍼졌다. 반대 세력은 여전히 분노로 가득했지만, 그들의 얼굴에는 두려움이 비쳤다. 왜냐하면 추방 명령에도 불구하고, 공동체의 찬양은 꺼지지 않았기 때문이다. 멀리 외부 관리들의 차량이 대기하며 냉혹하게 그들을 지켜보고 있었다. 떠나야 할 시간이 다가오고 있었지만, 주님의 역사는 결코 끝나지 않았다.

제96장

소망의 불꽃

추방 명령이 내려진 지 사흘째 되는 날, 에디와 애니는 공동체를 불러 모았다. 광장은 아직 새벽빛에 젖어 있었지만, 사람들의 눈빛은 깊은 어둠을 담고 있었다. 에디가 나지막이 말했다.

"우리가 떠납니다. 그러나 주님은 떠나지 않으십니다. 우리가 심은 씨앗은 주님께서 자라게 하실 것입니다."

순간, 울음이 터져 나왔다. 여성들은 서로를 끌어안고 흐느꼈고, 아이들은 두 사람에게 매달리며 "가지 말아요"라고 외쳤다. 아이들은 손수 작은 그림과 편지를 써서 두 사람의 손에 쥐여 주었다.

"다시 돌아와 주세요."

"우리를 잊지 말아 주세요."

종이 위에는 서툰 글씨와 밝게 웃는 얼굴이 그려져 있었다.

애니는 여성들과 함께 작은 성경책과 찬송가를 조심스레 나누어 주었다.

그녀는 눈물 속에서 속삭였다.

"이것이 여러분의 길잡이가 될 거예요. 우리가 떠나도, 말씀은 떠나지 않아요."

에디는 마을의 젊은이 몇 명을 불러 따로 이야기했다.

“우리를 보지 말고, 주님의 말씀을 바라보십시오. 우리가 떠나도, 여러분이 이 땅을 지킬 수 있습니다.”

그 순간, 연약해 보였던 그들의 눈빛 속에 작은 불꽃 같은 결의가 빛났다.

공동체 안에서 새로운 리더십이 태동하는 순간이었다. 마지막 밤, 광장은 다시금 불빛으로 가득 찼다. 아이들이 손에 작은 촛불을 들고 둘러서서 노래를 부르기 시작했다.

“빛은 어둠 속에 빛나네…”

그 목소리는 떨렸지만, 하늘을 향해 힘차게 울려 퍼졌다. 여성들과 남성들도 합세해 찬양의 파도는 광장 전체를 감쌌다. 눈물로 가득한 예배였지만, 동시에 이 땅에서 가장 빛나는 순간이었다. 에디는 아이들을 바라보며 가슴 깊은 울음을 삼켰다.

“나는 떠나지만, 이 땅에 심긴 주님의 씨앗은 결코 죽지 않는다.”

애니는 여성들을 차례차례 끌어안으며 속삭였다.

“우리가 멀리 있어도, 기도로 늘 함께할 것입니다. 주님께서 여러분을 더 강하게 세워주실 거예요.”

그들의 말은 슬픔 속에서도 희망의 불씨가 되었다.

그날 밤, 에디는 다이어리에 적었다.

“오늘 우리는 씨앗을 남기고 떠난다. 눈물로 뿌린 씨앗은 반드시 기쁨으로 거두게 될 것이다.”

애니는 성경 여백에 기록했다.

"주님, 이 눈물의 작별이 끝이 되지 않게 하소서. 오늘의 이별이 내일의 열매로 기억되게 하소서."

새벽, 차량이 광장 앞에 대기했다. 에디와 애니가 발걸음을 옮기자, 아이들이 끝까지 손을 흔들며 노래를 불렀다.

"빛은 어둠 속에 빛나네…"

밀어져 가는 차창 밖으로, 작은 불빛 같은 공동체의 모습이 점점 작아졌다. 그러나 그들의 마음속에는 하나의 확신이 남아 있었다.

"빛은 떠나는 발걸음에도 함께하며, 남겨진 씨앗 속에서 다시 자라난다."

제97장

흔들리지 않는 믿음

흙먼지가 이는 험한 길 위로 차량이 덜컹거리며 달리고 있었다. 차창 밖으로는 점점 멀어지는 마을의 지붕과 광장이 보였다. 아이들이 촛불을 흔들던 모습이 여전히 두 사람의 눈앞에 아른거렸다. 차 안은 말없이 조용했다. 그러나 그 침묵은 단순한 공허가 아니라, 말보다 무겁고 깊은 감정의 파도였다. 애니는 창가에 이마를 기대고 있었다. 흙먼지에 가려진 창 너머로는 아이들의 손짓이 아직 남아 있는 듯 보였다. 눈물이 조용히 흘러내려 그녀의 뺨을 타고 흘렀다. 에디는 잠시 망설이다가, 낮고 조심스러운 목소리로 말했다.

"애니… 울지 마시오. 당신의 눈물이 이 땅의 기도로 남을 것이오."

그 말에 애니는 고개를 돌리며 흐느꼈다.

"에디, 사실은… 나는 늘 두려웠어요. 밤마다 들려오던 위협의 발소리, 돌이 날아들던 순간… 하지만 당신이 옆에 있어서, 버틸 수 있었어요."

에디는 그녀를 똑바로 바라보았다.

그의 눈빛에는 수많은 세월 동안 눌러온 감정이 고스란히 담겨 있었다.

"애니… 나도 마찬가지요. 우리가 주님의 사역을 붙드는 동안, 내 마음 깊은 곳에 있는 감정을 억눌러야 했소. 그러나 오늘… 이렇게 떠나는 길 위에서, 그 감정이 더 이상 숨을 수 없다는 걸 깨달았소."

그의 목소리는 낮았지만, 애니의 가슴을 울렸다. 말없이 두 사람의 손이 맞닿았다. 처음에는 망설였지만, 곧 단단히 맞잡아졌다. 손끝의 떨림 속에, 수년간 억눌러온 감정이 흐르고 있었다. 그 순간, 말이 필요 없었다. 눈빛 속에서 서로의 마음을 읽었고, 그것만으로 충분했다. 애니는 가만히 속삭였다.

"주님 앞에서, 감정을 숨길 필요는 없겠지요. 다만, 우리가 그것을 맡겨야겠지요."

에디는 깊은 숨을 내쉬며 고개를 끄덕였다.

"맞소. 우리의 길은 주님이 열어주실 때 비로소 합쳐질 것이오.

그때까지는… 이 감정을 주님의 손에 맡깁시다."

그날 밤, 에디는 다이어리에 적었다.

"오늘, 처음으로 우리의 마음이 드러났다. 감정은 숨길 수 없지만, 더 깊은 사랑은 주님의 때를 기다린다."

애니는 성경 여백에 기록했다.

"주님, 우리의 눈물과 떨림마저 당신께 드립니다.

이 감정이 무너지지 않고, 사명으로 자라게 하소서."

차량은 먼지 바람을 일으키며 멀리 달려 나갔다. 창가에 비친 두 사람의 눈빛은 여전히 젖어 있었지만, 그 안에는 새로운 힘과 용기가 서려 있었다.

억눌러온 감정은 드디어 모습을 드러냈다. 그러나 두 사람은 그것을 주님의 손에 맡기며 다시 길을 이어갔다.

제98장

위로의 노래

몇 시간을 달려 도착한 곳은 이전 마을과는 전혀 다른 풍경이었다.

도시는 한쪽은 화려하게 장식된 건물들이 늘어서 있었지만, 다른 쪽은 빈민가로 가득했다. 거리에선 아이들이 허기진 얼굴로 구걸을 하고 있었고, 여성들은 물동이를 머리에 이고 먼 길을 오가고 있었다. 에디와 애니는 차에서 내려 이 땅의 현실을 바라보았다. 에디가 낮게 중얼거렸다.

"여기는… 빛과 어둠이 더 선명하게 갈라져 있군."

애니는 고개를 끄덕이며 눈을 떼지 못했다.

"맞아요. 더 깊은 상처가 있는 곳일수록, 더 큰 치유가 필요하겠지요."

소문을 듣고 몰려든 사람들이 그들을 둘러쌌다.

몇몇은 두 손을 붙잡고 간절히 말했다.

"제발 우리 아이들도 학교에 보내 주세요."

"깨끗한 물을 마실 수 있게 해 주세요."

그러나 다른 무리에서는 날선 목소리가 들려왔다.

"저들은 외부인이다. 믿을 수 없다."

"저들은 우리의 땅을 빼앗으려는 자들이다!"

순식간에 광장은 환영과 거절, 기대와 불신이 교차하는 뜨거운 장이 되었다. 두 사람은 그 한가운데 서서 흔들림 없이 서 있었다. 애니의 손이 떨리는 것이 에디의 눈에 들어왔다. 에디가 조용히 속삭였다.

"두려운가요?"

애니는 잠시 침묵하다가 고개를 끄덕였다.

"조금은요… 하지만 우리가 함께라면, 이 감정이 약점이 아니라 힘이 될 수 있다고 믿어요."

에디는 그녀의 말을 깊이 받아들이며 대답했다.

"맞소. 우리가 서로를 붙드는 만큼, 주님의 사역도 더 굳건히 세워질 것이오."

그 순간, 두 사람은 불안 속에서도 새로운 확신을 얻었다. 이제 그들의 고백은 단순한 감정이 아니라, 새로운 땅에서 감당해야 할 사명의 불씨가 된 것이었다. 그날 저녁, 그들을 찾아온 후원자 대표가 무겁게 말했다.

"여기는 이전보다 훨씬 험한 땅입니다. 정치 세력과 종교 세력이 얽혀 있어서, 오래 버티기 힘들 수 있습니다."

잠시 침묵이 흘렀지만, 에니가 담담하게 대답했다.

"우리는 오래 버티려는 것이 아니라, 주님이 허락하신 만큼 빛을 비추려 합니다."

애니도 고개를 끄덕이며 덧붙였다.

“우리가 약해서가 아니라, 주님이 강하시기에 감당할 수 있을 거예요.”

대표는 잠시 그들을 바라보다가 고개를 떨구었다.

“당신들의 눈에서 거짓은 보이지 않군요. 하지만 조심해야 합니다.”

그날 밤, 에디는 다이어리에 적었다.

“새로운 땅, 새로운 거절. 그러나 이제는 두렵지 않다. 우리의 동역과 주님의 부르심이 함께하기 때문이다.”

애니는 성경 여백에 기록했다.

“오늘의 눈물은 어제와 다르다. 감정이 사명이 되었다. 주님, 이 땅에도 빛을 비추소서.”

새벽, 붉게 물든 하늘 아래서 두 사람은 숙소 지붕 위에 앉아 있었다.

아이들의 울음과 시장의 소음이 교차하는 거리.

그 속에서 에디와 애니는 서로를 바라보며 조용히 고백했다.

“이제 우리의 사명은 더 깊어졌고, 우리의 마음은 더 굳건해졌다.”

멀리서 종교 집단의 깃발이 바람에 흔들리고 있었지만, 두 사람의 눈빛은 흔들리지 않았다. 새로운 땅에서, 또 한 번의 빛의 싸움이 시작되고 있었다.

제99장

무너진 마음의 벽

새벽녘, 두 사람은 낯선 땅의 시장 골목을 걸었다. 아이들은 맨발로 뛰어다니며 구걸을 했고, 곳곳에서 허기진 울음소리가 들렸다. 에디와 애니는 그 광경 앞에서 발걸음을 멈추었다.

"여기서부터 시작합시다."

에디의 말에 애니는 고개를 끄덕이며 눈을 반짝였다. 그날부터 두 사람은 작은 사역을 시작했다. 깨끗한 물을 길어다 아이들에게 나눠주고, 시장 구석에서 글자를 모르는 아이들에게 서툴게 글을 가르치며, 간단한 찬송을 함께 부르며 하루를 열었다. 아이들은 낯설어하면서도 서서히 웃음을 되찾았다. 며칠 후, 에디는 주민들과 함께 오래된 우물을 고쳤다. 마른 흙탕물이 아닌, 맑은 물이 솟아오르자 아이들은 환호하며 두 손으로 물을 퍼마셨다. 그 장면에 애니는 눈시울이 붉어졌다.

"이것이야말로 빛이네요. 목마른 자에게 물을 주는 것."

에디는 조용히 고개를 끄덕였다.

"말씀보다 먼저 전해져야 할 건 삶의 증거일지도 모르오."

애니는 아이들을 모아 돗자리 위에 앉혔다.

"여기는 오늘부터 작은 학교예요."

그녀는 모래 위에 글자를 써 내려가며 아이들에게 소리를 내어 읽게 했다. 아이들의 서툰 발음 속에서도 웃음소리가 번져갔다. 작은 모래판 위의 글자가, 이 땅에 심겨질 새로운 길의 첫 걸음 같았다. 그러나 이 변화가 모두에게 기쁨만은 아니었다. 근처에서 이 장면을 지켜보던 한 종교 지도자가 이를 갈며 말했다.

"외부인들이 아이들을 빼앗고 있다. 전통이 무너진다."

그의 눈빛은 날카로웠고, 이미 반대 세력과의 교묘한 결탁을 암시하고 있었다. 환영과 희망이 자라나는 동시에, 새로운 갈등의 씨앗이 함께 뿌려지고 있었다. 밤이 되어, 두 사람은 숙소 앞에 앉아 오늘 하루를 돌아보았다.

애니: "아이들의 웃음을 보니, 오늘만으로도 충분히 보람 있어요."

에디: "맞소. 하지만 그 웃음을 빼앗으려는 눈빛도 봤소. 더 치열한 싸움이 다가오고 있소."

애니는 잠시 침묵하다가 고개를 끄덕였다.

"그렇다면 우리는 더 깊이 기도해야겠지요. 그리고 더 단단히 함께 서야 하고요."

에디: 다이어리에 기록 →

"오늘, 우물에서 맑은 물이 솟았다. 아이들이 웃었다. 그러나 그 웃음을 시기하는 눈도 있었다. 희망과 갈등은 언제나 함께 자란다."

애니: 성경 여백에 기록 →

“주님, 이 작은 학교와 우물 곁의 웃음을 지켜 주소서. 아직 약한 이 빛이 꺼지지 않게 하소서.”

밤하늘에 별이 총총히 빛나고 있었다. 아이들의 노랫소리가 숙소 곁에서 조용히 이어졌다. 그러나 동시에, 어둠 속 어딘가에서 낮은 회의의 목소리가 울려 퍼지고 있었다.

“저들을 그냥 두어선 안 된다.”

제100장

새로운 땅에서의 100번째 아침

새벽의 공기는 서늘했으나, 희미한 빛이 골목을 타고 퍼져 나가고 있었다. 숙소 앞 좁은 마당에 서 있던 에디와 애니는 서로를 바라보았다. 길고 길었던 여정의 끝에서 이제 맞이한 백 번째 날. 에디가 낮게 중얼거렸다.

“우리가 여기까지 온 것은 결코 우리의 힘이 아니오.”

애니는 눈을 감고 고개를 끄덕였다.

“정말 그래요. 한 걸음 한 걸음마다, 주님의 손이 우리를 붙들고 계셨어요.”

그 말은 단순한 회상이 아니라, 지난 세월의 모든 눈물과 두려움, 그리고 희망을 담은 고백이었다. 마당 저편에는 글자를 배우는 아이들이 있었다. 모래바닥 위에 써 내려간 글자를 따라 서툰 발음으로 읽는 아이들의 목소리가 새벽 공기를 흔들었다.

“가… 나… 다…”

아이들의 웃음이 터졌고, 곁에 있던 여성들은 손뼉을 치며 응원했다. 조금 떨어진 우물가에는 주민들이 모여 물을 길어 갔다. 깨끗한 물줄기가 솟아오를 때마다 아이들의 환호가 뒤따랐다. 짧은 시간 동안, 사역은 이미 마을의 일부가 되어 있었다. 환영과 거절이 교차하는 곳이었지만, 분명히 빛은 자라나고 있었다. 그날 아침, 두 사람은 일부러 시간을 내어 함께 기도하기로 했다.

작은 방 안, 낡은 매트 위에 무릎을 꿇었다.

에디: "주님, 우리가 백 장의 날을 걸어왔습니다. 그 길은 우리의 기록이 아니라 주님의 역사였습니다."

애니: "주님, 우리가 흘린 눈물이 이 땅의 씨앗이 되게 하소서. 오늘 이후의 날도 주님의 날이 되게 하소서."

그들의 기도는 눈물과 떨림 속에서도 단단했다. 기도를 마친 후, 두 사람은 서로의 손을 맞잡았다. 지난 세월 동안 억눌러온 감정과 절제가, 이 순간에는 감사와 확신으로 바뀌어 있었다. 그러나 바로 그날, 낯선 방문객들이 마을에 들어섰다. 멀리서 보이는 깃발과 날선 표정들. 그들은 종교 지도자와 외부 정치 세력의 연합을 암시하고 있었다.

"저들을 끌어내야 한다."

낮은 음성이 바람을 타고 전해졌다. 에디와 애니는 언뜻 눈빛을 나누었다. 빛은 확산되고 있었지만, 동시에 더 큰 어둠의 도전이 다가오고 있었다. 그날 밤, 에디는 다이어리에 적었다.

"백 번째 날. 백 번의 눈물, 백 번의 기도, 그리고 백 번의 새로운 시작. 오늘도 주님의 역사는 멈추지 않았다."

애니는 성경 여백에 기록했다.

"주님, 우리가 걸어온 모든 날들을 감사드립니다. 오늘 이후의 길도 주님의 날이 되게 하소서."

해질녘, 두 사람은 숙소 옆 언덕에 올라 마을을 내려다보았다.

붉게 물든 하늘 아래, 아이들의 웃음소리와 시장의 소음이 교차하며 어울렸다. 에디가 조용히 말했다.

"백 장의 이야기가 흘렀어도, 우리의 길은 이제 시작이오."

애니는 고개를 끄덕이며 대답했다.

"맞아요, 에디. 주님의 빛이 꺼지지 않는 한, 우리의 여정도 끝나지 않겠지요."

서로의 눈빛이 석양에 비치며 반짝였다.

– 무대의 막은 내려진다. 극장에는 잠시 불이 켜지고 긴 여정을 숨죽이듯 긴장하며 좇아온 관객들은, 서라운드 스피커를 통해 흐르는 오페라 '나부코'의 '히브리노예들의 합창' 을 들으며 2막을 기다린다.–

좁은 문

다시 그대, 이 길에서

저 자 금동경
발행일 2025. 12. 08
출판사 도서출판 애플북
ISBN 979-11-24103-22-7(03810)
발행처 도서출판 애플북